“以后我走向你的每一步，
都是走向阳光的路。”

孙素人

江苏凤凰文艺出版社
JIANGSU PHOENIX LITERATURE AND
ART PUBLISHING

图书在版编目（CIP）数据

痛症 / 玉寺人著. -- 南京：江苏凤凰文艺出版社，
2021.12（2022.3 重印）
ISBN 978-7-5594-6368-5

Ⅰ. ①痛… Ⅱ. ①玉… Ⅲ. ①长篇小说 - 中国 - 当代
Ⅳ. ① I247.5

中国版本图书馆 CIP 数据核字 (2021) 第 227757 号

痛症

玉寺人 著

责任编辑　张　倩
出版统筹　曾英姿
特约编辑　丐小亥　夜白白
封面设计　殷　舍
出版发行　江苏凤凰文艺出版社
　　　　　南京市中央路 165 号，邮编：210009
网　　址　http://www.jswenyi.com
印　　刷　湖南凌宇纸品有限公司
开　　本　880mm × 1230mm　1/32
印　　张　10.5
字　　数　337 千字
版　　次　2021 年 12 月第 1 版
印　　次　2022 年 3 月第 2 次印刷
书　　号　ISBN 978-7-5594-6368-5
定　　价　45.00 元

目录

C O N T E N T S

目 录

CONTENTS

第一章

哑巴女孩

林澜大学。

下了选修课，白寻音抱着两本书刚从楼内走出来，一眼就看到不远处树下那道修长的身影。

她穿着帆布鞋的脚一顿，下意识地想从侧面离开，然而还没等她有所动作，男生就捕捉到了她的身影，悠悠然地走了过来。

“白寻音。”喻落吟在她面前站定，低低地叫了一声她的名字。

白寻音只得抬起头，茶色的瞳孔在对上他那漆黑的眼睛时闪过一丝无措。

女孩咬了咬唇，似乎在用眼睛问他“有事吗”。她不能说话，喻落吟是知道的。

他只是笑了笑，清隽斯文的眉眼十分和煦地舒展开，暗暗收敛起一丝戏谑。

喻落吟坦坦荡荡地做出邀请：“一起吃个饭？”

从开学到现在一个多月了，他对白寻音发出类似这样的邀请也不下十次了，但每次都被女孩找各种理由拒绝了，不知道这次……

喻落吟正想着，女孩微微垂眸在微信上发消息告诉他：“不好意思，我一会儿还有课呢。”

这就是没时间的意思了。

啧啧，一点也不意外呢。喻落吟耸了耸肩，眼睛微微弯了弯：“那行吧。”

白寻音局促地点了点头，忙不迭地转身跑开。她心脏跳得飞快，扑通扑通的。每次见到喻落吟都会这样，白寻音觉得自己很没用。

可是从那年见到他开始，短暂的几次接触后，她就不自觉地会这样了，更别说现在还是他主动尝试着接触她。

白寻音最初觉得能和他考上同一所大学，并意外地在澜大碰见都很奇妙，更别说现在喻落吟对她总是带着一丝若有似无地的暧昧。女孩耳根不自觉地微红，她快步走到超市买了一个面包和一瓶牛奶，随后回到了宿舍。

下午的宿舍向来是没有人的，白寻音坐在书桌前一边啃面包一边整理刚刚选修课上做的笔记。心神放松下来的时候，她不自觉地又想到了喻落吟，然后长长的睫毛微微颤了下。

其实她和喻落吟见过很多次了，但仿佛每次的邂逅都带着挥之不去的黏腻感，像是把她周身都裹住了一样。白寻音情不自禁地想到以前……

林澜，三中高二年级三班。

傍晚，晚霞犹如带血的镰刀划过这座历史悠久的学校时，白寻音趴在空空的教室里的课桌上，细长的指尖一下一下地轻点着沉木裂纹的桌子，她在数数。

教室里没有挂钟，数到三百左右的时候，学校负责巡逻的保安会过来，在看到三班未关上的灯后，就会打开门把她放出去。

放学后被锁在教室里已经不是第一次了，白寻音不但渐渐生出了一些自在感，还能从中找出那么点乐趣来。

她坐在凳子上，细长的小腿弧度十分漂亮，正一摇一摇地踢着桌腿。

差不多十分钟后，巡逻的保安刘大爷见到三班又没关灯，不禁皱了皱眉。

他拿出钥匙开了门，看到趴在桌子上的女孩，一时间竟有些五味杂陈："小姑娘，你又被锁在教室里了啊？"

白寻音背着书包站起来，白皙的手指捏着肩带，她对着刘大爷一笑，表情平静又温柔。

刘大爷勉强笑了笑："赶紧回家吧。"

白寻音乖巧地点了点头，背着书包走了。

白寻音从教室里出来的时候已经放学一个小时了，晚上七点多钟，林澜的天已经差不多黑了，只余下星星点点的霞光。

她穿着白色运动鞋的小脚踩在走廊上悄无声息的，然而，走到楼梯口转弯的时候，她听到了隐隐约约的声音。这个时间点，校园里居然还有别的同学。

一道含羞带怯的女声响起，话中带着不自觉的柔软和一丝不易察觉的期待："喻落吟，我这儿有两张电影票，我们……我们周六一起去看电影好不好？"

白寻音听到这个声音脚步一顿，下意识地躲在了墙后面。自从不能说话了之后，她就对声音很敏感，她听出来这声音来自同班的盛初苒。

盛初苒很讨厌她，而白寻音是不愿意与人发生冲突的性子，她想了想，觉得还是躲在这儿等盛初苒先走比较好，免得碰到，彼此都不愉快。

“是最近很火的一部片子，叫……”

“没时间。”盛初苒话没说完就被人打断了，是一道懒洋洋的男声，声音低沉清冽，听着就带着一股凉意，“你找别人吧。”

“啊……”盛初苒似乎很遗憾地喃喃道，“没时间吗？可我就想跟你一起看啊。”

盛初苒一向是个比较任性的姑娘，此刻娇软的声音中却带着一丝卑微，和平常飞扬跋扈的模样很不同。

白寻音有些意外，她低头看着自己的白球鞋，心里逐渐有了一个模模糊糊的想法。

随后，她就听到那个名叫喻落吟的男生回答，还是跟刚才一样的三个字：“没时间。”

一阵寂静。

半响后，盛初苒才一跺脚转身走了，光听着她的脚步声都能感觉到她的怒气。

白寻音松了口气，心想着她终于走了，要不然这么耽搁下去，自己晚上八点钟都不一定能到家。只是这么晚了，盛初苒怎么会和一个男生还待在学校里呢？

白寻音低头想着，又等了一会儿，想着两个人肯定都走远了，这才磨磨蹭蹭地准备下楼离开。然而，一走出拐角，她就对上了一双漆黑的眼睛。

那是她和喻落吟第一次见面。穿着宽大校服的少年站在台阶上倚着栏杆，蓝白色的校服衬得他肤色冷白，男生眉目墨黑，微长的刘海被晚风一吹，凌厉的眼神露出来，犹如出鞘的利剑。

白寻音没想到人居然还没走，她脚步一顿，显得有些无措。

少年的个子清瘦修长，肩膀却很宽，往那儿一站压迫感十足。

喻落吟看见女孩小鹿一样的眼睛里倒映着自己似笑非笑的双眼，他慢悠悠地开了口：“偷听？同学，这样可不好啊。”

虽然白寻音的脚步很轻，但早在盛初苒同他说话的时候，喻落吟就听到拐角处有人走近的声音了。只是他没说而已，他想等着看看到底是谁——却没想到是这么个小女生，还是个挺好看的女生，灵动纤巧，模样怯生生的。

少年懒洋洋的戏谑声让白寻音耳朵一下子就红了。她没想到这个叫喻落吟的男生居然知道自己在偷听，虽然她不是有意偷听的。

白寻音说不出话来，只得有些无措地摇了摇头，手指不自觉地抓紧了书包的肩带。

“嗯？”喻落吟修长的手指揉搓了一下手中的糖纸，漫不经心地一扔，投进了不远处的垃圾桶，“怎么不说话？”

白寻音咬着唇，一句“我不是故意的”就在嘴边，奈何她说不出来。

两个人隔着一段距离地“僵持”着，像是罚站一样。这场景让喻落吟觉得有些好笑，他轻呵了一声。白寻音抿了抿唇，干脆低头从他旁边跑开。

经过他身边的时候，她嗅到一股淡淡的薄荷香，原来他刚刚是在吃薄荷糖。

“同学。”眼见着快跑下楼梯了，白寻音忽然听到男生在后面叫她，“你叫什么名字？”

白寻音脚步一顿，第一次，她对自己无法开口说话感到有点无力。

她深吸一口气，回身对着男生，嘴唇无声地开合了一下。

喻落吟一愣，看到少女粉嫩的唇瓣一张一合，似乎说了一个“云”字。

白寻音对他笑了一下，然后回头脚步不停地离开了，纤细的背影渐行渐远。

喻落吟后知后觉地反应过来，这是他第一次主动问一个女孩的名字，而且是不受控不自觉地问了。然后，人家还没告诉他。

这算是碰了个不轻不重的钉子，喻落吟嗤笑了一声，长长的眼睫低垂着。

篮球场上，一群男生还在挥汗如雨。其中一个把校服系在腰间的男生撸了一把汗湿的头发，兴冲冲地跑上楼。

“喻哥，怎么样，刚才那场比赛的比分拉得够大吧？”黎渊一笑，露出两颗小虎牙，阳光的脸上满是傲气，“叫你上场你不上，错过了一场精彩的比赛！新随呢？先去烧烤店订位子了吗？”

喻落吟面无表情，把手里的矿泉水瓶往他怀里一扔：“以后打球别叫我等你。”

黎渊“咕咚咕咚”地喝了几口水，纳闷地问：“啊？咋了？”

喻落吟双手插兜，慢悠悠地下了楼，平静的声音中带着一丝厌烦：“容易遇到发电影票的。”

“啊？”黎渊愣了半晌才回过神，他喃喃道，“咱们学校还有发电影票的？我怎么没遇到过这种好事呢！”

学校离白寻音家二十分钟的车程，她回到家的时候已经快接近晚上八点钟了，季慧颖见她回来了，边给她热菜边絮絮叨叨地抱怨。

“你怎么每个月总有几天回来得这么晚，胃都该饿坏了。”

白寻音换衣服的手一顿，半晌后抿了抿唇，然后在一张白纸上写下几个字，举到季慧颖面前：“妈妈，同学帮我辅导了一会儿功课，没事的，我不饿。”

季慧颖一愣，眼神从白纸上娟秀的字迹转移到纸后面白寻音那张小脸上。

少女的肤色是象牙白，脸上没有一点瑕疵，五官精致柔润，微微一笑便是一副明眸皓齿的模样。偏偏，一场意外让她失了声。

这两年，季慧颖再也听不到白寻音那原本清冷悦耳的声音，母女俩只能用纸笔交谈。

“好……现在多学学也好。”季慧颖强笑着，把热好的菜端到桌上。

白寻音点头，坐在桌前静静地吃完了晚饭。

自从不能开口说话之后，白寻音就明白了一些道理，所以和同学之间有些不愉快的事情，白寻音从来没有告诉过季慧颖。生活本来就够糟糕的了，她不想让妈妈操心这种事。当然还有一些别的事情……不过，她能应付。

白寻音回到房间后才看手机，上面是阿莫发来的一连串短信——

“宝贝！我的转学手续快办好了，哈哈哈哈，到时候就可以天天缠着你了！”

“咦咦咦，你怎么不回话？这都下午六点多了，你们该放学了！”

“今天你是不是又因为值日被盛初苒关在教室里了？她怎么这么讨厌啊！”

……

阿莫是个可以自说自话连发五十条信息的姑娘，如果得不到回复的话，她会一直发。白寻音跟她从小就认识，非常了解她，看着那些短信她忍不住笑了，连忙回：“没，我才到家，今天是因为补课才没看手机的。”

同样地，她也不想让阿莫担心。

只是说到盛初苒，白寻音不自觉地又想起了今天遇到的那个男生——喻落吟。

“喂，白寻音。”前桌刘语芙转身，敲了敲她的桌子，“把你的数学卷子给我。”

刘语芙是个长相清秀、戴着眼镜的姑娘，也是班里的数学课代表。每天第二节课下课后，她负责收作业送到数学老师办公室。但她总是在第一节课下课的时候就向白寻音要数学卷子，因为白寻音的数学成绩是全班第一，她要把白寻音的答案同自己的核对一下。

这些白寻音都知道，但她没说什么，只是默默地拿出卷子递给刘语芙。刘语芙是个冷漠但没什么坏心眼的姑娘，白寻音也不介意把自己的卷子给她核对，哪怕刘语芙从来没有说过一个“谢”字。

说话间，上课铃响了，化学老师夹着教案走进来。他站到讲台上，随即勃然大怒：“你们班怎么回事？今天是谁负责打扫卫生？”他拿着黑板擦重重地敲了敲黑板，“黑板都没人擦！”

本来还充斥着“嗡嗡嗡”的说话声的教室因为化学老师的愤怒而安静了下来，安静的教室里仿佛掉根针都能听见。

白寻音咬了咬唇，小手不自觉地抓紧校服裤子的口袋。

“谁啊？怎么没人说话？”化学老师见没人应声，更来气了，“你们都是哑巴吗？今天谁值日啊？”

“老师。”前排一个女生闻言不禁笑出了声，她柳眉上挑，恶意横生，“咱们班就一个真哑巴，没人回答的话，那就是她喽。”

她说完，教室里就响起了窸窸窣窣的笑声，像是强忍着的。

化学老师一愣，下意识地看向白寻音，一双浓黑的眉毛皱起：“白寻音，今天是你值日吗？”

白寻音笔直的脊背僵硬了片刻，慢慢地站了起来。在一片看好戏的眼神里，她张了张口，一句话都说不出来。

但她站起来又没有摇头的举动在化学老师看来就等于默认，他皱了皱眉，有些无奈地盯着她问：“你怎么不擦黑板呢？难不成还要老师自己动手？”

“老师。”前排的刘语芙忽然开口，声音平静，语速极快，“三个值日生呢，不光是白寻音。”

白寻音一愣，有些意外地低头，看着刘语芙后脑勺上翘起的马尾辫。

“三个？另外两个是谁？”化学老师扫了一圈，沉声说，“都站起来。”

教室里安静了几秒钟，盛初苒和另一个女生才不情不愿地站了起来。

“你们三个是怎么回事啊？”化学老师见是三个女生，顿时有种骂不出口的感觉，他有些无奈地道，“现在小姑娘家家的都这么贪玩吗？”

“老师。”盛初苒率先开口，一张粉面桃花般的脸显得分外无辜，大眼睛眨了眨，“下课后我和钟琴肚子有些不舒服，就去了洗手间，没想到没人擦黑板，真是对不起。”

这话看似道歉，实际上就是把锅往白寻音身上甩。果不其然，化学老师有些责备地看着白寻音——摆明了觉得她没有互帮互助的精神。

白寻音的贝齿咬了咬唇，半晌后，她直直地走向讲台。

在大家惊愕的视线中，白寻音执起一根粉笔，清秀凌厉的字体呈现在大家面前：“老师，我们三个人有分工，盛初苒擦黑板，钟琴摆桌子，我打水。”

今天，他们这层楼厕所维修没水，打水要到下一层楼的厕所去。他们教室本来就离厕所远，一来一回还要再拎着沉重的水桶很辛苦，所以在分配任务的时候，另外两个人毫不犹豫地把这事儿扔给了白寻音，自己拣轻松的活儿干。

打水虽然累了点，但总要有人干，白寻音不在乎分配到累活，但她不想背黑锅。该是谁干的工作就得是谁干，况且盛初苒和钟琴刚刚根本没有去洗手间。

黑板上一字一句写得清楚，盛初苒和钟琴都没料到白寻音敢这么干，登时脸上一阵红一阵白的。

化学老师知道是怎么回事了，他无声地叹了口气，对着白寻音一点头，语气柔和了不少：“行，我知道了，你下去听课吧。”说完，他又抬头看向盛初苒，“上来擦黑板。”

盛初苒脸上的红晕蔓延到了耳根，她不情不愿地走上讲台去擦黑板，与下台的白寻音擦肩而过的时候，她狠狠地瞪了白寻音一眼。

白寻音无声地叹了口气，也不知道自己做得对不对。诚然她现在是出了口气，但盛初苒肯定不会善罢甘休，该怎么办呢？

果不其然，下课后盛初苒就来找她麻烦了。

白寻音提着装满了水的水桶爬楼梯时，累得细瘦的手臂上都泛起青色的血管，在白皙的皮肤上显出一道一道的痕迹。

一般女生轮到打水的工作都会找男生帮忙，但白寻音宁可自己去也不愿意用写字沟通的方式麻烦别人。

她费力地提着水桶上楼，却在楼梯口遇到了拦路虎。

盛初苒带着钟琴站在楼梯最顶端，明摆着就是堵她。

“白寻音，你行啊。”盛初苒眉目极艳，眉梢微微上挑就是一副盛气凌人的模样，她端着肩膀，似笑非笑地看着白寻音，“一个哑巴，还学会背后阴人了？”

白寻音默默地听着，表情没什么变化，只是心里有点感慨：怪不得盛初苒学习不好，她连形容词都不会用，自己哪里是背后阴人，明明只是说出了实话。

“苒姐，你跟这个哑巴有什么好说的。”钟琴笑了笑，满眼的不屑。

她说着，猛地推了白寻音一把，女孩细瘦的肩膀撞到身后的墙面上，磕得生疼。

白寻音觉得给她们两个任何表情都是浪费时间，她眉头微蹙，黑琉璃般的漂亮眼睛里半分情绪都没有。

一直以来，盛初苒最看不惯的就是这样的白寻音，仿佛她从心底里看不起她们。

她从小到大被捧惯了，偏偏就输给过这个哑巴一次，这让盛初苒一直有种受了奇耻大辱的感觉。

“你装什么装啊！”盛初苒忍不住喊了起来，随即又冷笑道，“你不是爱打水吗？那你就再打一次吧！”

她说完，就毫不犹豫地把白寻音放在台阶上的水桶踢下了楼。伴随着巨大的声响，水花四溅开来，正要上楼和在楼下逗留的学生都尖叫着躲开，一时间场面极度混乱。

而那个水桶转了几圈后，“砰砰砰”地滚下楼，停在了一双白球鞋前，最后那点水花打湿了蓝色的校服裤腿。

喻落吟和他身后的几个男生站在楼梯口前，面无表情地看着台阶上的三个女生。

喻落吟就像在看一场闹剧，嘴角只略微勾起一抹讽刺的弧度。少年双手插兜，身材修长，额前的碎发垂落下来，挡住毫无情绪的漆黑双目。

倒是他身后的黎渊怕运动鞋被打湿，遇到水立刻蹦着躲开，然后大叫起来：“谁把水弄洒了啊，太没公德心了吧！”

盛初苒在听到这句话后，明媚的大眼睛里清晰地闪过一丝慌张，纤细的手指不安地绞着校服下摆。

她远远地看着喻落吟，生怕他觉得她没有“公德心”。

“白寻音！”反倒是钟琴反应极快，她仗着喻落吟他们刚刚或许没看到，明目张胆地把锅往白寻音身上甩，义正词严地道，“你怎么回事啊，连个水桶都拎不住？”

“呃，对。”盛初苒被钟琴这么一点拨，如梦初醒般忙说，“你把同学的鞋子都弄湿了！”

白寻音懒得跟她们计较。其实她刚刚用余光已经看到了楼下的那个男生是喻落吟，否则盛初苒也不会突然羞怯起来，反正她们把责任推卸给她也不是一次两次了，想计较也计较不过来。

少女低垂着眉目，转身一语不发地下了楼，脚步很轻。

她迅速走到喻落吟面前，低头弯腰捡起了水桶，随后一刻不停地快步离开，自始至终连一个眼神都没有分给其他人。

喻落吟的视线不自觉地跟着她走，隐约看到少女拎着水桶的手臂上青筋凸起。

这个叫白寻音的女生梳着长长的马尾，颊边的碎发垂落下来，挡住她那小巧的侧脸，看不清楚长什么模样。不过，她纤细的天鹅颈和突出的蝴蝶骨尤为显眼，还有那细瘦的腰肢……让人莫名感觉她拎不动那个沉重的水桶。

“喻落吟！”白寻音走远了，还能隐约听到盛初苒带着笑意的声音，“你裤脚都湿了，赶紧换一条吧，快上课了……”

白寻音秀气的眉头微蹙，脚下加快速度。等走到了无人的水池旁边，她才重重地喘了口气，有些脱力地蹲了下来。天气甚好，灿烂的阳光几乎照到了每一处，除了这个水池。白寻音缩在水池边，犹如一朵长满了青苔的小蘑菇。

生活总是这么难吗？还是等长大就好了？白寻音不自觉地想到这句电影台词，有些怔怔地嗤笑了一下——在她不能开口说话之前，她是真的没感到生活有这么难。

短暂的难过之后，白寻音撑着膝盖慢慢地站了起来，又恢复了戴着冷漠面具的模样。她面无表情地接满了水，拎着桶一步一步走回教室。

在临上课前两分钟，白寻音才把水桶拎回了教室，手指被勒得生疼，回到座位上拿起笔的时候都感觉有些酸软脱力。

而盛初苒正趴在桌子上哭，钟琴和另外几个女生慌慌张张地在旁边安慰她。

“苒苒，你别哭了，喻落吟他刚才也没有说什么啊。”

“对啊，他没凭没据，凭什么说是你把水桶踢下去的。”

“没错，喻落吟不一直是那样吗，说话阴阳怪气的。”

“你们别说了！”

盛初苒抬起头，白皙的脸上眼眶通红，水光潋滟的双眸里闪着倔强，她瓮声瓮气地说：“我不许你们说他坏话！”

白寻音很不喜欢盛初苒，但这时候也有些佩服她的勇气。

中午，天空又开始淅淅沥沥地下起了毛毛雨。

林澜是个水一样的城市，三天两头下雨，雨伞几乎是人人出行必备的。此刻，整个学校都笼罩在蒙蒙的雨雾中。

食堂里冷冷清清的，没有几个人，白寻音觉得正好，就连心情都舒畅了许多。她拿着饭卡到窗口打了两个菜，然后找个角落坐下来安静地吃饭。

食堂的塑料椅子很凉，白寻音坐下时被冻得一激灵，她眉头轻蹙，只觉得这饭也是冰凉的了。少女马尾辫的发梢微湿，凝聚的细小水珠蔓延到白色的短袖上，肩胛骨那处湿了一小片。

食堂里很安静，只偶尔有窸窸窣窣的声响，白寻音吃了没一会儿，就有几道带着潮湿冷风的身影从她身边走过。接着，男生戏谑的声音响起，瞬间打破了周围的寂静。

“喻哥，来食堂吃干吗，怪难吃的，去校外撸串得了。”

“黎渊，你消停点吧，中午就这么点时间，去什么校外？”

“那晚上去？”

“先去看看有没有红烧排骨这道菜……”

白寻音低头看了眼盘子里的红烧排骨，刚才她打菜的时候，食堂阿姨说是最后一份……这几个男生来得太晚了。

她漫不经心地抬头扫了一眼，捏着筷子的手指不禁一顿。那几个男生的背影她很熟悉，正是之前盛初苒刁难她时站在楼梯口的那些人。其中就有喻落吟，少年的身形清瘦挺拔，手指十分修长，很好认。

白寻音不自觉地咬了咬唇，转过头来继续吃饭。她觉得有点如坐针毡，也许是因为今天的食堂太静太空了。

她并不是那种害怕孤独，逛街看电影甚至去洗手间都要人陪的女生，但她不想让别人窥探到她的孤独。

糟糕的是，那四个男生打完了饭菜，竟然就坐在离她不远的位置，只隔了两张桌子。

白寻音顿时感觉那冰凉的饭更加难以下咽了，她低垂着眸子，几个男生断断续续的对话传入她的耳中。

“喻哥，你说话也真够不客气的，三班那个小姑娘都快被你说哭了。”

“的确，太不绅士了。”

“不过那盛初苒也的确有点心机，我都看到是她把水桶踢下来的，她还赖旁边那女孩……”

“嘿嘿，可能长得漂亮的姑娘都很任性，爱说谎。”

原来他们知道呀，怪不得盛初苒哭成那个样子。

白寻音听着，不禁有点想笑。

四个男生里，其他三个吃饭的时候或多或少都会嘻嘻哈哈地说几句话，唯独喻落吟一直没有开口。

他们吃饭的速度很快，前后不过十分钟就完事儿走人了。

直到他们消失在食堂门口，白寻音才缓缓地舒了口气。她也不知道自己在紧张些什么，但总之，她更喜欢这种一个人待着的状态。

视线收回的时候触及刚刚几个男生吃过饭的桌子，她一顿。一张饭卡孤零零地躺在椅子上，被人忘记在那里了。

三中的饭卡都是实名制的，她走过去拿起来一看，上面赫然写着“喻落吟”三个大字。

白寻音也就犹豫了一秒钟，便拿着伞追了出去。

几个男生都是个高腿长走得极快，白寻音喊不出来“等等”，只能跑着追上去。

到最后，她伞都来不及打，在缠绵的细雨中跑得脸色绯红、气喘吁吁，乌黑的发丝被打湿了，一缕一缕地粘在她白皙小巧的侧脸上。

直到双方距离很近的时候，几个男生才仿佛听到动静停下来转过头，见到白寻音追上来，眼里盛满诧异。

“同学。”黎渊率先开了口，看到白寻音时眼前一亮，“你有什么事吗？”

白寻音抿了抿唇，细白的小手摊开，手心里躺着一张黑色的饭卡，少女白皙的手心被压出了两道红痕。

她把那张卡递到喻落吟面前。

后者微微一愣，片刻后伸手接了过来，修长的手指划过白寻音湿凉的手心。

喻落吟盯着眼前乌发白皮、唇红齿白的少女，她被水色浸过的双眸似乎带着柔和的湿润，亮得像星星。

于是，喻落吟漆黑的眸子里闪过一丝兴味："谢谢。"

白寻音无声地笑了笑，唇边两个小梨涡若隐若现。少女眼睛明亮，微微点了下头就要离开。

"等等。"

喻落吟叫住她，懒洋洋地问："你叫什么名字？"

这话问出口，不光是白寻音，就连旁边的三个男生都是一愣。

这还是喻落吟第一次主动问女生的名字。但他们不知道的是，其实这已经是第二次了，还都是问同一个人。

白寻音咬了咬唇，在原地僵硬地站了半晌，索性低着头从喻落吟身边跑开。女孩脚步飞快，头也没回一下，马尾辫随着奔跑的动作一甩一甩的。

"这女生追了咱们一路，就为了还饭卡啊？"陆野忍不住笑了一声，看着白寻音的背影啧啧感慨。

"两次。"喻落吟抖开陆野搭在自己肩上的手臂，脸色有些沉，修长的手指竖了起来，"我问了她两次名字，都被她无视了。"

白寻音的脸让人看过了就很难忘，喻落吟自然记得自己之前那次得不到回应的问话。

"她不是故意的，只是说不出话来。"周新随推了下眼镜，镜片后的琥珀色双眸平静无波，简简单单地叙述一个事实，"这女生叫白寻音，就是盛初苒那个班的哑巴女孩。"

白寻音，原来她叫白寻音。

喻落吟默念着这个名字，想起上午盛初苒踢下水桶时旁边站着的那个女孩，原来就是白寻音。

他正想着，就听到陆野在向周新随打听白寻音。

周新随修长的手指推了下高挺的鼻梁上架着的白金丝边框眼镜："据说她高冷得很。"

"高冷吗？"陆野挠了挠头，"她笑起来挺温柔的啊。"

周新随一挑眉："你想干吗？"

"嘿嘿……"

"闭嘴。"喻落吟冷冷地开口，打断他们，"回教室了。"

谁也不知道他心情为什么突然不好，但的确快到上课的时间了。

回到教室以后，陆野还一直撺掇着黎渊去打听白寻音，两个人坐在喻落吟的前桌，叽叽咕咕的声音不断传入他的耳朵，让他清隽的眉头轻蹙。

“新随说得没错，我帮你问我认识的女生了，白寻音的确挺难接近的。”

“我还不信这个邪了。”听了黎渊“调查”过后的一番结论，陆野跃跃欲试地宣布，“我就要去认识认识她。”

黎渊有些无语，正想反驳他，旁边座位上的周新随适时地提醒了一声：“老师快来了，你俩安静点。”

周新随说完后又忍不住笑了，一双琥珀色的眼睛看着陆野：“我赌你不行。”

陆野瞪大了双眼：“你也太看不起我了吧！”

他话音刚落，后桌的喻落吟就踹了下他的凳子。

“我也赌你……”喻落吟额前的碎发垂落在眼前，黑眸里是大写的“看好戏”三个字，然后他慢悠悠地说出三个字，“不行。”

结果陆野是真的不行。

晚上一起吃饭的时候，陆野“官宣”自己失败后，毫不意外地受到了众人的嘲笑。

黎渊在一旁笑，还不住地拱火：“亏你还自诩三中校草，结果连她的微信都没要到。”

陆野怒了：“你真是站着说话不腰疼，有种你去试试啊！”

“我没兴趣，就想嘲笑你没用。”黎渊嘴巴毒得很，三言两语就把陆野气得跳脚，“要是换作喻哥，几下子就能成功。”

“你就是仗着喻哥压根不会去，才在这儿随意说大话！”

“那你……”

“谁说我不会去？”

两人闹得不可开交时，一直很安静的喻落吟简简单单的一句话，就让周围陷入一片寂静。

陆野、黎渊，甚至一向淡定的周新随都有些惊讶地看了过来。

喻落吟嘴角微勾：“既然阿野说了这姑娘难接近，不是挺有趣的吗？”

“什么意思啊？”陆野喃喃地问，“你想认识白寻音？”

喻落吟笑了笑，只问：“你们还要打赌吗？”

众人沉默了半晌。

周新随率先开了口，答案却和刚才说陆野的截然不同：“换了你，我赌能行。”

黎渊："我也赌你能行。"

"我……"陆野气势很弱地说道，"我赌喻哥不行！"

喻落吟但笑不语，不自觉地想到自己之前两次问白寻音名字时，她咬唇跑开的模样。

也许是某种"不甘心"在隐隐作祟，喻落吟破天荒地做出了他平时绝对不会干的事情。

只是那个时候他们都没意识到，这个赌约是一件多么荒唐的事情。

这天的林澜难得没有下雨，是个大晴天。傍晚，徐徐的微风中带着一丝燥热。

阿莫的电话就是在这个时候打过来的，白寻音怔怔地接了起来。

好在阿莫不需要她的回应，只自顾自地说，声音明媚又开朗。

"音音，我的转学手续办完啦，我爸说下学期我就能直接去你们班了！"

"你们还有半个月就放暑假了吧？到时候我就回林澜，嘻嘻嘻！"

白寻音说不出话来，只能在电话这边微微笑了笑。

阿莫，白寻音的嘴唇无声地张合，你快回来吧。

她想她了。

阿莫和她从小学开始就一直在一个学校，之前，有阿莫在的校园生活，对于刚刚失声、各种不适应的白寻音来说还没那么难熬。

阿莫父母是生意人，前年他们在另外一个城市开设了分公司，把阿莫也一起带走了。她们不得不分开，平时只能用微信联系，只有放长假的时候才能见面。而现在阿莫的父母又要回林澜发展事业了，阿莫也就能重回三中了。

想到下学期就能和阿莫一个班，白寻音难得有了些精神。挂断电话后，她给阿莫回了条消息，只有简短有力的两个字："等你。"

白寻音心里有了期盼，只觉得半个月的时间转瞬即逝，一眨眼就到了暑假前夕。

三中有升高三换教学楼的传统，在放假前，高二学生都要把自己的桌椅和学习用品搬到另一栋教学楼的教室里。

那栋教学楼在学校东区，位置偏僻，是专门给高三学生开辟出来的"战场"。

天公不作美，搬东西那天又下起了雨，不是毛毛雨，而是出去走一会儿就能打湿全身衣衫程度的那种雨。

在这种天气搬东西，可真是折磨人。

白寻音看着窗外淅淅沥沥的雨，有些苦恼地皱起了眉头。一般遇到这种情况，其他女生都是找男同学帮忙，她们只要在一旁帮着打伞协调“合作”搬东西就可以了。

可白寻音找不到人。她有点羞于开口，即便有那么一两个男同学主动要帮她，也都被其他女生叫走了。

白寻音叹了口气，水润的眼睛里浮上了一层烟雾一样的愁丝，半晌后，她一只手举着雨伞，另一只手费力地提起凳子。

她刚走出几步，裤脚就被打湿了一大片，手滑得几乎拿不住凳子，直往下掉。

白寻音咬了咬牙，心想着大不了回去洗个热水澡再吃点感冒药，先把东西搬过去再说。她把伞收了起来，两只手一起搬着凳子。

长长的一段路，走到一半，少女的头发就都被打湿了，乌黑的头发贴着苍白的脸，雨水淋得她眼睛都有些睁不开了。

白寻音放下凳子喘了口气，用手背擦了擦脸上的雨水。

雨越下越大，不能再耽搁了。白寻音刚要把凳子搬起来，想一鼓作气地搬到教学楼时，肩膀却被人摁住，头顶上出现了一把伞。风雨交加中，有人把她罩在了这小小的一隅。

白寻音有些意外地转过头，看到的是喻落吟精致的侧脸。

他面无表情，一只手撑伞罩着她，另一只手从她肩膀上转移到凳子上，轻而易举地就把那张木头凳子提了起来。有的时候，女生和男生的力量根本无法相提并论。

“我帮你。”他淡淡地说了句，眼神示意白寻音走在他前面。

他姿态从容又淡然，和女孩的慌张形成了鲜明对比。

“不行吗？”见白寻音脚下不动，喻落吟笑了声，把伞递给她，“学学其他人，帮我撑伞吧。”

白寻音苍白的脸染上一抹绯色，她犹豫了下，小手接过喻落吟递过来的伞，指尖无意中碰到了对方的指骨。

她怎么也没有想到喻落吟会帮自己。

她无措地咬了咬唇，有些着急地想要道谢，但手机在教室里，她只能勉强用唇语说着“谢谢”两个字。

喻落吟闲适地单手拎着凳子，看到她表达谢意就问：“真想谢我？”

白寻音连忙用力地点了点头。

“那你就好好打伞,别都偏到我这边来。”喻落吟嗤了一声,“挡视线。”

这姑娘不懂给他打伞和一起打伞的区别，自己半边身子都露在外面了，他一个大男人遮得这么严实干吗?

白寻音纤长的脖颈都红了一截，她抿唇笑了笑，手上却没动作。她依旧保持着把伞打在喻落吟头上，固执得很。

喻落吟拿她没办法，只好加快了脚步走进高三教学楼。

喻落吟帮着白寻音把凳子搬进教室里引起了不小的轰动。不少已经搬完了东西在休息的三班学生见到喻落吟都吓了一跳，更别说他是帮着白寻音搬东西。

“你待着吧。”喻落吟却根本没看周围人一眼，只对白寻音说了句，转身就走。

女孩有些怔怔地看着男生修长的身影远去。

喻落吟刚刚把她的伞抢走了，显然是不想让她再出去，所以他是要……要去帮她搬桌子吗?

白寻音看着他离开的方向，被打湿的马尾辫发梢滴着水，水珠滑入她那纤细颈后的衣领中，一片冰凉。

不一会儿，喻落吟在“万众期待”中把白寻音的桌子搬了进来，盛初苒就站在白寻音旁边，见到他眼前一亮，连忙凑过去搭话。

“喻落吟，你衣服都湿了，我那儿有吹风机，帮你吹一下吧？”

喻落吟没理盛初苒，也没理白寻音。他把桌子搬到白寻音面前，黑发湿漉漉的，水滴随着他的动作掉在桌面上。少年随手抓了一把湿发，然后就干脆利落地离开了。

她垂下眼睛看着，能明显感觉到盛初苒松了一口气。这是她第一次因为喻落吟的冷漠而开心。盛初苒甚至愉悦地轻哼出了声音，晃晃悠悠地回到了自己的座位上。

静默了几秒钟，白寻音把头发散开，从书桌抽屉里拿出另一件校服准备换上。

衣服散开的时候，一张字条掉了出来，在空中飘荡了一会儿，落到了地上。而白寻音清楚地记得，自己桌子里没有这张字条。

她微微一愣，随即弯腰把地上那张凭空多出来的字条捡起来，上面用黑色的碳素笔写着一行字——“记得报答我”，一看就是男生的字体，铁画银钩、龙飞凤舞，笔尖的力道之大，几乎要破纸而出一般。

喻落吟不做没有收益的事情，他是要回报的。

白寻音看了半晌，脑子里有些混沌，随后她轻轻地把那张字条折了起来。

“明天就放暑假了。”同学们搬完东西后，申郎丽便上台讲话，都是些老生常谈，“重视学业，多补课，放假不要总是想着出去玩，熬完这一年，有的是玩的时间……”

白寻音有些心不在焉地听着，手机振动了一下，是阿莫发来的消息：“音音，你们桌子搬完了吗？林澜又下雨了。”

她下意识地望向窗外，雨势已经减小了，只有淅淅沥沥的毛毛雨了。这雨像是故意跟他们作对一样，搬完桌子，就要雨过天晴了。天边能隐隐见到一道彩虹，白寻音忽然有种豁然开朗的感觉，她低头给阿莫回消息：“阿莫，我遇到一个很特别的人。”

白寻音搞不清楚喻落吟给她写那张字条是什么意思。他说要她报答他，可暑假都开始了……难道要等到新学期再还这个人情吗？

欠人情的感觉让白寻音很不舒服，更无所适从。她不自觉地就会去想喻落吟，想着该如何报答他。

令白寻音没想到的是，她竟然很快就偶遇了喻落吟，根本不用等到开学。

这事儿还得从阿莫说起。回到林澜后，阿莫就像土霸王回到了自己的山头一样惬意，整天拉着白寻音到处玩，一点也没有作为一个准高三学生的自觉。

她白天缠着白寻音陪她出去玩，晚上就到白寻音家蹭饭。

季慧颖做饭很好吃，阿莫从前就天天到她家来蹭饭，去了另一个城市一年多，更是想得紧。

于是这些天季慧颖就天天变着花样做好吃的招待她，脸上的笑容都多了不少。

白寻音看着不由得松了口气，心里又酸又涩的。

自从两年前的那场“意外”后，家里就变得十分安静，没有爸爸白鸿盛的声音，没有她的声音……实际上，季慧颖应该是很孤寂的。

阿莫一来就吵吵嚷嚷的，她心里也能多点慰藉。就是阿莫这家伙实在是太黏人了，刚刚吃完午饭，小姑娘就眼珠子滴溜溜地转着，对着季慧颖道：“颖颖姨，下午能不能让音音陪我去游乐场啊，据说林澜新开了一家大型游乐场，我还没去过呢！”

她都玩了快一周了！

白寻音大为头疼，按了按太阳穴，刚想拒绝阿莫，就被季慧颖拦住了。

“行啊，去吧。”她笑了笑，拎起桌上的包，“音音，正好我一会儿也要去医院看看你爸爸，你就和阿莫去外面走走吧。”

白寻音一愣，看着季慧颖温柔如水的眸子，只好点了点头。

等到季慧颖拎着包走了，房间内陷入一片安静，阿莫才揽着白寻音的肩膀小声问：“音音，白叔叔他……他有没有好点啊？”

两年前，白鸿盛因为一场“事故”从七楼的天台“意外”坠落，虽命大没死，但成了植物人，日日躺在医院里靠仪器和输液维系着生命。

医生说他有可能醒过来，也有可能再也醒不过来了。白寻音每周会去看白鸿盛两次，每次看到爸爸逐渐萎缩的身体，心脏就像被谁拧了一把一样疼。

等到了高二，季慧颖就不让她去了，怕影响她的学习。而季慧颖自己天天都去照顾白鸿盛。

如此日复一日，就连阿莫都忍不住感慨：“阿姨对叔叔可真痴情。”

是啊，是啊。他们本来该是神仙眷侣、琴瑟和鸣，一辈子都会像前十几年那么幸福，都怪……

“音音，别想了。”阿莫打断了白寻音的思绪，她伸手把白寻音的脑袋扭过来，大眼睛扑闪扑闪的，“我们快点去游乐场吧，再晚就来不及了！”

白寻音皱了皱眉，拿起笔在白纸上写下一行字，质问道：“宁书莫，你到底在搞什么？”

明明前天自己刚陪她去过那个新开的游乐场，结果这货居然说她没去过，现在还搞得这么神神秘秘的。

“哎呀，我有一个妙计。”阿莫忍不住笑了，一双杏眼里闪过一丝狡黠，她问白寻音，“你之前不是说想趁着暑假找一份兼职赚点钱吗，告诉你，我有办法！”

白寻音一愣：“你有什么办法？”

白鸿盛长时间躺在医院里，已经把本来家底还算殷实的白家掏空了，虽然还不至于家徒四壁吃不上饭，但季慧颖只是一个普通的公职人员，收入有限。

白寻音总想趁着空闲的时候兼职赚些钱，但是不能说话的她连最基本的奶茶店、网吧的短工都很难找到，阿莫又怎么会有办法？

“傻瓜。”阿莫一副胸有成竹的模样，笑眯眯地问她，“你知不知道现在摆地摊不要摊位费了？”

“所以，”阿莫一锤定音，“我决定，咱俩摆地摊去！”

阿莫打小便是这种想一出是一出的性子，说完就拉着白寻音出了门。

这姑娘不知道从哪儿搞了辆车，还找来自己的堂哥帮忙开车。车后备厢里居然是已经准备好了的摆摊用具—— 一堆娃娃、小饰品什么的，摆明了是做套圈这生意。

白寻音还以为阿莫只是说说，没想到她都已经准备好了。只是现在她俩毫无准备地去摆地摊，能行吗？

她拉住风风火火的阿莫，在手机上打字：“你跟我说说你的计划。”

“没事，肯定能赚钱的啦！”阿莫笑嘻嘻的，给白寻音介绍后备厢里的“宝贝”，“我弄了五百个轻飘飘的圈，保证他们套不到东西，想想五块钱十个圈，还是可回收的，挣钱简直易如反掌啊！”

可白寻音总觉得做生意没有阿莫说的这么简单，她忍不住问：“那如果东西都被套走了呢？”

“怎么可能！”阿莫瞪大了眼睛，信誓旦旦地道，“这个圈很轻的，到时候咱们把东西摆得远点，谁能套走？再说，我买这些花了还不到两百块，你就放心吧，肯定是纯赚钱的买卖。”

阿莫家境殷实，是属于赔钱了也不怕的那类姑娘。前段时间摆地摊合法了之后，她就蠢蠢欲动，什么做生意赚钱都是幌子，她的玩心更重。

说完，阿莫就不再理会白寻音的担忧，急吼吼地把她推上了车后座。路上她还在念叨：“我买了五十多样东西呢，谁能那么厉害全套走啊？要真有，那我叫他哥！”

然而，阿莫没想到自己见识太少了，还真就有这样百发百中的人才。

阿莫的堂哥开车把两个姑娘送到了游乐场摆摊的地方，又帮着她们把东西一一摆好才离开。

两个第一次出来“做生意”的女孩感到有些手足无措，她们站在摊位旁边，看着来来往往的人，压根不知道该干什么。

吆喝吗？但又有点喊不出口。

“音音。”阿莫脸都憋红了，她拽着白寻音的小手问，“咱们该说点什么啊？”

白寻音哪里知道该说什么。

对于阿莫这种张罗着要来，来了又退缩的举动，她有点哭笑不得。

但买的这些东西和圈子总不能浪费了吧，白寻音想了想，走上前拿了两把圈子左右摇，她说不出话来，只能用肢体语言来“吆喝”了。

阿莫见状，也连忙过来帮忙一起摇，蚊蝇一般细小的声音从她的嗓子眼里蹦出来：“套……套圈……五块钱十个圈……”

烈日下，两个身材纤细的少女站在人群中拿着圈子摇晃着，她们穿着短袖短裙，裸露的四肢细细白白的，很是吸引人。

不多时，还真有些男生过来买圈了。只是套圈是假，搭讪却是真的。

阿莫收了钱脸上带了几分笑，再加上本身就能言善道，应付那些男生并不成问题。

白寻音却觉得如坐针毡。她讨厌应付别人，特别是陌生人，陌生男人的接近会让她产生排斥，就像是灼热的空气带着黏腻的触感，烦躁、憋闷。

正当她坐立不安时，一道突兀的喊声打破了她的烦躁：“白寻音？”

白寻音一愣，有些诧异地转头，就看到陆野那张一笑就露出两颗小虎牙的脸。

他身后有几个男男女女，白寻音一眼就注意到了里面的喻落吟。

真巧，也真倒霉。

喻落吟今天穿着休闲的亚麻色T恤和米色长裤，简单又大方，往那儿一站，好像四周的空气都凉爽了不少。白寻音有些尴尬，她并不想自己在这儿无所适从地摆地摊的时候，遇到认识的人，虽然她和这些人不熟，唯一能说得上话的，就只有眼前的陆野。

白寻音深吸一口气，故作平静地对着陆野微笑了下，权当打招呼了。

阿莫这个时候也摆脱了两个男生的纠缠，连忙跑到白寻音的身边，警惕地上下打量着陆野：“音音，你认识他吗？”

白寻音点了点头，颊边的碎发随着她的动作轻轻晃动，白净的模样乖巧极了。

“白寻音，你们这是在……”陆野看了圈周围，迟疑地问，“摆地摊？”

“是啊，怎么了？”阿莫有些不满于陆野的神色，一挑眉代替白寻音回答，“摆地摊怎么了？我们自力更生不行啊？”

这姑娘怎么这么凶？陆野看着眼前眉目英气又清丽的阿莫，一时间不知道说什么。

“陆野。”喻落吟从人群中走出来站到陆野旁边，也就是白寻音的对面，他目光微垂，盯着女孩，戏谑的话却是对着旁边的陆野说的，“遇到同学做生意，不捧捧场是不是不好？”

白寻音对别人的视线很敏感，自然注意到了喻落吟在看自己。但她不敢同他那双漆黑如墨的眼睛对视，便鸵鸟一样地低头看着自己的鞋尖——仿佛他们说什么，她都不在乎。

喻落吟这么一说，旁边的陆野就心领神会了。他看了一眼白寻音，明白了喻落吟要干什么，便笑了笑，对着旁边的阿莫说：“我们买一百个圈。”

“一百个？”阿莫眼前一亮，数也没数就拿了一大把圈子递给陆野，“五十块！”

陆野买了圈子之后递给喻落吟，后者在白寻音微愣的眼神中笑了笑，接了过来。

然后，他不紧不慢地走到摊位跟前。

“不是吧，喻哥要套圈？”黎渊见状，忍不住“扑哧”一声笑了，他有些同情地望了一眼白寻音，“他干什么要欺负人家啊？”

喻落吟去枪击社玩都是弹无虚发，居然来套圈，这不是大材小用是什么？是欺负人吧？

“黎渊。”

同行的女生看到白寻音和阿莫两个人，好奇地问：“那两个女生是谁啊？喻哥怎么会跟她们说话？”

“啧。”黎渊瞄了她一眼，有些不悦地道，“要你们管呢？”

女生吃了个瘪，只好心不甘情不愿地闭了嘴，但眼神不住地向白寻音身上飘。

地摊边上，身材修长的少年手指也长，指尖携着套圈，只是随随便便地一扔，就精准地套在了物品上。

旁边穿着白色短袖短裙、皮肤也同样象牙白的姑娘眼见着喻落吟一下套中了一个，澄澈的双眼微微瞪大。

不到十分钟，一百个圈都没用完，地摊上的东西就都被喻落吟套走了。

不光是白寻音和阿莫，围观的人也都惊呆了，只有跟着喻落吟来的那几个人不觉得意外。他也实在是太狠了点，花这么点钱，就把人家做生意的本钱都搞没了。

“你！”阿莫快要气疯了，刚要说点什么，就被白寻音拉住了手臂，后者紧紧地拉住她，轻轻摇了摇头。

人家按照规则用圈套走了所有东西，她们也不能气急败坏啊。

就是……一分钱没挣到，赔了一百多块钱不说，还得帮着把那些东西送到喻落吟朋友手里。

阿莫买的都是娃娃、梳子、发卡等小东西，一群大男人拿着颇为滑稽。

喻落吟全程只是在旁边看着，嘴角噙着一丝微笑，并没有上去帮忙的意思。

而稍微知道点“内情”的黎渊等人都无语了，他和陆野一人抱着一堆娃娃，咬牙切齿地问：“喻哥，有你这么做人的吗？”

喻落吟瞄了一眼白寻音，眸中的笑意更深了。

黎渊他们根本就不懂什么叫作“先抑后扬”。就像上次在雨中搬桌凳一样，如果白寻音不先吃点亏，怎么能记住他的“善良”呢？

后来，的确如他所愿了。白寻音再也忘不掉“喻落吟”这三个字，深入骨髓，想起来都疼。

“音音，东西都没了。”

眼见着那群男男女女带着东西走了，阿莫委屈得只想哭——虽然她不是那么在乎钱，但就是觉得特别憋屈。今天是她拉着白寻音来摆摊的，还信誓旦旦地保证没人能套走这些东西。结果她眼界太低，见识太少了。

白寻音的目光从少年修长的背影上收回来，她无所谓地一笑，小手摸了摸阿莫的头发。其实她觉得，喻落吟挺厉害的。

两个女孩在原地站了会儿，看着空落落的摊子失神了半晌，正打算离开的时候，喻落吟又折了回来。

出乎所有人意料的是，他把那些乱七八糟的东西堆到车的后备厢中后，又转身朝着白寻音二人直直地走了过来。

白寻音大脑中一片空白，还来不及反应，就看到他走到了自己面前。

喻落吟那张脸长得太标致了，皮肤冷白，剑眉星目，近距离看过来的时候，不自觉就给人一种沉甸甸的压迫感。

他在白寻音的面前站定，深不见底的眼里闪过一丝笑意，然后很正经地问她：“还有第二批东西摆吗？如果有，我想用掉剩下的四十个圈。”

刚刚买的一百个圈，只用了六十个。

“喂。”阿莫终于忍不住怒了，一双眼睛快喷出火来，“你别欺人太甚了啊！”

刚刚那些全套去还不够，居然又想来薅羊毛，什么人啊！简直……简直一点绅士风度都没有！

喻落吟不看阿莫，只盯着白寻音问："还有吗？"

白寻音感觉被他一双眸子盯得无处遁形，只好傻傻地摇了摇头。

喻落吟"嗯"了一声，下一刻，他拿出钱包，从中抽出五张红色的钞票塞给白寻音。

两个姑娘都愣住了。

"收着吧。"他声音淡淡的，"就当我把那些东西都买了。"大热天的她站在太阳底下摆摊，皮肤都该晒伤了。

他说完就走，完全不给白寻音反驳的机会。他个高腿长，她也追不上。到最后，白寻音甚至跑了几步，也只能眼睁睁地看着喻落吟上车离开。

阿莫也被喻落吟的举动惊到了，她忍不住连珠炮似的问白寻音："那男的是谁啊？你同学吗？他出手也太大方了吧，真的好帅啊！"

白寻音不明白喻落吟为什么要这样做。他们根本没见过几次面，甚至没说过话。而且不管出于什么原因，这钱她都不能收。收了的话，那她成什么了？

阿莫也知道这个道理，冷静下来后，连忙把那五百块钱塞给白寻音："宝贝，你把这钱还给你同学吧，咱们那些东西一共才不到两百块钱。"

让顾客倒找三百多块钱，这成什么了？她们做生意又不是"赔不起"。

白寻音看着手里的五百块钱，有些哭笑不得，她倒是想还，只是她怎么才能联系到喻落吟呢？那家伙上了车就走了，分明是不给她还钱的机会啊。

晚上回到家，白寻音把书包翻了个底朝天，终于找到之前放在夹层的那张草稿纸，这才松了口气。这张纸没什么稀奇的，只不过上面有陆野的电话号码。

之前白寻音死活不给他联系方式，不管是电话还是微信都没留。倒是陆野有一次下课过来找她，硬是把自己的电话号码写在她的草稿纸上。

当时这张纸上有一道白寻音未解开的题，所以她没扔，后来放在书包里就忘了。现在想想，幸亏没扔，要是扔了，就真的连一个联系喻落吟的渠道也没有了。

白寻音试着给陆野发了一条短信："陆野，你好，我是白寻音，我想麻烦你一件事，今天下午在游乐场的时候，你的朋友喻落吟把东西落在我这里了，你能不能把他的联系方式告诉我？我想把东西还给他。"

直接说给钱的事似乎不太好，白寻音想了想，还是换了一种说法。

发完后，她就静静地等待着陆野回她信息。白寻音觉得陆野性格开朗大方，人品不错，如果不是这样，她也不会求助于他。

果不其然，陆野很快就回了她信息。

“行啊！喻哥的手机号是186×××××××××，同学，他的什么东西落在你那儿了啊？”

白寻音没法回答，半晌后随便编了一个东西，当作应付了。

看着喻落吟那一串电话号码，白寻音踌躇了许久，才咬唇给他发了一条信息：“你好，我是白寻音，想把今天的五百块钱还给你。”发完之后，她心里七上八下的。

差不多半个小时后，喻落吟才回了她信息，只有两个字：“不用。”

白寻音抿了抿唇，好脾气地又发了一条信息解释：“地摊上的东西一共不到两百块钱，而且你是凭借自己的实力套走的，我没有理由要你的钱。”

这钱必须还。

她一板一眼、有理有据地解释着。

白寻音认真的态度让喻落吟看笑了，他还是第一次见到这么积极还钱的女生，重点是还没多少钱。

少年坐在沙发上，隐在暗处的黑眸里情绪不明。他慢悠悠地回道：“行啊，如果你执意要还钱，就亲自交给我。”

他一句话就断绝了白寻音想要转账的念头。

她咬了咬唇，犹豫了半晌还是回了一句：“好。”

喻落吟约她第二天中午在市图书馆见面，那里离她家不远。

中午天气潮湿闷热，白寻音坐了半个小时的公交车，等到了图书馆的时候，白皙的巴掌脸和脖颈都热得有些红了。

好在今天没下雨。喻落吟站在图书馆外的树下，远远地就看到从公交车站走过来的白寻音。

中午人流量少，但即便人多，白寻音在人群中也是最引人注目的那一个。喻落吟看到她扎着一个丸子头，天鹅颈纤瘦，脊背单薄笔直，看上去像……像个纸片人。

喻落吟看着她单纯又茫然的眼神，出声说了句：“过来。”

他声音很清澈，白寻音对声音很敏感，一下子就望向了他所在的方向。

看到站在树下等她的少年，她快步走了过去。

白寻音眼眸微垂，长长的睫毛在眼睑上投下一层淡淡的阴影。小姑娘什么都没说，直接拿出五百块钱递给他。

这未免也太直接了一些，她就这么着急跟他撇清关系？

喻落吟剑眉一挑，有些戏谑地看着眼前像罚站一样站着的白寻音，开口时声音微凉：“白寻音，你就这么打发人？”

白寻音一愣，抬头看他，有些意外他知道自己的名字。

“进来。”喻落吟转身朝着图书馆里面走去。

白寻音不知道喻落吟想干吗，只得跟了上去。

两人一前一后进了图书馆，白寻音不自觉地看向前方高瘦的背影，跟着他走到窗边一处安静的位置坐了下来。

“我记得，我让你报答我来着吧？”在喻落吟对面坐定后，白寻音就听到他问。

她一下子就想到喻落吟帮她搬桌子时塞到桌肚里的字条，她抿了抿唇，点了一下头。

喻落吟帮了她，她是该报答他。可是他想让她怎么报答他呢？白寻音忍不住在手机上打字告诉他：“我什么都不会。”

喻落吟看了，忍不住笑了。怎么会有人这么好玩？

他黑眸里闪着星星点点的流光，在白寻音无措的眼神中，他压低了声音道：“这事儿你肯定会。”

于是，白寻音看到一只修长的手把物理练习册推到她面前，翻开页的上面用红笔圈着一道题。

“好学生，听说你物理很好。”

喻落吟单手撑着头，瞧着她懒洋洋地说：“教教我吧。”

好学生、教教我，这两个词就足够让人心情激动。

白寻音眼眸微垂，沉默了半晌，然后拿着笔在纸上写下：“你学习成绩不是很好吗？”为什么要她教？

她无意中写出来的话却让喻落吟觉得有趣，他看着她，黑眸里凝着一丝笑意：“你怎么知道我学习成绩很好？”

怕被误会，白寻音连忙咬了下唇，用力地写着：“我是听同学说的。”

“哦。”

喻落吟淡淡地问：“哪个同学？”讨人厌。

白寻音说不出来，干脆不回答，转移了话题：“这道题你哪里不会啊？”不就是要她讲题吗，也没什么大不了的。

喻落吟看着女生皮肤白皙、线条精致的侧脸，懒懒散散地说：“哪里都不会。”

白寻音有些无奈地叹了口气，也不继续问，用笔杆抵着下巴认认真真地把喻落吟圈出来的那道题看了一遍。

看到最后，她那秀气的眉尖微微蹙起。她的数学和物理向来不错，大多数题目阅读一遍后不说立刻提笔就能做，但总归会有个解题思路。而喻落吟找来的这道题，还真的有点难。

白寻音的兴致被挑了起来，她下意识地看了一眼喻落吟带来的这本册子的封面，发现空空如也。这本练习册怎么没有名字呢？

她有些疑惑，侧头看向喻落吟。

“这练习册不是市面上售卖的，是我妈给我准备的。”喻落吟顿了一下，又说，“她是大学教授，教化学的。”

白寻音有些无语和羞惭，喻落吟的妈妈那么厉害，他干吗要找她给他讲题啊？

不过有这么本习题册，还怪让人羡慕的，不知道还有没有别的这么有趣的题。白寻音下意识地看了这本练习册几眼。

“教化学的怎么能教好物理呢？”喻落吟随便找了个借口，戏谑地看向她，“这道题你会吗？”

白寻音沉默了片刻，诚实地在纸上写下：“这题我一时半会儿也做不出来，抱歉。”

“没事，你可以把它带回家去，慢慢做。”喻落吟声音低沉，带着一丝柔和的笑意，“做完了再教我。”

说完，他就看到白寻音一向平静的眼睛亮了下。她的眼睛生得极好，水润明亮，线条柔和，眼尾微微上挑，恍若携着桃花。她总是一副木讷又冷漠的样子，现在眼睛只是亮了一下，就仿佛桃花盛开。

看来练习册比钱管用。

白寻音犹豫了一下，忍不住问：“我真的能带回去吗？”

“嗯。”喻落吟干脆也和她写字交流：“明天这个时间，来这里给我讲题。”

白寻音一愣，慢慢地点了点头，就像患者拒绝不了良药一样，她也拒绝不了解不开的题。

喻落吟看着她十分珍惜地拿着练习册翻来翻去的模样，有些哭笑不得，敢情他的存在感还没练习册高？

只是喻落吟可不甘当“绿叶”。他伸出手指轻轻敲了下桌子，问白寻音：“好看吗？”

白寻音乖巧地点了点头。

喻落吟一挑眉："我就坐在你面前你都不理我，白同学，你是不是讨厌我啊？"

白寻音一愣，用力地摇了摇头，马上在纸上写："没有！"

为了表达自己不讨厌他，白寻音第一次在写字的时候使用了感叹号。

"好了，不逗你了。"喻落吟笑得肩膀微抖，站起身来，"明天见。"

他像一阵风一样来去自由，拿着随身的书包就干脆利落地离开了。

白寻音怔怔地看着喻落吟清瘦如松的背影，如果没有手里的练习册和萦绕在周身的清冽檀木香——喻落吟身上的那股味道，她几乎以为这次见面是个梦。

图书馆里安安静静的，只有她独自和阳光做伴。

这个暑假，白寻音真的有种做梦的感觉。

从那次莫名其妙在图书馆达成了"教学报答"之后，几乎每周喻落吟都会约她个两三次，地点依旧是在图书馆。

他缠着白寻音让她给自己讲题，一道又一道。

而白寻音心里始终惦记着那本练习册上的题没有看完，便也没有拒绝喻落吟，教了他一天又一天。

教教喻落吟也没什么，她不能说话，充其量就是多写几个字。只是每次在图书馆"上课"的时候，喻落吟认真地听着她讲课，单手撑着头笑着看她，有时候微微靠近……这些都会让白寻音有种心绪紊乱的感觉，不是讨厌，就是单纯地觉得不自在。

她上初中的时候可以正常说话，也并不排斥男生的靠近。但自从失声之后，来了三中，经历了一些事情，白寻音就对男生的靠近十分敏感了，更别说眼前的人还是喻落吟。

"白同学。"喻落吟一直这般规矩地叫她，声音里总是带着一丝戏谑，"你是不是有点怕我啊？"要不然，怎么白寻音和他一起坐着的时候，脊背总是绷得直直的呢？

白寻音一愣，抿唇在纸上写下："没有。"

"没有吗？"他轻笑道，"那你怎么总是不看我？我的脸很可怕？"

为什么要看你？

小姑娘攥紧了笔杆，心里默默地嘀咕了一句，却受不得这激将法。她硬着头皮转头看向喻落吟黑曜石一般的眼睛，故作淡定。

白寻音那木讷的表情让喻落吟忍不住发笑。都几天了，还这么防着他？看来光“补课”是不行了。

“天天上课也怪没意思的。”少年性格跳脱，胜负欲一上来，就干脆站了起来，对着白寻音轻扬下巴，“走。”

白寻音一怔，连忙打字问：“去哪儿？”

喻落吟狭长的凤眸微眯，笑得颇为神秘：“带你去个好玩的地方。”

好玩的地方？白寻音对于陌生的地方一向持回避态度，她有些犹豫地坐在原地没动弹。

“走吧。”喻落吟又道，声音好似带上了几分属于男生的撒娇，“你都给我讲了这么多天课了，就当我报答你这个好老师，嗯？”

白寻音没想到喻落吟说的好玩的地方居然是电影院。

她随着少年高瘦的背影进了商场，挤进人头攒动的电梯，逼仄的闷热环境里都是叽叽喳喳的声音，她下意识地攥紧了手，手心里都出了一层薄薄的汗。

察觉到了她可能不太喜欢身处这样的人群中，喻落吟眼睫微抬，向前走了一步，用自己的身子挡在了白寻音面前，巧妙地把她和周围的人隔开。

白寻音一愣，心下微动。

此刻的场景犹如换教室那天他为她撑伞一般，喻落吟的背就像那天的伞，把她护在了小小一隅。

紧绷的脑神经不自觉地放松了一些，白寻音轻轻地舒了口气，觉得自己可能过于敏感了。

电梯很快停在商场的顶楼。

电梯里的人陆陆续续地走出去，喻落吟侧头看了一眼身后的白寻音：“跟上。”随后他又举起自己的手臂，“要不要扯着我的袖子？”

“怕你走丢了。”他看到女孩白皙的耳郭变粉，满意地笑了笑，若无其事地收回自己的手臂继续向前走。

白寻音默默地在后面跟着，白皙的颈项红了一小截。她抬眼向四周望了一眼，这里是商场的六楼，里边是各式各样的精致小店，尽头是家电影院。

喻落吟把她带到这儿来……是要看电影？

“喝吗？”路过一家奶茶店的时候，喻落吟停下脚步，淡淡的声音把白寻音扯回现实。

她转头看了眼装潢花红柳绿，排着长长队伍的奶茶店，摇了摇头。

喻落吟倒也没坚持，等到两个人走到电影院门口，他在自动售卖机上买了两杯可乐，把其中一杯递给她。

冰可乐的纸杯外壁上有一层薄薄的白霜，握在手里很快指腹就变得冰凉。

白寻音的贝齿咬着吸管，眼神清澈又无辜地盯着喻落吟的侧脸，只见他又买了一桶爆米花塞给她，像是投喂小动物。

喻落吟扫了眼屏幕上的电影场次，侧头问她："想看哪部？"

白寻音实在忍不住打字问："为什么突然要看电影？"

喻落吟的回答很简单，就两个字："想看。"

白寻音只好摇了摇手，表示自己看什么都无所谓。

最后可能是要照顾女孩子的口味，喻落吟选了一部看起来很小清新的爱情片。

排片很多，两个人买了票十分钟后就入场了。穿过黑漆漆的长廊，两个人踩着台阶走到了最后一排。

本来大下午来看电影的人就不多，最后几排更是没什么人。最后一排就他们两个，四周显得空空落落的。

电影没开始的时候，周围十分安静，喻落吟清浅的呼吸似乎近在咫尺。白寻音不自觉地用手指抠着爆米花桶，发出窸窸窣窣的声音。

好在电影很快就开始了，影厅黑下来后，她的局促得到了缓解。

白寻音是个做事认真的性子，一开始硬着头皮坐在喻落吟旁边不自在地看电影，可看着看着，这个很无聊的片子她也看进去了。

因为最后一排离音箱太近，电影中的人物情绪激动的时候，声音会很大，震得白寻音脑子里都嗡嗡的。

电影过半的时候，白寻音侧头看了一眼，意外地发现喻落吟正在看她——屏幕的白光正巧划过他清俊的脸，轮廓立体分明，一双漆黑的眼睛一眨不眨。

白寻音一愣，嘴唇无声地张合："为什么看我？"

喻落吟的声音压得很低，但他清冽的嗓音就像一条细线一样准确无误地钻进了白寻音的耳朵："看你什么时候回头看看我。"

从电影开始到现在都快一个小时了，白寻音一直专心致志地看电影，他就这么没存在感？

喻落吟这种“控诉”的态度让白寻音头皮发麻，半晌后，她才默默地摸出手机打字：“我为什么要看你？”

喻落吟觉得有趣，也拿出手机给白寻音发微信——之前用“补课期间方便联系”的借口，他早就把她的微信要到手了。

用文字沟通，那些有点不要脸的话说出来倒是轻而易举：“之前跟女孩出来看电影，她们总是偷偷看我。”

之前和女孩出来……他经常和女孩一起看电影吗？她一瞬间想到了盛初苒。白寻音抿了抿唇，不知道为什么，第一次带了些情绪地回他：“她们是她们，跟我没关系。”

发完，她就听到男生似乎嗤笑了一声。

白寻音的手机很快亮了起来：“你是不开心了吗？”

不开心？她为什么不开心？

一瞬间，白寻音面红耳赤地站了起来。

她不顾电影还没结束，也不顾喻落吟，自顾自地往外走。白寻音走得飞快，就像生怕喻落吟追上来一样，后来甚至跑了起来，跑到了电影厅外的洗手间里。

正巧这个时间其他厅的一个场次结束，洗手间里人不少，都在排队。

白寻音没有上厕所的意思，她站到了镜子前，有些麻木地看着镜子中的自己——她单薄纤瘦，眉目生冷，是个看起来就很没意思的阴郁少女。

有盛初苒那样明媚又热烈的“小太阳”环绕着，喻落吟为什么要来招惹她？

那天在电影院不欢而散后，两个人几乎没有再见面。

白寻音把练习册还给了喻落吟，在剩下不到半个月的暑假里没有再去那个图书馆，缩在了家里当“蜗牛”，借此无声却鲜明地表达自己的态度。

“你们是学生，就应该干学生应该干的事情。”

——这句话听起来很普通，却是大实话。

白寻音刻意让自己忘了和喻落吟相处的那些日子，要说还人情，她也还完了。

只是理智上想得很明白，情绪上却还是有些低落。就连心大的阿莫，都能看出来她最近心情不太好。

“音音，再过两天就开学了，你真不出去玩啊？”阿莫来白寻音家里找她，无聊地玩着她桌子上的挂件，不解地问，“你最近怎么一直待在家里？心情不好吗？”

白寻音垂眸不语，长长的睫毛微微颤了一下。

她细长的手指握着笔，笔尖在白纸上停留了好一会儿，也不知道该写些什么东西。

阿莫不懂，白寻音其实不敢出门。

一出门，白寻音就会看到小区门口的公交车站，想到之前她坐着公交车去找喻落吟的那段时光。

她一直记得图书馆里那些暖洋洋的下午，松香木格子间的桌子、凳子，他们一起做题，用微信交流的场景。这个暑假林澜难得很少下雨，每一天都是干燥且温暖的。只可惜，她和喻落吟探讨题目的微信聊天框，现如今停留在了一周以前。

那是喻落吟发给她的最后一条信息，那么疏离又懒散的人，语气似乎都隐隐带着些克制的愠怒：“白寻音，你躲着我干什么？”

她没回，这条信息就像陈旧的木屑，就那样躺在角落里了。

从上学开始，白寻音就不像别的小孩那样在历经了假期之后排斥上学。哪怕是后来在三中受到了同学欺凌，她也从来没有过“不想上学”的想法。

暑假过后，白寻音第一次有了不想去上学的想法，她有点害怕在学校见到喻落吟。

她莫名有些心虚。

到了开学这一天，白寻音穿衣服、吃早餐，不自觉地磨磨蹭蹭，最后阿莫都到楼下扯着脖子喊她了，她才在季慧颖有些诧异的催促中下了楼。

“音音，快点！你今天怎么这么慢啊？”阿莫急急忙忙地拉着她去坐公交车，絮絮叨叨地抱怨，“平常都是你催我，今天怎么改成我催你了？”

还好有阿莫，叽叽喳喳的，多少缓解了一点她焦虑的情绪。

白寻音自己都觉得奇怪——她明明没做什么亏心事，却总感觉心里七上八下的。

“对了，音音。”

下了车走在去学校的路上，阿莫又丢出来一个“重磅炸弹”，同白寻音小声地说：“我听说咱们高三可能还要分班哎。”

白寻音一愣，有些诧异地望了过去，眼睛里似乎在问：真的假的？

“据说是真的呢。”阿莫故作神秘，摇头晃脑，“好像是要搞两个尖子班，冲刺顶尖大学的那种……哎呀，你懂的。”

高三的精英班，不少学校都有，只是三中之前从没搞过。白寻音皱眉思索着，又觉得无所谓，仔细想想甚至觉得挺好的——要是分了班，她就不用继续和盛初苒一个班了。

正当她东想西想时，耳畔传来阿莫有些惊喜的声音：“啊，你是上次在游乐场套圈圈那个男生吗？好巧啊！”

白寻音一愣，倏地抬头，就看到喻落吟和黎渊两个人站在学校门口，校服袖子上戴着红袖标，显然是被派来检查学生证的。

早晨的阳光十分灿烂，透过树叶斑驳地洒在少年的身上，像是给他镀了一层细碎的光。

喻落吟乌黑的头发比起之前短了一些，刘海却依旧落在额前，一双黑眸深不见底，面无表情地扫过来的时候，白寻音只觉得呼吸都变得有点困难了。

而喻落吟只说了三个字，声音又轻又淡：“学生证。”

白寻音回神，忙把书包拿到身前，低头翻找自己的学生证，不自觉地有些手忙脚乱。

时隔小半个月再次见到喻落吟，由不得白寻音不紧张。

她哪里知道，喻落吟垂眸扫了眼，就把她书包里的东西“视察”了个遍——书、水杯，没多余的东西，简单又干净，就像她这个人一样。

好不容易找到藏在夹层里的学生证，白寻音连忙递给他看。

喻落吟扫了一眼，皱了皱眉：“封皮坏了？”

嗯？白寻音发怔，她之前的确是不小心把学生证弄坏了一个小角，但是……

“坏了就是不合格，没收。”喻落吟从少女白嫩的指尖里抽出学生证，堂而皇之地“占为已有”，顺便找碴，“等我换一个新的给你。”

“行了。”喻落吟又上下看了一圈白寻音身上的校服，才“大发慈悲”地一点头，“进去吧。”

白寻音脸上有些燥热，她头也不回地走了。

“今天是升入高三的第一天，不上课，我有一些事情要宣布，同学们可以拿笔记下来。”

每次开学第一天，按照惯例都是打扫卫生，发新书，然后班主任在讲台上讲一堆校纪校规后放学回家，让学生们为之后的学习生活养精蓄锐。

只是今天申郎丽说的事情，让大部分学生有些意外。

“高三之后咱们班还会进行一次分班，优胜劣汰的道理大家都明白吧？你们都不是小孩子了，成绩好的进入尖子班，剩下的人不该好好想想吗？”申郎丽说话并不客气，甚至可以说是冷嘲热讽，“现在知道惊讶了？有些人是不是有些失落？平时都干吗去了？考场如战场！高中就是人生中的一个大坎，不认真对待能行吗？一个个的平时都不努力！收拾东西，放学！”

于是阿莫作为一个加入高三三班的新人，连个自我介绍都没来得及做，就要面临第二次分班了。不过她高一就是在三中读的，也算老熟人了，倒也用不着自我介绍。

分班之前，大家还得把自己的东西收拾好。阿莫没什么东西要收拾，就过来帮白寻音，她压低了声音，隐隐有些兴奋：“按照成绩，咱们估计就不用跟盛初苒一个班了。”

白寻音抿唇笑了笑，嘴角露出两个小梨涡，黑眸中水光点点，像是流星打碎了揉在里面。

她和阿莫的成绩都不错，对于按成绩分班这件事，她们都很开心。

正想着，书桌里的手机振动了一下。

白寻音拿出手机，见到屏幕上弹出来的“喻落吟”三个字就忍不住眉头一跳。

“喻落吟是谁啊？”阿莫忍不住问，“咱们学校的？”

阿莫只高一在三中读过，所谓“近朱者赤，近墨者黑”，她天天跟白寻音在一起，对学校里那些所谓的“风云人物”自然也不是很感兴趣，所以不知道喻落吟的大名。

她说话声音也没收着，引得周围不少学生循声望了过来。

盛初苒听到后，连东西都不收拾了，三步并作两步地跑过来，眼睛亮晶晶的：“喻落吟怎么了？”

阿莫看到她就觉得不顺眼，双手抱臂一挑眉：“跟你有什么关系？”

“宁书莫！”盛初苒见她阴阳怪气的样子，秀眉微蹙，大小姐脾气立刻发作，“你什么意思啊？”

“我什么意思？”阿莫冷哼一声，“听不出来吗？就是不想和你说话的意思。”

这嘈杂的教室让人觉得厌烦极了。

白寻音眉头轻皱，胡乱地把书桌里的书装进书包，然后背着书包用她那细瘦的身子挤开层层叠叠围过来的学生跑了出去。

她一口气跑到了教学楼外，站在花坛边等阿莫。

直到周围清静了，白寻音才点开手机看喻落吟刚刚发来的信息。

很简单，就一句话。

“放学后到后操场找我，一个人。”

白寻音很无奈。

三中管理很严格，没有学生证是进不了学校的，她不得不去，可一个人……

她斟酌着回道：“我得和阿莫一起回家。”

喻落吟回复得很快：“我送你回家。”

重点哪里是谁送她回去的问题？

白寻音无奈地叹了口气，想了想还是给阿莫发了条消息告诉她一声，然后转身去了学校后操场。

三中高三教学楼后面有一大片杂草丛生的地方，学校没雇人打理，野草疯长。

空地上只有一个破旧的篮球场，男生们实在没地方玩了才会来这里打球，旁边有两排阶梯式的石椅。

骄阳似火，少年不怕热似的坐在台阶最上方，他微微弯腰，手肘支在长腿上拿着一瓶水，摇摇晃晃的。

察觉到有人来，喻落吟抬起头，就看到一身校服的白寻音正穿过一片野草地向他走来。

可惜白寻音看起来并不打算跟他“沟通”的样子，小姑娘板着脸，直截了当地伸出手——就差把“还我学生证”几个字写在脸上了。

“好学生，想要学生证啊？”喻落吟多少有些气，他两只脚踩在下一级台阶的边缘，差点戳到了她的膝盖。

白寻音微微避开，垂眸点了点头。

真乖，像只柔顺的猫，喻落吟脑子里闪过这个念头，越发想逗她。

“嗯，那你先坐下。”喻落吟拍了拍身边的位置，一副很是欠揍的样子，“要不然不给你了。”

白寻音皱眉，不情不愿地坐在他旁边。

“想要学生证可以，你得回答我一个问题。”少年轻轻嗤笑了声，问出的问题却相当直白，“你为什么躲着我？”

白寻音的耳根不受控制地一下子热了，她即便低头看着自己蜷缩起来的手指，也能感觉到近在咫尺的喻落吟正打量着她。

越想，她那白嫩的耳根便越红。

白寻音硬着头皮拿出手机，打了一行字发给他："我没有躲着你。"

"没有？撒谎这习惯可不好。"喻落吟见了那行字，快被气笑了，"没有为什么不去图书馆，也不回信息？"

白寻音这些近乎无视他的举动，把他打击得不轻——他第一次主动去接近别人，谁知却这么不招人待见。

这些问题喻落吟早就想问了，硬生生地憋到开学，等到了现在。

偌大的操场上陷入一片沉寂，安静中，好似只能听到彼此浅浅的呼吸声。

半晌，白寻音才慢慢地打字告诉他："我觉得我们没有必要接触。"

女孩子白皙的巴掌脸上神情认真，嘴角微微绷紧，发出来的话也是经过了冷静的思考的。

这句话却像根针一样戳进喻落吟的心，疼过之后他反而平静了。

没必要？他的字典里还真就没有"没必要"这三个字。

只要是喻落吟打定主意想做的事情，那就是有必要的。

"为什么？你在生气，是因为我那天说的话吗？"喻落吟顿了一下，四两拨千斤地转移话题，带偏了白寻音的思绪，"白同学，我是开玩笑的呀。"

他游刃有余的样子让白寻音有些不好意思，她木讷地回："没有。"

"可我觉得你那天生气了，要不然为什么会突然不理我？"喻落吟忽然把微信翻出来，直到翻到看电影那天两个人的聊天记录，然后给白寻音看，里面赫然记录着她当时说的话——"她们是她们，跟我没关系。"

这是沉默的白寻音罕见地表现出的愠怒，此刻被迫回忆起来，她不禁一愣。

喻落吟给她看这个是什么意思？

"对不起，我说话有时不经过大脑。"喻落吟像是在道歉，嘴里不着调地说着，双眼一直看着她，"她们是她们，你和她们当然不一样。"

四下无人，但喻落吟还是刻意压低了声音，白寻音避无可避地听进耳朵里——

"你是独一无二的。"

趁着白寻音愣怔的瞬间，喻落吟凑到她耳边，像是命令，又像是求人一样："白寻音，分班考试好好考，去一班。"

三中高三分尖子班的规定和别的学校不一样。

高三一共十二个班，三百六十个学生，按照开学后的一次测评成绩，前六十名分到一班、二班——全面为尖子生做针对性的冲刺教学。

虽然一班和二班都是尖子班，但两个班的学习氛围肯定是不同的。

白寻音一直在准备，要尽全力争取进入一班。

之前几次考试她的成绩都在全年级前十名徘徊，只要正常发挥，去一班肯定没问题，至于喻落吟……

白寻音没想到喻落吟的成绩居然比她还要好。

之前和喻落吟在后操场分开后，白寻音被火急火燎的阿莫抓回教室继续收拾东西。离开学校之前，她鬼使神差地去了一趟老师的办公室。

白寻音向申郎丽要了一份前两年学校考试的排名。

以前她只关注自己的成绩，从来没看过别人的成绩，现在，她想看一下喻落吟的成绩如何。

十分钟后，她难得有些受打击。

比起她每次考试全年级前十的排名，喻落吟从高一开始，每次的成绩都稳定在全年级前三。哪怕考得最差的时候，他也不会掉到第五名以下。跟他比起来，她还差得远呢。

白寻音蹙了蹙眉，澄澈的眼睛里闪过一丝不甘心。最可笑的是，喻落吟成绩单上最优秀的科目就是物理，然后他还叫她帮他补习物理……这不是缺德吗？

想起之前在图书馆的那小半个月，白寻音就有种上当受骗的感觉。这直接导致在第二天在分班考试里，白寻音对待物理试卷最上心，她铆足了劲儿仔细检查试卷。

她想考过喻落吟一次。

白寻音将自己的物理成绩和喻落吟的比对了一行，他也就比她高七八分。她觉得自己努努力，或许有希望超过他一次。

高度紧张地考完试之后，白寻音细瘦单薄的肩胛骨都绷得有些酸疼。她现在只想赶紧回家躺着，没想到走出考场，迎面走来一个熟悉的身影。她惊得转身跑开，但跑得再快也比不过个高腿长的男生。喻落吟终于在操场上追上了她，少女有些错愕地回头，见到喻落吟跟上来，不禁皱了皱眉。

“你这是什么表情？”喻落吟被气笑了，一挑眉，“嫌弃我？”

白寻音的眉头舒展开，她面无表情地别过头去。

“干吗不理人啊？这可不是好学生的态度。说说看，考试考得怎么样？”

一说起考试，白寻音就更生气了。

她拿出手机用力地打字，随后举到喻落吟面前：“你为什么骗我？”

看着小姑娘一本正经板着的脸上写满了单纯又稚嫩的严肃，喻落吟笑得肩膀直发颤：“我什么时候骗你了？”

他这副“不知悔改”的样子，登时让白寻音更气了。

“你的物理成绩明明很好，为什么骗我给你补课？”明明她会做的那些题他都会，而她不会的那些他也会。仔细想想那小半个月里，实际上反而是喻落吟给她讲题比较多。

喻落吟的“如意算盘”被当事人揭穿，他也不慌张，依旧闲适地笑着。他声音慵懒，但态度认真，说出来的话让白寻音心中“咯噔”一声：“全世界都能看出来……我想和你做朋友啊。”

白寻音脑子里几乎空白了一瞬，她慌张地在手机上打字给喻落吟看：“我要回去了。”

“嗯。”喻落吟懂得见好就收的道理，只笑了笑，“走吧。”

说完，他就率先离开了。

白寻音怔怔地看着喻落吟高瘦的背影，一时间有些恍惚。一直以来，喻落吟给人的印象似乎总是校草、学霸、不好接近，真正接触过他的人才会发现他其实比想象中更高高在上，不可靠近。

白寻音不是傻瓜，但是听到喻落吟说想和她做朋友，她还是觉得不真实。她也说不清为什么，可能就是单纯地不敢相信。

后来，白寻音偶尔会回忆起这天，才发现当初喻落吟只说了想和她做朋友，再也没说其他话。

在四处飘着桂花香的九月，三中终于把分班一事搞完了。

喻落吟如愿和白寻音分到了一班，阿莫也擦边进了一班，还有周新随。

陆野和黎渊成绩一般，他们只能被迫和喻落吟分开，不过喻落吟还是会定期给他们两个扔卷子，检查的时候动辄就“辱骂”一番。

九月的空气柔软潮湿，而高三的学生心里却都凝着一团火，面对着几个月以后就将到来的高考，他们紧张焦虑，甚至失眠不安。

一个班的同学当然是低头不见抬头见了，第一天选座位的时候喻落吟居然坐在了白寻音的后面，这段时间上课，她时不时地就感觉后脊梁骨被人戳了一下。

而每次她忍无可忍地回过头去的时候，就看到喻落吟手撑着头，正对着她笑。

少年那双漆黑的眼睛微微弯起来就如同新月一般，眼中带着光，几乎照得白寻音无处遁形，而他却显得十分无辜。

算了，她惹不起躲得起。

中午吃的是阿莫从校外打包带回来的鱼香肉丝盖饭，没有鱼，也没有肉丝。

白寻音也不在乎，只是机械地咀嚼着，脑子里想着的是刚刚喻落吟靠近她的情景。

她发现自己好像麻木了，居然……没那么排斥他的接近了。

“音音，离高考就剩下八个月了。”阿莫握拳，坚定地说，“我想和盛闻考同一所大学。”

阿莫的一字一句就像在无缝对接着白寻音的心思，像根针一样扎进她的脑子。

考同一所大学听起来很美好，那她呢？

她不敢细想……没想到，后来她真的和喻落吟上了同一所大学，可她依旧没有勇气面对他。

第二章

投降认输

白寻音从回忆里抽身，想到高中时的事情，她不由得有些恍惚。

三中管理很严格，她自然不会做些出格的事情，而喻落吟后来看她不为所动，便也作罢了。

余下的时光，大家都是在刷题复习中度过的。十二年的起早贪黑努力学习其实都是为了那两天的高考，可真到了考试的时候，也觉得不过如此。

白寻音记得自己当时发挥得很正常，出了考场估了分，也就知道了哪所大学能上，哪所大学不能上了。她当时在北方工大和林澜大学这两个学校之间犹豫了一段时间，最后还是依着妈妈和外公外婆的意思留在了林澜。

毕竟离家近，可以和妈妈有个照应，爸爸在医院里有什么事情，她也能及时赶过去。

虽然她很想去北方，但想想几千公里的路程，就有些退缩了。能在澜大遇到喻落吟纯粹是个意外，白寻音完全没有想过喻落吟也会报澜大，而且，他们在军训的时候就遇到了。

喻落吟报的是天文系，白寻音报的是物理系，按理说他俩是不会经常碰到的，可军训过后没几天，他就找上白寻音了。

白寻音还记得他在大学校园里跟自己说的第一句话："你现在能谈恋爱了吗？"

白寻音不确定自己当时脸是不是红得厉害，但她知道自己落荒而逃了。

"喻同学，有件事校方想征求一下你的意见。"

下午的课结束后，喻落吟被年级主任于深叫到了办公室。

于深是个年过四十的男人，由于一心扑在工作上，他并没有传说中的幸福肥或啤酒肚，反而清瘦挺拔。

他看着喻落吟，笑眯眯地问："下周将举行新生大会，你作为学生代表上台发言怎么样？"

"我？"喻落吟有些意外，剑眉微挑，"合适吗？"

其实他也不知道历任大学新生的代表需要有什么要求，但谦虚一下总没错的。

"当然合适。"于深敲了敲桌子，顿了一下，试探性地说起了别的事，"对了，你母亲有时间过来讲几句话吗？"

怪不得呢，原来是因为这个。

"这个啊，我也不知道，老师您也知道我妈最近进了科学院，一天到晚忙得脚不沾地。"喻落吟嘴角那抹戏谑薄凉的微笑很快敛起，他耸了耸肩，轻佻地说，"不如老师您自己联系她得了。"他和他妈十天半个月也不一定能见上一面。

于深看了看他，只觉得家家都有本难念的经。

"行了，我会联系你母亲沟通这件事的。"他揉了把脸，又嘱咐道，"但是你得作为学生代表上台发言，回去好好准备稿子吧！"

新生大会当天是周末，干的无非是往届干过的那些事情，走方阵，喊口号，发自肺腑地喊出宣誓词……

只是这些白寻音都不用干。她占了不会说话的便宜，念不出口号，宣不出誓言，没办法跟着大部队一起慷慨激昂。

辅导员经过考量，干脆就没让白寻音跟着走方队，而是让她去办公室帮忙。

其实也没什么忙可帮的，有专门负责搬桌椅的同学，走方阵队列前面扛旗的学生也都选好了。白寻音只需要帮着核对一下演讲稿，在主席台上摆好水就行了。

她从主席台后面抱起一箱子的水，从巨大的展牌后绕过去的时候，不小心撞到了一个人，箱子里的水掉了几瓶到地上。

学校里学生多，磕磕碰碰是经常发生的事情，白寻音没太在意，连忙蹲下身捡瓶子，眼前却出现了一双高跟鞋……高跟鞋?

"没事吧？"一道干练中不乏柔和的女声在白寻音的头顶响起，随后一双纤纤素手帮着白寻音一起捡地上的水瓶。

白寻音听到这陌生又熟悉的声音愣住了，急忙抬头看刚刚不小心撞到的女人，一向内敛的她难得有些喜形于色。

眼前的女人穿着一身绛紫色的套装，身材凹凸有致，白皮红唇，看着像四十多岁，脸部却保养得极好，一丝皱纹都没有。

她低头的时候，及肩的卷发挡住小半张侧脸，白寻音忍不住一个劲儿地看。

而女孩亮亮的眼睛也让女人有些意外，她帮着捡完水瓶站起来，素白的手微微拍了拍刚刚因为叠起而发皱的裙角，弯起眼睛和善地问："同学，你怎么一直看我？认识我吗？”

白寻音忙不迭地点了点头，握着水瓶的手指不自觉地发紧，骨节都泛白了。

是的，白寻音认识眼前的这位女士——她叫顾苑，不仅是一位物理教授，还是一位在物理上研究成果颇丰的科学家，也是白寻音在学术上的“偶像”。她一直十分崇拜顾苑，不光在网上找她的讲座听，甚至买了顾苑出过的书、上过的杂志……就跟追星一样。

她怎么也没想到自己追的“星”有朝一日会出现在自己面前，而且如此猝不及防。

顾苑看着眼前激动得脸色绯红的女孩就知道大概是怎么回事了，她了然地微笑了一下，声音柔和地道：“同学，你喜欢物理吗？你是物理系的？”

白寻音此时此刻真恨自己不能说话，她懊恼地咬了咬唇，只能不住地点头。

“没想到在这儿还能碰到认识我的学生，真荣幸。”顾苑眉眼大气明媚，笑起来神采飞扬，她低头看了眼手表，“真不好意思，我马上要去你们新生大会上讲几句，没时间和你交流了，小姑娘，我们有缘再见。”

顾苑说完，就有两个穿着西服的领导过来招呼她。

“顾教授，请去上面坐。”

“顾教授，您今天能来，真是令我们学校蓬荜生辉……”

在一派熟悉的官话中，顾苑被簇拥着走上主席台，白寻音站在原地看着他们远去的背影，一时间恍惚极了。

和顾苑的见面就好像一个梦一样。白寻音一直梦想着去顾苑的公开课上观摩，结果没想到“梦想”实现得这么快。

鲜少有这么开心的时刻，她连水都忘了送，站在原地一个劲地傻笑，直到喻落吟来找她。

“白寻音。”少年的声音带着愠怒在她耳边响起，“你躲在这里干吗？”

白寻音有些错愕地转头，就看到衣服拉链拉到一半的少年，他乌黑的短发微湿，刘海下一双凌厉的眸子正瞪着她。

奇了怪了，喻落吟在生什么气？她也没有躲在这儿啊。

但白寻音此刻心情好，不想计较，她耐心地拿出手机来打字：“是老师叫我过来送水的。”

她打完，指了指旁边桌上的一箱水。

“叫你一个女生送水？你们辅导员疯了吧？”喻落吟嗤笑一声，屈起手指敲了敲箱子，“你别管了，我帮你送，你回座位上坐着——你有座位吗？”

白寻音一愣，迟疑地点了点头。

喻落吟一挑眉：“那还不去？还想干苦力？”

白寻音无奈地继续给他发信息：“可你不是要上台发言了吗？”

谁都知道，学校方面选的新生代表是喻落吟。

“嗯？”喻落吟又恢复了惯常的懒散样，状似漫不经心地问她，“这么关心我啊？”

不要脸。

白寻音耳根微红，手指用力地打字，措辞僵硬：“所有学生都知道。”她才没有刻意关心他呢！

喻落吟看着小姑娘微红的耳根，也懒得计较她笨拙的辩解，只是轻笑了一声，顺着道：“好，是我说错了，可我想帮你搬水行吗？免得你迟迟无法回到座位上，错过我的演讲——那我讲给谁听？”

撩人的话他张口就来，却每次都能让人手心发麻。

白寻音一瞬间不知道是该生气还是该怎么样，刚刚偶遇顾苑的喜悦还在心里凝聚着，她似笑非笑，似恼非恼，一时间瞪着喻落吟的样子好似娇嗔。

“乖。”男生轻易地扛起箱子，转身离开之前对着白寻音比画了一下观众席的方向，口型无声地张合，等我。

许是年少轻狂的人都想玩一些浪漫，且都自大自恋，总之喻落吟想让白寻音看着自己。

但能让他有这种想法的人，一定是稍微重要一点的人吧？考虑到这一点，白寻音不自觉地微笑起来，对着喻落吟轻轻一点头。

这是她第一次对着喻落吟做出近乎配合的举动，也是第一次对他笑，象牙白的巴掌脸上，一双桃花眼弯弯的，十分勾人。

喻落吟看着，不禁恍惚了一瞬，忽然之间就很想亲她一口。

他的感情总是直白而热烈，却不得不克制着，因为他并不光明正大。面对白寻音的笑眼，喻落吟微微垂眸，嘴角勾出一抹微笑。

矛盾，却克制。

上台的时候，喻落吟心口滚烫。在万千瞩目中，他站在了主席台上的麦克风前，台下有数不清的学生，放眼望去乌泱泱的一片——他无法在其中精准地找到白寻音。

喻落吟顿了顿，清朗的声音从麦克风里徐徐传出来："尊敬的各位领导、老师，亲爱的同学们……"

其实他说的都是些套话，但他站在台上，清瘦的身子挺拔如松，单手扶着麦克风不急不缓地讲话的模样实在是太好看了。

白寻音觉得，喻落吟似乎比太阳还要耀眼。他长得太俊了，太白了，光自然就聚集在了他的身上。

她坐在台下的人群中，澄澈的双眸像是蒙上了一层薄雾，专注地看着台上的喻落吟。只有在喻落吟离她很远的时候，她才敢这么肆无忌惮地看着他。怪不得当初盛初苒会那么执着，那么多女生会喜欢他……喻落吟就像把全世界的光都抓在了自己的手心一样，只是从指缝里露出来那么一点，就足够让人趋之若鹜。

这样的喻落吟年轻、好看，又势不可当，几乎是所有女孩的梦想。

也是白寻音的。

在无人问津的内心角落里，白寻音终于忍不住投降认输，承认了这一点。

或许她抵抗不了喻落吟。

发言一结束，喻落吟就下了台。

其间，顾苑一直在主席台上和各位领导讲话，见到喻落吟的身影，她下意识地叫了一声："落吟！"

可喻落吟理都没理她，头也不回地跑了。

顾苑顿时有些尴尬，不过转眼便镇定地微笑起来，手指拢了拢耳边的碎发，温婉动人。

"顾院长。"旁边的校长看到这一幕，有些尴尬地说道，"离得太远了，喻同学可能没听见。"

"不管听没听见，他都不会理我的。"顾苑倒是落落大方，直截了当地笑着说，"这孩子被我惯坏了，最近正在生我的气呢，倒是让各位看笑话了。"

几位领导纷纷惶恐地附和——

"哪里哪里，能请到顾院长来参加我们新生大会是我们的荣幸。"

"就是，您百忙之中还抽空过来一趟，也是为了孩子。"

"我们学校里有好多学生听过顾院长的讲座……"

面对众人的吹捧，顾苑淡淡地笑着，疏离又得体—— 一如她演讲时的模样。

而喻落吟最烦的就是她这副模样，他觉得自己母亲“特装”。所以发言结束后，喻落吟才会马不停蹄地离开主席台，以免被人叫过去扣上一个“顾苑儿子”的光环，被迫和他们虚与委蛇。

喻落吟只穿着一件简单的白 T 恤，在众人紧盯的目光中一路奔跑到观众席，精准无误地跑到了白寻音所在的位置。

白寻音扭头看过来，对上的就是喻落吟一双黑漆漆的眼睛，她吓得差点直接站起来，却被所剩无几的理智强压在原地，只是呆呆地看着他。

她看着喻落吟因为刚刚的跑动而微喘，他俯下身凑到她耳边，有些凌乱的气息里带着笑意：“走。”

他不想待在场馆里听顾苑演讲，而想要离开。当然不能一个人离开，他还想带着白寻音一起。

趁着白寻音愣神，拿不出手机打字拒绝他的空当，喻落吟温文有礼地笑着，手下却用力地握住女孩的手腕将她拽起来。他伪装成好学生的模样，可以骗过全世界的人。有谁会不相信这样的喻落吟呢？他可是刚刚才上台演讲过的喻落吟啊。

不得已，白寻音只能站起来跟着喻落吟离开。

在熙熙攘攘的人群中，没人发现他的手一直温柔却有力地禁锢着白寻音的手腕。

离开了场馆，白寻音才忍无可忍地甩开喻落吟的手，在对方毫不介意的笑声里愤愤地打字问他：“干什么？”

“在场馆里听那些空话多没意思。”喻落吟耸了耸肩，理所当然地说，“找个机会带你出来不好吗？”

白寻音皱眉：“我要回去听领导发言。”

刚刚她可是看到她偶像顾苑了，这种机会就这么错过，她实在是有点不甘心。

这么回了一句，她转身就要回场馆，喻落吟急忙伸出手想抓住她的手腕。

在他刚刚有动作的时候，白寻音似有心灵感应般向后一挥手。结果，两个人的手指反倒缠绕在了一起。

第一次指尖接触，恍若过电一般，白寻音不禁怔了一下。而喻落吟是个绝对的“机会主义者”，他趁着白寻音愣怔的一瞬间，拉着她跑了起来。

澜大的大会场馆在校园里比较偏僻的位置，周围学生很少。偌大的绿茵草地上，只有他们两个人的身影在疾驰，越跑越快。

“白寻音。”奔跑的时候，喻落吟还不忘笑着问她，“你听过《私奔到月球》这首歌吗？”

喻落吟跑在她前面，回头看她的时候仿佛沐浴着阳光，笑容灿烂得让太阳都失了色——白寻音永远记得这个笑容，是她整个晦暗时期最为色彩分明的一笔。

她不自觉地乖乖地点了点头。

她的确听过这首歌，而且，现在还莫名有和歌词差不多的感受。

“我觉得咱俩现在和这首歌挺像的。”喻落吟也这么说，还直白地问，“你觉得呢？”

白寻音控制不住地蜷缩了下手指，感觉脖颈都开始发热了。

她没有再拒绝喻落吟，也忘了要听顾苑讲话的事情，任由他拉着她跑到了他们熟悉的“秘密基地”——澜大一处许久无人修整、破破烂烂的后花园。

喻落吟似乎特别喜欢这个地方，总是带着她来这里。

两个人跑得有些累，手分开的时候都有点微喘。

白寻音感觉自己被喻落吟牵过的手心有些濡湿，胸腔里的心脏跳若擂鼓。

稍微镇定下来后，她拿出手机主动问喻落吟：“你为什么喜欢这里？”

这是白寻音第一次主动问喻落吟一件事，后者看到后愣了一下。

“为什么喜欢这里……”喻落吟轻声呢喃着，半晌后笑了笑，“因为你喜欢这里啊。”

白寻音呼吸一滞，呆呆地看着他。

其实她早就有点感觉的，但真的听喻落吟这么说出来，她还是不免觉得受宠若惊，还有些惶恐。

“我见到过你偷偷来这里待着。”喻落吟眯了眯眼，回忆起少女单薄纤细的身影——白寻音踩着白球鞋，慢悠悠地在杂草丛生的后花园里走着，悠然自得，似乎一点也不担心露出的一截象牙白的小腿被刮到。

那次偶然撞见，这个画面就莫名地在喻落吟脑中久久徘徊。

他甚至总会莫名其妙地来这里，或许是想制造一场“偶遇”，但大多数时候只是一个人静静地坐一会儿。

诡异的是，这是刚开学时白寻音会做的事情。现在反而是他来得比较多，小姑娘不怎么来了。但喻落吟知道她喜欢这里，所以他说自己也喜欢这里。

青春疯长的时光里，耀眼的男孩和似真非真的暧昧情话最为动人。

几乎没有女生能抵挡这两点，白寻音也一样。

也许不管未来如何，她应该像阿莫说的那样，勇敢一点，努力一点。哪怕她和喻落吟实际上天差地别，不管是家世、地位，还是身体健康……她连个健康的身体都没有。

但喻落吟说了喜欢她，她就不想错过。所以在少年靠着墙面微微垂眸休息的时候，白寻音鼓足了勇气稍微踮起脚——少女带着柠檬香气的吻，蜻蜓点水地落在了喻落吟的下巴上。

白寻音亲上来的那一刻，其实喻落吟心里并不讶异。

——他总有这种自信，自己精心打造的“陷阱”，没有姑娘能抗拒得了，哪怕是白寻音。

她沦陷是注定的，只是时间早晚的问题。

只是之后呢？喻落吟忽然难得地有些迷茫，心中的喜悦转瞬即逝，只余空落落的茫然。

一年多的时间，他赢了赌约，可接下来呢？

喻落吟看着眼前少女单纯的微笑，澄澈漆黑的双眸里清晰地映出自己的影子，他知道自己不能表现出“无措”来。

“偷亲我？”凝滞了也就几秒钟的时间，喻落吟便若无其事地收敛了眉宇间的神色，他戏谑地挑眉看着脖颈、耳根绯云密布的姑娘，“偷亲我就是我的人了，知不知道啊？”

“愧疚感”转瞬即逝，他很快恢复如常。

白寻音没辩驳，也没说什么，不知道是羞涩还是懒得理他，干脆一直低头给他发消息：“我们可以回场馆了吗？”

顾苑不知道什么时候上台讲话，她心里还期盼着呢。

“干什么这么着急回去，女朋友？”喻落吟故意在最后三个字上加了重音，言笑晏晏，“二人世界不好吗？”

那人头攒动、吵吵闹闹的场馆到底有什么好的，这小姑娘从刚才起就一直执着地要回去。

“学校今天请来了一位我一直很喜欢的物理学教授。”白寻音忽略了“女朋友”这三个字，认真地打字跟他解释，“我不想错过她的发言。”

“什么教授啊？”喻落吟背靠着树荫下的墙面，佯装不悦地撇了撇嘴，

“比我都重要。”

这人怎么这么孩子气？

白寻音忍不住笑了，嘴角的梨涡若隐若现。

喻落吟的目光不自觉地变得柔和，他随口问了一句：“哪位教授让你这么喜欢啊？”

然而，白寻音发过来的答案令他始料不及：“是顾苑顾教授，你知道她吗？”

在看到“顾苑”两个字时，喻落吟嘴角的笑意僵硬了一瞬，随后便若无其事地收敛起来，漫不经心地调侃道：“原来是女的啊，我女朋友倒是不搞性别崇拜。”

白寻音咬了咬唇，羞窘地打字：“别瞎说。”

“好，我不瞎说。”喻落吟笑了笑，“但我不想回去听什么讲座，你是要回去，还是在这儿陪我？”

喻落吟闲适地靠着墙，分明是坚持不想回去的态度了——惯常斯文的一个人，现在居然是这般“无赖”的模样。

他甚至把手机收了起来，摆明了不想继续听白寻音劝说。

随后，他看到小姑娘纠结地咬了咬唇，半晌后默默地把手机收了起来。

隔着一层纱再怎么崇拜的偶像，大抵也比不过身边有血有肉的人。他们刚刚……算是确定了关系，如果把喻落吟一个人扔在这儿肯定是不好的。

白寻音只好顺从了，乖巧得像只猫咪，她想让他开心。

“真乖。”而喻落吟夸了她，修长的手指在白寻音的头上轻轻地揉弄了一下。

白寻音见他淡淡地笑着，心里闪过一丝怪异，只是风吹叶过，不留痕迹。很久之后，白寻音才明白当时自己觉得异样的地方在何处。

喻落吟对待她的态度不像是女朋友，而像是宠物。

只是“热恋期”的人都会鬼迷心窍，看不分明，待清醒过来再回头看才觉得自己就是个笑话。

当初的白寻音只觉得和喻落吟在一起的那几个月，几乎是晦暗时光里最亮的一道光。每分每秒都历历在目，美好得让人觉得不真实，好像随时都会变成镜花水月一场空。

第三章

我不喜欢你了

新生大会过后便是国庆七天长假，但物理系的学生向来是“牲口”，只有三天假期，充其量只能算是短暂休息一下，甚至这片刻的喘息时间里还满满当当地排了课程。

白寻音没有去哪儿玩，放假三天就回了家，持续性地遭受着喻落吟的“骚扰”。

可能这就是有了“男朋友”之后和以前生活的不同之一——她的手机很少有安静的时候。

喻落吟在现实生活中话明明不多，但在微信上不知道为什么就特别能说，虽然大多数在聊学习上的事情，但他偶尔一句“女朋友什么时候临幸一下我”“木鱼轩的蛋糕特别好吃，给你送去？”这类似要约她出去的话，还是让白寻音有些招架不住。

拐弯抹角说这么多，这家伙的最终目的还是想让她出去陪他。

可是……白寻音总觉得有些不敢。每次见过喻落吟之后，她都需要一段时间才能恢复如常。这几天放假，待在家里的时间多，白寻音怕季慧颖会发现什么端倪。

毕竟谈恋爱这件事儿，总是不大好对家长说的。

喻落吟又在手机里“催命”了：“到底为什么不能出来见我？才亲了人，你就不想要我了吗？”

白寻音不由得叹了口气，感觉心里某个地方柔软得要命。

她怎么可能不想要他？她能接受喻落吟，就是最喜欢他的结果了。

她抿了抿唇，认命地回了一句：“在哪儿见面？”

喻落吟很快给她发过来一个地址。

白寻音仔细瞧了瞧，是一家清吧，名叫“鹿海”。她微微蹙了蹙眉，在原地呆坐了片刻才起身换衣服。

其实“约会”的地方无非就那么几个，喻落吟约她去清吧又不是酒吧，没什么值得生气的。

只是白寻音不懂，即便是清吧，大多也是成年人约会的场所。

她还傻傻地以为喻落吟跟自己一样，懵懂而无知。后来回忆起来，白寻音直笑，心想自己活该被骗得那么惨。她只是一只迈入猎人领地里的鹿，却以为猎人会温柔以待。

白寻音没有梳马尾辫，长长的黑发散落在肩后直至纤腰处。她穿了件简简单单的鹅黄色连衣裙，踩着一双球鞋，露出两截细白莹润的小腿，白得近乎发光。

她没有化妆的习惯，白皙的巴掌脸上未着脂粉，素面朝天，清纯得要命。

鹿海的工作人员在看到这么纯的一个姑娘在清吧这种地方徘徊时，都愣了一下。

“女士。”门童眼见着白寻音在门外走了四五圈了，终于忍不住走上前主动问，“您是要来我们鹿海吗？”

白寻音一怔，微微点了下头，然后拿出手机给门童看——里面赫然写着喻落吟他们所在的包厢位置。

她本来以为喻落吟会出来接她，没想到她来了，却没看到人。

“好。”门童彬彬有礼地点了点头，微笑道，“请跟我来，我带您进去。”

白寻音不动声色地跟着门童进去，心里总觉得有点不对劲。

这家叫鹿海的清吧位于林澜市中心的黄金商圈，装潢更像是华丽的会所，就连接待的门童都着装高级、彬彬有礼。

这里不像是普通消遣娱乐的地方，喻落吟他们都是学生，为什么会来这里？

白寻音跟在门童的后面一路走进鹿海，脚下踩着暗色的大理石地砖，耳边传来慢悠悠的钢琴声。白寻音没有闲情逸致打量华丽的周遭，只感觉自己被带到包厢门口的一路，手心莫名地出了一层汗。

“抱歉，女士，我要先确认一下您是不是他们这里的人。”到了包厢门口，门童笑着问旁边的白寻音，“可以吗？这是VIP包厢基本的保密安全措施，希望您能理解。”

白寻音一愣，点了点头。VIP客户、保密措施……都是应该的。但白寻音觉得有点滑稽，自己居然会来这种地方。

她安静地看着门童确认完毕，客客气气地开了门，随后喻落吟的身影出现在虚掩的木门后面。

“来了怎么不发条信息？”他似乎喝了点酒，一双狭长的凤眸比之平时更加水光潋滟。白寻音沉默地看了他两秒，没动作。

喻落吟扫过白寻音穿着的球鞋，顿了一下，伸手要拉她：“进来吧，其他……”

白寻音却在他指尖碰触到自己之前后退了一步，摇了摇头。

她的拒绝让喻落吟指尖顿住，黑眸微沉。

只见白寻音拿出手机，飞快地打字：“我不太适应这种地方，还是先回去了。”

“没什么不适应的，有我在。”喻落吟勉强收起刚刚被酒意激发的一丝躁郁，长臂一伸揽住白寻音单薄的肩，近乎有些强硬地把人带了进去，边走边说，“不是什么坏地方，还有别的同学在。”

被喻落吟强迫着带进去后，白寻音发现的确有“别的同学”在。

他们都是高中时围着喻落吟的那些人，黎渊、周新随、陆野……还有两个她不认识的女生，看着都是差不多的年纪。

“呀，这不是白寻音同学吗？”陆野看到白寻音，有些兴奋地道，三步并作两步地走过来对着喻落吟戏谑地一挑眉，“喻哥，你还真能邀请到白寻音啊，厉害。”

他特意在“邀请”两个字上加了重音，明显意有所指。

白寻音皱了皱眉，总觉得这句话令她不太舒服，只是还没等她想出个所以然，陆野就被喻落吟撵走了。

“滚滚滚，别在这儿碍事儿。”

“我去，这么护着啊？”陆野撇了撇嘴，还是有点不甘心地问白寻音，“白同学，你之前干吗不选我选这小子啊，我哪儿比他差了？”

这么一打岔，白寻音脑子里的想法都被打散了，她有些不好意思地对着陆野笑了笑。

在鹿海的每分每秒里，白寻音都有种如坐针毡的感觉。偏偏喻落吟还不放过她，扯着她坐在偌大的包厢大厅一角的双人沙发上，两人离得极近，他懒洋洋地靠在沙发上，大手虚虚地揽着她的腰。

“你披着头发很好看。”男生低沉清冽的声音从耳后传来，带着若有似无的薄荷香，“以后私下就别扎起来了。”顿了顿，他又补充了一句，“虽然扎马尾辫也很好看。”

白寻音咬唇，乖巧地点了点头——少女白皙的后颈红了一小片，羞的。

喻落吟轻笑着盯着她，黑眸越发深沉，修长的手指讨人嫌地绕着小姑娘长长的青丝玩儿。这些暧昧缱绻的小动作他做起来浑然天成，带着撩拨人的感觉。

白寻音心里的别扭和怒气，在喻落吟这些小动作的抚慰下烟消云散了。

她想，自己大概是天生无法对他生气的。哪怕她是真的无法适应这种地方，可喻落吟在她腰间耳后若有似无撩拨的手指，让她整个人都晕乎乎的，不自觉地坐得越来越板正，就是不想让喻落吟得逞。

小姑娘陷入了和喻落吟“斗智斗勇”的甜蜜陷阱里，完全没有注意到周围人古怪的眼神，直到黎渊嚷嚷着打破他们二人之间独有的缱绻氛围——

“你俩干吗呢？别坐在那儿腻歪了行不行？赶紧过来！”

喻落吟轻笑一声，带着白寻音走过去。

包厢中央的桌子上有扑克、骰盅等赌博用的玩意儿，七八个少男少女围着，这不是聚众赌博吗？白寻音抬头有些茫然地看着喻落吟，像是无声的询问。

“不是真赌。”看出来白寻音的抗拒，喻落吟轻声解释，“清吧是黎渊家的，这些东西就是用来助兴。”

白寻音对这样的场景抗拒极了，像是一不小心就会踏入一个光怪陆离的场所，她手脚僵硬地呆站在原地。

“喻哥，你朋友怎么回事儿啊，这么不捧场？”其中一个女孩上下扫了一圈白寻音，眼神嫉妒又不屑，声音尖厉，嘟嘟囔囔道，“可真够扫兴的。”

“蒋慕，你说什么呢？”

“我又没说错，来这里穿得跟初中生似的还一句话不说，瞧不起谁呢？”

叽叽喳喳的吵闹声里，白寻音受不了地皱了皱眉，觉得自己真是一秒钟都待不下去了。就算喻落吟在这里，她也受不了这里的氛围了，这种迷离压抑、压迫感十足的氛围。

白寻音仗着自己穿着球鞋跑得快，所以她毫不犹豫地甩开喻落吟的手跑了出去。

后者当然是要追的，只是白寻音生怕被他再拉回去，听到后面的脚步声跑得越发快了。

两个人一前一后地跑出清吧的大门，见到外面的阳光白寻音才有种“重见天日”的感觉，不自觉地松了口气。

而这放松的瞬间她就被人抓住了，她一回头，就看到喻落吟握紧她的手，神色愠怒。一向漫不经心，甚至有些懒洋洋的喻落吟，此刻眉宇间带着怒气：“你跑什么？”

白寻音一愣，拿出手机打字，认认真真地回答：“我不喜欢那种地方。”

在那种地方，白寻音感觉自己格格不入，找不到存在感。

那个灯光昏暗、暧昧华丽的地方，让白寻音想到了影视剧里夜总会那样“流里流气”的地方。

在那里和喻落吟相处，被他虚虚地揽着，看着他和那些同学谈笑风生，白寻音觉得别扭极了。她还以为出来“约会”是两个人的事情呢。

他们是在谈恋爱吗？其实白寻音连自己有没有真的和喻落吟在一起都没弄明白，她只是毫无头绪地顺着喻落吟的思路走。

“抱歉，是我考虑不周全。”看见白寻音受惊吓的模样，喻落吟收敛了身上的锋芒，“不该让你来这儿的。”

都是陆野、黎渊那几个小子在旁边叽叽喳喳地掺和，他才一时兴起把白寻音叫了过来，现在想想也是危险——刚刚差点就露馅了。也是这种隐隐的危险感，才让喻落吟觉得烦躁。

“没关系。”白寻音笑了笑，继续打字，“你回去跟他们玩吧，我先回家了。”

“跟他们有什么玩的。”喻落吟哼了一声，长臂抬起懒洋洋地搭着白寻音的肩，“走，送你回家。”

白寻音有些不自在地抿了抿唇，还是安静地跟着喻落吟走。

她发现他真的很喜欢肢体接触，例如搭肩膀、牵手，虽然没有更过分的举动，但这样的接触依然会让白寻音觉得有些别扭，或许是因为她从来没有和男生这么亲近过。

喻落吟修长的手指骨节分明，总是微凉，握住她手的时候，白寻音感觉自己整只手都被包裹在他的掌心里，倒是有种被保护的感觉。

和喻落吟“谈恋爱”虽然很美好，却让白寻音觉得不真实，一会儿安心，一会儿又揪心……好似天空中飘浮着的易碎泡沫，说不准什么时候就消失了一样。

“音音，我说你就是想太多了。”阿莫在得知她和喻落吟谈恋爱之后，从震惊到喜悦，再到现在耐心地开导她，“他不喜欢你追你干什么啊？其他人可能是图我们家音音长得漂亮、学习好，但是喻落吟……”

但是喻落吟，他什么都不缺，学习好，长得好，又招漂亮姑娘喜欢，甚至是争先恐后地倒追。不管是来自异性的爱慕还是同性的崇拜，他都不缺，他就是天之骄子。正因如此，若说他喜欢一个人，那肯定是不图什么的，只是单纯的喜欢。

阿莫这个思路是很正常的一个思路，白寻音也想说服自己顺着她这个思路想下去，但是和喻落吟相处的人是自己，她是个天生敏感的姑娘，有的时候是真的能感觉到喻落吟的克制和漫不经心。

只是白寻音不知道是因为什么，她也不敢深入去想。或许她只需要享受和喻落吟在一起时开心的感觉就行了。就是喻落吟这个人太恣意妄为了，虽然答应了白寻音不把两个人交往的事情说出去，可他从来不知道“低调”二字怎么写。

例如下课后，白寻音总会被他拽到无人的安全通道里单独相处，和学校里每一对正大光明谈恋爱的情侣都不一样。

每每面对喻落吟戏谑的眼神，白寻音都只能强装镇定，不让自己红了脸。

而因为没有公开恋情，围在喻落吟身边的“莺莺燕燕”还是很多。某次偶然看到一个女孩给喻落吟递情书，白寻音不自觉地停下脚步，一副若有所思的模样。而喻落吟看到她后，毫不在意地把手里的情书一扔。

“不开心啊？”喻落吟挑了挑眉，说得理直气壮，“那就跟我公开啊，光明正大地吃醋多好。”

白寻音忍俊不禁，嘴角两个小巧的梨涡若隐若现，路灯下看着他的眼睛亮晶晶的，像是凝聚着点点星光。

喻落吟就是有这个本领，能让她刚刚还一团乱麻的烦躁心思烟消云散。白寻音不服气地给他回消息：“谁吃醋了。”

回得怪敷衍的，但喻落吟还是忍不住笑起来，手欠地揉了下她的马尾辫：“走，送你回宿舍。”

白寻音坐上喻落吟的自行车后座。一开始还不适应，但几次下来，白寻音也就习惯了。

等回到了宿舍，白寻音嘴角的笑意还没有淡去，结果被敏锐的室友抓了个正着。

“咦，音音，你最近是有什么好事情吗？”室友一边涂护肤品一边问，“比起之前那段时间，最近你好像开心了不少。”

白寻音嘴角的笑意微微收敛，她这才后知后觉地发现，原来之前她颓丧的状态很明显，现在开心的状态也很明显。

这么一想，她就更加感谢喻落吟把她从那段晦暗的时光里带出来了。

喻落吟把白寻音送回去之后，在宿舍楼下靠着树干抽了支烟，一支烟燃尽才拿出手机——静了音的手机里有十几个未接来电，自然都是那些

“狐朋狗友”打来的。

他轻笑一声，扫了一眼周新随发过来的夜场地址，关了手机屏幕，然后将手机揣进兜里。他抬腿上了那辆一周前托人空运过来的德国山地自行车，在微凉的风里蹬了起来。

只是再好的自行车也比不上法拉利，加上入了秋天气有些凉，骑了一圈下来，喻落吟的脸都冻得有些发白，更显得眉目漆黑如墨。

他推开包厢的门走进去时，那几个货已经把菜吃得七七八八了。

“都这样了还叫我来？”喻落吟坐下，不满地敲了敲桌子，随后叫服务员过来加了一碗面——晚上不宜吃太多，权当夜宵解乏了。

“叫你来也不是招呼你吃饭的啊。”黎渊贱兮兮地撇了撇嘴，挤眉弄眼地问他，“说说，快说说，你和小哑巴到底怎么回事？”

“能怎么回事？”喻落吟嗤笑，“不就那么回事吗？”

别人不知道，眼前这几个家伙还不明白吗？

“可是，我感觉你跟她像是认真的。”黎渊忍不住问，“你不会来真的吧？不就是一个赌约吗？”

他问完，包厢里登时陷入一阵莫名的寂静。没人说话，甚至连点烟的声音都没有。

直到服务员端着面进来，才打破这诡异的安静。

“没有。”喻落吟拿起筷子吃起面条来，声音平静，“就是赌约。只是现在，小哑巴还没喜欢上我呢。”

白寻音现在只把他当“救赎”，根本没有对他敞开心扉。

“要不然别玩了吧。”一向话少的周新随难得开了口，他弹了下指间夹着的烟，“本来当初也只是赌你能不能接近她，你早点结束，我早点收钱。”

黎渊闻言，看着陆野幸灾乐祸地附和：“对对对，你还得给我钱呢！”

陆野大吼一声：“滚！”

嬉闹间，喻落吟动作迅速地把一碗面条吃完了。

随后，他只说了两个字：“别管。”

十一月过得飞快，一转眼就到了大学第一个学期的期末考试周。

白寻音生怕这段时间谈恋爱会耽误了学习，期末考试之前头悬梁锥刺股地熬夜复习，等终于熬到考试结束，上下眼皮都困得直打架。

“白寻音。”她刚回到宿舍，就被门口正在嗑瓜子的宿管大妈叫住，

"有人登记了要见你，是个男生，正在宿舍外等着呢。"

男生，要见她？喻落吟吗？

白寻音打了个哈欠，强忍着困意又折了回去。

结果到了宿舍楼外，见到的人却让她很是意外。

是穆安平。

站在宿舍楼外的穆安平转过身来，他身着衬衫、牛仔裤，打扮得简单清爽，高瘦的身子挺拔如青松，见到白寻音时，轮廓俊秀的脸上漾开一抹笑容。

从前白寻音就觉得穆安平笑起来很好看，牙齿洁白，左颊一个深深的酒窝，比朝阳还要灿烂。只是自从他转学到霖海之后，她就没再见过他的笑了。此刻白寻音有种熟悉又陌生的感觉，倒是倍感温暖。

白寻音走过去，对着穆安平笑了笑。

"音音，好久不见了。"面对白寻音的笑脸，穆安平先是下意识地躲了一下，随后察觉到自己的不对劲儿才又偏过头，眼神有些眷恋地盯着她的脸，声音一如既往地平和，"你最近还好吗？"

既然能打听到她在澜大，还特意找过来，他又有什么好问好不好的？白寻音笑着点了点头。

"音音，你跟我说句话吧，打字也行。"穆安平深深地叹了一口气，"你是不是还在生我的气？"

白寻音一愣，缓缓地摇了摇头。

"其实当年不是我想要走，是我妈……"穆安平欲言又止，却执着地看着她，咬了咬唇又问，"音音，你后来去看医生了吗？医生说你的嗓子还能治好吗？"

其实对一个残疾人来说，问她的隐私等于揭她伤疤，只是穆安平已经没有心思管这些了。

白寻音并不介意他的莽撞，她无所谓地笑了笑，拿出手机打字："去几家医院看过，没有准确的答复。"

她的失声是因为刺激导致的应激性创伤，并不是生理机能上出现了问题，所以在治疗方面说麻烦也不麻烦，说不麻烦也麻烦。

她有可能一辈子都无法恢复说话的机能，也有可能因为什么契机突然就恢复了。

白寻音之前被季慧颖拉着去了好多家医院检查、治疗，最后得到的都是这样的答复，归结起来就是"听天由命"四个字。

有时候命运这个东西，你不相信真的不行。

“你去其他城市的医院看过吗？”穆安平听了这个答案后皱了皱眉，显然很着急的样子，“林澜虽然是大城市，但医疗水平也不一定是最高的，实在不行我带你去霖海，那里也有几家全国排名靠前的医院……”

他说着有些着急，竟情不自禁地去拉白寻音的手，在快要触碰到她白嫩的指尖时，被突兀插进来的一只手拦住了。

穆安平一愣，下意识地侧头看过去，对上一双冷冷的眼。

喻落吟的黑眸里泛着寒芒，他的斯文气收敛了起来，现在整个人散发着“生人勿近”的凌厉感，让周遭的人都觉得冷。

“说话就说话。”喻落吟站在白寻音旁边，大手虚虚地揽着她的肩，望着穆安平挑了下嘴角，似笑非笑，“同学，你怎么还想上手呢？”

一瞬间，穆安平有些羞愧，又有些懊恼，而这主要来源于喻落吟的气场压制。

都是同样年纪的学生，但喻落吟就是给人一种“我不如他”的感觉。

但在白寻音面前，穆安平不想被衬托得好像自己太弱小了。

他皱了皱眉，把视线转移到白寻音脸上，问：“音音，他是谁？”

“我是……”

喻落吟话说到一半，被身侧的小姑娘使劲捏了下手，他低头，看到白寻音急急忙忙地给那男生发信息，上面写着：“同学。”

好一个“同学”。

喻落吟忍不住想笑，眼神却越发冷了。

看到白寻音这么说，穆安平微不可察地松了口气，但还是被喻落吟捕捉到了。

后者冷眼旁观，懒懒地搭在白寻音肩上的手臂并没有收回来——小姑娘别扭地动了好几下暗示他，喻落吟根本不管。

穆安平看不下去了，盯着喻落吟那只碍眼的手冷嘲热讽：“同学，你们学校的校风这么差吗，男同学可以随便搂着女同学的肩膀？”

他说完还觉得不解气，想起刚刚喻落吟的话，不甘示弱地回击：“你这是属于上手了吧？我劝你赶紧放开。”

“你劝我？你凭什么劝我？”喻落吟微笑着，并不恼，语气甚至不急不缓，但真正了解他的人，就知道这样的他才是最危险的。

白寻音下意识地感到不安，她暗暗地扯了扯喻落吟的衣角，却阻止不了他的话。

“就凭白寻音一句‘同学’？”喻落吟嗤笑一声，毫不客气，“告诉你，我是她男朋友。”

“男朋友”三个字，喻落吟说的声音并不大，却掷地有声，震得白寻音指尖发麻，穆安平的瞳孔急剧收缩了一下。

“男朋友？”穆安平努力保持镇定，瞳孔里凝聚着一团烈火，他看向白寻音，急切地想要一个答案，“他是在胡说八道吧？音音，是真的吗？”

喻落吟本来虚虚地搭在她肩上的手越发用力，好像她摇头，他就会捏碎她的肩胛骨一样。

不得已，白寻音只得慢慢地点了点头。只是她心里到底是有些愠怒的，垂在身侧的手忍不住紧了紧。

白寻音并不排斥别人知道她和喻落吟的关系，但她不想那么高调，更不喜欢被喻落吟逼着两人的关系。

穆安平登时大受打击。他来这么一趟，本来想趁机和白寻音冰释前嫌，重归于好，却没想到半路杀出来个所谓的男朋友……对方还独占欲十足地宣示了主权，他只好失魂落魄地离开了。

他一走，白寻音就甩开喻落吟搭着自己肩膀的手，转身往宿舍楼里走，连背影都透着闹别扭的不悦。

喻落吟神色一凛，三步并作两步地跟了上去：“生气了？”

白寻音没回答，连一个眼神都没给他，自顾自地走着。

喻落吟眉头微蹙，干脆拦在她面前，语气沉下来：“因为别的男生和我生气？”

白寻音抬头看他，眼神中带着无声的指控。

“白寻音，你讲点道理好不好？”喻落吟被气笑了，口不择言，“是我拿不出手，还是你看不出来那个男生对你有意思？”

刚刚白寻音的躲避让喻落吟感觉挫败极了。从小到大，他都是家长口中“别人家的孩子”，结果现在他女朋友不好意思介绍他的身份，真是滑稽。

“喻落吟，你才不讲道理。”白寻音有些无奈，拿出手机给他发信息，“刚刚周围那么多学生，我们不是说好在学校保持低调吗？”

毕竟喻落吟是公认的校草，“招蜂惹蝶”得很，她并不想成为女生们的公敌。

喻落吟不以为然，嘴角挂着散漫的笑，轻声自嘲：“人多……所以我还是拿不出手呗。”

“不是因为这个，而是没必要。”白寻音收敛了眼底的疲惫，耐心地继续解释，“穆安平是外地的学生，今天只是偶然过来，为什么一定要跟他说那么多？”

“外地的学生……没必要？”喻落吟轻呵，眼神深深地看着她，“所以你还是不懂。”

白寻音一愣。

“白寻音，我不是你见不得人的地下男友。”喻落吟的声音倏而变冷，“他是外地的，你才更不应该瞒着他。”

他说完转身就走，清瘦高挑的背影凝聚着一股化不开的躁郁。

白寻音怔怔地看着喻落吟的背影，捏紧了手机。

接下来的几天，喻落吟都没有理白寻音。没有进安全通道讲悄悄话，也没有中午在食堂偷偷摸摸地一起吃饭，还有平日里你来我往的互动全没有了……他独来独往，谁都不理。

某次看到喻落吟目不斜视地从她面前走过，明摆着搞冷战，白寻音便有些失落地低下了头。她现在是无措的，真的不知道该怎么办了。

在她和喻落吟的这段关系中，喻落吟一直是主导者，认识，暧昧，到现在，他主导着一切，她从来都只是跟随。

可现在喻落吟不想维持这段关系了，不想理她了，白寻音突然就不知道该怎么办了。她甚至不知道喻落吟是因为什么生气，难道就因为一个穆安平吗？

可她和穆安平分明什么关系都没有啊。当初说好的一起保密，为什么她不告诉穆安平他的身份，喻落吟就会这么生气呢？

白寻音也有些恼了，但更多的还是烦躁和无措。她忍不住把这件事情跟阿莫说了，打字的时候都带着情绪，异常用力。

“不是吧，这有什么好冷战的啊？”阿莫听完，脱口而出，“这不就是喻落吟吃醋了吗？”

吃醋？白寻音愣了。

“哈哈，喻落吟看起来斯文又老成，没想到还有这样一面啊，啧啧。”阿莫小声吐槽着，“怪幼稚的，音音，你哄他一下就行了。”

哄……哄喻落吟吗？白寻音有些为难地皱起了眉。她长这么大，还没怎么哄过人呢，尤其是男生。可是阿莫说喻落吟是因为吃醋才生气，才跟她冷战的。这么一想，白寻音又忍不住有点开心，嘴角的两个小梨涡若隐若现。

"哎哟哎哟。"阿莫见了，忍不住捂住脸，一脸的难以直视，"这狗粮撒的，齁死我了，你俩可真够甜蜜的啊。"

甜蜜什么啊。白寻音无语，想了想，又有些不安地打字问她："阿莫，你确定喻落吟是吃醋了吗？"

"我确定啊。"阿莫笃定地点了点头，然后耸了耸肩，一本正经地道，"要不然，我实在想不出来他还能因为什么了。"

白寻音缓缓地松了口气，本来不安的心像是被注入了一股暖流，整个人都鲜活柔和了起来。

傍晚，白寻音终于鼓足勇气主动去找了喻落吟。她知道这几天喻落吟晚上没送她回家，总会在那个破旧的后花园里，便熟门熟路地找了过去。

果不其然，她在那里看见了男生高瘦的身影，正背对着她。

听到动静，喻落吟转过身来，就看见从门缝里钻进来的怯生生的女孩子，像只乖巧的猫咪。

喻落吟嘴角勾起一丝玩味的笑意，若有似无。他喜欢来这里不是什么秘密，这几天主动找上门来的女生很多，但她才是他要等的那一个。

整整五天了，白寻音可真够没有良心的，现在才知道来找他。

喻落吟面无表情地看着她，直看得白寻音内心有些忐忑。

白寻音垂在身侧的手不自觉地抓了抓衣服下摆，半晌后才走到喻落吟面前。

迎着喻落吟微微低垂的懒洋洋的目光，白寻音拿出手机打字给他看："你还在生气吗？"

"嗯。"喻落吟轻轻地应了一声。

他干脆背对着她，声音淡淡："为什么不生气？"

糟糕，这该怎么哄人？

白寻音咬了咬唇，又发微信给他："喻落吟，你是在吃醋吗？"

"对啊。"喻落吟看到信息后短促地笑了声，倒是大方地承认了，"我就是吃醋。"

白寻音一时间哑口无言，呆呆地看着喻落吟高瘦的背影。他在这里，令她有种压迫又安心的诡异矛盾感。

"那男生喜欢你，我能不吃醋吗？"喻落吟回过头，剑眉蹙起，他一贯温和斯文，甚至是有些懒洋洋的神情收敛了起来，此刻几乎有些锋芒毕露的尖刻了。

“你面对一个喜欢你的男生不介绍我的身份，你到底是怎么想的？”

“是我错了。”白寻音已经不想因为这个话题跟他争吵了，她干脆利落地道了歉，然后趁着他愣神的一瞬，难得主动地抱住他，眼巴巴地抬头仰望着他，像是在说：不生气了好不好？

怔怔地对视两秒，喻落吟绷不住笑了。

“真拿你没办法。”喻落吟轻声叹了口气，修长的手指刮了下白寻音圆润的鼻头，“算你会哄人。”

这可是白寻音第一次主动抱他，他想生气也气不起来了。

小姑娘眼睛里含着星星点点的欢悦，她迫不及待地问他：“你是不是不生气了？”

“多少还是有点。”喻落吟轻哼，一副无赖的模样，随即有些孩子气地微微低头在她耳边低声道，“除非……你亲我一下，我就不生气了。”

亲……亲？白寻音怔怔地看着他，脸一下子红了，心口像是炸开了五颜六色的烟花一样跳动不安。

“傻瓜。”喻落吟被她惊愕的表情逗笑了，修长的手指捏了捏她尖尖的小下巴，动作轻佻，眼神深不见底，“我说的是脸，你以为呢？”

他“正人君子”一样地说着，眼神却热烈得仿佛一团烈火，像是要吃人。

白寻音又气又无奈，却生怕他还生气或者提出更加过分的要求，她想了想，踮起脚，在他的左颊上匆忙地亲了一下，耳根都羞红了——

谁让她拿喻落吟没办法，又不想和他冷战呢？

说起来，她也不是第一次做这种事情了，新生大会那天不也是她主动的吗……

但是在这种时间，在随时会有人闯进来的地方，总有种隐隐的禁忌感，让人心惊肉跳的。

白寻音蜻蜓点水地亲完喻落吟后，恨不得钻到地缝里，自欺欺人似的低着头，露出一小截雪白的后颈。

乖巧可爱得不行。

“我女朋友真乖。”喻落吟忍不住眉眼弯弯地笑了起来，通体舒畅地揽着她的肩膀向外走，“送你回家。”

看着他终于恢复了惯常轻松的模样，白寻音才彻底松了口气。

随后她想了想，给喻落吟发了一条信息：“这几天我都是自己走回宿舍的。”

简简单单的一句话，却透露出小姑娘心里的委屈——跟他一说，像是撒娇一样抱怨了。

“是男朋友做错了。”喻落吟无时无刻不在强调“身份”调侃她，讨厌极了，在白寻音窘迫的神色中，他懒散地笑了笑，“这就给你当坐骑。”

这男人真讨厌。

白寻音看着他的背影，又懊恼又羞涩，就像每个陷入恋爱的小姑娘一样，喜欢的人的一举一动都能让人手脚发软、耳根发红，甚至夜不能寐。

就像这几天，因为和喻落吟的“冷战”，白寻音连觉都没有睡好。直至现在她终于解开心结，又重新坐到喻落吟的自行车后座上，白寻音才感觉自己又回到那种令人安心的舒适圈里——那就是喻落吟宽阔的后背，轻轻靠上去就让人觉得无比安心。

他们在后花园里暧昧地磨蹭了一会儿，离开的时候已经晚上九点多钟了，学校里清清冷冷的，没什么人。

十一月份的夜里依旧有些凉，喻落吟脱下身上的外套，不由分说地给白寻音兜头罩上。

“穿着。”喻落吟揉了揉她的头发，顺带讨人厌地把白寻音头上的发绳顺走——女孩一头乌黑的青丝瞬间倾泻到腰间，黑夜里又小又白的一张脸美得惊心动魄。

他似乎很喜欢揉她的头发，也很喜欢她披着头发。

白寻音默默地想着，乖顺地坐在车后座上，伸手轻轻揽着喻落吟的腰。

男生宽大的黑色外套几乎垂坠到了她的腿弯，袖子也长出了一大截，白寻音把手缩在里面，鼻尖闻到一股清香的薄荷味，还有一股很淡很淡的烟草檀木香，这是专属于喻落吟的味道。

后来白寻音回忆起来，这种味道几乎是她对于心动的异性最早的、唯一的认知，令她无论如何都不能忘怀。

那天晚上分开的时候，喻落吟不知道怎么惹恼了她，小姑娘羞怯地跑回宿舍，外套都忘记了还。于是，她就把喻落吟的衣服“私藏”了起来。

白寻音没舍得洗，等到后来分开的时候，这件衣服照旧忘了还。

这件外套一直被她保存着，直到衣角蒙了尘，变得陈旧，依旧规整地放在少女的衣橱里面。于白寻音而言，这件外套不仅仅是件衣服，还代表着她在年少轻狂的青春里按捺不住的怦然心动，以及克制不住的疯长欲望。

在和喻落吟相处的这些日子里，少女的日记本里只有他的名字，工整的，潦草的，字迹凌厉精致，一笔一画都带着遮掩不住的悸动和爱意。

白寻音以为这个写满了喻落吟名字和她少女心事的笔记本会成为青春时光里的美好回忆，却没想到短短几个月后，就被她压在了箱底，尘封了起来。

青春凌乱，世事无常。

那是大学第一个学期结束的前夕，那年澜大的课程排得满满的，结束得出奇的晚。除夕夜前一周，才进行了上学期的最后一次考试。让白寻音欣慰的是，她的成绩并没有因为谈恋爱而下滑，相反，还略微提升了一些。

考试结束后，白寻音就想着去找喻落吟。白寻音知道喻落吟在哪儿，他说黎渊那几人放假早，今天可能来找他，要是她考试结束后他没出现，那就是在后操场了。后操场边的教学楼里有一个废弃的洗手间。

白寻音虽然没去过，但知道有那么一个地方。

她想了想，便到后操场边的教学楼去找人。

她没来过，有些找不着路，七拐八拐地走着，结果在二楼楼梯的拐角处，收到了此生最令她难忘的“新年礼物”。

她尚未踩到楼梯上面，便听到喻落吟清朗低沉的声音传来——

“别问了行不行？我跟她能怎么样？还能亲上吗？”

“小哑巴开始喜欢我了，赌约到此结束吧，正好假期结束，我陪着她也腻了。”

白寻音总不至于听不出来自己“男朋友”的声音。

快到除夕了，寒冬腊月的冷风又湿又凉，她穿着厚实的棉大衣都挡不住，尤其是在这四面透风的走廊里，过堂风轻轻拂过便冷得刺骨。

白寻音僵滞住的大脑被这冷风激得回了神，她随即反应过来自己现在在哪儿，听到了什么。

她转身就走，不想在这个时候被人发现，也不想那么狼狈。

白寻音琉璃一样的眼睛里全是摇摇欲坠的破碎感，甚至捂在脸上的冰凉手指都在微微地发抖。

无数的念头在她脑海里翻涌——

“喻落吟在说什么呢？怎么她都听不懂呢？”

“他在开玩笑吧？那个赌约……说的是她吗？他把和她的感情当作

赌约吗？”

“那这段时间他们算什么呢？”

……

所有莫名其妙的接近都有了解释，都是因为一时兴起的蓄谋所为。

高中时候的若即若离，大学这几个月的种种甜蜜和温柔，都是错意，都是假的，都是她一个人的独角戏……

喻落吟自始至终都是清醒的，那他到底是用一种什么样的眼神和心态看她的呢？他会觉得她可笑，愚昧至极，会为她喜欢上他、主动亲他而得意吗？

他会在送她回家之后，转身换上一副不为人知的皮囊，对他人说着：瞧，她多傻啊，被我骗得团团转。

呵，她的确傻。白寻音这才发现自己从来没有真正认识过喻落吟。天之骄子，校草，学霸，清隽俊美的外表下到底是一颗怎样的心，她了解过吗？

对于这个男生，她想得太简单了。

白寻音忽然感觉到极度恐慌。她不知道自己是怎么无声无息地离开那栋破旧的教学楼的，仿佛灵魂被抽干了，只留下一具浑浑噩噩的空壳子。

没什么的，真的没什么的，她不过是听到了真相，不过是从少女梦一样的乌托邦里醒过来了，没什么的……

白寻音不断在心里安慰自己，觉得自己表现得很正常——直到脸上有冰凉的触感。

原来她哭了。

幸亏快要放假了，她有一个多月的时间用来休息，用来过年。

她想用这段假期来平复心情，来配合喻落吟演戏。

白寻音现在已经知道喻落吟究竟是因为什么接近她了，所以现在轮到她看喻落吟如何“表演”了。

也或许，喻落吟说过那一番话后，不想继续演了。

所以……他会在什么时候向她说分手呢？

白寻音的大脑几乎处于放空状态，她浑浑噩噩地一路走回家，脑子里想的都是这个问题。

她穿着深灰色的羊毛大衣，细长素白的手指露在外面冻得发红，回到家里敲门，来给她开门的季慧颖微微一愣。

“音音，怎么了？”季慧颖连忙把人拉了进来，看着白寻音轻声问，

“怎么失魂落魄的？”

白寻音忍不住有点想笑，亏她还以为自己隐藏得很好，原来已经到了季慧颖一眼就能看出来不对劲的程度了。

没，放假挺开心的。

妈妈，我是因为别的事情难受。

想说的话说不出来，这副嗓子像是永远说不出来想说的话，抱怨，快乐，欢喜，悲伤……她永远只能憋着。

白寻音强忍着眼眶的酸涩，半晌后还是什么都没表达出来。

随后，在季慧颖有些错愕的目光中，她转身回了房间。

回到密闭性十足的空间里，白寻音的脸上才浮现出了一丝裂痕。

受不了，真的受不了了。

白寻音被冻得通红的细长手指冰凉，慢慢地挡住自己的脸，她靠着门慢慢地蹲了下去，像婴儿寻求母体的保护一样缩成小小的一团。

她把脸埋在膝盖里，肩膀微微抖动，犹如一只受了伤的幼兽，就连哭泣都是细微的。

直到掉在地上的手机“嗡”的一声，一张又小又白的脸从膝间抬起，白寻音透过一层蒙蒙的雾垂眸看着手机屏幕——

喻落吟：“你自己回家了吗？怎么不跟我说一声。”

狭小的房间里是落针可闻的死寂，半晌，白寻音被微光映照的脸上露出一抹嘲讽的笑。

桃花眼角潋滟的水色还未褪去，显得近乎妖异一样诡异。

“嗯。”她手指僵硬地打字，灵魂出窍一样地回应，“先回来了。”

喻落吟回复得很快，仿佛在抱怨：“怎么走得那么快，那过年前我们还能见面吗？”

白寻音一字一句地回：“也许不能了，我妈妈要带我去姑姑家。”

实际上，因为她爸爸的病，因为他们家滚雪球一样的债，哪里还有亲戚愿意见他们？只是她不能见喻落吟，见到他，她怕自己会绷不住。

喻落吟的信息一条一条地发过来——

“什么时候？”

“去几天？除夕也不回来吗？”

“我去你们家找你吧，新年礼物还没送给你呢。”

“你别过来。”白寻音飞快地阻止。

他似乎是受了打击，好一会儿都没有消息发过来。

她有些嘲讽地盯着两个人的微信对话框，觉得这才是喻落吟啊。

之前每次聊天的时候，如果喻落吟半天不回消息，白寻音总会觉得是不是自己说错了什么话，搞得冷场，然后又主动发消息过去。

她从来没有想过，喻落吟也许是欲擒故纵，而她像个傻子一样不停地上钩。

不过这次，她依然是在“冷场”中主动发了信息过去——

“不用了。”白寻音微微笑了笑，“你已经送过了。”

喻落吟送给她的“礼物”，让她永生难忘。

是教训，是清醒，是花钱都买不来的呢。

白寻音不受控制地回忆起这几个月，甚至是她和喻落吟刚刚认识的时候一些细碎的片段。

少年在雨天里帮她搬桌子、凳子的清瘦背影。

少年在游乐场里塞给她五百块钱时的散漫笑容。

两个人在图书馆里装模作样地“补课”。

还有两人在学校各处留下的“暧昧”证据。

……

现在看起来都像是笑话一样。

可她仍然该死的觉得心动。

白寻音忽然想起一个月前圣诞节的那一天。她因为不能说话和性格内向，人缘并不好，除了偶尔会一起吃饭的室友，身边一个朋友都没有。

都说长得漂亮的姑娘人缘会很好，但如果长得漂亮和身体缺陷同时存在于一个人的身上就是例外了。毕竟同情心这东西太奢侈，不够分给别人。

白寻音记得高二那年圣诞节，班级里其他人都在笑嘻嘻地交换着圣诞果，只有她是一个“局外人”。

她知道没人会送她苹果，同时也没人会需要她的苹果，所以她根本没准备，就孤独地坐在角落里，两耳不闻窗外事地低头做自己的卷子。

可有人就是不懂“人不犯我我不犯人”这个道理，那天教室里没有老师，同学们都很放松。

盛初苒笑眯眯地走到白寻音面前，大眼睛里闪着狡黠的光。

“白寻音，你还真是孤僻啊，圣诞节都不跟同学交换苹果。”盛初苒一笑，脸上现出两个酒窝，挑衅地看着她，然后“啪嗒”一声，把自己手里的苹果核拍在她的桌上。

“喏，送你了。”盛初苒“施舍”般地说，“看在你不能说话的分上。”

高二整整一年，她无时无刻不在提醒着别人，白寻音是个哑巴。

其实何必呢，她不说，其他人也知道。

白寻音无所谓地一笑，用纸巾包着苹果核扔掉，然后低头继续学习，看起来并不是很在意的模样。只是从此，她对圣诞节就有些排斥了。

而一个月前圣诞节那天，依旧是全班都在笑嘻嘻地互送苹果。

不同的是，她面前的桌上摆了一堆。

“不知道你喜欢吃哪种苹果，”趁着闹哄哄的教室里没人注意到他们，喻落吟凑到白寻音耳边轻声说，“就都买了——你喜欢平安果吗？”

各种品种的苹果，他都买了。

白寻音收回愕然的视线，微微侧头，就看到喻落吟清隽俊美的模样，他正微微弯着眼睛看着她。

当时白寻音觉得喻落吟的眼睛里是有星星的，怎么会有……这么会骗人的男孩呢？

而当时他看着她，好像还很伤心一样问她：“你怎么也不准备一个苹果给我？亏我给你弄了这么多。”

喻落吟哪里知道，圣诞节对白寻音来说是个不好的回忆。他更不知道，从这个圣诞节开始，她又觉得这个节日值得过了。

只可惜……只可惜骗子就是骗子，怎么可能成得了真的呢？

白寻音从回忆中抽身，清澈的眼底有些干涩泛红。

她站起来，双腿因为长时间蹲着而有些发麻，近乎踉跄地滑了一下，堪堪扶住旁边的桌子稳住，指尖正好碰到一个滑溜溜的、类似塑料皮的东西。

她侧头一看，正是圣诞节那些平安果花花绿绿的包装纸。

苹果保存不了多久，包装她却舍不得扔。

笑话，都是笑话。

这些她珍惜的东西，在喻落吟眼里可能不过是“哄她玩”的垃圾。

喻落吟可能是这个世界上最残忍的刽子手，他太懂得如何让一个女生绝望了。

白寻音轻笑，伸手把那些东西都扫进了垃圾桶。

除夕那天，白寻音是在家过的。

整个假期，她拒绝了包括阿莫在内的所有人的邀请，就一直老老实实地在家里待着，在房间内……疗伤。

大年三十，她帮着季慧颖一起忙活着做了几个菜，冷冷清清的房子里贴了春联、福字，才勉强有了几丝新年的气氛。

“音音，我感觉你最近瘦了不少，是不是学习压力太大了啊？”吃饭的时候，季慧颖有些担心地打量着白寻音苍白的脸，总感觉从放假开始，自家女儿非但没享受假期好好休息，反而更疲倦了似的。

白寻音一笑，对着季慧颖摇了摇头，随后指了指客厅里药箱的位置，示意自己其实只是有点感冒，并且已经吃过了药。

很多被蜜糖包裹着的“真相”往往又涩又苦，足以透过舌尖把苦意传到心里。可那又怎么样呢？心伤并不能算是可以入院治疗的病痛，充其量就是一点点的痛症罢了，在外人看来不疼不痒，无须在意。

都说二十一天就可以打磨痛苦养成习惯，可白寻音只用了三天就习惯了。习惯了从虚假的光明中回到真实的晦暗里的感觉，习惯了失去其实从来就没真正拥有过那个人的……痛症。

她不但习惯了，还能加以“利用”，毕竟相较于舒适，痛苦能让人成长得更快一些。

白寻音想着，嘴角不知不觉地浮现出一抹有些奇异的微笑。

“那晚上别忘记再吃一次药。”季慧颖叹了口气，低头吃饭，她已经上了岁数，哪怕年轻时再优雅知性，现如今也染上了絮絮叨叨的毛病，来回嘱咐，最后才对白寻音说，“吃饭吧，吃完我们一起去医院看看你爸爸。”

除夕夜，是阖家团圆的日子，他们家三个人也该“团圆”才对。

医院不管是中秋节还是除夕都有值班的护士，因为意外随时有可能发生。

白衣天使们早已经对任何节日都无动于衷了，见到除夕有人来探望病人也不意外，麻木地做了登记便让她们进去了。

同屋外湿冷的寒冽不一样，医院里开着中央空调，常年是令人舒适的温度，可白寻音在走进白鸿盛的病房时还是觉得冷，仿佛毛孔齐齐打开，寒意一拥而上钻入她身体。

她看着躺在病床上只能靠营养药剂过活，已经苍白消瘦得不成样子的父亲，顷刻间便红了眼眶，死死地咬着嘴唇不让眼泪掉下来。

“女孩的眼泪都是金豆子，是不能轻易掉的。”

白寻音透过雾气蒙蒙的双眼，不自觉地想起以前她父亲还高大、健康的时候，把摔在地上哭泣的她抱在腿上，轻声哄着的画面。

男人笑容灿烂又温和，揉着她脑袋的手干燥温暖：“音音要是掉眼泪，爸爸该心疼死了。”

白鸿盛边说，边把白寻音那小苹果脸上的“金豆子”都轻轻地擦拭掉，仿佛很珍惜，要珍藏起来。

以前有他可以依靠，白寻音可以毫无忌惮地流泪。

白鸿盛出事后，白寻音就渐渐地不爱哭了，她更喜欢把眼泪忍着——因为她不想也不习惯让别人帮她擦眼泪。

“就是因为这样，我才不让你来医院的。”季慧颖进来后便熟练地走过去帮着白鸿盛按摩，回身看到白寻音眼圈通红的失落模样，忍不住叹了口气，“音音，你不要难过，实际上你爸爸的情况并没有变坏，一直保持在一个挺平稳的状态，说不定哪天……”她说着说着，声音戛然而止。

白寻音知道，这是因为妈妈无法给出一个承诺，只能把话咽了回去。

爸爸何时能苏醒，就同她何时能恢复声音是一样的——都是无法确定的事情。

有可能是明天，也有可能永远等不到那一天。

白寻音只是可怜季慧颖，一个人带着他们两个这样犹如“铅球”般的累赘。她妈妈的脊梁骨看似柔弱，可无法轻易地被压垮。

正胡思乱想着，白寻音牛仔裤里的手机“嗡嗡”作响。她拿出来一看，是喻落吟打过来的电话。如今看到“喻落吟”这三个字，她瞳孔都会不自觉地收缩，心里躁郁焦灼。

白寻音不耐烦地挂断电话，索性直接开了静音，随后走到病床旁边，帮着季慧颖一起为白鸿盛按摩。

而被挂断了电话的喻落吟，有些错愕地看着手机屏幕，半晌后短促地轻笑了一声。

笑声在冷冷清清的空旷楼道里显得尤为刺耳。

他觉得自己像个笑话。大过年的，他不顾家里人的劝阻和责骂硬是跑出来，一路开车到了白寻音他们家这个破楼道里，结果她家里居然没人。

难不成是自己猜错了，白寻音真的去亲戚家过年了？可就算去亲戚家，也不至于电话打不通吧？喻落吟清隽的眉头微蹙，盯了手机半晌，再次拨过去。

铃声自生自灭，依旧没人接。

喻落吟蹙起的眉头染上了几分烦躁，还有浅浅的不安。他甚至忍不住点了支烟。

烟雾缭绕的狭窄楼道里，有热热闹闹说着话路过的人，在看到这个俊朗的男孩时，声音都会不自觉地被冻结了一下——然后压低了声音，嘀嘀咕咕地走开。

喻落吟眉目沉沉，全身散发着“生人勿近”的气场。他漫不经心地把玩着钢制的打火机，心里总觉得白寻音有点不对劲。

从几天前开始她就不接电话，回微信能用一个字绝对不用两个字，和之前的乖巧听话相比，完全像是变了一个人一样。难道是自己哪儿得罪她了吗？

一支烟燃尽，喻落吟也并未理出什么头绪，手机一直响个不停——都是来自想约他的人，其中最多的，还是叫他回家的那群人。

喻落吟焦躁地扣上手机，踩灭了烟蒂下楼。

离开前，他给白寻音发去一条信息：“给我一个不接电话的理由。”而这条信息，等到他开车回到自家院里的时候都没得到回复。

小姑娘似乎打定主意不理他，轴得气人。

喻落吟心里窝着火，骨节都被他捏得“咔咔”作响，周身裹挟着一层寒气走进去的时候，和屋里温暖如春的氛围显得格格不入。

他身上几乎带着一种生冷肃杀的味道。

“阿吟，怎么了这是？”喻落吟的堂哥喻时钦走过来，不明所以地问，“谁惹你生气了？”

喻时钦常年在国外读书，只有过年才难得回来，喻落吟并不想给人脸色看，顿了顿，便懒洋洋地扯了扯唇。

“谁能惹到我？”喻落吟微微眯起眼睛，狂妄地说，“向来都是我惹别人生气。”

白寻音也是一样，休想影响到他。

喻落吟意气风发，气势狂妄得像只凶猛的豹子，外表却优雅斯文得像只慵懒的猫。

两种气质融合在一起，意外地和谐极了。

就好像他天生就该如此恣意，谁也不能打击他分毫。

喻时钦看着便不由得觉得欣慰——两年没见，喻落吟更加成熟了，也更加有喻家人的姿态了。

“哥，堂哥。”喻时钦的妹妹、喻落吟的堂妹喻时恬过来叫人，她比喻落吟小一岁，正在读高三，一身公主裙甜美可爱，不耐烦地叫人的模样都带着一股子娇憨，“你们干吗呢？叫你们过去吃饭。”

喻时钦很宠自家妹子，大手轻轻揉了揉她的脑袋：“小鬼，这就去。”

喻落吟的视线却在喻时恬手腕上那串层层叠叠、一动一摇间就波光粼粼的手链上停留了片刻，随后他若有所思地问：“你这手链在哪儿买的？”

“嘻嘻，T 家最新款，好看吗？”喻时恬在喻落吟面前晃了晃洁白的手腕，笑完又好奇地问，“咦，堂哥，你怎么好奇起这些女孩子的东西啦？”

“想办法给我弄一条，最晚后天之前给我。”喻落吟从钱包里抽出一张黑卡扔给喻时恬，随后在后者将将要脱口而出的抱怨声里淡淡地道，“顺便给你自己再买点东西，我付钱。”

“谢谢堂哥！”喻时恬刚要吼出口的“开什么玩笑”硬生生地转了个弯，她喜笑颜开地弯了弯眼睛，“保证帮你弄到，不过你要这个干吗？送人吗？”

喻落吟“嗯”了一声。

这下就连喻时钦都有些意外了，他侧头戏谑地看着喻落吟：“送谁？你小子谈恋爱还是追姑娘？”

“都不是。”想起刚刚被挂断的电话，还有这几天被无视的信息，喻落吟眸色微黯，眼里闪过一丝阴鸷。

“那是什么啊？”喻时恬觉得莫名其妙。

喻落吟轻哼一声，漫不经心地笑了笑。

猫喜欢亮晶晶的东西，女孩不也都喜欢钻石吗？

等到漫长的饭局结束后，喻落吟才收到白寻音的回话。

对话框里的字就和晚上的满汉全席一样没滋没味：“太吵了，没听见。”

能联系到人，喻落吟心里莫名的焦灼才稍稍缓解，他垂着眼睛问：“什么时候回来？”

白寻音回复得很快：“明天。”

喻落吟轻呵一声，飞快地回复：“在家里等我。”

随后，他又给喻时恬打了个电话，就懒洋洋的一句：“想办法在明天中午之前把手链弄来给我。”

喻时恬办事效率很高，在喻落吟的“胁迫”之下，她半夜迷迷糊糊地揉了揉眼睛，嘟嘟囔囔边抱怨着边联系人，手链好搞，可是限量的爆款不好搞。

不过喻时恬自有门路，第二天一早就把东西交到了喻落吟手里。

“堂哥，我知道你买这玩意儿肯定是要去哄女朋友的，你可得好好感谢我。”喻时恬哼了声，在喻落吟面前挥了一下黑卡，娇声娇气地道，“我大半夜联系了好几个姐妹才给你弄到的，你这卡暂时归我了。”

喻落吟没否认“哄女朋友”这几个字，他接过手链，淡淡地说道：“随便。”

他看起来很着急的模样，随手拿起旁边挂着的大衣披在身上就走，顺便把手链盒子塞到大衣口袋里，拿过桌上的车钥匙。

喻时恬看着自家堂哥穿着长至腿弯的深灰色大衣，急匆匆离开的背影宛若十九世纪欧洲贵族少年，就忍不住有些感慨。她端起旁边还温着的红茶，边品边想：是什么样的姑娘能让喻落吟这么骄傲的人上了心？

她了解喻家的情况，她大伯喻远是家里的掌权人，喻落吟作为大伯的独子，是喻家产业封阳集团唯一的、正统的继承人。

而喻家所有人对此都无异议——每个人生来都有自己的身份，都有自己该干的事情。喻时恬和喻时钦虽然没有继承权，但对于这点看得很透。

喻家人都很有教养，不会有内斗的想法。像喻时恬，小小年纪就明白了自己这辈子就应该当一个花瓶的道理。她也不愿意干别的，人生追求就是当一条无忧无虑、不缺钱花的“咸鱼”。

可喻落吟不一样，他从小就是被当作真正的天之骄子养大的。作为封阳集团的掌门人喻远和科学院教授顾苑的独生子，喻落吟是含着金汤匙出生的，打小就被当作继承人培养。所有擅长的、不擅长的，适合的、不适合的，他都要去学。

骄纵恣意、众人所趋的同时，他所承受的压力也是别人无法想象的。

在成长的过程中，喻落吟看似自由，其实更像是被困在一个偌大的隐形真空玻璃箱里，枝枝蔓蔓长到一定程度，都会有专人修剪。

例如怕他不务正业，顾苑对他在学业上的要求十分严苛，从小学开始他的成绩就不得低于年级前三名，否则就会遭受冷暴力。

所以喻落吟的成绩从未掉下过年级前三名，等到被顾苑强迫学习的习惯养成，学习对于他便已经不费劲了。

这就是一个习惯的养成。

怕唯一的儿子被众人追捧娇惯得无法无天，性子变得骄纵，喻远便会在各个方面限制他。

比如对于钱的掌控，喻落吟并不像其他富二代那样挥金如土——有了数不清的钱就会有无止境的欲望，喻远在这方面管得很严。

比如富二代推崇的豪车、名表等，喻落吟统统没有。

在顾苑和喻远的严格把控下，喻落吟看起来完全不像个富家子弟，反而更像一个普通的学生。

他外表斯文清隽，不吝啬于笑意，只是偶然会目光冰冷。只有真正熟悉喻落吟的人，才知道他其实是最不好接近的那种人——高高在上，拒人于千里之外。

所以喻时恬才会好奇，是什么样的姑娘能让喻落吟这样的一个人为她着急，甚至主动买东西哄她。在她的记忆里，喻落吟从未主动讨好过任何人，更别说这么火急火燎地讨好了。

没准有好戏看呢?

喻时恬美眸流转，好奇心湮没在上翘眼角的弧度里。

喻落吟开车去接白寻音的路上，修长的手指偶尔会无意识地敲打一下方向盘，面对红灯时也会下意识蹙眉。他总有些不安，说不上来是为什么。

细细想想，大概是因为白寻音这两天对他有些过于冷淡了。

可他居然会因为她的一举一动而心神不宁，这太可笑了。在等待红绿灯的过程中，喻落吟深吸一口气，勒令自己平静下来。

他从小受到的教就是，无论什么时刻，都不要让别人看出来你心里在想什么，你脸上展现出来的永远不能是心里真实的情绪。

喻落吟已经习惯于戴着面具生活了，习惯于轻轻松松、随随便便就能看出来别人的心思，并加以掌控。最近他无法“掌控”白寻音，所以不由自主地有些不安。

不过，情况应该还在他的掌控之中。

绿灯亮起的时分，喻落吟打转方向盘，熟门熟路地拐进白寻音家那个小区的胡同里。

离得老远，喻落吟就透过车窗看到正站在树下等他的女孩。

白寻音家所在的这个老小区外面有一棵槐树，高大无比，夏日里投下的一道余荫能遮蔽好几栋高楼。

少女同那棵大树一比，就好像一片树叶那样娇小。

她似乎精心打扮过，一向不是扎着马尾辫就是披散在背后的长长青丝今天编成了一条松松的鱼骨麻花辫，穿着奶白色的羊毛大衣，小脸苍白而精致，整个人就像一杯冷掉了的奶茶。

在这安安静静的清冷氛围里，白寻音显得孤独又脆弱。

喻落吟皱了皱眉，按了一下车喇叭，刻意打破这份寂静，并如愿以偿地看到白寻音抬眸望了过来。

白寻音茶色的眼睛和车窗后喻落吟漆黑的双眼对上时没有丝毫波动，她只是顺着喻落吟的目光走过去，静静地打开副驾驶的车门，上了车。

车里安静得空气都凝结了。

喻落吟看着女孩安安静静的侧脸，修长的手指无意识地把玩着车钥匙，不自觉地慢慢捏紧。几天不见，女孩连一个笑脸都没给他。

喻落吟清隽的眉眼微沉，片刻后他笑着问她："年过得怎么样？"

白寻音侧过头来看着他，茶色的眸子似乎要看到喻落吟的心里去一样。

"怎么了？"后者眉头微挑，"我脸上有东西？"

其实相由心生都是骗人的，只要演得足够好，皮囊并不会因为内心的欲望发生什么改变。如果不是那天亲耳听到喻落吟说"一个赌局""小哑巴""陪着她腻了"这些话，白寻音说不定还会天真地信他。

谁让喻落吟这么会骗人呢？他真是一个天生的演员。

白寻音笑了笑，拿出手机跟喻落吟交流："你找我有事吗？"

"没事就不能找你了？"喻落吟有些不悦地嗤笑了一声，手伸到大衣口袋里，拿出精巧的盒子扔给白寻音，"新年快乐。"

白寻音看着那精致的蓝色盒子，上面印着一串英文，她知道是什么东西。

她低垂着眸子打开一看，黑色绒布上躺着一条流光溢彩的手链，光是看着都觉得刺眼。

"喜欢吗？"喻落吟的手指不自觉地有节奏地敲击着车窗边框，他漫不经心地问，"新年礼物。"

"喜欢。"白寻音机械性地回答，抬眸看他，又打字，"可我没有给你准备礼物。"

"不用了。"喻落吟见小姑娘恢复了一些往常的"乖巧"，便轻笑起来，顿了顿又说，"不如你让我帮你戴上，就当是你给我的新年礼物了。"

瞧，多会哄人啊。

白寻音盯着喻落吟的眼睛不放，嘴角缓缓地扬起，像是在说“好啊”。

原来演戏骗人是一件这么好玩的事情，你心知肚明，眼看着别人在你面前毫不设防地袒露一切，就像一个小丑……怪不得喻落吟这么喜欢骗她，演得真是“情真意切”。

白寻音任由喻落吟微凉的修长指尖划过自己洁白的手腕，随后把手链“咔嗒”一声轻轻扣上。

腕间亮闪闪的，就像是某种桎梏。

喻落吟松了口气，微微弯起眼睛看她：“约会去吧。”

过年期间，就该约会。

后来回想起来，白寻音已经不大记得那天经历了什么——虽然那是他们第一次“约会”。但是假的东西就是假的，在知道了结果之后，当时再美好也是无法给人留下记忆的。

那个时候，他们同寻常情侣一样，吃饭，看电影，时间过得非常快。

白寻音机械地配合着，直到夜幕降临，他们从市中心的广场里出来，一抬头才发现星星像是终于舍得从雾蒙蒙的云后探出头来。这座城市很少能看到星星，每次看到，都足以像中了头彩一样令人珍惜。

白寻音眯着眼睛，怔怔地看了许久。漆黑的天空中星星点点，就像烟火。

“喻落吟。”白寻音忍不住笑了笑，给他发微信，第一次主动提出要求，“我想放烟火。”

“烟火？”喻落吟很意外，转头看她，“什么烟火？”

“那种焰火棒。”白寻音抬头看着天上成片的星星，眯了眯眼，慢慢地回，“像星星那样的。”

喻落吟盯着屏幕上的信息看了半晌，目光慢慢转移到女孩白皙小巧的侧脸上。白寻音仰头看着星星的模样纯洁而无辜，像是他小时候见过的单纯想玩焰火棒的小姑娘。

也好，难得这么有童趣，不如好好玩一玩。

喻落吟干脆地拉起女孩的手腕，两个人在画一样的瑰丽夜幕下手拉手地走着。两人的背影一个高瘦，一纤细，相得益彰。

“好，焰火棒。”喻落吟对这片似乎很熟悉，带着白寻音七拐八拐地钻进了一条车子无法开进来的小胡同。

那里有一排门市，都是烟火商店，品种应有尽有。

他走进去挑选，把几乎所有品种的手拿焰火棒都买了下来，老板笑哈哈地赠送了一个打火机。

黑暗的巷子里，喻落吟大手拢着焰火棒点燃，火光很快在两个人之间亮起来。

黑暗里的光，美丽又璀璨，但同样也极为短促，转瞬即逝。

焰火棒燃烧速度极快，想要永远保存住最美的一瞬是不可能的，只能刻在脑子里。

白寻音看着喻落吟手中的焰火棒，今天第一次露出一抹真心实意的微笑。

小姑娘嘴角的两个梨涡若隐若现，在焰火棒光芒的映照下显得尤为动人。

喻落吟有些意外地看着她，感觉自己又一次认识了白寻音。

收到焰火棒这个“礼物”，她笑得比收到手链还要开心。

与此同时，他口袋里的手机“嗡”了一声，是白寻音发微信问他——

“喻落吟，你可以永远保存住这个焰火吗？”

喻落吟不明所以地抬起头来看着她。

白寻音明媚的茶色眼眸里似乎闪过一丝忧伤，是烟火色的。

“你能把时间停留在这一刻吗？”

他手机不停地收到白寻音的信息，在他错愕的眼神中，白寻音微微一笑，最后发了一条：“等到焰火棒燃尽的时候，我就不喜欢你了。”

第四章

无处可逃

夜半时分，万千烟火在漆黑的夜空里盛开的时候，喻落吟得到了一份单方面的“分手通知”，而原因不明。除此之外，他还得到了一条手链——他送出去的手链，被人从手腕上摘下，还了回来。

他不接，白寻音就干脆地扔在地上转身离开。

喻落吟的骄傲让他无法开口挽留，他甚至不相信这件事情，但白寻音发过来的文字不会骗人。

第一句：等到焰火棒燃尽的时候，我就不喜欢你了。

第二句：我们分手吧。

几天莫名其妙的“冷战”过后就是突如其来的分手宣言，而白寻音说完后扔掉手中燃尽的焰火棒，毫不犹豫地离开了。

她那纤细的背影如此决绝而孤傲。

莫名其妙地“被分手”，喻落吟忍不住把手里还未点燃的焰火棒统统捏碎，面色如冰。

这天夜里，他竟然难得地失了眠。辗转反侧了很久，喻落吟实在忍不住发了条信息过去问她为什么，而得到的却是微信前缀的一个红色感叹号。

很好，白寻音这么快就把他删了。

喻落吟连连冷笑，脑子飞快地转着——人不可能毫无缘由地转变，一定发生了什么才会导致白寻音对他的态度一百八十度大转变，但究竟是因为什么？

明明放假之前还好好的，放假……放假这几天，发生了什么事？

这个疑惑让喻落吟的思绪逐渐飘远。

终于熬到开学的时候，喻落吟就在校园里堵到了白寻音，只可惜白寻音的眼神犹如微风拂过水面，没有丝毫的波澜。

喻落吟黑眸沉沉，忍不住自嘲地笑了笑——可能人类的本质就是犯贱，以前从未有女孩无视冷落过他，现如今碰到一个，就觉得新鲜。

从一开始就是因为白寻音“不理他”，喻落吟才会对她产生兴趣，本以为相处了一段时间，享受了女孩乖巧的甜蜜过后会腻，没想到……没想到如今女孩恢复了“不理人”的模样，他依然跃跃欲试。

这不是犯贱是什么？喻落吟都觉得自己可笑。

“白寻音，我有些话想问你。”喻落吟按捺住直接把她抓走的冲动，装作若无其事，声音含着一股山雨欲来的沉郁，“过来一趟。”

白寻音看向喻落吟，目光平静无波，只是抬起脚向前走。

她冷冽的目光像林澜潮湿的天气，呼吸之间湿气钻入毛孔，喻落吟一瞬间觉得心脏一缩，他一语不发地跟了上去。

两人一前一后，并未交流，却好像心有灵犀一样默契地走进教学楼左区那个大多数时间无人的安全通道——之前还觉得像是“秘密基地”一样的地方。

一到无人的地方，喻落吟就忍不住开了口：“给我一个分手的理由，是不是因为……刚刚那个男生？”

他想到自己刚才追着女孩的身影走到校门口，却看到白寻音和过来找她的穆安平“交谈甚欢”时那一瞬间挫败的感觉。

喻落吟觉得自己可笑，一种极度陌生的情绪操控着他整个人，让他不由自主地做出一些自己都觉得不可思议的事情。

他表面依旧斯文清隽，嘴角却忍不住挂着冷嘲，脱口而出的话都带着刺。

喻落吟手背上的青筋凸起，看着白寻音冷冷地笑问：“白寻音，你是不是瞎了？”

那个面对白寻音时眼睛里有着热切眷恋的男生，能跟他相比吗？

即便喻落吟平日在学校并不高调，但刻在骨子里的高傲是改不了的。

白寻音愣了一下，随后看着明显压抑着怒气的喻落吟，竟然忍不住笑了一下。

她嘴角小巧的弧度盛满了讽刺，看得喻落吟怔了怔，他脱口问：“你笑什么？”

白寻音笑是因为她的确瞎了。如果不瞎，她怎么会看不透喻落吟，从而不可自拔地沦陷？

“喻落吟，你何必这么生气呢？”白寻音拿出手机，打字给他看，“演戏还没演够吗？”

她伪装一天就够了，真不懂喻落吟是怎么坚持这么久的。

说完，白寻音如愿以偿地看到喻落吟露出惊讶的神色。

他就像一口深不见底的井，亘古无波，伪装成性，偶尔才会流露出一丝真实的情绪。

“只是赌约而已，不必这么认真。”白寻音一字一句地打给他看，“也不用再说其余的话来继续演戏了。”

“我不会上当。”

“只有狗才记吃不记打，我总不会连狗都不如吧。”

之前喻落吟送她回家，途中好几次看到过同一只流浪狗。

那只大黄狗大概是小区附近的饭店老板散养着的，白寻音第一次见到，是它被老板打出了院子，孤苦伶仃。

第二次见到它，它已经在老板的饭店门外看家护院，脚边躺着一根骨头，它眼巴巴地看着，直流口水。

“狗就是这样，随便给一点甜头都能骗到手。”白寻音至今仍清晰地记得喻落吟当时淡淡地笑了一下，漫不经心地点评，“记吃不记打的东西。”

那只是一个很小的插曲，但不知道为什么，白寻音对于喻落吟当时的神色记得尤为清楚——大概是因为他过于清醒，理智到有些冷酷。

现在看来，她在喻落吟眼里估计和路边的流浪狗并没有什么分别。

他送的礼物，像是镣铐，像是狗链子。

幽暗的安全通道里只有他们两个人，清冷而寂静。

其实因为白寻音不能说话，只能信息交流，两个人以前在这个“秘密基地”偷偷摸摸地待在一起的时候，也是十分安静的，只偶尔有喻落吟的笑声。

只是那个时候即使安静，也浮动着一股子甜蜜的气息，不像现在，气氛凝滞得几乎成冰，压抑烦闷。

在听到白寻音说出“赌约”两个字时，喻落吟狭长清澈的凤眸里闪过一丝错愕，随后便只余下漠然。

他仔细地看着眼前的姑娘，小小、白白的一张脸，茶色的双眸闪着倔强的光，精巧柔和的下颌线紧绷着。

炫目又……让人觉得玩味，原来她是因为这个生气，说分手。

原来她并不是像表面看起来那样无动于衷，还是因为他在生气。

喻落吟并没有打赌被人发现后的心虚愧疚感，他凤眸平静无波，嘴角甚至牵起一丝近乎愉悦的弧度：“原来你知道了？什么时候知道的？”

白寻音因为他的态度愣了一下。

“嗯，我想想，你是从放假那天开始不理我的，放假那天……”喻落吟回忆了一下，恍然大悟，“你去学校后楼了？”

即便已经猜到了以喻落吟的态度和性格，就算知道了真相也不会怎么样，但看到他真的无动于衷，她还是忍不住一阵血气上涌。

白寻音本就白皙的巴掌脸更苍白了几分。

“你就是因为这个要分手？”喻落吟看着她苍白的脸，慢慢地笑了起来，“我不否认是有这个赌约，我也是因为这个才接近你的，但我没打算让你知道这些，和他们说明了那个玩笑话一般的赌约到此为止，我们不就和真的交往是一样的吗？”

喻落吟不懂白寻音因为什么生气。

那天在那栋废弃的教学楼里，他之所以会和黎渊他们说那些话，也是因为不想再以这个赌约为由头和白寻音继续发展下去了——但并不代表他不想继续发展。

喻落吟只是想和那三个人说清楚，让他们闭紧自己的嘴，清了赌约，然后正式和白寻音交往。

他不担心他们三个人会说出去，他只是不想顶着这个由头继续下去了而已。

他虽然嘴硬，但每每和白寻音在一起，稍微有点越界逾矩的动作时，心里其实也觉得有点别扭。

每次控制不住想亲一下她的时候，喻落吟心里总会不合时宜地想起那个赌约。

赌约这个未解决的事情在他头顶上压着，就像悬着一把刀。

就像人类的劣根性在作祟一样，喻落吟不想在白寻音面前示弱，表现出来自己有错，但他并不是理直气壮的。

他只是固执地认为如果白寻音不知道，完全就可以当作没这个赌约的存在。

喻落吟知道自己还是会用对待女朋友的态度对待白寻音，却固执地不愿意认错。

然而，白寻音并不愿意接受他这种午夜梦回时才会心虚一下的歉意，她只看到了他的高高在上。

玩笑话般的赌约，真正的交往……他也说得出口。

白寻音放在身侧的手不自觉地攥紧，白皙的手背上青筋凸起。

自从白鸿盛出事陷入昏迷之后，白寻音就习惯了把自己的情绪隐藏起来，无论是开心还是难过，甚至是怒气。但遇到过喻落吟之后，一切就变了。

她简直想不通自己做错了什么事才会遭受喻落吟这个“报应”。他对于自己做过的事情，说过的混账话，居然能这么理直气壮。一个赌约而已，她不知道就可以当作没发生过……白寻音觉得自己的心脏疼得难受。

可这种难受在喻落吟看来多半是无病呻吟，甚至是没事找事。想想就可笑，在之前的那段时间里，白寻音竟幻想过，喻落吟是她的救赎。

几乎是所有女孩子的梦中情人的喻落吟肯喜欢她，肯主动追她，怎么看都是她捡到的好运气。喻落吟多么耀眼啊，就像一颗星星坠落在了她的身边。而现在，白寻音不想要这颗星星了。

喻落吟于她而言，一开始是如梦似幻的好运，现如今却变成了残酷的现实。

这“福气”她不要了。

她深吸一口气，松开紧握的拳头，忽略内心的苍凉感，冷冷地看向喻落吟。

随后，她一语不发，转身就走。

说再多也没什么用了，道不同不相为谋。

“白寻音。”喻落吟微凉的声音在身后响起，带着明显的不悦和一丝隐隐的警告，“我没同意分手。”

白寻音停下脚步，脊背僵直。

沉稳的脚步声由远及近，喻落吟高瘦的身影挡在她面前，像黑沉沉的乌云。

“我没同意。”喻落吟重复了一遍，垂眸定定地看着低头站在他面前的女孩，“听懂了吗？”

白寻音忍无可忍地用力推开他，喻落吟猝不及防，竟然被推得一个趔趄，撞到一旁冰冷的墙面上。

她趁着这个空当推开安全通道沉重的铁门，在“咣当”的响动中，她匆匆跑走了。她搞不懂喻落吟是什么意思，心里有种崩溃的感觉。明明是一个赌约，他为什么还执着于跟她维持这种虚有其表的关系？

脑子里不受控制地“嗡嗡”作响，好像有千百只蜜蜂在盘桓，白寻音抓着走廊栏杆的手指不自觉地用力到发白。

直到手机铃声响起，她才强迫自己冷静下来，脚步微乱地回到教室。

随后的那节课上，白寻音不可避免地有些心不在焉，好在从来不会有老师叫她起来回答问题。

从来不会有人……叫她回答问题。

从躁郁的情绪里抽身出来想到这一点，白寻音不由得有些想笑。

现在从一场甜蜜的陷阱里脱身，她才发觉以前的自己有多么自作多情。她是有残疾的，喻落吟是被宠惯了的孩子，被所有人捧在掌心，怎么会真的喜欢她呢?

实际上，还是怪她看不透，自视甚高。她还以为自己是以前的那个白寻音呢。以前白鸿盛没出事的时候，那个白寻音家境优渥，优雅娴静，从小被当作掌上明珠，被谁喜欢都不足为奇。从小学到初中，白寻音听到最多的词汇就是“羡慕”。

太多人羡慕她的家庭、长相和成绩了。白寻音也没有大小姐脾气，每次都是和善地应对——只是她没想到幸福也有保质期和上限，过了头，就像一阵风一样消失无踪了。

初三那年发生的意外，让以前的白寻音不复存在了。

现在的她自卑、懦弱，不讨人喜欢。这样的她若心存幻想，只会被人耍着玩。

所以白寻音对喻落吟说的是心里话，她不会再相信他，哪怕他不答应分手，她也不会再自作多情地认为他那是喜欢，是不舍得。

或许喻落吟是在想着怎么耍她，或者是大少爷没被人当面拒绝过，面子上挂不住……总之不会是因为她这个人本身。

白寻音在心里不断地重复默念着，心绪渐渐平静下来。

只有真正做到不在乎一个人的时候，情绪才不会因为他的一举一动，甚至是一句话而起伏不定。

她可以做到。

白寻音的冷漠让喻落吟很烦躁，他深呼吸一口气，忍不住暗暗捏了捏自己的手指。他习惯用这个重复性的动作降火气，等到十根指头顺着关节按下来后，气也就消得差不多了。

因为不觉得自己有错，始终带着愚蠢的自信，所以喻落吟第一次有点黔驴技穷的感觉。他甚至不知道该拿白寻音怎么办。

正烦躁着，喻落吟就接到了家里的电话。近来乱七八糟的事情让喻落吟都忘了今天是周六——喻家惯常的聚餐时间。

他回到家里后意外地听到喻时恬刺耳的声音，反应过来后忍不住眉头一皱。

“堂哥？”喻时恬凑到他面前看了一眼，便捂住嘴巴，瞪着双眼夸张地怪叫起来，“我的天，你这是怎么了啊？！”

他额头上因为白寻音推的那一下被撞出了红肿，此刻还没消下去，看上去有些骇人。

喻时恬这么夸张地一叫，立刻引起了周围人的注意，登时有好几个长辈围了过来，其中包括顾苑。

喻落吟真有把喻时恬扔出去的冲动。

心里的火气几乎能毁灭地球，他皱眉绕过一群人想上楼，可已经来不及了。

顾苑踩着高跟鞋走到他面前，仔仔细细地瞧了瞧他的额头，又生气又着急，声音微沉地问："怎么弄的？"

喻落吟皱了皱眉，不耐烦地绕开她："没事。"

他身材高瘦，就穿着一件单薄的外套，寒冬腊月里完全不怕冷似的，顾苑看着看着，眉头忍不住越蹙越紧。

虽然她工作忙得团团转不常回家，虽然喻落吟一向对她这么漠然，但顾苑还是敏锐地察觉到他最近似乎有些不对劲儿。只不过现在人多，她也不好直接上去盘问喻落吟。

顾苑心里琢磨着，脸上微笑不改，折身回去继续招呼其他人。不过她心里一直惦记着这事儿，等到快散场的时候得了空，她眼疾手快地捉住喻时恬把人带到角落里。

"哎呀婶婶，您干吗呀？"喻时恬忙着看手机，头也没抬，撒娇道，"人家跟朋友约好看电影呢，再不走就要迟到了！"

现在的年轻人兴趣颇多，每天的日程安排得满满当当。

顾苑大半辈子几乎都在实验室里做研究，性子清冷又专制，十分看不惯现在这帮年轻人的奢靡生活，只觉得无聊又没有意义。只是她现在有求于人，便难得没有开口教训喻时恬。

"别去了，你帮我上去问问你哥是怎么回事。"顾苑遮住了喻时恬手里的手机，免得她一直盯着看，声音沉沉，"我总觉得你哥最近好像有些心事，你去旁敲侧击地问一下，看看他在学校里出没出什么事情。"

喻时恬闻言一顿，侧头纳闷地看着顾苑："婶婶，您自己干吗不去问啊？"

"他根本懒得和我说话，我干吗去惹人嫌？"顾苑短促地笑了声，清冷的声音中带着几分自嘲，"你也别说是我让你去问的，这场电影先别看了，回头我给你零花钱。"

"哦……"喻时恬转了转眼珠子，想了想还是答应了下来，"行吧。"

其实真正打动喻时恬让她放弃看电影的不是顾苑承诺的零花钱，她又不缺钱，而是她想起那天喻落吟火急火燎地让她加急加快给他弄手链的事情。

那个时候她试探着调侃喻落吟是想追女生，后者并没有否认。

而这几天喻落吟的情绪大起大落，额头上还肿了一块……这就很耐人寻味了，喻时恬直觉和他那个“神秘女友”有关。

她这个自小被众星捧月的堂哥，可从来没有像现在这么狼狈。这样的狼狈不是指外在，而是指最近喻落吟整个人的精神状态，喻时恬不自觉地有些好奇。

她答应了顾苑的请求，轻手轻脚地上了楼，站在喻落吟的卧室门外敲了敲门。

里面传出冷冷的一声：“滚。”

糟糕，喻落吟似乎很暴躁。

喻时恬哆嗦了一下，顿时有种放弃的冲动，但她还是忍住了，半晌才细声细气地说：“堂哥，是我，我来还你黑卡。”

房间里传来的声音依旧冷漠：“用不着。”

“别呀，你也知道卡在我手里，我就会刷得停不下来。”喻时恬想了想，微微笑道，“我要是一不小心花得太多超了额度，被大伯知道可就不好了。”

在花销这方面，喻远一向不允许喻落吟毫无节制，把控得还算严格。

如果真有超出额度的花销，信息是会发到他的手机上的。

果然，安静了半晌后，喻时恬如愿地听到房间里传来烦躁的一声：“滚进来。”

她松了口气，笑眯眯地推门进去，一打开门差点被满屋子的烟味熏晕，只觉得自己可以原地变成一只粉嫩的熏猪。

“咯咯咯，哥，你最近怎么抽得这么凶啊？真是的。”喻时恬皱着眉，边嫌弃地挥着小手边咳嗽着打开窗户，一股冷空气进来，登时让整个房间清新了不少。

“少说废话。”喻落吟坐在床边，手肘漫不经心地搭在膝盖上，修长的手指夹着一支未燃尽的烟，他一抬眼，看着她的黑眸里闪过一丝危险，“你到底进来干什么来了？”

他早就听出来喻时恬在外面磨磨蹭蹭的，肯定不是单纯为了还卡。

小心思被识破，喻时恬也不心虚，她泰然自若地耸了耸肩，走过去坐在电脑桌前的转椅上转来转去，一边转一边问：“堂哥，你最近是不是和你女朋友吵架了？”

别看喻时恬平时傻傻的，这时候问出来的问题精准得堪称诛心。

喻落吟顿时感觉更加烦躁了，他直接用手指掐灭了烟头，看得喻时恬惊愕不已。

“你的手指头是铁做的吗？”喻时恬忍不住吐槽，“有病吧？”

喻落吟没反驳，他也觉得自己有病，且病得不轻。他要是没病的话，此时此刻怎么会因为一个小哑巴变得六神无主，心绪不宁？他这不是有病是什么？

“呃，堂哥，你到底怎么了？”喻时恬见喻落吟非但没骂她，嘴角还勾起了一丝自嘲的笑意，就忍不住有些不安，“你该不会是被女生甩了吧？”

喻落吟面无表情地问：“你能不能闭嘴？”

“啊，是真的啊？”喻时恬非但没闭嘴，反而笑了起来，她脚下踩着地面，滑动椅子凑到喻落吟面前，兴致勃勃地问，“你都能被人甩啊？到底是什么样的姑娘？”

“谁敢甩我？”喻落吟冷笑道，“是我不要她的。”

在这段感情中他自始至终都占据着主导权，他设计接近白寻音，交往，直到现在才稍稍脱了轨……所以他只是不适应，才没有什么被甩了之后黯然神伤等见鬼的事情发生，他只是暂时不适应，有些意难平。

喻落吟有些倔强，不断给自己找借口，黑眸却微微放空地盯着地面，显然心不在焉。

“你说的是你之前送手链的那个女孩吗？”喻时恬一头雾水地挠了挠头，“到底是怎么回事啊？”她真的好奇死了。

喻落吟手指微微一顿，随后若有所思地眯了眯眼。

他不了解白寻音变得莫名其妙的原因，也不明白她对“赌约”两个字如此执着和计较的原因，但或许女生会了解女生？

这些事情他没法对别人说，但和喻时恬稍微透露一点还是无所谓的。

想了想，喻落吟简略地把事情的经过稍稍说了一下。

说完后，就只见喻时恬呆呆地盯着他。

喻落吟觉得莫名其妙，皱眉看她：“怎么了？”

“你还问我怎么了？”喻时恬干脆连“堂哥”都不叫了，唰地一下站起来，放肆地骂道，“喻落吟，你也太渣了吧！”

“喻时恬。”喻落吟脸色一沉，冷冷地看着她，“你叫我什么？”

“堂哥……”喻时恬登时不敢再造次，可刚刚听到的内容太匪夷所思，逼得喻时恬不得不说几句大实话。

“不过我说真的，你真的好渣。”

“人家女孩子下了多大决心才和你谈恋爱啊，结果你说是因为一个赌约，她能不伤心吗？”

“就这你还说不知道人家为什么生气？你真是蠢到一定地步了！”

喻落吟清隽的眉头微蹙，黑眸里是真切的疑惑。

“一开始是因为赌约没错，但后来又不是。”他依旧不解，“为什么要在意一开始的赌约呢？”

“堂哥，你真是太不懂女孩的心思了。”喻时恬叹了一口气，一脸“孺子不可教”的表情看着他，“我就问你一个问题，那个女生知道真相后，你向她道过歉吗？”

喻落吟不禁一愣。

细细回忆起来，他和白寻音在那之后决裂过，互放狠话过，但他并没有道歉。也许在潜意识里，他总觉得自己并没有做错，所以没必要道歉。

喻落吟嘀咕：“我做错了吗？”

“你怎么没做错？让女孩伤心就是错。”喻时恬一看喻落吟这个样子就知道他肯定没道歉，一脸严肃地说，“不管怎么样，你都得先向她道歉。”

无论喻落吟是不是打心眼里觉得那个赌约只是个玩笑，但对女孩子来说都是实打实的伤害。

喻落吟沉默了片刻，修长的手指有些迟疑地蜷缩了一下：“道歉……有用吗？”

他总觉得白寻音如今的态度异常决绝。

“谁知道呢？总比不道歉要好吧，人家连句‘对不起’都没得到。”

许是女生真的更加了解女生一些，喻时恬觉得自己要是喜欢上一个男孩还和他交往后才得知他是因为赌约才接近她，她恐怕杀人的心都有了。

“堂哥，你长得这么帅，怕什么啊？”喻时恬看着喻落吟愣怔的样子，微微叹气，“你真心实意地跟她道个歉，再好好哄哄人家，没准那姑娘就原谅你了呢？但你摆出一副高高在上的样子可不行啊！”

喻时恬算是比较了解喻落吟的人了，这家伙看似随和斯文，实际上一肚子坏水，高傲得很，一般人还真忍不了。现如今他做错了事要是去道歉都趾高气扬、理直气壮的话，人家女孩能原谅他才怪呢！

喻落吟静静地思考半晌后，微微点了点头。

他侧坐在床边，月光从窗口洒进来落在他身上，他整个人宛若一座精致的雕像，孤独而脆弱。

看来什么样的男生都逃不过“感情”这两个字的折磨，素来心机深沉的堂哥也不例外。喻时恬有些感慨地叹了口气，她打听明白了，便决定“功成身退”。

结果她刚走到门口就被喻落吟叫住：“等会儿。”

“嗯？”喻时恬转头，“怎么了？”

喻落吟看着她，似笑非笑地道：“是我妈叫你过来问我的吧？”

喻时恬：“……”

“别跟她说刚刚我们聊的那些。”喻落吟把烟头扔进垃圾桶里，力道大得跟泄愤似的，轻巧的东西敲击在塑料袋上发出清脆的声响，听得喻时恬一个哆嗦，“不然小心点。”

真不愧是母子，都知道对方肚子里的那点小九九，两人钩心斗角，偏让他们这些“可怜虫”来当炮灰。喻时恬还想要自己的小命，忙不迭地点了点头：“嗯！”

喻时恬走后，喻落吟放松了神经半靠在床头，下意识地又想来一支烟。

可手指触碰到烟盒的时候，他却想到了之前和白寻音在安全通道时发生的一件事。

喻落吟心情好的时候不爱抽烟，在学校时也不经常抽，前段时间一天也抽不上两支。

那天和白寻音在安全通道里窝着时，他却莫名犯了烟瘾，想着这破地儿也不会有同学过来，手指便不安分地摸到了裤子口袋里的烟盒。

可他刚刚拿出来一支烟还未衔入唇间，小姑娘的眉毛就皱了起来。

她小脸粉白，五官精致，秀气极了，乌黑的眉微微一皱，看着就怪让人心疼的。

喻落吟忍不住逗她，轻声问：“不喜欢我抽烟？”

“我喜欢你身上那种清淡的烟味和松木味混合在一起的味道。”当时小姑娘给他发信息，认认真真地说，“但不大喜欢你抽烟，抽烟不好，以后别抽了行吗？”

喻落吟并不知道，从第一次撞见他抽烟起，白寻音便一直想对他说这些话。他当时只觉得这样的关心新鲜又有趣，便笑了笑，听话地把烟收了起来。说来也怪，自那以后，他抽烟的次数真的不知不觉地减少了许多。长时间待在一起的人都会被对方潜移默化地影响着。

而如今白寻音不要他了，他就只能又把烟拾起来了。

喻落吟微微垂眸，看着自己修长的手指把玩着的烟盒，半晌后，轻巧地把它弹进了垃圾桶。

戒烟，道歉。

他都不擅长，但都可以试试。

周末那天，白寻音和季慧颖说好了选修课结束后就回家，谁知又下起了雨。

白寻音隔着窗户看着外面灰蒙蒙的天，淅淅沥沥的雨夹雪被冷风裹挟着袭来，让人看着都觉得冷，她不禁蹙起秀眉。

林澜是雨季很长的城市，十一月份到来年三月份的冬季却鲜少下雨。

每年到了这个季节，大家都不会像平时那样随身带着雨伞，而是习惯先看天气预报再出门，可天气预报分明说了今天是个晴天来着。看来天气预报也不准，害得她不能及时回家。

林澜的雨一下起来就缠缠绵绵没完没了，没带伞淋雨回家非得感冒不可。

一时间，即便是学校里最跳脱的皮猴也没勇气冲进这风雨里，除了零星的几个带伞的幸运儿，大部分学生都被困在了教室里。

白寻音干脆把注意力放在桌面的书本上。

雨势一时半会儿也小不下来，还不如趁机复习一下昨天的课程，对于物理最后一道大题，她的解题思路还有些不明确。

专门过来找人的喻落吟看到这一幕，不禁有些哭笑不得。

无论是高中还是大学，放假永远是令学生最兴奋的事情，而阻断“撒欢”的大雨则让人焦躁，但在白寻音身上，这些意外似乎都算不上事儿。

她就像一个冷静而精密的仪器，总是走在正确的道路上，心无旁骛到近乎冷漠。一切外在的纷纷扰扰，似乎皆与她这小小的一隅毫无关联。

喻落吟微微眯起狭长的黑眸，看着看着，便觉得新鲜极了。以前他鲜少有这么仔仔细细打量小姑娘的时刻，总是直接凑过去光明正大地看她，不懂什么叫“远距离”观察。现如今，他只能远观，倒也觉得别有趣味。

他饶有趣味地想着，修长的大手把玩着一把伞，一副漫不经心的样子。

直到同学们走得差不多了，白寻音才抬起头，注意到了窗外站着的喻落吟。

隔着一扇玻璃窗，喻落吟清晰地看到女孩眼中闪过的一抹厌恶，随后她就起身离开了。

喻落吟还是第一次有这种被讨厌的待遇，登时肝火上涌，追了上去。

雨雪交加中，两个人仿佛在上演一部偶像剧——喻落吟此人属实是个汉子，为了要帅，他愣是不顾零下几度的严寒，把身上的外套脱下兜头罩在姑娘的脑袋上。而他自己就穿着一件白色的衬衫，顷刻间就被打湿了，紧紧地贴在身上。

喻落吟的举动让白寻音烦躁极了。

在学校的操场上，她拒绝了他用外套幻化成的“雨伞”，不客气地扔在他身上转身就跑。本以为心高气傲的喻落吟会恼羞成怒，却没想到他竟然没皮没脸地跟了上来。

不知道他是不是故意的，并没把刚刚脱下的外套穿回去，就穿着一件湿透了的白衬衫在她眼前晃悠，看着就冷。而他的黑发也已经湿透了，和白寻音一样。

白寻音犹如置身冰窖，她漠然地别过头去，想着眼不见心不烦。

“傻子，你不冷啊？”喻落吟似乎打定了主意要黏着她，不依不饶地跟着，执着地把护在怀里的外套披在女孩身上，“先穿着。”

白寻音烦躁地扯下来摔在地上，白色的外套瞬间沾染上了污渍。

“我就这一件衣服，你还摔？”喻落吟哭笑不得，在雨雪里苦中作乐，“白寻音，你能有点同情心吗？”

他故意卖惨，脸色苍白，一双黑眸眼巴巴地看着她。

白寻音内心闪过“可笑”两个字。罪魁祸首，却在控诉着她没有同情心。

她嘴角微微牵起一抹讽刺的弧度，绕开他，迅速地跑向公交车站。

大雨天没办法骑自行车，只能坐公交车。

车站密密麻麻地挤着避雨的人群，然而真正上车的没有几个。

白寻音跑过去的时候，正巧要坐的108路到站，她灵巧迅速地跳了上去，速度快到如果不是喻落吟一眨不眨地盯着她，几乎捕捉不到她的身影。

他眼睛被雨水打得生疼，二话不说地跟了上去。

然而，他进入空旷的车里就遭了难——他坐公交车的次数寥寥无几，身上没有零钱，他甚至不知道手机可以付公交费用，一时之间，尴尬无措地站在原地。

喻落吟不由自主地看向白寻音，可小姑娘只是漠然地站在窗边，瞧都不瞧他一眼。

他瞬间感觉胸腔里刮过一阵寒风，第一次体会到了什么叫众目睽睽之下的狼狈。

两块钱难倒英雄汉，喻落吟不禁自嘲地笑了笑。

可大抵是脸能当饭吃在这个时候起了作用，旁边一个五十岁左右的胖阿姨见着喻落吟长得俊朗，又一身湿淋淋的可怜巴巴样，登时母爱泛滥。

“哎哟，小伙子怎么淋成这样啊？没带钱是吗？”胖阿姨不舍得喻落吟下车受罪，拿出两块钱硬币，投掷到钱箱里，“阿姨帮你付。”

喻落吟破碎的目光缓缓地重新凝聚，他慢慢地微笑起来，无比温柔地说：“谢谢阿姨。”

他坚持用手机微信转给了阿姨五块钱，这才踏着公交车里一地浅浅的泥水走到窗边，站到了白寻音旁边。

他修长的手指握住公交车上沾满了水汽的扶手杆，登时觉得一片冰凉。他的视线不自觉地落在旁边那根扶手杆上，白寻音纤细的手指苍白，指尖隐约泛着红，正紧紧地抓着扶手杆。

他知道白寻音家在哪儿，离学校不远，也就两三站的路程。他们也许只能在这两三站的路程里保持近距离且平和的接触。

白寻音视线微垂，无焦距地看着窗外迅速掠过的事物——玻璃窗上覆着的全是雾气，也看不清楚。

喻落吟站在旁边，似乎空气里都透着煎熬的气息，好不容易挨到了下车的站点，白寻音随着人群下了车。

可她没想到的是，喻落吟依然跟了下来。今天的他似乎黏人到了一定的程度，令空气都焦灼了起来。

白寻音被人从背后拉住手腕，她不耐烦地回过头，就对上喻落吟仿佛燃着烈火一样的双眼，像是有一抹炙热到不可言说的东西在他心里烧，可他那张清隽的脸却透着苍白。

“白寻音。”喻落吟开了口，被雨水浸透的嗓子清冽又沙哑，“给我一句话的时间。”

白寻音抿唇不说话，只是挣开了他的手。

好在喻落吟并没有用上禁锢的力道，否则以男生的力量，女生是无法挣脱的。

这场下了两个小时的雨依旧没有要停歇的意思。

"我不想让你感冒，长话短说。"喻落吟顿了一下，黑眸定定地看着她。

短暂的沉寂后，他像是痛下决心一样说："我道歉，对不起。"

白寻音记得家里出事那年自己尚未初中毕业，在临近中考那几个月里，一向温馨的家莫名成了一触即发的"战场"，时时蔓延着季慧颖同白鸿盛因为意见不合而引发的争吵。

再后来，他们就从城南的景苑搬到现在居住的阿郡胡同，这里距离三中不远，是个位置偏僻的老旧小区。

这里比不上景苑，与繁华的商圈更是相距甚远。除却上下班的高峰期，其余时间都没什么人。因为清冷偏僻，所以生活成本低。

喻落吟也是和白寻音在一起后，才知道林澜还有这么一个逼仄寂静的小区。而且，这里竟还有一个公交车站。此时除了他们两个，没人下车，大风大雨的，倒是绝佳的说话时机。

在喻落吟道了歉后，两个人足足沉默了将近一分钟。

在令人窒息的沉寂氛围里，喻落吟费力地睁开被雨水浸透的黑眸，一眨不眨地看着眼前面色苍白的姑娘。

白寻音面无表情地看着他，任由他挡在她身前堵住了这条狭窄的路。

听了喻落吟的道歉，她眼睛里依旧一点情绪也没有，就像在听一个冷笑话。

喻落吟本来"信心满满"的心像是充了气的气球，被她寒芒一样的眼神一戳，内里的氢气登时散去，只留下软趴趴的皮囊。

白寻音说不出来话，但眼睛里的情绪他好像能懂一样——你说完了吗？

喻落吟愣怔了片刻，勉强扯起一抹笑容，他装作看不懂，不依不饶地继续搭话："你好歹回我一句？"

于是，白寻音轻轻叹息了一声。

她别过头去，自顾自地跑到了不远处一个稍稍能遮雨的屋檐下，不打算继续和喻落吟站在风雨中傻子似的大眼瞪小眼。

白寻音奶白色的羊绒大衣已经被雨水打湿了，随着她的动作，衣角沉甸甸地掠过喻落吟的指尖，他回神后也跟了上去。

两人一前一后地跑到屋檐下，喻落吟看到白寻音拿出手机，被冻得通红的手指随手抹了一下屏幕上冰凉的雨水，而后有些僵硬地打着字。

白寻音："我记得你以前跟我说过，你习惯在课桌里备着一把雨伞。"

喻落吟看完，目光微微闪烁了一下。

那还是他们熟悉之后，某天晚上他约她出去时天空下起了毛毛雨，林澜人大多习惯了雨天，这种毛毛雨的天气里鲜少有人打伞。

喻落吟却一丝不苟地打着伞，还非把无所谓的白寻音也拽到伞下，长臂揽着她的肩膀道："这雨天烦死人了，又湿又黏，在林澜住不常备着一把雨伞就是傻子，我课桌里就三百六十五天都放着一把雨伞……"

回忆戛然而止，配合着现如今的场景……白寻音忍不住想笑。

她眼眸微垂，嘴角勾起了一抹讽刺的弧度，平静地继续打字："你怕我感冒，怎么不把伞拿出来呢？"

喻落吟垂在身侧的手指尴尬地蜷缩了一下，他定定地看着白寻音。

他以前从来没发现，安静的小姑娘实际上通透得很，他还蠢到以为她只是聪明，温和得全无锋芒。现在看来，他错得离谱。白寻音是典型的揣着明白的闷嘴葫芦。

"你道个歉，前奏都要骗人，真的很有意思。"白寻音抿唇笑着，平静地在手机里打下一行行字，最后递给喻落吟看，"我已经无法判断你对我说的话是真是假了，包括这个道歉。"

"喻落吟，你不用勉强自己屈尊降贵地跟我说对不起。还有，麻烦你别再打扰我了。"

白寻音打完最后一句，茶色双眸抬起，深深地看了喻落吟一眼后便转身离开。她纤细的背影笔直，走得飞快。

这次喻落吟站在原地目送她离开，没有死皮赖脸地继续追上去。

雨势已经小了不少，淅淅沥沥的小雨敲打在屋檐上的声音十分清脆，富有节奏感，倒是好听。

喻落吟漫不经心地听着，眯了眯眼。

——最美的不是下雨天，是曾与你躲过雨的屋檐。

或许人性本贱，白寻音越是讨厌他，他越是觉得那双冷淡的眸子里隐隐的火光尤为吸引人。小姑娘心志坚定，可惜尚且稚嫩，不知道什么叫真正的"斯文败类"，也不知道对她感兴趣的男生执着起来有多可怕。

雨停了，可喻落吟依旧感觉周遭冰天雪地，而自己就在这"冰天雪地"里不断地下坠。他有些自嘲地轻笑了一声。小姑娘真是心狠啊，他虽然是装的，但装成这个样子，白寻音都能说走就走，看起来毫不留情。

直到现在，他仿佛才稍微有些理解白寻音的心情——原来你在乎的、放在心里的人，随便一个举动都能令你如坠地狱，就像白寻音一个决绝离开的动作。

而他之前所说的那些混账话，想必白寻音听到的时候，心情就和他现在差不多吧？他给她造成的“创伤”，并不像他想象的那样容易修复。

爱说谎的小男孩鼻子会变长，喻落吟回到家时，觉得自己可能真的生病了，就像他装的那样一语成谶，头痛欲裂，昏昏沉沉。

喻落吟的手臂机械地伸向床头，想拿一片药吃，可惜没找到。他不愿意和室友一起住在宿舍里，所以在外边租房子住，可惜这租来的房子里没有常备着的药，他只好紧紧地裹着被子，昏昏沉沉地睡过去了。

迷迷糊糊间，喻落吟想到了很多以前的事情……其实他是早产儿，七岁之前身体并不好，时常生病。可喻远和顾苑都是大忙人，又正处于事业上升期，谁也没时间照顾他。

在喻落吟的记忆里，儿时每一次生病，他都是躺在偌大的别墅里的宽阔软榻上，来来往往的私人医生和保姆，冷冰冰的针头、仪器……他记得自己很小的时候，也就四五岁吧，去郊区的爷爷奶奶家里吃过一回小米粥。

老年人嘛，热衷养生，都爱吃这种清淡的东西。可小孩子不喜欢，喻落吟都不记得当时吃着是什么滋味了，也可能根本就没什么滋味。但小米煮得软烂绵糯，放温了顺着食管就到了胃里，感觉五脏六腑都温暖了。

这只是一个小小的插曲，但从此以后，喻落吟就固执地认为生病的人应该吃小米粥。

后来他就逐渐养成了这个习惯。

喻落吟醒来后点了个外卖粥，第二天就原地满血复活，元气满满地去学校了。

他特意在周末的晚上回来，因为他知道这个时间白寻音会回学校，还会去校区的车棚里停自行车。

而正如他所料，白寻音过来的时候边走边低头回阿莫的信息，嘴角不自觉地挂着笑意，却在看到自行车棚旁边倚着的人影时缓缓敛起。

车棚旁边倚着的喻落吟外套拉链大开，漫不经心地散着，袖子挽到了手肘，修长的小臂肌理分明。

喻落吟唇间咬了支烟，听到轻巧的脚步声就抬起头来，看向站在不远处的白寻音。

车棚外两盏高高的路灯射出的昏黄光线给她纤细的身子勾了个边，拉出一道长长的影子，神秘又缱绻柔和，然而那双茶色的眼睛却泛着一层薄薄的霜。

喻落吟散漫地轻呵一声，清淡的声音在生冷的夜色里一下就化开，入了白寻音的耳。

他像是控诉一样说：“白寻音，你真狠心。”

白寻音皱了皱眉。

“我都感冒了。”喻落吟似乎很委屈，声音带着些鼻音，“你就不能关心我一下吗？”

白寻音按着自行车车把的手指不自觉地攥紧了，不小心拨动了一下上面的铃铛。

刺耳的铃声在寂静的车棚里余音不绝，搅得人心就像被猫爪子弄乱的毛线球一样一团糟。究竟是什么……让一个人变得这么无耻？

喻落吟分明没有半点真心，从头到尾都是一场裹着华丽糖衣的骗局。从开始，到分手，到之前雨天的道歉，再到今天所谓的感冒，他一直在骗人，却依旧厚颜无耻地让她心疼他，多么无知自大又理直气壮啊。

白寻音猜想喻落吟大概是那种真正的天之骄子——从小生活环境极好，想要什么都能得到，不管犯了什么错都有人兜底。所以他不懂什么叫作真正的挫折，总觉得自己无论做什么都能得到原谅。

喻落吟应该就是这么一个人，所以才会在她放了那么多次狠话之后依旧死皮赖脸地缠着她，还坚定地认为使一些小手段就能让她变回以前他摇摇铃铛就翘尾巴的狗。

可惜，她很清醒。

“你为什么一直缠着我？”白寻音推着自行车走过去，在喻落吟面前站定，“是因为不甘心还是因为喜欢？”

她打出来的话咄咄逼人，澄澈的双眸让喻落吟莫名地说不出话来，喉咙像是被堵住了。

“你这样的人，说喜欢我也不相信。”白寻音平静地打着字，“所以你现在缠着我，是因为还没骗够是吗？”

一阵死寂。

半晌后，喻落吟咬了咬牙：“你就这么看我？”

“不然我该怎么看你呢？”白寻音微笑着，疲惫的眼睛里藏着一丝厌恶，双手不停地打着字，“我只想让你离我远点，别再招惹我。如果你觉得还没骗够，那我让你骗够了怎么样？”

喻落吟一怔，垂在身侧的修长手指不自觉地捏紧。

他声音喑哑，冷得像冰：“你想怎么样？”

“我们之前抱过了，还没亲过，现在我让你如愿，你就能放过我了吗？”

白寻音近乎自暴自弃地打出这句话，双眼平静地看着他，一个本该是无比缱绻暧昧的话题，却被她问得犹如军火交易一般肃穆正式，仿佛谈判。

喻落吟说不出话，定定地看着她。

“如果是这样……”白寻音字打到一半，忽然顿住。

喻落吟看着黑夜里姑娘小小的脸被手机屏幕照亮，长长的睫毛眨了眨，然后她抬起头来。

在一阵紧张又窒息的气氛中，两个人谁都没有说话。

喻落吟不知道自己漆黑的眼睛里像是凝聚着一团烈火，他带着些期待地看着白寻音的眼睛。他看到小姑娘收起手机，白皙柔和的巴掌脸越靠越近，独属于她的那股馨香传来。喻落吟又激动又绝望。他知道白寻音想要斩断他的纠缠，想要结束他们之间的关系，只是他没有想到她会用这种方式。她已经这么讨厌他，甚至不惜用这个办法了吗？

他不着边际地想着，有些颓然地笑了笑——他不自觉地想到很久之前的那个雨天，他帮白寻音搬了桌子、凳子到新教室后没有离开，而是鬼使神差地站到他们教室外，听到了白寻音和盛初苒之间的对话。

他当初就十分意外于白寻音的态度，那是一种完全不在乎的漠然。

之前高中的时候，无论盛初苒怎么对待她，白寻音都觉得她像小丑在耍宝，当时喻落吟就觉得白寻音在某种程度上是个相当冷漠的人。

看似温和，实际上全然不在意他人。

像这样的人，一旦从心里认定你脏了，不喜欢你这个人了，你说什么都没用。

只可惜，喻落吟后来忘记了这一点。

他以为白寻音柔弱温顺，完全忘了自己见过她坚定刚烈的一面。而现在这一刻，喻落吟更清楚地认识到，白寻音是多么特别。在一般女生看来非常重要的东西，在她眼里什么都不是。

牵手，拥抱，初吻，这些重要吗？可能并不重要。白寻音并不在乎那些外在的东西，或者说是形式上的东西，她追求的是纯粹的感情，以及心灵上的契合。可能听起来有些异想天开，但她就是这样一个人。

如果喻落吟是因为没有得到她而不甘心，她可以为了换取“踏实而平静的生活”做出让步。

这让喻落吟觉得更加悲凉，因为他不知道还能用什么来挽回白寻音了。

喻落吟垂眸，看着白寻音长长的睫毛越靠越近，仿佛呼吸都近在咫尺，不由得闭上了眼睛。

忽然，一阵刺耳的手机铃声像平地惊雷一样响起，就像有人往宛若陷阱一般的甜美梦境里扔了一颗炸弹，一下就把人炸清醒了。

两人愣了一下，忙不迭地分开。

喻落吟内心烦躁，说不上是因为失落还是因为庆幸，脑子一时间有些发木。他呆呆地看着白寻音，后者却完全没有他这种“沉浸”的感觉，听到电话铃声就收回了漠然的视线，秀眉微微蹙了一下。

电话是季慧颖打来的。因为她的特殊情况，身边的人很少给她打电话，一般是信息联系，更何况是季慧颖。

除非……白寻音不知道想到了什么，清秀的眉目瞬间凝固了。随后，她颤抖着指尖胡乱摁下接听键。

“音音！”季慧颖本来婉约柔和的声音现如今嘶哑极了，像是饱经风霜的旅人一样，“你快来医院一趟，你爸爸，你爸爸他……医院下了病危通知书。”

一瞬间，白寻音脸上的血色褪得干干净净。

有那么几秒钟，她的五官失去了知觉，看不清东西，听不见声音，脑子里一阵阵风呼啸而过，整个人僵住了。

这时，喻落吟拉了她一把。

“白寻音。”喻落吟弹了一下自行车铃，“你冷静点。”

白鸿盛出事的那年，白寻音正上初三。

她年纪虽小却很懂事，即便中考成绩高居全市前十名，她却一点都开心不起来。

那阵子白鸿盛烟抽得特别凶，他向来是个儒雅随和的人，在工作中遇到再大的烦恼都不会带回家，但那段时间不知怎么的，家里一直阴云压顶。

似乎冥冥之中就注定了白家要出事儿。

中考的那个夏天几乎是近年来最热的一个夏天了，整个林澜像是一个密不透风的蒸笼，下雨都无法缓解闷热。

现在回忆起来，都能依稀记得那个夏天每次出门时身上黏腻腻的汗。

白寻音却觉得自己的双眼被一片血光糊住，大片大片鲜红的血……那是白鸿盛的。

几年都没有消散的梦魇，此刻如约而至，似乎一闭眼，白寻音就能看到盛夏午后被灼热的阳光炙烤的那个天台。

天台高高的，望下去深不见底似的，身后急促沉重的脚步声越发近了。

白鸿盛和白寻音被一群人追到了高高的天台上，背后是无尽的深渊，他们无处可逃。

“别追我爸爸！”白寻音慌乱地摇着头，小姑娘细胳膊细腿的，手指攥不住白鸿盛的衬衫，轻而易举地就被他推到角落里保护着，她徒劳地不住喃喃，“求求你们，别追我爸爸……”

“小姑娘，欠债还钱，天经地义。”

直到现在，白寻音依然记得那个领头的黑衣男的声音，他神色狰狞地道：“别搞得我们好像坏人一样，你爸爸欠我们钱你知不知道？老子不要吃饭的啊！”

随后，白寻音就被白鸿盛严实地挡在身后，看不清那些魑魅魍魉的脸，只能听到他们恶意满满的声音——

“白鸿盛，你别给老子装蒜！说好的这个月还的欠款呢？”

“你要是再还不上钱，就用你女儿抵债。”

……

白寻音害怕得直发抖，脸色苍白如纸，心不断地下沉，如坠地狱。可随后眼前一亮，刺眼的光只照着她的眼睛，白寻音下意识地伸手挡住。她从手指缝隙里看到本来挡在她面前的白鸿盛像发了疯一样冲过去，和那几个黑衣人扭打在一起。

他们侮辱他，践踏他，甚至殴打他，白鸿盛都能接受，但白寻音是他的底线，是他不能触碰的逆鳞。

那天午后天台上的场景深深地刻在在白寻音的心中，他们扭在一起厮打，黑衣人狰狞的笑声，长长的铁棍划过地面，发出令人战栗的声音……

一幕一幕，最后定格在白鸿盛的血上，无穷无尽似的，和眼前的梦魇渐渐重合，都是白鸿盛的血，染红了她身上的初中校服。

白寻音想大声尖叫，却发现自己发不出声音——无论是那天还是现在，她都叫不出来！

“白寻音！”

一阵刺耳的铃声把她从这无边无际的可怕梦魇中拖出来，白寻音感觉自己的手腕被人攥得生疼，她微微抬眼，便看到喻落吟英俊的眉眼。在暖色的路灯下，他像是镀了一层光，眼睛紧紧地盯着她。

从他的瞳孔里，白寻音看到了自己没有血色的脸，才知道自己现在的模样有多吓人。

“你冷静点。”周围一片寂静，喻落吟自然也听到了刚刚电话里的内容，他看着白寻音一副失魂落魄样，手指微微蜷缩了一下，强忍着揉揉她脑袋安慰她的冲动。

喻落吟当机立断抢过白寻音手中的自行车钥匙，两条长腿跨了上去，他拍了拍车后座：“快上车，哪个医院？我送你过去。”

就白寻音现在这状态，让她一个人去医院，喻落吟都害怕她的父亲没等到她，她就出事了。

白寻音显然也明白这个道理，知道自己隐隐发颤的腿脚根本没办法骑车，她这次没有争辩，二话不说就上了车。

在生命面前，一切厮闹都显得那么渺小而幼稚。跟白鸿盛的生死比起来，一切都显得不再重要，包括她和喻落吟之间的感情纠葛。

澜山医院离澜大不远，喻落吟个高腿长，知道白寻音着急，他脚下像踩了风火轮一样骑得飞快，不到半个小时就到了医院门口。

其间，白寻音一直和季慧颖进行信息交流，虽是大冷天，但她两只纤细的手都汗津津的。

她在季慧颖的描述中知道了前因后果——

这几年，白鸿盛的身体机能虽然没有复苏的迹象，但一直挺稳定的，今天不知道怎么着就到了要抢救的地步。

按理来说，一个身体机能稳定的植物人是不会无缘无故出现这么大的波动的。

后来医院调了监控，又把今天值班的所有医护人员都找来盘问，才知道是一个新来的小护士忙昏了头，给白鸿盛吊水的时候用错了药，这才导致他骤然发病。

听起来很不可思议，但这个世界时时刻刻都会有意外发生。

小护士已经吓蒙了，整个人犹如一摊烂泥一样倒在医院里，只会呜呜地哭。

不幸中的万幸，医生既然找到了白鸿盛突然病危的原因，也就能马上对症治疗。

季慧颖是被突如其来的变故吓得脑子一片空白，才急急忙忙地通知白寻音，生怕她见不到白鸿盛最后一面了。

有些事情，错过了就会遗憾终身。

不过还好在白寻音赶来的路上，白鸿盛的病情已经渐渐稳定下来。

自行车停下的时候，喻落吟有点想咳嗽的冲动，却硬生生地忍了下来。

甭管是故意的还是怎么样，他的确感冒了。在凛冽的寒风里骑了这么久，估计刚刚好点的身体又不行了。

喻落吟捂着唇轻声咳了两下，就和白寻音匆匆跑进住院大楼。

这个时间点，住院楼里的人并不多，他一路跟着轻车熟路的白寻音跑到了十一层手术室外，离得老远，就看到手术室上方还亮着红灯。

白寻音脸色苍白如纸，跑过去一把抓住背对着她的季慧颖。

后者愣了一下，在见到白寻音时，双眼立刻泛起了泪光，双腿一软。

“没事……医生刚刚出来说你爸爸暂时没有生命危险了。”被白寻音扶着坐到走廊里的长椅上，季慧颖怔怔地盯着地面，仿佛脱力了一般轻声说，“就是还需要在ICU观察二十四小时，你别担心了……”

听到这句话，白寻音才感觉一直悬在嗓子眼的心脏“扑通”一声落回了原处。

她走到手术室门口，澄澈的双眸一眨不眨地盯着手术室上方亮起的红灯。女孩微微仰着下巴，侧脸精致，眼中的光虽脆弱却坚定，倔强地等着灯由红转绿。

喻落吟倚在医院廊柱上远远地看着，不自觉地想起了之前见到的一幕。

那是在高二那个短暂的暑假里，那个时候他和她还不是很熟悉，正处于看完一场电影后，白寻音就莫名其妙不理他了的阶段。

当时喻落吟也兴致索然，在剩余的几天假期里便懒得出门。陆野和黎渊三催四请，说是要赶在开学之前进行最后的狂欢，他挨不过，到底还是出去了一次。

路过华南街那条充斥着各种餐点的小吃街时，那两个家伙要去买点东西讨女生欢心，喻落吟懒得陪着，又受不了大太阳的暴晒，干脆躲进了旁边一家门庭若市的奶茶店。

很巧，他在那儿偶遇了白寻音，但只是他单方面的“偶遇”。

白寻音穿着一件浅色的碎花连衣裙，及腰的长发编成松散的鱼骨辫搭在肩上，整个人清纯得要命。她眉头轻蹙，纤瘦的手臂挽着旁边的姑娘，眼睛里写满了劝说。

哦，那天还有宁书莫，那个冒失的女孩穿着一身奶茶店的员工服装，似乎和客人发生了冲突，不大的店面里乱成了一锅粥。

在一片吵嚷声里，白寻音好像自带气场，不自觉地就让人觉得柔和宁静。

白寻音说不出话，却笨拙地护着阿莫，清澈的眼睛瞪着那几个挑三拣四故意找碴的女孩，直到店铺老板出面解决。

喻落吟打消了去点一杯柠檬水的念头，倚在门边眼角含笑地看着这场闹剧。

老板因为这事儿要扣阿莫的工资，而小姑娘不乐意了，用手机不知道打了一通什么字，几次三番和不讲理的老板进行无声的“争吵”。

那个时候的白寻音也和现在一样，不卑不亢，眼神倔强又坚定。

喻落吟忽然很好奇，白寻音经历过什么样的生活，才形成了现在这么一个性子。

她看似温柔如水、单薄脆弱，对于认定的事情却有九头牛都拉不回来的固执，而且在面对突发状况时，更出人意料地坚强。

喻落吟思绪飘远，直到手术室门口传来响动他才回神——绿灯亮起，手术结束了。

一群医生、护士把戴着氧气罩的白鸿盛推出来，还不住地同季慧颖道歉。

“不好意思，真的对不起，这次事故都是我们医护人员造成的。”主治医师拉着季慧颖的手，无比诚恳地说着，“您放心，这次手术的全部费用和术后的治疗费用，都由我们医院承担。”

季慧颖面无表情，和主治医师的手一碰即松，她淡淡地说：“麻烦了。”

主治医师一愣，随即有些尴尬地笑了笑。

不远处的喻落吟看到这一幕，忽然有一种恍然大悟的感觉——他知道白寻音的性格像谁了。

他迈开长腿跑过去主动帮忙。

“你……”季慧颖看到突然出现的喻落吟，微微一愣，“你是哪位？”

白寻音也愣住了，她完全没想到喻落吟还没走，事实上，她都忘了是喻落吟送她来的了。

刚刚大脑一片空白，白寻音只惦记着手术室里的白鸿盛，此刻突然被季慧颖这么一问，她也不知道该怎么介绍喻落吟。

“阿姨，您好。”喻落吟主动开口介绍自己，清隽的俊脸上扬起灿烂的笑容，“我是白寻音的同学，刚刚送她过来的。”

如果喻落吟刻意想讨一个人的喜欢，那几乎没有人能抵挡得了。

季慧颖也不出意外地被“俘获”了，她望着喻落吟的眼神惊喜又温柔：“啊，你是音音的同学啊，真是麻烦你了。”

“不麻烦不麻烦。”喻落吟微笑道，“白寻音同学学习好，平时在学校总帮我们呢。”

白寻音可算是见识到了什么叫教科书级别的睁眼说瞎话了。他们都不是一个系的帮什么帮？这个人不说谎会死吗？

她心里有些恼，却苦于说不出话来，只能眼睁睁地看着喻落吟脸不红心不跳地讲述他们之间关系“很好”，从而把季慧颖忽悠得团团转。

季慧颖：“落吟你是不是还没吃饭？你家住哪儿？要是不远的话，去阿姨家吃个便饭吧。”

白寻音整个人都愣住了，她忙不迭地拿出手机想阻止，却听喻落吟一口答应了下来：“好啊，我家离这儿不远，谢谢阿姨。”

她脑子里“嗡”的一声，第一反应就是冷着脸用力把“我们根本不熟”打在手机上，就要递给季慧颖看。当她侧过头看到季慧颖脸上无比欣慰的微笑时，手里的手机无论如何都递不过去了。

白寻音知道季慧颖一直很担心她在学校里和同学之间的关系，她怕自己是个哑巴会受到歧视和欺凌。而喻落吟的出现，无疑给季慧颖吃了颗定心丸，她笑得真心实意。

这让白寻音怎么忍心扳开她的嘴巴，把那颗定心丸抠出来呢？毕竟季慧颖又不知道，喻落吟才是她最不想面对的那个人。如果不是今天情况特殊，他根本不会出现在这里。

她无声地叹了口气，沉默着把手机放回口袋，决定忍了。左右不过是一顿饭的时间，她不想让妈妈担心。

在季慧颖注意不到的时候，白寻音走到喻落吟身边，把手机递到他面前——

“吃完就走，别乱说话。”

喻落吟一怔，片刻后看着女孩绷紧的侧脸玩味地笑了笑，低声反问：

“你怕我乱说什么？”

白寻音却不吃他这一套，冷冷地瞧着他：“离我远点。”

喻落吟知道白寻音此刻对自己避如蛇蝎，他忽略了心中如针刺一般的感觉，笑容微微淡了一些。

随后，他虽听话地离她远了点，却依旧没皮没脸地跟着。

等安顿好了白鸿盛，喻落吟跟着季慧颖和白寻音母女二人回到她们所居住的那个逼仄的阿郡胡同。

打从有记忆起，喻落吟都是住在繁华的黄金地段，从来不知道还有像阿郡胡同这样非常“原生态”的小区。

大门无人看守，谁想进都能进，毫无安全性可言。而昏暗的楼道里声控灯半明半灭，不知道是谁家做的饭菜味道飘出来，几种气味混合在一起，十分难闻。

白寻音家住的是无电梯的“高层”，大七楼。老旧的楼道里，阶梯狭窄又陡峭，爬上爬下一次累得要命。

喻落吟长这么大，除了学校教学楼的三层楼梯，从没有“屈尊降贵”地用自己的双腿爬过楼梯。他一时之间极其不适应，不过好在身体健壮，一口气爬上七楼也能脸不红气不喘。至于季慧颖和白寻音，已经爬习惯了。

“落吟，快进来。”开了家门，季慧颖不好意思地对喻落吟笑了笑，“家里有点小。”

白寻音家比起他家，甚至比起他租住的房子都小太多了，但喻落吟有些拘谨地换鞋走进去后，还是忍不住好奇地四下看了看，因为这里是白寻音生活的地方。

他打眼一扫，保守估计这房子的建筑面积也就五十平方米左右，客厅装潢老旧，摆着简单的沙发、茶几，连电视都没有，简朴极了。

但有一样东西令喻落吟很意外——客厅阳台上有一架看起来很廉价的老旧钢琴，这大概是这黯淡无光的屋子里唯一的奢侈品了。

喻落吟抬眸看向仍站在玄关处的白寻音，好奇地问：“你会弹钢琴？”

白寻音抿唇躲开他的视线，换了鞋后径直走进卧室，房门短暂地开合了一下，她的背影就消失了。

喻落吟不免有些失望，忍不住轻轻喟叹一声，小姑娘还是不愿意理他。

他靠着墙，眼睛扫过与客厅连着的厨房，季慧颖忙碌的身影依稀可见。

这里只有她们母女两个人住，气氛稍微有点冷淡——但至少比他们家要显得温馨。

“落吟，你有什么忌口吗？”季慧颖切完菜，探头问他，“例如葱姜蒜之类的。”

“没有。”喻落吟笑了笑，佯装乖巧，“我什么都吃，麻烦您了阿姨。”

季慧颖在政府部门工作，平日里也经常见到年轻人，但像喻落吟这种年纪轻轻就如此优雅得体的，她还没见过几个，她不由得笑了笑：“没事，不麻烦。”

喻落吟看着季慧颖转身继续做饭的背影，非常不要脸地觉得虽然白寻音讨厌他，但自己还挺讨她妈妈喜欢的。

客厅角落里放着一个纸箱子，似乎是装废纸废品的，刚填了个底还没装满自然不用拿下去扔。喻落吟一扫，轻而易举地就看到箱子里那些花花绿绿的塑料包装纸。

这东西乍一看颜色刺眼、艳俗，他却觉得十分眼熟，就好像……

“这些东西都是音音的，好像是包装纸，不知道干什么用的。”季慧颖刚巧拿着一壶水从厨房出来要给喻落吟倒水，就看到他眼睛一眨不眨地盯着箱子里的东西，于是顺着这箱子里的东西跟他说了几句，“之前她把这些塑料纸当宝贝似的放在书桌上，前段时间突然就扔进废纸箱里了，搞不明白。”

也许少女的心思就是反复无常的，喜欢新鲜的东西都是一时兴起。

季慧颖不知道那些塑料包装纸背后的故事，以为那只是单纯的塑料纸而已。她说了句“坐下喝水”，放下水壶后就转身回了厨房。

而喻落吟难得“不礼貌”了一次，他打不起精神继续应对季慧颖了。

他就跟魔障了似的，死死地盯着那几张花花绿绿的塑料包装纸，像是要把那几张无辜的包装纸盯出几个洞来。他还不至于认不出来这是什么——这是去年平安夜的时候，他送给白寻音的那几个平安果上的包装纸。

那些平安果是他受了黎渊的撺掇，才在学校外的小摊上随便买的。

喻落吟怎么也想不到自己随手送出，在他眼里连哄人的东西都算不上的破烂玩意儿，会被白寻音当作宝贝珍藏起来。自己是真的曾被白寻音放在心尖上珍惜过的人。

而现在，“平安果”被她丢掉了。喻落吟一瞬间感觉心脏像是被人重重地打了一拳，酸酸涩涩地疼起来。这几张包装纸给了他当头一棒，让他清醒过来，后知后觉地意识到自己弄丢了什么——那是一颗柔软稚嫩的少女心。

最后，喻落吟也没那个福气吃上季慧颖亲手做的菜，即便菜色丰盛，他也没脸留下了。

看到那几张包装纸之后，他食欲全无，只想迅速地离开这里，找一个安静的地方梳理一下自己混乱的情绪。

“不好意思阿姨，我突然……”喻落吟削薄的嘴唇微微发白，他勉强笑道，“突然有点难受，先回家了。”

“怎么脸色一下子变得这么难看呀？”季慧颖看着喻落吟骤然苍白下去的脸色，有些诧异地走过去，关切地问，“你是不是穿得太薄冻到了？”

“没事。”喻落吟摇了摇头，“我回去睡一觉就好了。”

“这样啊，那下次再请你吃饭吧，今天谢谢你了。”季慧颖有些遗憾地道，张口就要叫白寻音出来送客，“音……”

“别。”喻落吟连忙打断她，“阿姨，不用叫白寻音了。”

季慧颖下意识地收回话音。

“不用送，反正我们在学校也会见到。”喻落吟勉强找回一些理智，露出无懈可击的微笑看着季慧颖，“阿姨再见。”

“那行吧。”季慧颖只得帮他开了门。

“对了，阿姨。”喻落吟身形一顿，眼神不自觉地又飘向那个废纸箱，他找了个借口，“我帮您把垃圾拿下去扔了吧。”

季慧颖一怔，有些犹豫地说：“七楼太高了，你……”

“没关系。”喻落吟微笑着说，“我有的是力气。”

虽然相处的时间很短，但从喻落吟的为人处世来看，季慧颖认为他是一个热心肠的孩子，于是她也没有坚持，就把废纸箱递给了他。

“那麻烦你了。”

“不麻烦。”喻落吟摇了摇头，分外乖巧，“阿姨再见。”

直到离开白寻音的家，离开了那栋楼、那个小区，喻落吟脸上的面具才慢慢碎裂，他缓缓地吐出一口憋了许久的郁气。

喻落吟没有把怀中的废纸箱扔进垃圾桶，而是一路抱回了家——不是那个和喻远、顾苑一起住的独栋别墅，而是他自己租的房子。

到家的时候，他发现屋子里灯火通明，周新随又过来蹭住，正在客厅里躺着，把方便面当干脆面啃。

听到开门的动静，周新随头也不抬地对进门的喻落吟说：“宿舍里太闹腾，来你这儿躲躲清净。”

周新随喜欢安静，经常来他这儿。喻落吟对此已经习以为常了，压根懒得理他，抱着破箱子面无表情地走进去。

他把箱子放在桌子上，黑眸微垂，怔怔地盯着里面花花绿绿的一片。

周新随起来扔垃圾的时候，看到喻落吟失魂落魄的样子，有些讶异地挑了挑眉，走过去扫了一眼他带回来的东西。

“喻落吟。”周新随端着杯子抿了口水，很不客气地嘲讽道，“您这副样子是去捡破烂了？”

他有些哭笑不得，随手拈起一张包装纸看了看，心想这都是什么乱七八糟的东西。这年头就算给盒子包装，也不会选择这样的包装纸了吧。

“放下。”喻落吟冷冷地开口，打掉周新随的手把包装纸抢回来，随后把那个箱子当宝一样拿回了卧室。

周新随：“你吃错药了？”

喻落吟从卧室出来后，去冰箱里拿了瓶冰水，仰头灌了大半瓶，直到感觉脑子和肢体都被这半瓶冰水激清醒后才坐在沙发上。

他眼神空洞地盯着自己的手指，像是对空气说话一样：“阿随，我和白寻音闹掰了，分了。”

周新随一顿，回头看着犹如霜打了的茄子一样的喻落吟，直白地说：“我们都知道了。”

“你这几天一直一副心不在焉的样子。”周新随坦诚地说道，“谁还能看不出来啊？”

喻落吟听后，愣怔了片刻，有些自嘲地一笑，然后慢慢地说：“原来你们都知道啊。”他可真够傻的。

“不过你现在这副怅然若失的样子是干吗？舍不得白寻音啊？”周新随笑了笑，“你不是说就是为了赌约，跟她玩玩吗？”

这都是他以前说的吗？从周新随嘴里听到他曾经说过的那些混账话，喻落吟不由得有些茫然。

“现在……”周新随打量了一下他的表情，不禁失笑道，“你后悔了？喜欢上人家了？”

喻落吟状似闲适地靠着柔软的沙发背，脊背却绷得紧紧的，他轻声问：“不行吗？”

“不是不行，就是觉得你活该。”周新随耸了耸肩，“不过也不意外，白寻音还算是那种比较吸引人的女生。”

周新随鲜少夸奖别人，听了他这话，喻落吟的眼神骤然变得有些危险。

他定定地盯着周新随："你喜欢她？"

周新随笑出了声，不屑地看了他一眼："我喜欢成熟型的。"

喻落吟后知后觉地想到这货拼了命地学习，就是想和他的邻居姐姐考上同一所大学……

当你喜欢一个人的时候，总觉得全世界的人都是你的情敌，要了命了。

"我是喜欢她，也后悔了。"喻落吟痛快地承认，他仰头看着天花板，喃喃自语似的说，"我做错事情了。"

从在白寻音家里看到那个废纸箱里的包装纸，喻落吟就知道自己错得多彻底、多离谱。

白寻音收藏着那几张破包装纸，却不肯接受他送的限量款手链，而他之前还以为她是在耍小孩子脾气，以为他自己说的那些有关赌约的混账话不重要，以为用钱、用点撒娇耍赖的手段就能把她哄回来……喻落吟，你可真是个浑蛋啊。他自嘲地笑了笑，有些颓然。

"知道后悔了就去道歉求原谅，颓废有什么用？"周新随落井下石地凉凉道，"谁让你自己之前作孽，活该。"

喻落吟沉默片刻，摇了摇头，他现在才真正地意识到白寻音不会轻易原谅他了，道歉没用。

"喻哥，你在这儿唉声叹气也解决不了问题。"周新随一挑眉，修长的手指转了转笔，"要是我，我就想尽办法去挽回。"道歉，哄人，什么有用就做什么呗。

周新随不知道的是，这些手段喻落吟都试过，没用。白寻音不是他随便道个歉说几句甜言蜜语就能哄回来的姑娘，想要打动她……可能必须知道她经历过什么，又会被什么东西打动才行。

今天见到白寻音生活的环境，逼仄的屋子，医院里躺着的父亲，还有她的自卑，喻落吟才隐隐有些明白她为什么会对"赌约"两个字这么敏感了。

她不是一个在圆满家庭里长大的孩子，所以她的"创伤"才更难愈合。只是，他该怎么做才能了解白寻音，才能知道她究竟经历过什么呢？这个时候，喻落吟才发现自己对白寻音真是知之甚少，以前在一起的时候，他只顾着享受她的体贴关怀，从来没试着去深入了解一下她的内心。

他们在一起的时候，白寻音仿佛永远是快乐的，从没表现过忧愁的一面，他也就以为她没有忧愁。喻落吟以为年少轻狂时在一起的人都是"玩玩”，他自小便习惯了不去深入了解一个人，也不想让别人了解他——他习惯了和每个人都保持着不远不近的距离。直到需要去了解一个人的时候，他才发现自己这习惯是多么冷酷。

喻落吟毫无头绪地想着，指尖不自觉地摩挲着，心里烦躁，很想抽支烟，但衣服口袋里空空如也。

他打算直接回房睡觉——睡着了，就暂时什么都不用想了。站起来的那一瞬间，脑子里闪过一个人的名字，喻落吟脚步一顿，眼睛倏地一亮。

几天后，上课的时候，喻落吟放在桌里的手机嗡嗡作响。他低头看了一眼来电号码，从教室后门走了出去。

“喻少，您前两天让我调查的事情已经调查得差不多了。”电话接通后，那头传来一道低沉的男声，态度很是恭敬，“我什么时候把调查结果交给您？晚上有时间见一面吗？”

喻落吟的手指无意识地轻点着，他对着电话那边说了句“我晚上去找你”，随后就挂断了电话。

回到座位上，喻落吟微微垂眸，白皙修长的手指蜷缩了下。其实他知道自己卑鄙无耻，但他“工于心计”惯了，总是忍不住做一些卑劣的事情。

下课后，喻落吟去了物理系。来来往往的学生叽叽喳喳地讨论着中午吃什么，一派鲜活开朗的模样。而隔着一层玻璃窗，喻落吟看见白寻音安静地坐在教室里，慢悠悠地收拾书本。她好像永远都是这般不疾不徐的模样。

教室里很快就只剩下他们两个了。等白寻音抬头发现他的时候，她下意识地想起身离开，然而已经来不及了，身高腿长的喻落吟两三步便走过去将她拦了下来。

仗着教室里只有他们两个人，喻落吟才敢这么肆无忌惮。

白寻音的第一反应是向后退了一步，琉璃一样的眼睛警惕地看着他，眼里写满了防备。

“我就是想跟你说句话。”看着白寻音下意识的反应，喻落吟不禁苦笑了下，“不用怕。”

白寻音微微蹙了蹙眉。

喻落吟看懂她眼神表达的意思了——她不是怕他，而是厌恶他，就像见到苍蝇、见到地痞无赖时情不自禁地觉得恶心。

少年垂在身侧的手指不自觉地收拢成拳，他定定地看着她，声音很轻，几乎像是在自言自语：“白寻音……你告诉我，我还能怎么做？”究竟怎么做，才能让你不这么讨厌我？

喻落吟觉得自己十分可笑，比电影里的丑角还要可笑——拥有的时候不知道珍惜，失去了之后就算追悔莫及又能怎样？他自己都觉得自己惺惺作态，哪里还能指望白寻音可怜他。

教室里一片寂静，喻落吟本来没指望白寻音能理他，可出乎意料的是，白寻音看了他几秒钟后，弯腰在纸上写了一行字：“你去看一部电影。”

电影？喻落吟有些诧异地看着她。

白寻音写下电影的名字：“《她其实没那么喜欢你》。”

少女清秀利落的字体像是一把镰刀，轻轻地剜着喻落吟的心。他知道白寻音的意思——少女把“他”改成“她”，就是为了告诉他，其实她没有那么喜欢他，所以他也不用绞尽脑汁地想着如何挽回，错过了就是错过了。

可是……喻落吟勉强笑了笑，同样说：“你可以看看另一部电影。”

白寻音眼睛里闪过一丝茫然。

喻落吟说出他自己现编的电影名字，像是终于吐出了带血的真心：“《他其实没有不喜欢你》。”

白寻音告诉他，她没他以为的那么喜欢他，甭管真的假的，喻落吟认了。可他也必须告诉白寻音，他之前并非全是虚情假意。

“音音。”喻落吟盯着愣神的姑娘，轻声乞求，犹如呓语，“我能再追你一次吗？”

无论如何，他想再试一次。

下午的课结束后，喻落吟和给他打电话的私家侦探约在校外的一家咖啡馆里碰面。

喻落吟的脸不知道是被冷风吹的还是怎么样，毫无血色，苍白得像张白纸，墨黑的眉宇间凝着一股深深的戾气，这副模样把对面穿着西装的私家侦探吓了一跳。

“喻少，您这是……”男人迟疑地问，“心情不好？”

“没事。”喻落吟摆了摆手，音色沉冽，“说事吧。”

三天前，他通过家里的途径联系到了这位名叫任宇的私家侦探，托他查了一些事情——一些关于白寻音“过去”的事情。

喻落吟知道自己这样做有点卑鄙，但为了挽回姑娘的心，他只能这么做。

“喻少，这是你让我调查的那位姑娘的资料。”

任宇把一个薄薄的文件袋推到喻落吟面前，面色有些凝重。

喻落吟低头看了看那个文件袋，知道里面的东西就是他无法触碰到的白寻音的过去。随后，他搓了搓冻僵的手，拆开文件袋口缠着圆扣的线。几张纸从文件袋里掉出来，上面写满了白寻音的过往。

他垂眸看着，比看考试试卷的时候还要认真。看着那白纸黑字，他的神色越发凝重严肃。他捏着纸张的手指不自觉地用力，像是要把薄薄的纸捏破一样。

在看到“白寻音父亲白鸿盛因欠债不还被追债，坠楼”这一行字的时候，他瞳孔紧缩了下。

“喻少，您同学白寻音的父亲白鸿盛曾是做物流生意的，早年他们家条件还算不错，但后来遇到金融危机，股市崩盘的时候很多中小型企业都破产了……白家也不例外。”

“白家破产，还欠了不少外债，房子都抵押给银行了也无法还清，最后只能去借高利贷。”任宇叹了口气，“据说白鸿盛被追债的人堵到天台跳下去的时候，他女儿，也就是白寻音就在旁边看着。”

喻落吟猛地抬头，双眼紧紧盯着他：“你说什么？”

“那是白寻音中考后的事情了，她和白鸿盛一起被追债的人逼到了天台，后来救护车来了……”任宇顿了一下，谨慎地说，“受伤的是白鸿盛，但白寻音也进了医院，她就是因为这个事情不能开口说话的。”

在医学上，这叫创伤后应激障碍，简称PTSD。让白寻音一个小姑娘经历这些，未免太残忍了一些。

喻落吟越听眼神就越阴鸷，任宇的声音也不自觉地越来越小，到最后都没声了。

喻落吟声音喑哑，沉沉地开口：“继续说。”

“喻少，你看这页。”任宇喉头微微滚动了一下，伸手把喻落吟面前的资料翻了一页，继续道，“我查了一下白鸿盛当时的欠债情况，虽然不及时还上会像滚雪球一样越滚越大，但还不至于到跳楼的地步。所以我顺着查了一下……”

任宇说到这里，顿了一下，他显然有些为难。

“后来我发现，那些追债的人觉得白鸿盛还不起那些欠款，所以想、想……”任宇犹犹豫豫了半天，最后在喻落吟的瞪视下鼓起勇气道，“所以他们想把白寻音抢过去抵债，白鸿盛可能是因为这个才跳楼的。”

人死灯灭，假如白鸿盛变成了无行为能力的人或者死人，那些欠款自然就一笔勾销了。他死，就没人能觊觎、敢威胁逼迫他的宝贝了。白鸿盛想用自己的血，给白寻音和季慧颖换来平安稳定的生活。

这听起来有些窝囊，可这是当时一个被逼得走投无路的父亲能做出的最优选择了。只是对年纪尚小的白寻音来说，却接受不了父亲为了自己而跳楼的事实。

喻落吟安静地听着，整个人犹如一座冰塑的雕像。在极度压抑的气氛里，任宇不自觉地出了一后背冷汗。

“在哪儿？”半晌，喻落吟又开了口，声音嘶哑，带着迟疑，“当年白鸿盛坠楼的那个天台……在哪儿？”

“这里。”任宇松了口气，指了指纸上的一幅图，“合能电子之前所在的大楼，在吉光区东面，这两年吉光区发展缓慢，合能电子去年搬走了之后，这座楼就空下来了。”

白鸿盛从天台上跳下来，能保住一条命成为植物人，也算是一个奇迹了。

喻落吟盯着那张图片，眼神越发深邃，眼底含着一丝心疼。

他终于明白为什么白寻音在得知真相后会那么决绝地分手。在他眼里只是一个“开玩笑的赌约”，可在白寻音眼里，那是她好不容易才建立起来的对外界的信任。

喻落吟脸色煞白，眼神空洞地盯着桌上的资料，一瞬间感觉手心都出了一层薄薄的冷汗。

过了好一会儿，他才慢慢看清资料上的另一个名字——穆安平，不由得眉头轻蹙。

“这个穆安平啊，他父亲和白鸿盛是大学同学，也是生意上的合作伙伴，两家人关系一直挺好的。”任宇见喻落吟翻到了穆安平这一页，便继续开口解释，“之前两家人住在同一个小区，穆安平和白寻音也是从小一块儿长大的，小学、初中都在一所学校……”

任宇抬头看了眼喻落吟的脸色，不自觉地咽了口口水，才继续道：“后来白家破产，两家也就渐行渐远了。”

当时的白家欠款甚多，像滚雪球一样越滚越大，在白鸿盛成为植物人之前就是一个无底洞，没人敢去帮一把，不落井下石就算是不错了。

穆安平一家生怕被牵扯进去，也怕被追债人盯上，几乎是连夜搬了家。

至于穆安平这个所谓的“竹马”，在大难来临之际还只是一个十六七岁的男孩，当然会选择服从父母的决定，和白寻音的情谊只是小孩子过家家罢了。但因为喜欢白寻音，所以他见到她会内疚，会觉得抬不起头来。

喻落吟听完，才知道白寻音和穆安平之间的确没什么，像他那样的男生，白寻音绝对不会喜欢。

只是即便知道了这件事，他也开心不起来。对当初的白寻音来说，她一定很渴望有人能拉她一把。

作为从小和她一起长大的好朋友，穆安平却因为害怕波及自身而选择毫不犹豫地离开……白寻音当时一定很难过。

怪不得她这么没有安全感，谁也不信，尤其是男生。

而自己还欺骗她。喻落吟不禁自嘲地嗤笑一声，攥成拳的手指泛着惨烈的白。

“大概就这么多了。”任宇全部说完后，总结道，“白鸿盛出事后被救回一条命，成了植物人，还有醒来的可能性。因为这个，虽然白家欠的债大部分了结了，可母女两个的日子还是挺拮据的，租着一个不大的房子，艰难地负担着医院的费用。”

无论如何，白鸿盛都是白寻音和母亲的支柱，不管活着的人的生活多么难熬，心里的支柱始终都是“死人”给的。她们依旧想尽全力救她们家的“顶梁柱”。

任宇走后，喻落吟独自在咖啡馆坐了许久，脑中昏昏沉沉的，像是要炸了一样。他使劲儿地揉了揉太阳穴，忍不住烦躁地爆了句粗口。

在此之前，他从未想过看起来温柔又坚强的白寻音背负着这么沉重的过往，他还可笑地以为她之所以冷漠又怯弱，是因为不能说话而遭受过冷眼和欺凌，多么可笑的想当然。

周末的时候，喻落吟去了宝泉路的一家心理诊疗室。

他熟门熟路地推门进去，对着前台的接待员低声说：“陆姐在吗？”

“啊，您找我们陆医生吗？”接待的姑娘上下扫了一眼喻落吟，迟疑地问，“同学，您有预约吗？”

“没有。”喻落吟一顿，“麻烦你告诉她一声，我姓喻。”

接待员有些迟疑地拨通了内线。

三分钟后，喻落吟在接待员惊诧的目光中走进里面那间办公室。

开门后，坐在办公桌后穿着白大褂的中年女人抬起头来，她唇红齿白，颇有风韵，有些错愕地看着喻落吟走过来，在她面前坐定。

“落吟，你今天怎么过来了？”陆莹起身拿出纸杯给他接了杯水，面上显出几分微笑，有些感慨地道，“你可有快两年的时间没过来了。”

喻落吟嘴角噙着笑，看起来像个单纯又无辜的好孩子：“是我的错，早该过来看您的。”

“傻小子，说什么呢，不来是好事。”陆莹重新坐回座位，同喻落吟对视——那是一双淡然平和的眼睛，让人看着就有种放心的感觉，她温和地说，“不来这里，就说明你没问题了。”

喻落吟微笑不语，漆黑的眼底闪着晦暗不明的光。

陆莹微笑着问：“所以你这次来，是又碰到了什么事儿吗？”

“陆姐，我这次来不是为了我自己，我是……想咨询一个问题。”喻落吟斟酌着措辞，喝了半杯水后才慢吞吞地开口，“我有一个朋友，在亲眼看见了一些恐怖的画面之后失声了。”

陆莹一愣：“创伤后应激障碍？”

“嗯，医学上是这么叫的。”喻落吟点了点头，直白地问，“该怎么治？”

“这个不好说。”陆莹推了推眼镜，解释道，“PTSD现在很常见，大多数患者是在经历了一些十分糟糕或者不愿意面对的事情后内心自我封闭，有的人是失声，有的人可能是无意识地抽搐。”

“像你说的失声，其实算是其中比较严重的一种，因为这直接影响到了身体器官的机能性。”

“我猜想她应该是看到了很亲近或者很重要的人或事物受到了伤害，极度惊惧之下想叫出声，却被刺激得叫不出来了。”

“我不了解患者的症状，但这种严重的创伤障碍想要治愈很不容易。”陆莹十指交叉，蹙眉道，“关键得看患者需要什么，或者说渴望什么。”

“有的人需要无微不至的关怀，可能被人呵护一段时间，某天突然就能开口说话了。有的可能需要一定的刺激……需求不同，契机不同，恢复的时间也就不同，有的人也许一辈子也不会恢复。”

……

无微不至的关怀吗？喻落吟重点捕捉到了陆莹的这句话，垂下的长睫毛微微颤了颤。半晌，他轻声开口：“谢谢陆姐。”

离开心理诊疗室后，喻落吟直接打车去了白寻音家。无论如何，他都想要补偿她。

路上，喻落吟给白寻音发了条信息："你是在家，还是在宿舍？"

可白寻音一直没有回信息。

喻落吟有些焦躁地蹙起眉，直到在阿郡胡同口下了车，被凛冽的寒风吹得一个激灵，心里的焦躁才稍微冷却了一点。他抿了抿唇，低头继续给白寻音发信息："我在你家楼下，能见一面吗？"

发完，喻落吟就把手机收了起来，并不打算再发一条。从现在开始，他不会逼迫白寻音，如果她不下来，他等就是了。

周末，白寻音自然会回家，她是在回家的路上收到喻落吟发来的信息的。

看到那句"我在你家楼下"时，白寻音眉头轻蹙，脚步顿了一下。

"嗯？"旁边叼着一根棒棒糖的室友于晴是跟着她回家蹭饭的，她不明所以地跟着她停下来，含含糊糊地问，"怎么不走了？"

白寻音沉默片刻，打字告诉她："我们绕一下，从小区后门进去。"

无论喻落吟出于什么原因来找她，想要干什么，她都不想见到他。每次见到他，白寻音总感觉自己本来固若金汤的心就被敲开一道裂缝，不轻不重也不疼，却始终有那么一道。

其实她远没有表面上看起来那么无动于衷，所以还是不见他为好。在学校碰面是不可避免的，但是私下……白寻音真的不想和喻落吟有任何交集了。

于晴没有异议，乖乖地跟着白寻音绕到了小区后门。周末季慧颖也休息，见到白寻音带朋友回来挺开心，张罗着要包饺子吃。白寻音对于面食的喜爱程度倒是一般，但因为原来白鸿盛喜欢吃，季慧颖总做，所以她对于和面、擀皮这些活计挺擅长的。

热热闹闹包饺子的过程中，很突兀地，她就想到了喻落吟刚刚发来的那条信息。

冬天厨房的窗户上因为蒸腾的热气凝了薄薄的一层霜，看不太清外面的光景，只有最下面的一层窗户"逃过一劫"，是干净透亮的。白寻音透过这窄窄的一层窗户，偏生就看到了楼下那道修长又熟悉的身影。

她们家住在七楼，理论上她是不可能这么精准地捕捉到楼下的人的身影的，但谁让阿郡胡同的下午过于冷清，楼下的过道过于狭窄呢。她一眼就看到了喻落吟，甚至他身上的衣服都看得一清二楚。

那条信息是四十五分钟之前发过来的，也就是说他至少已经在她家楼下站了四十五分钟。白寻音抿了抿唇，收回视线继续心无旁骛地擀皮包饺子，她心想：这大冷天的，喻落吟八成是个傻子。

只是接下来包饺子煮饺子的过程中，她却有些心不在焉。吃饺子的时候，于晴在一旁大呼小叫地活跃气氛，不停地夸季慧颖的手艺天下一绝。而白寻音看着碟子里咬掉一半的饺子，嘴里咀嚼着另一半，食不知味。

半晌后，她又一次站起来走到了窗边——喻落吟还站在楼下，又过了半个小时了，比之刚刚的岿然不动，他现在好像有点儿受不了了，靠着树站着，手都缩在了袖子里。

白寻音突然又一次意识到，喻落吟这个人真的很讨厌。她只是想远离他，并不想亲眼看见他这种纯粹想要把自己折腾生病的行为。这跟自残有什么区别？他这不是存心让她不安吗？

她收回视线，一把拉上窗帘，顺便把喻落吟的手机号拉入黑名单。

她吃完饭就回了卧室，没有再去窗边看一眼，也不知道那天喻落吟整整等了三个小时。直到天彻底黑下来，天幕中镶嵌的点点繁星闪闪发光，他才确认白寻音是真的不会下来了。

喻落吟轻轻地呼了一口气，有些狼狈地搓了搓已经冻僵的手。小姑娘真够狠心的。

只是他现在能谅解白寻音的狠心，因为他在说出“赌约”两个字的时候比她还狠。

第二天，喻落吟依旧没皮没脸地去纠缠她。

中午在食堂吃饭的时候，白寻音端着餐盘刚刚找了个位子坐下，旁边就挨着坐下了一个人。

她有些诧异地别过头，看到的就是喻落吟瓷白的脸上清隽含笑的眉目。

喻落吟无视了食堂里到处都是的空位，厚颜无耻地说：“同学，没座位了，介意拼个桌吗？”

“……”

“我就当你不介意了。”喻落吟一挑眉，手撑着头看着她笑。

白寻音秀眉微皱，第一反应就是站起来重新找个座位。

“别费事了。”喻落吟就好像明白她心中所想一样，淡淡地道，“反正你重新找座位，我也会跟过去的。”

说着，他从宽大的衣服口袋里拿出一瓶牛奶，把吸管插进里面，往白寻音餐盘前一推，意图不言而喻。

白寻音不禁有点儿后悔没和室友一起来吃饭了。

她有些无奈地看着喻落吟，眼睛像是在问：你到底想干什么？

“我真不想干什么。”喻落吟轻声嘀咕，狭长的黑眸无辜又脆弱地眨了眨，道，“我就想陪你吃一顿午饭。”

白寻音蹙眉，干脆地站起来，转身离开食堂。最坏的结果无非就是不吃这顿午饭而已，没什么的，可如果跟不想见到的人一起吃，她会消化不良的。

喻落吟的视线从女孩清瘦的背影转移到她还没来得及动的饭菜上面，怔怔地叹了口气。那一瞬间，他有种无能为力的感觉，这是他活了十八年都未曾感受过的挫败感——他是真的不知道该怎么追白寻音了。

除了死皮赖脸地缠着他，喻落吟没有任何办法。昨天陆莹说的话在他脑子里转了一晚上，喻落吟是真的想给白寻音无微不至的关怀。

午后，喻落吟被系主任叫到了办公室。系主任喝了口茶才敲了敲桌上的一沓资料，道：“你想转到医学系？为什么？要知道澜大天文系在全国都是数一数二的，医学系就差远了。”

“嗯。”一听说是问这件事儿，喻落吟耸了耸肩，理所当然地说，“澜大排名全国前十，我相信每一个专业都是好的。”

转专业这个疯狂的念头不知道是怎么生出来的，总之他就想这么干。

“你们这些学生，真不知道怎么想的。”系主任忍不住皱眉，很不认同的模样，“转专业是这么简单的事情吗？轻狂，任性！呵，还有想转学的，竟然想从好学校转到差一点儿的学校去！”

主任说着，气得用指关节重重地敲了敲桌子。

大学转学，的确是很少见，而且是从澜大这样的好学校转走。喻落吟都忍不住有点儿好奇：“谁啊？”

“就物理系的那个白寻音。”主任皱眉，烦躁地说，“你说，这不是闲得没事儿干吗？”

喻落吟心中“咯噔”了一下：“主任，你说什么？”

“转学，听不懂吗？”主任直拍桌，“跟你一样胡闹！”

“不是，老师，”喻落吟勉强笑着，佯装若无其事地问，“我就是很好奇大学还要转学的学生，她……她要去哪儿？”

“她好像想转到北工大去，已经提交申请了。”主任忍不住叹了口气，停顿一下又说，“再说，你关心别人干什么？你应该想想自己的事儿！”

而喻落吟已经听不进去了。北工大？遥远的北方？他脑子里都是这些关键词。

白寻音为了躲他竟然去那么远的地方？甚至不惜转学？喻落吟怒气上头，立刻离开系主任办公室找了过去。他看着在一片忙碌的学生中安稳坐在原位的白寻音——她脊背笔直，纤细的脖颈微垂，低头看书的模样安静认真，就像一幅柔和婉约的画。只是，他却有种想要打扰的冲动。

喻落吟下颌线微微绷紧，忍了又忍，还是没忍住，快步走过去抓住她的手腕。

白寻音有些诧异地抬头看向他。

“跟我出来一下。”喻落吟动作温柔又强硬地把她拉了起来，声音轻而急促，“有事问你。”

白寻音被他扯到了教室外面，人来人往，没人会注意到他们两个。直到来到他们曾经去过无数次的那个破旧的后花园，喻落吟才放开了她。

白寻音下意识地向后退，单薄的后背紧紧地贴着生满铁锈的栏杆。

“你别害怕，我……”喻落吟看着她脸上满满的戒备，只觉得心口像是被针刺了一下，又疼又狼狈，他自嘲地笑了笑，“我不会碰你一根手指头，我就是想问你几句话。”

白寻音静静地看着他，眼神沉静澄澈。

喻落吟顿了一下，才问：“你是想转到北工大去吗？”

白寻音没想到喻落吟特意把她拽到这儿居然是想问这个，一时间愣住了。

等到回过味来，她不禁笑了笑。

看到她笑，喻落吟的心不断地往下沉：“你笑什么？”

“是啊。”白寻音始终笑着，打字回应他，“我有这个想法。”

“为什么？”喻落吟声音暗哑，迟疑又艰涩地问，“北方……那么远，澜大不好吗？”

“不好。”白寻音摇了摇头，纤细的指尖打出来的话字字诛心，“我不想在这儿待着了。”

其实白寻音一直想去北方看一看。喻落吟的纠缠，其实只是催化剂而已。当初报澜大是因为离家近，想多照顾季慧颖和白鸿盛一点儿，可现在，白寻音突然想任性一回。

“喻落吟，我真的不想再见到你了。”白寻音收回目光，继续打字给他看，一字一句客观而冷静。

“我不会接受你，所以你也不要再缠着我了。”

“如果你还因为那个‘赌约’而对我有哪怕一丝的愧疚，就请你离我远点儿，当作补偿吧。”

分手后，白寻音第一次对喻落吟一次性说这么多的话，几乎不给他插嘴的机会，目的就是让他彻底地离开她的世界。

喻落吟闭了闭眼，一句话都说不出来，只能眼睁睁地看着背影纤瘦的女孩渐渐走出他的视线。原来有的时候，你的所有努力都会徒劳无功。

当你放在心上的人真的不在乎你的时候，你才会明白什么叫自作自受、痛彻心扉。

第五章 后会无期

顾苑在办公室处理完今天的几个实验报告后，便忍着胀痛的太阳穴，开车去了澜大。

她今天下午接到了澜大天文系系主任的电话，听说喻落吟忽然想申请转专业后就一直有点心神不宁的。虽然忙得脚不沾地，但喻落吟的学业依旧是家里的头等大事，所以顾苑打算亲自去学校一趟。

系主任正在办公室里候客，见到顾苑踩着高跟鞋进来，忙起身给她倒了杯茶。

“顾院长很忙啊。”系主任看着女人眼下浓重的黑眼圈，有些尴尬地轻咳了一声，意有所指地道，“可即便再忙……咱们也不能疏忽孩子的教育不是？”

“主任，我知道您是负责任的老师。”顾苑的时间很珍贵，她不喜欢拐弯抹角，她笑了笑，直接道，“有话直说好了，我今天来，就是想了解一下落吟最近在学校的情况。”

系主任：“倒是有好好上课，状态也不错。”

顾苑眉头轻蹙：“那他怎么会突然想到转医学系呢？这不合常理。”

林澜大学在国内的大学中排名前十，天文系更是排名全国前三，而医学系不过平平。好端端的，他转专业干什么？

无论从什么角度来看，这都是一件匪夷所思的事情。除非……最近发生了什么事情改变了他的固有思维，才让他变得这么反常。

顾苑无聊地转着桌上轻飘飘的纸杯，沉吟片刻后斟酌着道：“主任，落吟最近……在学校有什么异常的行为吗？”

“异常？”主任一愣，想了想后，摇头道，“没有，他上课很认真，很少缺勤，学分也很高，就是不怎么参加社团活动……哦，对了，他前段时间请过一次假。正巧碰上那天有天文系讲座，我才知道落吟因为感冒着凉请假了。”

顾苑听得一愣。

请假？感冒着凉？怎么她什么都不知道？

看来她实在是太不关心自己的儿子了。

顾苑眼底闪过一抹深深的愁绪，她很客气地笑了笑：“那多谢主任费心了。”

她在余晖中离开了澜大，之后便拨通了助理的电话，声音沉沉：“帮我查一下落吟最近的消费记录，银行卡、信用卡统统查一遍。”

于晴觉得白寻音有些奇怪，她今天始终一副神思游离的模样，目光空洞、双眼无神，就连盒饭都是一口一口十分机械地吃下去的。

“喂喂喂。”自习结束后，于晴实在忍不住问，“你今天晚上怎么了？我感觉你状态不太对呀。”

白寻音摆了摆手，示意于晴自己没事，然后拉着于晴去车棚取车子。于晴也是本地人，两人慢慢熟悉起来后，周末会一起回家。之前周末时，喻落吟总是会一路默默地跟着她，但是今天，她说过那样的狠话后，他应该不会再跟着她了吧？

但她们到车棚的时候，还是看到了喻落吟。四目相对的一瞬间，两个人不约而同地转过了头。

喻落吟面无表情地推出自己的车子，一语不发地迅速骑着离开，全程干脆利落，头都没回一下。

车子和白寻音擦身而过的时候带起一阵急促的风，让她想起刚刚认识喻落吟的时候——是啊，他就应该是这样的才对。

冷漠，疏离，这才是他。所以过去斯文又温柔的他真的很虚假，白寻音嘴角扬起一抹释然的微笑。

言尽于此，该说的她都说了。

她把残酷的真相摊开在喻落吟面前——对于理想，她不懈追求；对于他，她唯恐避之不及。

喻落吟的人生一向顺遂，他从来不知道自己在面对打击的时候竟然会如此茫然无措。

他脑子木木的，同往日那般绕了一个来回，在隆冬黑夜的冷风里骑了快四十分钟才回到租住的房子。活动了几下冻僵的手指，喻落吟摁下密码，在看到满室灯火通明中端坐在客厅沙发上的顾苑时，眉头下意识地皱了一下。

“怎么才回来？”顾苑并不意外他会回到这里，实际上，两个小时之前，她拿到了一份喻落吟最近的消费记录，知道他在澜大附近租了一间房子，就知道他一定会回到这里。

“你租的这个房子，品位不错。”顾苑笑了一声，继续说，“从你们学校到这间房子骑车顶多十分钟，现在离晚自习下课都一个多小时了，你去哪儿了？”

喻落吟不禁蹙了蹙眉，从小到大，他最烦的就是顾苑这副公事公办的做派，就好像她随时都要教育他一样。每每见到，他都忍不住出言相讥。

“无事不登三宝殿，您来干什么？”喻落吟嘲讽道，“难为您还记得您有个儿子。”

顾苑抿唇沉默了下来，屋子里登时陷入诡异的死寂。

喻落吟轻轻地笑了声，若无其事地绕到冰箱前拿出一瓶冰水，一口气喝了半瓶下去。

顾苑定定地看着他，一句“别总喝凉的，伤胃”在舌尖绕了一圈，出口的话却变成了：“为什么要转专业？”

“哦，你是因为这件事过来的啊？谁知道呢？”喻落吟走过去半倚在柔软的皮质沙发上，无所谓地笑道，“可能是因为我不想上澜大了吧，复读未尝不可。”

“什么？”顾苑一愣，没想到他居然会这么说。

女人板着脸，条理清晰地分析利弊：“澜大的天文系全国排名前三，你之前不是一直想报这个专业吗？更何况澜大就在本地，无论是衣食还是住行方面都要方便一些。”

“妈，您能先别说了吗？我想静一会儿。”喻落吟仰头看着雪白的天花板，怔怔地说，“我今天很累。”

“喻落吟，你到底怎么了？”看着他这副颓丧的模样，顾苑气得站了起来。

她紧紧地抓着包，恨铁不成钢地道：“你现在这是什么状态？”

喻落吟嗤笑道：“我该是什么状态呢？”

难道他就应该永远理智，不动声色，戴着一层拒人于千里之外的真空面具吗？只要是人，都会有迷茫和软弱的时候吧？

“你当然应该好好在天文系完成学业，实现你的梦想！”顾苑喋喋不休道，妄图帮他决定一切，“而不是像现在这样不知道为了些什么要死不活的。喻落吟，你是在跟我置气吗？”

喻落吟沉默不语。

“我和你爸工作都很忙，在关心你这方面的确有疏忽。”见他仍是一副不配合的态度，顾苑微微叹了口气，语气稍稍放软，“但这不是你恣意妄为的理由。落吟，你难道不记得我跟你说过的话了吗？恣意放纵是一个人堕落的开始，无论如何，我不允许你对自己不负责任。”

“妈，别说了。”喻落吟面无表情，眉梢眼角带着一层浅浅的冷意，

“我累了，你先回去吧。”

顾苑皱眉，站在原地没动。

“你还要说转专业的事情？”喻落吟眉梢轻挑，讥诮地笑了，“我说了，我要转专业，如果澜大的医学系不够好，那我就复读后报医学院。”

“你——”顾苑愣住了，喃喃道，“你疯了？这不是多此一举吗？”

“我愿意。”喻落吟大逆不道地一挥手，指向门口，“请吧。”

顾苑了解喻落吟的脾气，知道以他现在的状态再争辩下去两人非得吵起来不可，她努力压下心里的怒气，但走到门口的时候还是忍不住回了头。

“喻落吟，你以为你这多此一举的狂妄举动很帅？还是觉得这样做很潇洒？”

“人生中的理想和目标不是让你随意糟践的，有的人一辈子可能只有一次抓住梦想并且去实现的机会，错过了就完了，以后你就明白了。”

顾苑一口气说完，“砰”的一声，干脆利落地甩上大门离开。

满室的寂静中，回响着顾苑的话。

“有的人一辈子可能只有一次抓住梦想并且去实现的机会。”

“错过了就完了。”

所以，他是不是该抓住？

错过了白寻音，两人从此就形同陌路了，喻落吟对这一点深信不疑。可是下午的时候女孩明明白白地跟他说过，在他和理想之间，她选择了理想。如果自己再死缠烂打，是不是有点太犯贱了？

喻落吟漫无边际地想着，心里空落落的。可一闭眼，白寻音曾经温柔的笑靥、残酷的过往都在脑子里不断地闪现，跟看电影似的。

他睫毛微微颤动，半晌后，做了一个和刚刚心里的想法截然相反的决定——不就是死缠烂打吗？他就犯贱了。

顾苑的一席话让喻落吟醍醐灌顶，他躁郁纠结了一下午的心沉静下来，同时也做了一个重大的决定。也不知道她如果哪年哪月知道了真相，会不会后悔到恨不得穿越时空捂住自己的嘴。

之后将近一周时间，白寻音没有再受到喻落吟的骚扰。许是因为他把她的话听进去了，知道他们注定是两个世界的人，所有交集都是没有必要的，便也就看开了吧。

白寻音为此松了口气，但也并没有开心到哪里去，因为家里的事情让她有点忧心。

季慧颖近日不知道怎么了，每天早出晚归，好像有什么事瞒着她一样。白寻音每个周末回家都能看出她整个人心绪不宁，甚至看到她在清点家里的存款……

清点钱不可怕，但在只有她们两个人相依为命的情况下她还要偷偷摸摸地清点，那就有问题了。

想到这一层的时候，白寻音脑子里“嗡”的一声，冲到季慧颖面前打字道：“妈，是不是爸爸最近情况不好？”

虽然白鸿盛的身体机能一直挺稳定的，但自从经历了上次的意外事件，白寻音现如今总有些提心吊胆。她生怕某天会听到什么噩耗。

“不是，你想到哪儿去了。”季慧颖连忙否认，眼神乱飘，“你爸爸的情况很稳定。”

白寻音清秀的眉头担忧地蹙起，忍不住继续问道：“妈妈，你最近到底怎么了？”

“别问了，音音，你可不可以回房间休息？”季慧颖揉了揉太阳穴，明明都快压不住眼里的躁郁了，还不得不强颜欢笑道。

她把白寻音推回房间，不住地说：“音音，你只需要好好学习就行，其余的都不用担心。”

季慧颖越这么说，白寻音就越担心。虽然心里的郁闷无处宣泄，憋得慌，但她只能默默地把所有疑问咽下去，装作没事人一样陪着季慧颖演戏。而这表面的平和在周末那天被全盘打破。

周末，白寻音因为担心季慧颖最近的状态，所以决定早点回去，当她骑着自行车进入阿郡胡同逼仄的巷子里时，就看到季慧颖被两个人高马大的背影堵在了墙角。

白寻音脑子里“嗡”的一声，不管不顾地拨着刺耳的自行车铃冲了过去。

“哪里来的疯子？！”两个凶神恶煞的大男人被冲过来的自行车吓了一跳，他们刚避开自行车轮，便破口大骂起来，“你没长眼睛是吧？没看到这里有人吗？”

“音音！你……你今天怎么回来得这么早？”季慧颖心惊肉跳，又怒又惧地把白寻音护在身后。

她看着女儿倔强青白的脸色，不住地催促道：“你别管这些，快回去……”

“哟，姓季的，这是你女儿啊？”领头的男人上下扫了白寻音一眼，忽然笑了，“小模样长得不错。”

“音音！”季慧颖身子微抖，厉声喝道，“回家去！”

白寻音却愣在了原地，澄澈的双眸怔怔地看着眼前的男人。这声音，这熟悉的腔调……她认得，就是三年前逼得她爸爸从楼上跳下去的那帮人！看到他们，她就想起当初白鸿盛从天台一跃而下的画面，一股熟悉的寒意从脚底板涌上来，牙齿不自觉地咬得咯吱作响。

“姓季的，你叫你女儿回家没用，我们又不是不知道你们家地址。”男人无所谓地笑了笑，一双吊梢眼显得阴鸷又狠厉，“总之你不给钱，我们就天天过来。”

白寻音回过神，一下子明白了。原来这些天季慧颖之所以惴惴不安、辗转反侧，甚至偷偷查看存折，都是因为这群人又找上门来了。

“你……你们不能这么不讲道理。”季慧颖性子温和，即便气急了也只是脸色青白地讲道理，“我老公被你们逼得跳了楼，法院已经清除了我们和你们之间的债务……”

“呸！”男人急赤白脸地打断了她，冷冷地嗤笑道，“法院管得了老子天天来这破小区‘散步’？它管不着！你男人当时欠了老子那么多钱，以为死了就算了？给不给钱，你们自己看着办！”男人说完，就带着身后的跟班闲庭信步地走了。

两个人心事重重地回到家里，季慧颖回头看着脸色苍白的女儿叹了口气，轻声安慰：“音音，别怕，他们再来咱们就报警，会有办法的。”

可是警察会不会管，就不一定了。白寻音知道这个道理，但她不想让季慧颖知道她什么都清楚，免得她担心，于是只得点了点头。孤儿寡母最容易被人欺凌，尤其她们两个还是在世人眼里柔弱又没用的女人。

白寻音几乎能猜到那群人的想法，他们肯定认为她们一定会受不住给钱保平安，然后一次次地妥协，结果便是永无止境地被要挟。可是……白寻音茶色的眼眸里闪过一丝寒光，她拉开抽屉，从里面拿出一把刀子放进了书包。

这是当年白鸿盛送给她的瑞士军刀，必要的时候可以保命。

生活总是这么难吗？还是等长大了就好了？白寻音再次在心里问了一遍这个问题，随后轻轻地嗤笑了一声。

第二天，白寻音没有住学校，而是特意回了家。果不其然，她刚走到巷子里，就看到了那些人——她就知道他们一定会再来。

吸血鬼和蛀虫喜欢盯着弱者欺凌，而她看起来比她妈妈还要弱。

白寻音推着自行车在人高马大的三个男人面前站定，双眸冷冷的。

“小姑娘，你这是什么表情啊？”领头的男人看到她这副视死如归的模样忍不住笑了，“我们就是想跟你聊聊，听说你学习不错？”他说着，就想伸手过来触碰女孩的下巴。

然而下一秒，寂静的巷子里就响起一道杀猪似的惨叫声。

男人捂着流血的手，双目嗜血一样阴狠地盯着白寻音大骂：“你个贱人，竟然敢带刀！”

然而，白寻音压根没听他说了什么，她的第一反应就是跑。必须跑！跑得越快越好！跑出这逼仄的巷子！

冷风不断地灌入她喉咙，火辣辣地疼。然而，白寻音还是听到身后急促的脚步声越来越近，好像马上就能追上她，这让她犹如坠入无尽深渊一般绝望。

这时，有人拉了她一把。

“白寻音！”依旧每天悄悄地跟着她的喻落吟正在巷子口买水，还没来得及走就看到小姑娘不要命似的跑出来，仿佛身后有洪水猛兽正在追她。

他瞳孔猛地剧烈收缩，第一反应就是扔掉水瓶冲过去拽住她：“怎么了？！”

被喻落吟拉住的时候，白寻音脑子里一片空白，全身轻轻地颤了一下，接着便出了一身的冷汗。有那么一瞬间，白寻音还以为自己是被身后的追债人捉住了，她眼前像是被糊了一层薄薄的雾气，什么都看不清楚。

她眼神空洞，机械麻木地看着喻落吟拉住自己，嘴唇开开合合，不知道在说什么。

“白寻音！怎么了？谁在追你？”喻落吟问这话的时候，下意识地把她拉到自己的身后护着，就耽搁了这么一会儿时间，还没等白寻音张口，男人骂骂咧咧的声音就从巷子里传了出来。

喻落吟清隽的眉目一凛，沉冷了几分。

他把白寻音推到墙根，自己推着自行车挡在她面前。

“臭小子，你谁啊？”

受了伤的那个男人疼得说不出话来，脸色苍白、龇牙咧嘴，只能让其中一个跟班搀扶着他，否则以成年男人的体力，他老早就追上白寻音了。

吃了这么大的一个亏，他们当然不会就这么算了，受伤的人说不出话来，自然会有人帮他说。

“我告诉你别多管闲事儿！把那丫头交出来！”跟班之一凶神恶煞地走过去，瞪着喻落吟，指着他破口大骂，“这贱人把我大哥的手刺伤了，你要是护着她，我连你一起揍！”

“伤了人我们可以赔钱，好说好商量，何必动气？”三对一，虽然有一个伤得不轻，但也算三个成年人对一个学生，只要脑子正常的人都不会硬碰硬。

喻落吟勉强地笑着，一只手死死摁着身后的白寻音让她别冒头，另一只手抬起来挡在身前，控制着与那个跟班之间的距离。

“医药费我可以出，全出。”喻落吟笑了笑，眼底闪过一抹寒光，“这样你们可以不再找她麻烦了吗？”

“你算个什么东西，也敢跟老子谈判？！”男人显然没把喻落吟放在眼里，不屑地冷哼，“这贱人欠我们很多钱，你个小屁孩能赔得起？你以为只有医药费？”

“再多也有个数吧。”喻落吟握在自行车把上的手指微微收紧，同时淡淡地道，“你开个价就是了。”

他如此气定神闲的模样，反倒让男人有些迟疑了。

半晌后，他才眯了眯眼，很是怀疑地问：“你真能赔得起？”

“这卡里有个七八万。”喻落吟从钱包里抽出一张卡，用两根手指夹着递过去。黑夜里，卡面仿佛闪闪发光，吸引着追债人的目光。

喻落吟很客气地说：“你先拿去花，不够再商量。”

说着，他悄悄拉住白寻音，在身后默默掐她的手，手上的力道带着一丝坚定。

男人下意识地就去接卡，嘴里依旧不干不净地说着：“告诉你，这贱人的老子可欠我们几十万，你想在她面前充大头也得有个数……”

话说到一半，他突然惨叫一声。

本来美滋滋的男人被喻落吟一拳打在下巴上，直感觉牙齿咬着舌头和嘴皮，一瞬间疼得飙泪，一口血含在嘴里，口齿不清地骂着。

“走！”喻落吟动作极快，打完人就把白寻音拉上了车，从德国空运过来的山地自行车结实得很，犹如脱缰的野马一样冲了出去。

男人吐了一口带血的唾沫，气急败坏地跺脚大骂：“人跑了！赶紧追啊！”

白寻音迷迷瞪瞪地被迫坐上了喻落吟自行车后座，他两条腿几乎蹬成了风火轮，冷冰冰的风呼啸着从两个人耳边掠过，吹得她全身发麻，头发都散开了。

她不得不伸手搂住喻落吟的腰，以免自己整个人被甩出去。

“骂你还想我给钱？”喻落吟想起那三个男人一口一个“贱人”就来气，冷冷地嗤笑，“做梦，一群垃圾。”

喻落吟的声音消散在凛冽的夜色里，讥诮、恣意而张狂。

车后座上的姑娘听得清清楚楚，抓着喻落吟衣服的手指不自觉地蜷缩了一下，莫名就有种安心的感觉，虽然他们现在骑在一辆单薄的自行车上，前路茫茫，不知何去何从。

“站住！你们给我等着！”

男人气急败坏、歇斯底里的声音很快从身后传来，一瞬间拉回了她的思绪。

白寻音猛地回头，就看到那三个追债人竟然开车追了上来，而且离他们越来越近。

“别怕，现在是法治社会，他们不敢撞上来。”喻落吟感受到小姑娘抓着自己衣服的手在隐隐发抖，匆忙之中沉着声音安慰了一句。

喻落吟心下转了几圈，很快就有了办法。

“自行车太慢了。”在被追上之前，喻落吟当机立断地停下自行车，然后扔在路边，随后扯着双腿发软的小姑娘，“抄小道跑，跑到车开不进去的地方！”

追债人用了车，他们就只有这个办法了。

只是除了格外破旧的地方，林澜的大街小巷处处都有路灯，且灯火通明。喻落吟拉着白寻音刚顺着一条胡同钻进去，就听到车停在路边甩上门的动静，男人恶狠狠地骂着，对他们紧追不舍。

这三个男人彻底被打击到了自尊，已经不管不顾起来，一副无论如何也要把人捉住好好教训一顿的架势。

不过想让年少轻狂的人低头认输是不可能的，这条胡同就算是个死胡同，他们也会想办法翻过去。

“坚持住。”身后追逐的脚步声不停，在强大的压迫感之下，喻落吟只能带着白寻音一直跑，但女孩的体力和男孩到底是有差距的。

白寻音的呼吸逐渐急促，身子也变得沉重，喻落吟看了她一眼，咬牙揽过她的腰：“不能让他们追上，音音你听我说，刚刚下车的时候我打电话报警了，我也打开了手机的定位软件……”

话未说完，眼前出现一栋黑压压的高楼，话音戛然而止。

他们不知道朝着哪个方向跑的，也不知道跑了多久，竟然跑到一个像是商业办公区的高楼大厦来了。

这栋楼周围没有逼仄的胡同可以躲，身后的人又相隔不过几百米，喻落吟看着眼前的大楼，咬了咬牙：“上楼！”

这种办公大楼都有安全通道，他们可以暂时躲进去看能不能找个地方藏身。

喻落吟说完，就要拉着白寻音跑进去，却发现拽不动——身边的女孩几乎僵硬成一座石像，脚下如同生根了一般粘在原地。

他侧过头，就看到白寻音脸色苍白，眼睛一眨不眨地盯着眼前的高楼，眼里一片茫然，又像充满了恐惧。

白寻音完全没想到，他们竟然跑到吉光区来了。这栋楼正是以前合能电子的办公楼，也是……白鸿盛纵身跃下的那栋楼。

无数画面不受控制地涌进脑海里，一时间，白寻音感觉自己回到了三年前，变成了刚刚十五岁的自己，在那个灼热的下午做了一场无比可怕的梦。

挥之不去，周而复始。

耳边忽然就什么都听不清了，白寻音怔怔地站在原地，好像抬头就能看到当初的那个天台，看到白鸿盛的身影一样。

“白寻音！”

喻落吟似乎在她耳边叫她，声音愠怒，但她听不太清楚，只感觉手腕被人紧紧地钳制住，被他拉扯着跌跌撞撞地上了楼。

两条腿不受控制地发抖，每走一步，白寻音都能感觉到三年前的经历在脑子里不断闪回。

那时候，怕被人追上，白鸿盛也是带着她大汗淋漓地跑着，分明双腿发软，一点力气都没有了，仍然拼命地跑着。最后他们无处可逃，被逼上了天台。

这次也一样。

进了大楼后，看到地上有一捆不知道什么人丢弃的塑料绳，喻落吟连忙捡起来缠绕住安全通道的把手。

“别出声。”喻落吟把瑟瑟发抖的白寻音按在怀里，在她耳边低声说，“咱们向上跑，这边楼多，他们不一定知道咱们藏在这里。”他说完，就拉着白寻音向上跑。

不知道是不是因为之前在这里受过刺激，白寻音总觉得他们不该上这个楼。

她想阻止喻落吟，用力拉他的衣袖，可他强硬地揽着她，快速地往前走着。他好像要竭力为她创造一个安全的场所一样，白寻音无助地摇着头。

这栋大楼共八层，他们爬到七楼的时候，骤然听到一声玻璃破碎的巨响，在静寂的黑夜里尤为刺耳，两个人下意识地脚步一顿。

他们都从彼此的眼中看到了惊愕。

随后，喻落吟抿了抿唇，在白寻音惊惧的眼神中弯下腰把她扛了起来，头也不回地继续向上走。

“是我带你来这儿的，出了问题我会负责。”喻落吟在小姑娘的捶打中冷静地说，“我先把你藏起来，你……”

话没说完，白寻音就重重一口咬在了他的肩头，喻落吟轻轻地“嘶”了声，手上的力道下意识地松了下来。

白寻音趁机跳了下来。

两个人已经站在了天台上，地面凹凸不平，在这里看夜景能充分体会到林澜的广阔美丽……但是没有什么藏身之处。

“你们跑什么跑啊？”

突然，一道男人的声音从背后传来，让两个人后脊梁骨猛然发寒，汗毛飞速地立了起来。

这声音是被白寻音一刀划伤的那个男人发出的，可能是因为疼痛，他面色苍白，脸上挂着阴鸷狰狞的冷笑：“跑得了吗？还不是又到了这个地方？”他像是在享受猫捉老鼠的乐趣一样，盯着白寻音，眼神玩味。

“小姑娘。”男人忽略手上的疼痛，竟然笑了，“你还记得这地方吗？这里就是当初你老子跳下去的地方，咱们跟这地方可真有缘分。”

白寻音一把抓住喻落吟的胳膊，像是找到了支柱，支撑着她不至于倒下去。

她脸色苍白得近乎透明，额上浮着一层薄汗。

“万事可商量。”喻落吟把她扯到身后护着，垂眸看了下手机上的定位软件，故作淡定地道，“我给你们钱，还是那张卡，密码001218。”

“你少跟老子装蒜！”刚刚他们不小心着了喻落吟的道，这次他冷笑一声，竟然直接无视掉银行卡，狠狠给了喻落吟一拳。

男人的声音犹如点着了的炮仗：“钱？你也配跟老子谈钱？你个小杂种，你只配给老子舔鞋！”

男人一边怒吼一边拳打脚踢，一脚直接踹在喻落吟的膝盖骨上，喻落吟挺直的身子晃了一下，强忍着剧烈的疼痛。

他不想让白寻音担心，但清隽的长眉不受控制地皱了起来。

白寻音浑身剧烈颤抖，理智像一道惊雷一样劈下来，重新回到了浑浑噩噩的脑子里。她顾不上现在自己的处境，直接冲上去挡在喻落吟面前，她不想让自己家的烂事牵连到别人。

“让开！你别过来！”喻落吟忍着疼痛推开白寻音，眉头紧蹙，硬是把她推到了角落里，“别在这儿碍事。”

他态度强硬，看起来不近人情，实际上却一门心思地想让白寻音置身事外，自己一个人承受追债人所有的怒火。

“小子，你还挺爱逞英雄的，喜欢这个哑巴啊？”男人扫了一眼他们两个，忽然暧昧又讽刺地笑了，“你们什么关系？几年前我们还想把这小姑娘卖了呢。”

一句话，算是断绝了“好好谈判”的可能性。喻落吟面无表情地骂了一句，用力地挥了一拳过去。

“行啊，你小子挺有脾气。”男人的脸挨了一拳，眼神彻底冷了下来，他抄起一根不知道谁扔在地上的棍子，防备地盯着他们。

“我柳一疤在道上混了这么多年，还没被你这种小崽子揍过，敢给我难堪？”自称“柳一疤”的男人挥了挥手，示意另外两个人动手，同时嗤笑道，“就算今天这钱不要了，我也要好好教训你，让你跪下给我舔鞋！”

他话音刚落，身后人高马大的两个男人就冲了上去，瞬间和喻落吟扭打在了一起。

白寻音单薄的脊背靠着冰冷坚硬的墙面，感觉眼前一片模糊，她好像隐约看到了喻落吟在和人打架，但是睁大眼睛想看清楚些，又感觉像是白鸿盛。

仿佛无形中有一张密不透风的网扑了下来，紧紧包裹住白寻音的每个毛孔，让她喘息都觉得费力。

眼前的景象和几年前的那个下午重叠在一起……喻落吟的血，白鸿盛的血，几乎分不清是谁的，糊成一片。

白寻音清晰地感觉到自己的身体在下沉、发冷，从头发丝到指尖几乎是一片麻木，视线机械地随着缠斗的四个人转动。

“你还挺能打！”柳一疤吐出一口带血的唾沫，看着已经被逼到天台边的喻落吟——喻落吟身上布满斑驳的血迹，有他自己的，也有他们的，狼狈不堪。

喻落吟漆黑碎发下的眼睛冷得像冰，犹如一只桀骜的孤狼。

虽然三对一，但他们也没占到便宜。

不过这又有什么呢？喻落吟已经被他们逼到绝路了，他身后就是一片深渊，他能怎么办？

“跑啊！打啊！你倒是继续啊！你不是很有种吗！”男人冷笑着疾步冲过去，一把揪住喻落吟的头发，屈膝顶在他的小腹上。

喻落吟痛得闷哼了一声，利落精致的下颌线绷得死紧。

“你能跑到哪儿去？像她老子一样跳下去？”

三个男人七手八脚地把喻落吟按在天台边，眼前就是万丈深渊。

柳一疤逼着喻落吟转过头，和角落里眼神空洞的白寻音对视，他狞笑着，声音在深夜空旷的天台上不断回荡。

“这丫头那老不死的爹欠了老子几十万，他跳个楼就想欠债不还了？做梦！

“她想上大学做个出息人？有钱读书没钱还钱？”

“我没钱，谁也别想过好日子！白寻音，我就问你，你老爹欠的钱，你还不还？”柳一疤双目赤红，受了伤的手紧紧掐着喻落吟的咽喉，他歇斯底里地吼道，“不还钱，我们就同归于尽！我就把这狗崽子扔下楼去，让他也陪你老爹去当植物人！你到底还不还钱？！”

同一个天台，梦魇再一次重复。虽然这次的主角从白鸿盛变成了喻落吟，但她心中的痛苦是一样的。

不！不要！我还钱！白寻音拼命地想喊出声，但她没办法和几年前一样尖叫了，只能不住地摇着头。

她不知道从哪儿来的力气，勉强扶着旁边的栏杆站了起来。在凛冽的寒风中，她纤细的身形单薄得如易碎的蝉翼，一步一步地靠近他们。

她看到喻落吟双眼血红，似乎是想说话，但柳一疤掐在他喉咙上的大手让他一句话都说不出来。

喻落吟只能对她轻轻摇头，像是在说：别过来。

“哦，我忘了你是个哑巴，你们家也没钱还。房子都卖了，那破房子还是租的，那怎么办呢？我是真生气啊……”柳一疤看着白寻音柔弱无助的模样，像是知道注定拿不回欠款，气疯了一样，神经质地喃喃自语，“干脆死了得了。”

话音刚落，他扣在喻落吟喉咙上的大手一松，喻落吟的半个身子立刻落到天台外，眼看着就要坠下去。

噩梦再次袭来，白寻音的瞳孔急剧收缩。她感觉漫天的血又泼到了眼前，身体里的某个阀门像是被转动了一样，她不受控制地叫出了声：“不要！”

午夜钟声敲响的一刹，警笛声突兀地响起，所有的魑魅魍魉都将无所遁形。

“警察怎么找到这儿的？”柳一疤满身的戾气顷刻间消失，他有些不安地把大半个身子落在天台外的喻落吟拽了回来，随后低头看了一眼下面，霎时间面色一变，“咱们得赶紧走。”

他再也顾不上喻落吟和白寻音了，仓皇地扔下他们，带着他的兄弟跑了。

“喻落吟，你怎么样了？”眼看着那几个人匆匆甩上天台的大门离开，白寻音双腿一软，几乎是连滚带爬地扑向倒在栏杆旁边一身是血的喻落吟。

她一时间都没意识到自己能开口说话了，只是跪在喻落吟身边，看着他鼻青脸肿嘴角流血的模样，眼里泛起一层薄薄的雾气：“喻落吟……”

喻落吟呆呆地看着她，像是觉得很不可思议。他闭了闭眼睛又睁开，发现自己不是在做梦。

“音音……”他怔怔地看着她，平日里低沉清冽的声音嘶哑得厉害，“你能说话了。”

白寻音愣住了。

“你能说话了。”喻落吟嘴角翘了翘，伤痕累累的脸上一双眼睛亮得惊人，他不顾越来越疼痛的身体，轻声重复了一遍，“你能说话了，我可真开心。”

白寻音呆呆地跪在地上，她完全搞不清楚发生了什么，不知道失声了几年的自己怎么突然就能说话了……

然而，喻落吟的气息越来越微弱，由不得她思考这些。

“音音。”他修长的大手抓住她冰凉的手指，力道不重却有种让人无法挣脱的感觉，他固执地看着她，“再说一句话给我听。”他像是想要确认什么一样。

白寻音强迫自己的理智回笼，看着刚刚不知道挨了多少棍子受了多重的伤的喻落吟，手指微微发抖。

她的声音柔和而清冷，不知道是因为刚刚哭过还是太久没说话，微微有些喑哑：“我马上叫救护车。”

半夜十二点，警车、救护车接踵而至。

很多年后，白寻音仍然记得这个午夜——她经历过的最惊险、最混乱，也在无形之中改变了很多人命运的一个午夜。

救护车上，医生撕开喻落吟的衣服，正打算用便携的仪器给他检查身上的伤处时，却受到了阻碍。

喻落吟死死地拉着白寻音的手，甚至因为体力不支，半跪在了地上：“音音，原谅我一次。”

他似乎打定主意要在自己半死不活的时候卖惨，他惯常的斯文清隽荡然无存，被头顶救护灯晃着的狭长黑眸水光潋滟：“你原谅我好不好？我以后真的不会骗你了。”

在一群医护人员的注视下，白寻音一时之间头脑空白，僵在了原地，直到喻落吟修长的身子支撑不住地晃了下。

“好，都好。”白寻音大梦初醒一般回了神，她似乎还不太适应说话，一着急就有些吞吞吐吐，“你快回去……病床，让医生检查。”

喻落吟乖乖地躺回去，嘴角噙着一丝心满意足的笑意。但他仍旧拉着白寻音的手，她两只冰冷的手都被焐热了。

“小伙子，你都骨裂了，还想着哄女朋友啊？”医生微微用力地按了下喻落吟的膝盖，看着他闷哼一声却忍着不叫出声，有些佩服又有些无奈，“还挺能忍。不是，你们谈恋爱就算了，大半夜还打架斗殴？你这伤得可不轻啊！”

“医生，很严重吗？”白寻音有些紧张地抬起头来，刚刚被泪洗过的双眼水光潋滟，在头顶明晃晃的灯光的映照下，显得无辜又脆弱。

医生轻哼一声，道：“有点严重呢。”说着，他继续给喻落吟检查伤势，动作干脆利落。

而躺在病床上的喻落吟外套里面的衬衫上也布满了斑驳的血迹，让人看着就觉得疼。

白寻音发现医生每按一下，喻落吟握着她的手就不自觉地紧一下，她下意识地请求道："可不可以轻点？"

"音音。"喻落吟咬牙忍着疼，一双被汗浸过微微发疼的眼睛眯起，盯着白寻音不放，"我不会要死了吧？"

已经检查完毕，知道都是些皮肉伤的医生静静地站在一旁看他装。

"不会的。"白寻音完全不懂医术，光是看着喻落吟伤痕累累的模样就觉得心疼，忙摇着头，"你不会死的。"她没被喻落吟拉住的那只手垂在身侧，不自觉地攥成拳头，指甲都快把掌心抠破了。

"可我浑身都觉得疼。"喻落吟清隽的眉头蹙起，趁着现在受伤，趁着白寻音头脑昏沉，他铆足了劲儿卖惨，"音音，我们……我们能不能和好？"

白寻音一愣，随后她察觉到周围医生、护士们戏谑的眼神，不由得耳根绯红，轻声细语地说："等回头再说行吗？"

"不行，我现在就想知道答案，万一我非死即残了呢？"喻落吟不依不饶，眼巴巴地看着她，一双黑眸闪着希冀的光，看起来好不可怜，"你就当哄我行吗？"

喻落吟炽热的眼神让白寻音有一种无所遁形的感觉，被他攥住的手心也在隐隐出汗，他因为她被打得伤痕累累，却还孩子气地等着一个所谓的"答案"……

白寻音只得胡乱地点了点头，只是心里仍然乱糟糟的。

其实喻落吟也知道白寻音是为了让他好好治疗在敷衍他，可即便这样，他也暂时性地心满意足了。

脑子里绷着的神经松下来后，喻落吟才后知后觉地感知到身体的疼痛，他混沌的黑眸微微眯起，想尽量看着白寻音，看得更清楚些……但他还是熬不住晕了过去。

"这小子还真是个痴情种，能挺到这个时候才晕过去。"旁边围观的医生摇了摇头，有些哭笑不得，"我可是早就给他打了一针杜冷丁了。"

白寻音微怔，抿了抿唇没有说话。

直到救护车到了医院，喻落吟的病床被推进了急诊室，他死死拉着白寻音的手才被人用力掰开。

白寻音微微活动了下指关节，直感觉手快被他攥麻了。

"白同学，明天你可以去警局一趟吗？"随行的女警察客气地微笑道，"那个自称柳一疤的人之前就有案底，他半年前在隔壁省曾卷入一起金钱诈骗案，估计这次回来威胁你要钱是狗急跳墙了。”

“可以。”白寻音点了点头，轻声说，“我会过去的。”

白寻音隔着玻璃窗，怔怔地看着已经换上病号服躺在病床上的喻落吟，脑子里想着医生刚刚说的话。

“全身软组织挫伤，但不算太严重，没有伤及内脏，也没有骨折，最严重的是膝盖的骨裂，可能接下来一个月得拄拐了。”

白寻音感觉全身无力，额头抵在冰凉的玻璃窗上微微叹了口气。

她身上穿着单薄的卫衣，外套早就不知道在刚刚的奔跑中丢到哪里去了，手上还沾着喻落吟身上黏腻腻的血，她一直没来得及去洗。

现如今脱离了险境，白寻音才拖着沉重的脚步走进角落里的洗手间。满室的清冷寂静中，只有刺鼻的消毒水味道陪着她。

水流冲过纤细白皙的双手，白寻音麻木地感受着冰凉的触感，洗了许久。直到裤子口袋里的手机嗡嗡振动，白寻音才想起刚刚心惊肉跳的几个小时里，她一直没机会给季慧颖打个电话，想必妈妈快着急死了。

白寻音忙擦干了手拿出手机，果不其然，屏幕上闪烁着“妈妈”两个字。她匆忙地接起电话。

“音音，你去哪儿了？你不是说今天回家吗？我给你打了几十个电话！”电话对面的季慧颖焦急得声音都有些沙哑了。

“妈妈。”白寻音看着自己手心里还没洗干净的血迹，轻声说，“我没事。”

“没事？你……”季慧颖一开始还没反应过来，话说到一半突然顿住，再开口时，白寻音清晰地听到她嗓子破了音，“音音，你能说话了？你怎么突然能说话了？你现在在哪儿？你快点再说一句话给妈妈听！”

一连串的问题让白寻音简直无法招架，可母亲鲜明的欢悦和喜极而泣的声音，是今天晚上唯一值得慰藉的事情了。

人长大后才会发现，让身边的人开心比自己开心还要重要。

“妈，说来话长。”医院里不能大声说话，白寻音用手拢着手机收音，“我一会儿回去跟你说。”她怕在电话里提到追债的人，提到刚刚的事情，会把妈妈吓得睡不着觉。

正应付着季慧颖的时候，白寻音听到寂静的走廊里传来一阵急促的高跟鞋声，伴随着一道讲电话的女声：“我已经到医院了，你不用赶回来，放心继续出差。刚刚我见了落吟的主治医生，他说没什么大事……”

听起来像是喻落吟的家人，不过这声音怎么听着有点耳熟?

白寻音有些疑惑地偏了偏头，对着电话小声地说了句“过一会儿我就回家”，然后挂断了电话，轻手轻脚地走了出去。

她怎么也没想到，会在医院看到自己的偶像——身着黑色套装的顾苑突兀地出现在医院，就站在刚刚她站的位置上，透过玻璃窗看着喻落吟。

顾苑眉头紧蹙，妆容精致的脸上是隐藏不住的担忧和烦躁，手指不住地重复敲击着手机背面。

顾苑……是喻落吟的什么人?

白寻音手脚僵硬地站在原地，她有些无措，不知道自己该不该过去。

顾苑像是察觉到安静的走廊里除了她还有别人，偏过头就和白寻音澄澈的双眸撞了个正着。

女人眼中闪过一丝诧异，但很快，这份惊诧在触及白寻音身上的斑驳血迹后就变成了了然，还有一丝轻蔑。

这个时间、地点、衣服上的血迹，加上刚刚助理发来的调查信息，眼前这个女孩是谁就一点都不难猜了。

顾苑的美眸扫了白寻音一眼，声音淡淡地问：“你就是白寻音吧？”

长辈问话自然是不能沉默的，白寻音走过去点了点头，有些局促地轻声道：“顾……顾院长，您好。”

顾苑精致的柳眉一挑：“你认识我？”

“认……认识的。”顾苑算是唯一一个在学术上让她崇拜的人，说是她努力的目标和前进的动力也不为过。白寻音见到顾苑本身就很紧张，尤其现在还发现顾苑和喻落吟有关系。

“顾院长，您几年前在报刊上发表的《广义相对论学术研究》很精彩。”白寻音的手指不自觉地抓住衣服下摆，她轻声道，“我看过很多您的讲座视频，自然是认识的。”

顾苑沉默了一下，她完全没想到在这里还能碰到自己的粉丝。一时间，她的心情有些复杂——少有年轻人会喜欢物理学，更别说喜欢她这个教授，她儿子都不喜欢她。

她没想到居然在这个尴尬的时刻碰到了喜欢自己的学生，白寻音眼睛里亮晶晶的东西骗不了人，那是崇拜的眼神。这让顾苑本来准备好的一肚子话哽在了喉咙里，不知道该怎么说了。

半晌后，她才轻轻地吐了口气，淡淡地道：“谢谢你喜欢我的论文……你和喻落吟是什么关系？”

白寻音一愣："顾院长，您……"

"他是我儿子。"顾苑勉强笑了笑，凌厉的双眼一眨不眨地看着白寻音，言辞之间有些咄咄逼人，"所以我有必要了解你们是什么关系，有必要知道他为什么长达半个月偷偷地送你回家，更要知道你和他今天是因为什么事被歹徒追到吉光区，在那栋楼的天台上受了一身的伤。"

VIP 病区的走廊上一片死寂，只有两个人沉重的呼吸声。

白寻音什么都说不出来，只能喃喃道："对不起。"

"没什么对不起，是我那没出息的儿子喜欢你吧？年轻人，爱出风头，觉得自己英雄救美……"顾苑想着刚刚助理在电话里给她报告的一切，就不由得冷冷地嗤笑一声，"也不看看自己几斤几两。"

白寻音惭愧地垂下头，垂在身侧的手紧紧地攥着。她第一次有种无地自容的感觉，即便顾苑没说什么过分的话。

顾苑定定地看着她，眼前的白寻音明眸皓齿，即便折腾了一晚上，脸色苍白憔悴，也掩不住原本出色的姿容。这样一个女孩，被男生喜欢实在是再正常不过的事情。之前顾苑就怀疑喻落吟是因为恋爱才行为反常的，现在算是证实了自己的推断。

她理解青春期的男孩会被美丽的女孩吸引，但理解并不代表能接受，尤其是喻落吟已经因此做出了不理智的事情。

她沉声道："小姑娘，我想知道你知不知道喻落吟为什么坚持要转专业？"

转专业？白寻音倏地抬起头，怔怔地说："我不知道。"

"听起来很荒唐，对吧？"顾苑轻轻地苦笑一声，平静地道，"你如果听过我很多讲座，起码是一个喜欢物理的孩子，能学好物理的都是聪明人。"

"聪明人都知道人有七情六欲，可一旦因为这些东西耽误了正经事，那就和愚蠢的动物没什么分别了。"顾苑字字珠玑，而如她所言，白寻音是个聪明人，知道她想表达什么意思。

"顾院长。"白寻音深吸一口气，勉强扬起一抹体面的微笑，"其实喻落吟转不转专业，和我无关，我们已经分手了。"

"分手了？"顾苑笑了笑，看起来一副无所谓的样子，"小姑娘，我比谁都了解我自己的儿子，知道他有多执着，他只会越来越惦记你。"

"我明白的。"白寻音打断她，感觉太阳穴一抽一抽地疼，她平静地说，"顾院长，我明白您的意思，只是……能不能等到两个月后？"

顾苑一愣：“什么？”

“顾院长，我已经提交了转学申请。”白寻音笑了笑，怔怔地看着病床上睡着的喻落吟，“不出意外，大概这个学期结束后，我们就不会再见面了。”

他头上缠着纱布，脸上贴着创可贴，就像一个落入凡间受尽磨难的小王子。

白寻音一瞬间心里百转千回，就像顾苑说的，人有七情六欲，贪嗔痴恨爱恶欲这几种情绪，喻落吟都赠予过她，其中“恨”和“爱”是最多的。

她甚至很感激他，让她在大一这短短的一年时间里，知道了什么叫贪念，万念俱灰后，又体会到了极致的欢愉和绝境逢生的喜悦。

刺激，真是太刺激了。

喻落吟给予过她初恋的甜蜜，现如今她不再是“小哑巴”了，甚至也是拜他所赐，所以白寻音想让他和自己都有一个体面的结局。

她心中有自己的考量。

“顾院长。”白寻音眼睛眨也不眨，轻轻地说，“我们不会再见面了。”

而余下的两个多月，就当是大戏落幕前最后的欢愉吧。七情六欲中有“贪”，人人皆有私心。

“你……”顾苑看着女孩平静精致的侧脸，一向强硬冷漠的心中难得有了一丝柔软，她怔怔地问，“你说真的？”

“真的。”白寻音笑了笑，“我不会纠缠他的，您放心。”

之前在救护车上答应喻落吟是情势所逼，但她并没有打算因为这件事跟他重归于好。傻子都能看出来他们之间的差距有多大，她早就不单单是因为一个赌约而置气了。

可是无论如何，白寻音都想跟他再相处一段时间——喻落吟对她没有任何欺骗隐瞒的一段时间。只不过这次，轮到她骗他了。

“顾院长。”白寻音回头，微笑地看着顾苑，“谢谢您让我认识了您。”可能偶像滤镜就是需要被打碎的，还好，她对顾苑的偶像滤镜碎得比较早。

早晨六点，喻落吟睫毛颤了颤，意识在浑身的疼痛中逐渐恢复。他像是被卡车碾了一圈，从头到脚无一处不疼，还未睁开眼睛，额头便出了一层薄薄的冷汗。

喻落吟半睁开眼睛，修长的手指摸到手机，上面有十几个来自周新随的未接电话。

他随手拨了回去。

“喻落吟，你死了啊？”接通电话后，一向漠然的周新随难得气急败坏地破口大骂，“你不接电话是……”

喻落吟冷静地打断了他：“人抓住了吗？”

“废话，你叫我带两辆车的人，就抓三个人还能抓不到？”周新随见他还能说话总算松了口气，凉凉地讽刺道，“喻哥，您别把自己也弄伤了，还有两个多月就考试了……”

“没什么大问题。”喻落吟动了动肩膀，撕扯着的疼让他眉头轻蹙，但听到周新随那边没出岔子，还是宽了宽心。

穿着病号服的喻落吟眉目寒凉，轻飘飘地说：“抓住了就好，他们进了监狱就别想再出来。”

手指敲打着手机边缘，喻落吟眼底闪过一抹冷意。

周新随忍不住出言讽刺：“喻哥，你胆子真大，你就不怕白寻音知道了更恨你啊？”

昨天晚上十一点多，周新随刚准备睡觉，就收到了喻落吟一条“带着你们家两辆车保镖，去吉光区商厦楼区等着，抓三条狗”的消息，当时他还一头雾水。

等到柳一疤他们仓皇地逃出来被他们捉住，警察和救护车随之到来的时候，周新随才拼凑出了整个事件的经过。

周新随知道喻落吟一直想获得白寻音的原谅，因此用了不少方法，甚至去调查了她的过去，和他自己曾经的心理医生交流……周新随甚至看到喻落吟在偷偷看跟创伤后应激障碍有关的书。

陆野他们还调侃喻落吟看这些书是想当心理学家，后者笑了笑，状似漫不经心地说：“心理学家有什么不好？我还想当 PTSD 治疗专家呢。”

此时此刻，周新随才明白他说的这些话是什么意思。

喻落吟想把白寻音治好，让她恢复说话的能力。而能让创伤后应激障碍患者恢复的几种治疗方法中，有一种就是“场景还原刺激”。

喻落吟显然是刻意引着白寻音和那几个追债人去了当年惨案发生的地点，用那几个追债人偏激的手段和自己的身体做赌注，赌这种方法会对白寻音有效。

有没有效周新随暂时不知道，但他知道喻落吟这么一顿折腾后进了医院。

而他如果是白寻音，知道自己被这么算计……如果恢复了发声功能倒还好，否则真是要气死了。

“不破不立，其实做什么事不是在赌呢？”喻落吟漫不经心地笑了笑，手指拨弄着床头柜上的闹钟，“万一她原谅我了呢？”

昨天小姑娘明显已经心软，他感觉离目标越来越近了。而且就算白寻音知道所有的真相后不打算原谅他，他也没什么后悔的，她能说话了就是最好的结局。

挂了电话，喻落吟又平躺下来，太阳穴钝疼，使得脑子有些放空。

大概七点半，病房门被敲响，喻落吟半睁开眼睛，看到他父亲的贴身助理陈煜推门进来。

喻远最近在隔壁省出差他是知道的，看来昨天晚上顾苑来过了。昨天他打了麻药，睡过去后就什么都不知道了。

陈煜扶着喻落吟到病房内自带的洗手间洗漱完，又把买来的早饭放到他面前，才字斟句酌地说出顾苑的安排。

“喻少，夫人给您安排了一个护工，二十四小时贴身照料，直到您出院，您看看……”

“不用了。”喻落吟刚吃了两口粥，就淡淡地打断他，“我下午就出院。”

“下午？”陈煜吓了一跳，马上劝说道，“喻少，您膝盖骨裂了，医生说需要拄拐，还得吊水一周呢。”

“吊水中午来就行。”喻落吟咬了口面包，声音有些含糊，“哪来那么多时间耽搁。”

陈煜犹豫：“可是夫人……”

“这事儿不用知会她，她忙。”喻落吟打断他，淡淡地道，“昨天我妈几点过来的？”

陈煜的脑子就像个指南针，指哪儿转哪儿，闻言就被转移了注意力，他毫不犹豫地道：“差不多凌晨一点钟。”

喻落吟动作一顿，试探地问：“就她自己？”

“是啊。”陈煜想起他昨晚接到喻远的电话，着急忙慌地赶过来的时候，就看到顾苑独自在病房外站着，他忍不住道，“喻少，夫人还是很关心您的。”

喻落吟没说话，黑眸微垂，长睫毛在眼睑下方投下一道浅浅的阴影。那看来昨天晚上他妈妈没有碰到白寻音了，小姑娘是几点走的？

这么一想，他心里多少松了口气。顾苑什么德行，喻落吟最了解不过，两人没碰上最好。

中午的时候，陈煜出去给他买吃的，喻落吟点名要吃锦盛家的佛跳墙。

那家店与医院足足隔了大半座城，陈煜没有办法，只能早早地出发，临走之前，还千叮咛万嘱咐他不在医院的时候，喻落吟不要轻易下地，对膝盖不好。喻落吟知道他是怕自己出了什么事，没办法向顾苑交代。

等陈煜走后，喻落吟靠在床头忍着给白寻音打电话的冲动，心不在焉地把玩着一个苹果。

病房里放着好几个果篮，也不知道都是谁送过来的。按理说，他是半夜进的医院，在没通知任何人的情况下，短短几个小时内不可能被外人知道。现在他的一举一动却都像被人监视着一样，这种现状让他很不爽。

柳一疤他们要的几十万，对他来说不是难事。

但他为什么没有给钱呢？说到底还是如周新随所言，他本质上就是个自私的人。

半个月前他跟在白寻音身后骑车护送她回家，在阿郡胡同寂静的巷子里听到柳一疤那个流氓威胁她和她母亲的一席话，喻落吟愤懑之余，也很快意识到这是个绝佳的机会。

他咨询过陆莹很多次，也看了不少相关的书籍，几乎所有关于 PTSD 治疗的书籍上都提到过“场景还原”这个方法。虽然可能对当事人造成二次伤害，过程中也存在很大的风险，但患者能恢复正常最重要。

喻落吟是个极端的理智主义者，分得清“再受一次刺激”和“恢复说话的能力”二者哪个更重要。

所以昨天晚上看到白寻音从巷子里跑出来后，他脑子里便有了一个大胆的想法，甚至是思考了几天的想法。他要利用柳一疤那几个人，甚至利用他自己，去刺激白寻音。

他故意不用钱解决这件事，故意把追债人往吉光区领……奔跑的过程中，他不是不心虚的，那个时候他对于自己的安全反倒不那么在意了。

现在回想起来，这个办法可能还是太极端了。但是就如他自己所说的，不破不立，不极端一些无法打动白寻音。

顾苑说过，有的人一辈子可能只有一次抓住梦想的机会，所以喻落吟不想在白寻音转学前的这最后两个月里什么都不做，眼睁睁看着白寻音离开。

“咚咚咚。”敲门声打断了喻落吟的思绪。

他抬眸望向门口，就见白寻音打开门走了进来。小姑娘身着简单的毛衣和牛仔裤，白皙素净的脸上黑眼圈十分明显，手里拎着一个保温桶。

见喻落吟醒了，正靠在床头盯着自己，白寻音便走过去把保温桶放在一边："你感觉好些了吗？"

喻落吟微微一怔，听见女孩柔软清冷的声音，他还是有些不适应。半晌后，他才迟钝地点了下头："嗯，今天就想出院。"

"今天？"白寻音盛汤的手一顿，澄澈的水眸里闪过一抹错愕，"可你的膝盖……"

喻落吟笑了笑："没问题的。"

白寻音闻言抿了抿唇，盛了一小碗汤放在床头柜上。

没人说话，病房里陷入一阵诡异的静默。

经过昨夜那场惊心动魄的逃亡后，本该坦诚的两个人仿佛更陌生了。

白寻音坐在床边的凳子上静静地陪着他，一句话也不说，就好像还不大适应自己能说话这件事。

喻落吟心里却明白小姑娘大抵是不想跟自己说话，不想提起昨夜她答应他的事情。只是……他不想就这么沉默下去。

他握着苹果的手指不自觉地收紧，抬眸看着安安静静地坐在一旁的白寻音。白寻音好像一直是这个样子，无论能不能说话，她老老实实地待着的时候，就会自动把自己的存在感降到最低。

"音音。"喻落吟轻轻地问，"你还记得你昨晚说的话吗？"

白寻音一愣，一抬头就撞上喻落吟有些咄咄逼人的眼神。

喻落吟血迹斑斑的外套和顾苑理智冷漠的话在脑中闪过，半晌后，白寻音才轻轻点了点头："记得。"

喻落吟难得有些紧张地问："你……不会反悔吧？"

即使白寻音反悔，他也做好了心理准备。

白寻音摇了摇头："不会。"

听到她干脆笃定的声音，喻落吟忍不住笑了笑："你能保证你自己说的话吗？"

白寻音眨了眨眼睛："我为什么要保证？"

"因为……我怕你发现我是个浑蛋，"喻落吟有些自嘲地轻笑了一声，"就又不要我了。"

他说完，气氛凝滞了几秒钟，随后，白寻音也笑了笑，调侃道："你还能多浑蛋啊？"

现在无论喻落吟做什么，她都有心理准备，且……不那么在乎了，因为他们只有最后两个月的相处时间了。

“很浑蛋。”喻落吟毫不犹豫地贬低自己，眼神却有些心虚地躲开白寻音，转而低垂着头看向手里的苹果，“从一开始的赌约我就很浑蛋，可也从这次的教训中明白了一个道理，所以我不想继续骗你。”

喻落吟清冽的声音顿了顿，但他还是选择继续说下去，将自己那些心思和盘托出：“其实昨天晚上我是故意带着你跑向吉光区，跑到那个天台的。”

一个谎言需要无数个谎言去圆，最终会像滚雪球一样越来越大直至雪崩，任凭你如何努力去挽救也于事无补，这个道理喻落吟算是懂了。

所以他不能瞒着白寻音，更不能以“为了你好”的名义把她蒙在鼓里，虽然告诉她也需要很大的勇气。

喻落吟佯装淡定地说完，便不敢再看白寻音的反应。

空气足足安静了一分钟，他才有些忐忑地掀起眼皮，结果发现白寻音正看着他。

她的眼睛一眨不眨，那里面没有错愕、愤怒、气急败坏，有的竟然只是了然，就好像她早就知道这一切一样。

喻落吟垂在身侧的手不自觉地蜷缩了下：“你都知道？”

“一开始当然是不知道的。”白寻音看着他，声音无比平静，“可回去后仔细想了想，你不给卡反而打了人带着我一起跑，最后还跑到那个地方，就知道是怎么一回事了。”

喻落吟和大多数年轻气盛的热血男孩不同，他理智、清醒，虽然表面斯文温和，但实际上漠然到不近人情。这样的一个人，会因为一时的冲动而置自身的安危于不顾吗？

如果是以前的白寻音，可能还会相信昨天的事情是一场意外，可现在的她不会信了。喻落吟不会这么冲动，这也不符合他做事的风格，按照他的性格，应该是先给钱，暂时保证两个人的安全，之后再找人算账。

今天又听到他自己亲口承认，考虑到他的动机，白寻音觉得这才是她认识的喻落吟。

冷静又残酷，从来不做无用的事情，这不，现在他们又“和好如初”了。

“所以你到底想干吗？”白寻音嘴角微微翘起，有些无奈地看着他，“单纯为了在我面前卖惨博同情？”

“也是也不是吧。”喻落吟自嘲地笑了笑，声音低沉，“最近我看了一本书。”

“什么书？”

“《治愈之道》。”喻落吟顿了下，随后转移话题，“我又浑蛋了一把，你能不能再原谅我一次？”

白寻音没回答，心中默念着“治愈之道”四个字，半晌后恍然大悟地笑了笑。

原因无他，只因为她去年也看过这本书——去年的她拼了命地想要找回声音，什么方法都试过了。

本来就觉得喻落吟不可能是单纯为了在她面前卖惨做这么极端的事情，现在才窥探到了真相的一角。虽然他有点过分，又骗了人，但是……

“你很讨厌。”白寻音笑了笑，神情变得轻松起来，“但我原谅你了。”

喻落吟，我真的原谅你了。

创伤和治愈，其实归根到底是一个圆圈，兜兜转转，总会到一处。

她如今又能比喻落吟好到哪里去呢？她最终也会变成长鼻子的匹诺曹。

白寻音能开口说话了，喻落吟忽然“变瘸”需要拄拐了，分别震惊了两人班上的人。

对于白寻音能开口说话这件事，最开心的莫过于和她关系好的室友于晴了。

白寻音比喻落吟早两天回到学校，她开口对于晴说话的时候，后者彻底愣住了。

要说真正为她感到开心的人也没几个，于晴算是其中之一。越长大越明白“人心好交，真心难交”的道理，所以白寻音很珍惜这份友情。

一上午，她几乎得到了全班同学的问候，甚至隔壁班都有人闻讯而来。

白寻音边应付着同学，边低头看了眼手表，随后站起身来有些不好意思地说：“辅导员喊我去办公室，你们去吃饭吧。”

今天一早，辅导员听到白寻音说话还以为自己没睡醒，惊愕得哈欠打到一半，然后就说让她中午到办公室去找他。

白寻音礼貌地敲了敲门，听到里面传来一声“进来”。

辅导员吃完了饭，正坐在办公桌边批卷子，听到声音眼睛一抬，瞄到白寻音就把人招了过来：“过来过来。”

白寻音乖巧地走过去，想了想说了句：“老师。”

“猛地听到你说话，还怪不适应的。”辅导员笑了笑，一副颇为欣慰的模样，“你的声音是怎么突然恢复的？”

白寻音微微笑道："就……突然可以说话了，之前看过的医生也说过，恢复声音需要一个契机，可能一辈子都说不出话，也可能下一瞬间就恢复了。"

"不管怎么样，都是好事。"辅导员也笑了，顿了一下后，他又意有所指地问，"白寻音，你还想转学吗？"

白寻音点了点头。

"你也知道大学转学很不容易，你这又是何必呢？"他叹了口气，"你要是实在想去北方，等考研的时候再考去那边不行吗？"

白寻音沉默地听完，心里有了计较，随后她摇了摇头："不了，谢谢老师，我还是想转学。"

她不想改变想法，也不想留在林澜了。

喻落吟是三天之后才回来上课的——本来他是想第二天就出院的，不巧喻远出差回来看到他这浑身是伤的样子非常生气，愣是让他在医院住了三天才让他回学校。

一见到白寻音来学校门口接他，喻落吟就忍不住搂住小姑娘的肩，额头蹭了蹭她的，撒娇似的说："想你。"

白寻音连忙扶住"单腿跳"的他，任由他的长臂搭着自己的肩膀："你把拐杖拿稳点儿。"

喻落吟笑眯眯地靠着她，但重心已经转移到扶着拐杖的那边，白寻音察觉到这细微的变化，忍不住抿唇笑了笑。

"别去食堂了。"到了中午，他一瘸一拐地蹦过来找白寻音，"我准备订外卖，一起吃吧。"

现在的他……不具备去食堂抢饭的能力。

还没等白寻音说话，旁边的于晴注意到了他们之间的小动作，忍不住瞪大了眼睛。

"喻落吟！"她一个眼刀飞过去，用自己的身体护住白寻音，像看登徒子那样看着喻落吟，"你干什么呢？"

喻落吟沉吟半晌，干脆不理她，继续盯着白寻音，懒洋洋地撒娇："陪我。"

于晴简直不敢相信自己看到的。而更不可思议的是，白寻音竟然答应了。

"晴晴。"白寻音拍了拍她的肩膀，有些无奈地说，"今天不用陪我了。"

于晴一头雾水，心想：这两个人是什么时候勾搭上的？

“我回头跟你说。”

白寻音三言两语把于晴打发走了，活像在哄不听话的小孩，温柔又耐心。

喻落吟靠着椅子漫不经心地看着，手指不自觉地转着笔，忽然就有些嫉妒。

现在白寻音虽然答应跟他重修旧好了，但他可没有于晴这样的待遇。

不过喻落吟现在也不敢要求多高的待遇了，等到教室里的人都走得差不多了，他才把白寻音的椅子拉过来，手机摆在面前头碰头地一起看：“想吃什么？”

屏幕上面的外卖软件里五颜六色的。

白寻音正瞧着，一个电话打了进来，上面闪烁着“董助”两个字，她侧头对着喻落吟眨了眨眼：“你先接电话吧。”

喻落吟本来想直接挂断的，听她这么说还是接了起来。

“喻少。”因为两个人距离很近，电话对面男人清朗的声音同样毫无阻碍地传到了白寻音耳朵里，“柳一疤那几个人的案子涉嫌诈骗，之前的受害人听说他们落网了之后直接就带着律师过来了，咱们这边……”

“该怎么办就怎么办。”喻落吟修长的手指把玩着白寻音马尾辫的发梢，他漫不经心地嗤笑一声，“落井下石，我一向挺擅长的。”让柳一疤他们一辈子待在监狱里最好。

交代完事情后他就挂了电话，修长的手指又点开外卖软件。

白寻音沉默片刻，才问：“柳一疤他们会判多久？”

“不清楚。”喻落吟低头看着手机，顿了顿后，轻声问，“你想他们判多久？”

“无所谓。”白寻音轻轻叹了口气，“别来打扰我就好了。”

很淡然的事不关已高高挂起的态度，喻落吟沉吟半晌，没头没脑地说：“对不起。”

白寻音一愣，别过头去看着他：“为什么要道歉？”

“毕竟利用柳一疤他们骗过你，想想还没正式地向你道过歉呢。”喻落吟一向冷淡的黑眸里难得闪过一丝不好意思，话却干脆，“是该道歉的，请你吃饭当赔罪？”

“我不要这个道歉，你要是真觉得抱歉，就告诉我一些别的事情。”白寻音哭笑不得地看着他，戏谑道，“例如，你一共骗过我多少次。”

喻落吟一愣。

白寻音定定地看着他："我要听实话。"

"行。"喻落吟无奈地笑了笑，从头梳理起自己的"罪过"，"一开始接近你我确实有私心，你知道的浑蛋事迹，还有故意把伞收起来骗你，用衣服给你挡雨……"

在白寻音的注视下，他的声音越来越小。

"还有一件事。"喻落吟修长的手指轻点着手机，他抬眸扫了一圈，见四下无人，稍微凑近了白寻音一点，声音低沉清朗，"之前说赌约的事情不重要，同样是骗你的。现在我觉得它很重要。"

白寻音一怔，抬眸看着喻落吟漆黑的眸子，心头不可控制地微乱。

"实际上我很认真。"喻落吟微笑着说，"也很喜欢你。"

已经快要跨入五月份的天气有点温热，是属于初夏的温度了。

教室的门窗大开，微风从脚下轻轻吹过，触感柔软而鲜明，白寻音觉得她大概会永远记得这一刻。

——夏天的风我永远记得，清清楚楚地说你爱我。

我看见你酷酷的笑容，也有腼腆的时候。

大一结束前的两个月，一直是白寻音记忆里最"愉悦"的时间。

她恢复了说话能力，不用再承受别人或同情或怪异的注目礼，不用再像高中时那样被盛初苒她们欺负，也不用……和喻落吟保持着老死不相往来的状态。

最后两个月，她除了好好学习和陪着喻落吟以外什么都不用考虑。她不再去想转学申请批准下来她会面临什么样的事情，珍惜现在就好。

珍惜现在没有欺骗、简单纯粹的热恋时期。或者是喻落吟单方面的"纯粹"，她不是的。

平稳的生活过得很快，一眨眼就到了暑期。而在放假之前，白寻音申请转去北工大的文书批下来了。

放假后，两人各回各家，不过两天，喻落吟就按捺不住地给她发消息要见面。

白寻音皱眉想了片刻，低头给喻落吟回了条信息："这两天我要回古镇外婆家。"

白寻音觉得，他们两个是时候冷静一下了。不过这倒不是她骗喻落吟的借口，季慧颖真的说过要在假期带她回古镇一趟。

这么多年来，不管他们家是辉煌还是没落，外公外婆退休后一直住在老家古镇，劳作为生，怡然自得。

古镇是水乡，雨季长，外公外婆便在后院种了一些适应当地气候的瓜果。

左右老两口都有退休金，种菜权当兴趣爱好了。见到季慧颖带着白寻音回来，他们高兴得脸上都泛红了。

“真是，还知道回来，过年的时候都不知道回来一趟，白养你啦？”外婆拉着白寻音的手，却睨了季慧颖一眼，不住地埋怨，絮絮叨叨的，“我都快一年没见到我们宝贝音音了，这回必须多待几天才行！”

“妈，哪是我不想回来。”季慧颖哭笑不得，“鸿盛那边离不开人照顾你又不是不知道，真没法多待，明天就得坐早班车回林澜呢。”

“要回去你自己回去。”老头也开口了，严肃的面孔上浮现出一丝不乐意，不容置喙地道，“音音得多跟我们待几天。”

季慧颖：“……”

白寻音看着一年多未见的外公外婆，心里其实也想多待几天，她不由得笑了笑，轻声细语地道：“外公外婆，别动气，我留下来陪你们就好了呀。”

左右她现在也没什么事情，正想在古镇多待几天。

外婆年近七旬，头发却依然乌黑亮丽，没几根白头发，纤瘦的身体穿着颇有古镇特色的旗袍，俨然江南水乡温婉的大家闺秀，和同样精神矍铄、腰身笔挺、穿着中山装的外公站在一起，就是一对璧人。

白寻音每每看到他们，都觉得看到了对“爱情”和“未来”这两个词汇最完美的诠释。

一向落落大方、巾帼不让须眉的外婆此刻听到白寻音的话，却激动得红了眼，握着她的手不住地喟叹：“能说话了，之前通电话的时候我们就激动得不行，现在亲耳听到你说话，更觉得这声音真好听，就是我们家音音的声调。”

她边说着，边拉着白寻音走向身后的老宅。

古镇老宅，古色古香，从桃木大门到内宅都有着极具格调的庄重之美。

白寻音对这里并不陌生，她幼年时在这里跟着外公外婆生活过两年，就在白家事业刚刚起步、季慧颖和白鸿盛都忙得不可开交的时候。后来还是白鸿盛舍不得独生娇女，硬是接回来自己带了。此时再回来住，依旧是说不出的亲切。

外婆特意做了白寻音最喜欢喝的莲藕排骨汤，吃饭的时候，外公在一旁笑眯眯地问："小音，澜大怎么样？"

外公年轻时在教育局工作，退休多年依然满身的书卷气。

白寻音咬着小云吞，含混不清却笃定地说："不太好……"

"嗯？"几个人都有些纳闷。

"外公外婆，妈妈。"白寻音深吸一口气，"我已经申请转学了，转到北工大。"

她这话一出，桌上顿时陷入一片死寂。

外公皱眉，怒道："儿戏！什么时候的事情？"

"就是。"季慧颖眉头微蹙，多少有些愠怒，"你怎么没事先告诉我你的想法呢？"

白寻音垂眸，默默地盯着一只飞到桌边的蜻蜓。

在古镇里，大家都喜欢乘着凉风在外面吃晚饭，遇到这种小动物并不稀奇。蜻蜓停在桌子的一角，清透的翅不住地扇动，富有节奏感——就像白寻音现在的心情。

看来大家都不同意她这个决定，但很可惜，她是吃了秤砣铁了心。老人家大抵都是心软的，是顺着后辈的。果不其然，见白寻音垂眸不说话，只盯着桌子"委委屈屈"的模样，三个人就有些受不了，语气有些松动了。

"算了，想去就去吧。"最后还是外公开了口，有些感慨地叹了一声，"去的地方多了，眼界和见识也就越来越宽广。"

白寻音瞬间"变脸"，抬起头来甜甜地笑了："嗯。"她尊重并且感激那些一向尊重她想法和决定的人。

第二天早晨，季慧颖独自乘上从古镇回林澜的早班车，白寻音则留下来多陪外公外婆几天。

古镇的生活很惬意，最累的活计也不过是帮着给瓜果浇浇水而已。这里没有都市里的繁华尘俗，虽然简朴，却处处有一种"不食人间烟火"的感觉。白寻音儿时只觉得这里潮湿、寂静，都是老人家，并未有过多的感触。这次再回来住，她却觉得岁月静好。

下午外婆去和几个阿姨搓麻将，外公去和老朋友听评弹的时候，白寻音一个人在老宅的院子里，坐在长椅上晒太阳，眯着眼睛就能待一下午。

什么都不用想，才能真正地得到休息，身心似乎都在古镇暖洋洋的下午被修复了。

只是喻落吟寂寞难耐，总是忍不住过来捣乱。白寻音在古镇待着的第三天，喻落吟就杀过来了——还是小姑娘受不住磨给他的地址。

喻落吟穿着和古镇环境很契合的米色长裤和黑色棉麻短袖，漆黑的头发剪短了些，单肩背着包的模样活像来写生的艺术生。青春逼人，满身的光芒藏都藏不住。

他按照地址找到白寻音外公家的老宅时，两位老人都不在家，桃花裂纹木门虚掩着，他敲了几声没人应，犹豫了一下还是轻轻推开门，在细微的声响中走了进去。

宽阔的院子里搭了一排葡萄架，枝枝蔓蔓地缠绕着，漂亮极了。而更美的是葡萄架下那张躺椅上躺着休憩的女孩——这几天白寻音被养得好极了，白如暖玉的皮肤隐约泛着珍珠一样的光泽，身着一条长长的鹅黄色碎花裙，裙摆被她不老实的动作弄得卷到了膝盖，一截白皙纤细的小腿垂下来一摇一晃的。

喻落吟垂眸静静地看着她，黑眸里带着不加掩饰的笑意。看了一会儿后他索性半跪了下来，像是欣赏什么稀世珍宝一样凑近了看。女孩是他见过最白的人了，象牙白的皮肤色很清透，长而浓密的睫毛在眼睑打下一道浅浅的阴影。

半晌，白寻音睫毛颤了颤，在他看得出神的时候，她猝然睁开了眼睛，琉璃色的瞳孔在阳光的映射下越发显得浅，几乎像一根针一样扎进了他的心尖儿。

两人沉默地对视片刻，空气里似乎都飘着瓜果的甜香。

“好可惜。”喻落吟的喉结微微滚动了下，嘴角的梨涡若隐若现，他很是可惜地喃喃道，“我还没来得及亲你呢，你怎么就醒了呢？一般睡美人不都是被王子吻醒的吗？”

“自恋。”白寻音冷酷地评价，却忍不住笑了，眼睛里难得流露出几分真实的喜悦。

她转过身子，弯起的眼睛里闪过一丝狡黠：“你哪里是什么王子？一个赖皮。”

在外公外婆回来之前，白寻音带着喻落吟离开了老宅。

她用发带将一头及腰长发扎起，露出纤细修长的脖颈，肩背单薄清瘦。白寻音是典型的川渝女孩，骨架小，秀气极了。

喻落吟的眼神跟随着她的身影，不自觉地就被白寻音“拐带”到山脚，然后……

“白寻音。”喻落吟看着面前这座高山，忍不住发笑，“你要爬山？”

对于爬山他倒是无所谓，只是白寻音这裙子……

“不用爬到山顶，半山腰有一棵参天古树，可以在枝丫上躺着睡觉的那种。”白寻音眼睛微微弯起，仰着头说，“想带你去看看。”

喻落吟闻言，二话不说地在她面前蹲了下来：“行，上来，我背你去。”

白寻音澄澈的双眼在喻落吟宽阔的背上停留了两秒，她喃喃道：“干吗要你背？”

“不能让穿裙子的姑娘爬山。”喻落吟笑了笑，声音里带着一丝漫不经心的痞气，拍了拍自己的肩，“上来，我还背不动你了？”

啧，自大狂。

白寻音无声地翘了翘嘴角，慢慢俯身趴了上去，两只洁白柔软的藕臂挽住男生的脖颈。

喻落吟把小姑娘背起来的时候，只觉得背上几乎没有什么重量，他忍不住喟叹了一句：“以后多吃点。”

白寻音可太瘦了。

她没说话，笑了笑，下巴抵在喻落吟的肩膀上。

轻轻的呼吸吹在喻落吟的耳根，让他登时感觉有些燥热，不过可能是因为七月份本来就是古镇最热的时候。

走了不到半个小时，两人就到了半山腰，其间只有白寻音指路的细声细语。

喻落吟忽然希望这段路更长一点，甚至于爬到山顶都可以，他能背得动。

除却上次被柳一疤他们追着跑到了吉光区大楼里，匆忙之中他把白寻音扛在了肩上爬楼以外，这算是他们最亲密的接触了。

在以前，两人最多也就是浅浅地拥抱，所以喻落吟很珍惜白寻音乖巧温顺地趴在自己背上的时刻。一点儿也不过火，也不暧昧，就是她纯粹地依偎着他。

喻落吟想了想，忍不住提议道：“不如我背着你，咱们登上山顶吧。”

“不要，都快到了。”白寻音看到不远处的树尖尖，忍俊不禁地摇了摇头，“再说你不累呀？你的膝盖……”

她说着，干脆拍了拍喻落吟的肩膀从他背上跳了下来。距离大树没几步路了，她干脆自己走。

喻落吟无奈地摇了摇头，然后跟了上去。

到了大树边上，喻落吟就发现是他太小看白寻音了。他以为柔柔弱弱的姑娘其实身手矫健得很，她把裙摆挽到膝盖的位置，动作灵活地爬上树，像只猫。猫最会爬树了。

喻落吟双手插兜，仰头看着已经坐在了树枝上的白寻音，小姑娘两条白皙细长的小腿晃啊晃的，像是山中精灵。他忍不住拿出手机拍了一张照片。

“干吗呀？”白寻音低头看他，又小又白的脸上闪过一抹娇憨，“上来呀。”

喻落吟听话地爬了上去，坐在了白寻音旁边。

不愧是参天古树，一根树枝上坐着两个人都纹丝不动，从树叶的缝隙透进来的光打在了两人身上。

“过一会儿就能看到星星了。”白寻音眯了眯眼，“古镇晚上的星星可多了，不像林澜。”

她每次回来都喜欢坐在这儿看星星，感觉心情一下子就平静了。

喻落吟听着，觉得白寻音真的是个妙人，能找到这么一个绝佳的看星星的地方。等到夜幕降临，他们两个坐在这棵大树上小小的一隅，上不挨天下不着地，岂不更容易陷入星空的美景里？

也的确是这样的。

白寻音靠在喻落吟的肩上打了个盹儿，微风徐徐吹过，她睁开眼睛的时候，天已经黑下来了。

“抬头。”旁边传来喻落吟清冽的声音。

白寻音揉了揉眼，下意识地抬头一看，漫天繁星似乎离他们极近，密密麻麻地压下来，她喃喃地说：“真好看。”

“嗯，好看。”喻落吟也是第一次在这种地方心无旁骛地看星星，不由得喟叹，“没有高楼大厦遮挡视野，感觉地面和天空都连接起来了。”

这个时候，他就特别理解那些沉迷于此的天文学家。

“谢谢你……”喻落吟把外套披在白寻音身上，轻声道，“带我来这里。”

白寻音微笑，继续仰着头看星星，不言不语。她把此刻当作她和喻落吟之间最后的浪漫，当然要选个最完美的地方结束了。以前只有她一个人知道这个秘密基地，未来……白寻音猜想她应该很长一段时间都不会想过来了。

暑假的时光转瞬即逝，到了开学的时候，白寻音就不用去学校了。喻落吟知道消息的那天是一个雨天，白寻音正在市中心的一家咖啡馆里看书时接到了他打来的电话。

短短片刻，他就挂断了电话。

白寻音的脊背一向清瘦笔直，这个时候也绝对不会弯下半分。

她离开咖啡馆，乘坐公交车回了家——刚刚喻落吟的声音犹如寒冰，他只说了一句“我在你家楼下”就挂断了。

雨下得还是挺大的，她从公交车站走回阿郡胡同，不长的一段路身上就被浇湿了，颊边的发丝湿漉漉地贴着苍白的脸颊。

在巷子口，白寻音远远就看到了靠着墙站着的喻落吟，不知道站了多久，他身上已经湿透了。

白寻音闭了闭眼，知道早晚会有这么一天。她深吸了一口气，若无其事地走了过去。

喻落吟垂下的眸子看到一双白球鞋停在自己面前，他抬起头来，被雨水浸透的双眼刺痛泛红，就好像哭过了一样，在白皙清隽的脸上尤为显眼。

可白寻音无动于衷，喻落吟从她的眼睛里清楚地看到了“冷漠”两个字。

顷刻间他如坠深渊，感觉自己从来没有这么无力过。

一肚子的质问因为白寻音一个眼神就荡然无存，大风大雨中两个人雕塑似的站了好一会儿，喻落吟才轻声问：“你从来没有原谅我，对吧？”

他居然会愚蠢到以为白寻音真的放弃了转学的念头，呵，可笑，这女孩是不会变的。

前段时间的甜蜜温柔应该就是蛊惑人心的海市蜃楼罢了，到时间了，自然就烟消云散了。

白寻音没否认，只是干巴巴地说：“我们不合适。”

“你很怕我会缠着你，对吧？”喻落吟嘴角轻轻扬起，眼底带着一抹鲜明的自嘲，“所以你宁愿‘牺牲自己’也要哄骗我？”

白寻音抿了抿唇，不在意喻落吟的咄咄逼人，只是冷漠地说：“可能是吧。”

喻落吟垂在身侧的手一瞬间攥成了拳。

“喻落吟，不可否认我很感激你，感激你让我能重新开口说话。”白寻音回想起自己之前和顾苑的约定，轻叹了一口气。

“可能我是一个非常小气又敏感的人吧，始终忘不掉那几个月你对我的欺骗。

“我们不合适，如果在一起，我会一直想起这件事情。

“那样我们渐渐也会生出矛盾，分开是迟早的事情，而我不想因此错过我一直想上的大学。

“喻落吟，我不讨厌你，只是我真的没办法原谅你。”

同样地，她也原谅不了自己。一个人可能生来就要面临无数的痛苦和纠结，白寻音一字一句地说着，隔着雨雾看到喻落吟渐渐变得晦暗空洞的眼神，觉得自己可以把这痛苦当成一种修行。

白寻音求的是一刀两断，为此宁可干脆利落地伤人，也不想留一点暧昧的余地。她希望喻落吟能忘了她，这才是两个人最好的结局。他们原本就不是一个世界的人，能在高中时相遇，能留下这么多回忆，已经是一生只能遇到一次的事情了。做人是不能太贪心的。

“白寻音，你可以。”半晌后喻落吟才开口，声音有些喑哑，“原来你是这么想的……”

他今天是真的见识到了什么叫狠心——她不动声色地陪他演这么久的戏，装得很是淡然快乐，实际上她心里却一刻未曾原谅他。如果白寻音是要报复他，那今天她达到目的了。

喻落吟向来是个喜怒不形于色的人，而这一刻，他脸上的痛苦是如此明显——虽然只是眉头轻蹙，可眼神里蕴含的是鲜明的哀伤。

“对不起”三个字萦绕在舌尖，可最后白寻音也没有说出口。

她只是说：“后会无期。”

喻落吟有他必须坚持的骄傲，即便腰身曾经弯得很低，也不能完全放弃“尊严”二字。他的眼神很快恢复了漠然，就像在看着一个陌生人一样。

白寻音知道，这次他们是真的一刀两断了。这也在她的意料之中，在她的设想里，这本就应是她和喻落吟的最后一次见面。不久之前他们还一起在古镇的大树上看漫天繁星，白寻音曾希望时间能停留在那一刻，只可惜地球并不围着她转。

认识的这些年里，他们互相试探过，决裂过也甜蜜过，体会过七情六欲，感受过五味杂陈。或甜蜜或忧伤的过往，白寻音都舍不得。她淋着雨自巷子口一路走回家，分明是闷热的天气，她却觉得湿冷，裸露在外的皮肤都起了一层鸡皮疙瘩。她没有回头，甚至没有再看喻落吟一眼，看他是否还站在原地。

麻木地回到了家里，白寻音按部就班地脱下一身湿衣服，洗澡，最后吹干了头发才钻进松软温暖的被窝里。她从来没有在大下午的这个时间躺在床上过，可是现在她太累了。刚刚和喻落吟的决裂，她像经历了一场故作淡定的抽筋扒骨，最后连灵魂也被抽空了。

白寻音躺在床上，以为自己能一下子睡过去，可事实上，从下午躺到晚上她一直醒着，就这么睁眼到天明。其间连季慧颖敲门叫她出去吃饭，她都用沉默拒绝了。

她出生在九月。在十九岁到来之前，白寻音想最后任性一回。在九月初去北工大前的半个月，白寻音都没有出门，就老老实实地待在家里，对于所有人的邀请甚至是阿莫的都拒绝了。她刻意避开所有关于喻落吟的消息。

这个夏天，她先是在古镇，然后在她狭小的卧室里，进行真正的“修行”。

任性过后，便是新生。

其间，阿莫来过她家两次，见到白寻音都会小心翼翼、屏气凝神地观察着她，大气都不敢出似的。反而白寻音若无其事，还嗔笑着看她：“干吗呀，我没事的。”

她是真的没事，这些天该吃吃该喝喝，就是心口偶尔有钝钝的痛感，但转瞬即逝，不碍事。

阿莫看着白寻音本就纤瘦的身形又消瘦了一圈，无声地叹了口气，贴心地没有提起任何跟“喻落吟”这三个字有关的话题。

所有的分离都是为了变得更好后的相聚。

白寻音觉得自白鸿盛出事以来，她就一直面临着分离，她也快适应这两个字了。直到离家前一天晚上，白寻音收拾行李的时候，强撑着的坚强才支离破碎。

衣柜最下面的抽屉里有两件外套，都是男式的，一件是做工精良的白色外套，另一件是三中的校服——洗得很干净，在叠得整齐的衣服上，还放着一个薄薄的日记本。

这三样东西都跟喻落吟有关，一件是一次下雨时喻落吟给她披着的外套，一件是喻落吟的校服，而日记本里的内容全是暧昧疯长的日子里，她按捺不住写下的他的名字。

一笔一画，有时候用力到笔尖都快把日记本戳破了。

在最痛苦的时候，白寻音都没舍得丢掉这三样东西，而是藏在了最深处，现在猝不及防地翻出来，就像是拔出了长在肉里的钉子。

迟钝了很久的痛觉仿佛瞬间复苏了，白寻音感觉心脏被一根无形的针扎了一下，疼得她不自觉地蹲了下来，手指紧紧攥住那件校服。

她能清晰地感觉到，四肢百骸甚至每个细胞都蔓延着一种难以言喻的“痛症”，细细微微，无孔不入。

直到此时此刻，白寻音才意识到自己失去了什么。四年前她初中毕业，失去了声音，失去了爸爸。而今天，她意识到自己可能失去了爱人的能力。

她苍白着脸，神情麻木，眼泪不住地落下来，晕开了日记本上的“喻落吟”，黑色的墨水模糊成了一片，看着就狼狈不堪。

别哭了，这是你自己选的路。白寻音吸了吸鼻子，把衣服和日记本打包好放在行李箱里。她新的人生里，仍有属于喻落吟的痕迹。

我的心是旷野的鸟，在你的眼睛里找到了它的天空。

第六章

北方有佳人

到北方的第一年，白寻音很不适应。北方和林澜就像两个完全不同的世界，这里压根不怎么下雨，大多数时候充斥着新鲜的冷空气，每年三分之二的时间都是冬天，即便在盛夏时节，也没有林澜一半热。白寻音也是来了北方之后，才知道冬天原来可以这样冷。一开始，她还穿着大衣在外面跑，但被刀子一样的寒风教训过后就飞快地穿上了羽绒服。

冬天室外空气凛冽，室内却热得几乎蒸腾起雾气，男生女生的大嗓门，过于热情的同学……这些到后来都成了白寻音十分热爱且无法割舍的东西。

“音音，方旭又给你送早餐了！”一大清早，白寻音嘴里咬着牙刷正扎着头发，就听到宿舍门“砰”的一声响，室友赵娜推开门，冲到她面前忍不住笑，“连续两周了，他追人的手段也太老套了吧！”

赵娜是本地的姑娘，性子爽朗，风风火火的。

“嗯。”白寻音嘴里含着水，漫不经心地应了一声。

“哎哟，音音又不喜欢他的啦。”正在化妆的俞微声音嗲嗲地说着大实话，“早餐还不是落进了咱们的肚子里，拿过来拿过来。”

自从计算机系的方旭开始追白寻音后，这就成了每天早晨407宿舍的必备节目了——方旭一个人承包了除却白寻音以外407宿舍所有成员的早餐。

赵娜笑嘻嘻地拎着包子和粥走了过去，放在桌子上。而被她俩的动静吵醒的辛怡慕揉了揉眼睛，打着哈欠爬了起来。

407宿舍有像赵娜这种早上起来去跑步锻炼的，也有像俞微这种提前两个小时坐在桌子前仔细化妆的，自然也有辛怡慕这样不到最后一刻不起床的懒虫。

白寻音洗漱完从洗手间出来，俞微也正好画完了妆。

“美人真就是未施脂粉也是天姿国色的存在呀。”俞微看着白寻音一张清透白皙的脸，羡慕嫉妒得啧啧感慨，“我们音音吃什么长大的，这么漂亮？”

白寻音一愣，只笑了笑。

不知道为什么，这样的夸奖在她转到这所大学后几乎每天都能听到，也许是因为那个无聊的校花评选？总之听了一年多，白寻音已经习惯了。

她戴上耳机坐在桌边，啃着昨天在超市买的面包，耳机里的高数题犹如催眠神器……

大学里的日子就是这么平平淡淡，如河水寂静无声，又过得飞快。

大二上学期的时候，白寻音认识了一个同样来自林澜的大一新生。说起来有些好玩，那天她正听着高数公开课，一个姑娘大喇喇地在她旁边坐下来。

她“狂野”的动作引起了白寻音的注意，白寻音稍稍侧头就看到一个长相酷似洋娃娃的女孩。女孩穿着极其修身的黑色针织短袖，胸大腰细，身材火辣，下身则是非常大胆的牛仔短裙，脚踩高跟鞋，双腿纤细修长，白花花的。

白寻音看了一眼便收回视线，心里有些佩服她——北方的秋天比林澜的冬天还要冷，起码她是绝对不敢穿露腿的裙子的。

女孩一进来就坐在白寻音身边，吸引了教室里一大半人的注意力。而女孩的注意力都在白寻音身上，见白寻音不理人，她秀眉蹙了蹙就忍不住找存在感：“你好。”

这个时间教授还没来，白寻音侧头对着女孩笑了笑：“你好。”

“我是大一新生，特意来找你的。”少女容颜娇憨，看着白寻音还哼了哼，“就想看看校花长什么样子。”

白寻音：“……”

“本来我是很不服气的，可是……”女孩犹豫了一下，还是不情不愿地承认道，“你真的挺纯的。”

面对这种不知道是不是赞扬的话，白寻音忍俊不禁，无话可说。

“说真的，也就是你我才认输。”女孩皱起鼻子，小声嘟囔着，“要不然我非得叫计算机系的人再组织一次投票，把‘校花’这个名头抢回来不可！”

她说话直言直语，性子真的很真实。

白寻音始终淡淡地笑着，不言不语，只是笑容中没有往日淡淡的疏离。

她挺喜欢这个直来直去的姑娘，热情又大胆，阳光又明媚，一看就是在幸福的家庭中长大的女孩。

“咦？你怎么不说话啊？”女孩纤细白嫩的手指绕着发梢，“我可是特意打听了你的课表来堵你的哦，没想到你人这么冷。”

白寻音觉得自己有点冤枉。实际上，失声三年又恢复声音后，她就有了不爱说话这个后遗症，并不是高冷。

“对不起。”白寻音对着女孩轻声道，“你想说什么？我陪你。”

女孩一愣，戴着绿色美瞳的眼睛直勾勾地盯着她，半晌后“扑哧”一声笑了，笑得前仰后合的。

白寻音因她突兀的笑声而愣住了。

“哈哈哈，姐姐，你怎么这么可爱啊。”女孩一双明媚的大眼睛弯了起来，嘴角噙着笑意，娇滴滴地自我介绍，“我叫喻时恬，以后一起玩呀。”

来自林澜，姓喻……她不可避免地想起了另一个人，一个她早就想忘记的人。

“时恬，你……”

“嗯？”喻时恬见她欲言又止，笑眯眯地应了一声，“怎么啦？”

白寻音沉默片刻，摇了摇头：“没什么。”算了，也不会那么凑巧。

可能是因为两个人老家都是林澜，白寻音很快就和喻时恬熟稔起来。虽然喻时恬是大一新生，所在的金融系和白寻音的物理系排课大不相同，但两人依然经常一起逛街看电影什么的。

喻时恬是个单纯又热情的姑娘，大大咧咧，人美嘴甜，从她身上，白寻音时常看到阿莫的影子。可能她天生恋旧，就喜欢和这样的人做朋友。

喻时恬不叫她的名字，经常“姐姐”“姐姐”地挂在嘴边。

偶尔白寻音听多了，也会忍俊不禁，颇为好笑地问她：“你这么会撒娇，家里是不是有姐姐？”

“哪来的姐姐，我有两个哥哥。”喻时恬嘟囔，十分不屑地哼了一声，“他们就会剥削压榨我，不贴心，我可想要个姐姐了。我叫你姐姐，你不介意吧？”

白寻音无所谓地摇了摇头：“不介意。”反正她也没有妹妹。

平静无波的日子过得飞快，转眼就到了年末。

十二月三十一日的晚上，白寻音拨通了季慧颖的电话，低声说了句：“妈妈，新年快乐！”

这已经是她来到北方的第二年了，室友们回家的回家，约会的约会，只有她一个人窝在宿舍里。窗外隐隐约约地传来爆竹的声响，映衬得宿舍内更加清冷。

只有过年过节时，白寻音才会觉得自己当初毅然北上的决定有些过分。孩子追逐梦想的时候，总会忽略背后渐渐年迈的父母——如果她还在林澜，起码跨年时能待在季慧颖的身边。

白寻音平日里并不会过多地思考这件事情，可季慧颖始终是让她放心不下的人。于是进入大三后，几乎所有的物理系学生都开始备战考研的时候，白寻音则在网上看起了实习招聘的信息。

物理系性质特殊，在这个领域，本科生只能算是一个最基本的起点，大批的硕士、博士都找不到工作，更何况应届本科生？选择了物理系的学生几乎都做好了一直读下去的准备。

所以赵娜在无意中看到白寻音在找实习工作的时候相当惊讶。

“不是，音音……”赵娜凑过去，迟疑地问，“你不准备考研吗？”

像白寻音这种学习认真刻苦、成绩拔尖、年年获得全额奖学金的学生，几乎所有人都认为她会继续深造，所以备战考研的时候，室友们压根就没问过白寻音有没有这个打算。

白寻音写字的手在赵娜的询问声中顿了下，随后她若无其事地说：“也不是，就是看看。”实际上，她是想考研的，但她真的舍不得让家庭的重担全压在季慧颖身上。

以前小，没有办法，现在她长大了，就不舍得让季慧颖那么辛苦了。

家庭的花费，白鸿盛的治疗费用，都是庞大的开销。

白寻音从上大学开始就勤工俭学，争取每个月都往家里汇钱。她不是不想读硕士、博士，只是总想着，毕业后直接找工作就能减轻家里的负担了……她是真的很纠结。

也许当初她就不应该选择学物理。白寻音无声地叹了口气，低头在行程表上的“家教课”三个字前打了个钩。

整个大三上学期，白寻音就是在纠结是否考研和兼职中度过的，直到她接到了家中打来的电话。

“音……音音。”电话那端的季慧颖不停地哭着，声音直发抖，“你爸爸他……”

白寻音心里“咯噔”了一声。

白鸿盛死在了五月十八日的早上。

白寻音请了整整半个月的假回家奔丧，经过三个小时的飞行，再次踩在林澜的土地上时，她看到的只是白鸿盛的墓碑——伫立在南部湾墓地，孤零零、冷冰冰的墓碑。

上面贴着白鸿盛年轻时候的照片，眉目疏朗斯文，清秀俊美。小时候很多人见了白寻音，都说她长得像白鸿盛。

季慧颖眼眶通红，神情麻木，眼神空洞，连白寻音赶过来了也没发现，一直呆呆地看着白鸿盛的照片。

她看了多久，白寻音也就沉默地在她身后站了多久，直到寂静的墓地里传出一声自喉咙深处发出的悲鸣。这并不是哭声，因为痛到了极致，是哭不出来的。他们十几年的深情与共，无论是经历了家庭动荡，还是毁灭性的打击，都从没有变过。

“音音。”季慧颖声音沙哑，背对着白寻音轻轻地说，“来陪陪你爸爸吧。”她说完，纤细的手捂着嘴巴离开了墓地，其间几次踉跄，险些跌倒。

等她走后，白寻音才一步一步艰难地挪到墓碑前。浑身的力气像是被抽空了一样，白寻音不受控制地跪在了地上。眼前一片雾气，她不知道在冷硬的地上跪了多久。

其实一直以来她都知道白鸿盛大概不会醒了，但总是自欺欺人地想着奇迹也许会发生，所以她一直不切实际地期盼着。

白寻音一直想，哪怕白鸿盛醒过来一天，她也想告诉他，自己和妈妈生活得很好，自己没有被那些坏人欺负……她不想疼自己入骨的父亲去了另一个世界也不得安生。

只可惜，终究是妄想。

不过没关系，所有人到了最后都会在另一个世界重逢的。

假期里，白寻音一直待在家里，待在自己逼仄的房间里，几乎一步都不愿意踏出去。

明明是再熟悉不过的地方，白寻音却觉得光怪陆离，明明有人跟她说话，但她就是感觉自己听不清，回应不了。

似乎季慧颖来过，阿莫来过，就连外公外婆都来过……但白寻音一直麻木地屈膝坐在床上，不说话也不动。

其实她听到了他们或哭或叫，但是她四肢百骸甚至每一个细胞都莫名惫懒得很，实在是无法回应。

只有白寻音自己知道她并没有折磨自己。这是她的一个坎，只能靠自己熬过去。

直到回北方的前一天，白寻音浑浑噩噩的脑子才终于清醒，才终于接受了白鸿盛彻底离开了这个世界的事实。自此，她没有父亲了，伴随着白鸿盛离开的，还有她的念想。

白寻音发现自己的眼泪总是比寻常人要“迟钝”许多，三年前和喻落吟分手的时候，她过了半个月才哭了一场，这次也是。白鸿盛过世半个月后，她大哭了一夜。第二天醒来后，她眼眶红红的，眼皮发肿，但总算可以和别人对话了。

“外公，外婆，妈。”白寻音穿戴整齐，推开卧室的门走了出去，对客厅里三个坐立不安、齐刷刷看过来的人笑了笑，“你们别担心了。我好了。”

白寻音没有忘记自己之前在笔记本里记下来的一句话：“人生本来就是一场痛苦的修行，无非是痛或者更痛一点。”

她也不过是芸芸众生中的一员，该受的，注定是要经受的。

白鸿盛过世后，季慧颖本来就不算蓬勃的心气儿似乎彻底枯萎了，白寻音去北方读书，她干脆就和父母一起回到了古镇上的老家。

季慧颖不想自己的一辈子活成大写的“寂寞”二字，陪着父母照顾他们也许是最好的选择。反正她已经退休了，在哪儿生活都一样，在古镇不用租房子，退休金反而能留给白寻音读书。

午夜梦回，白寻音在宿舍惊醒，想到了近半年前的那些事。她想到了自己在奔丧回来之前帮着季慧颖收拾行李的场面，后背就出了浅浅的一层冷汗。

她喘着粗气，眼前浮现一层薄薄的水雾。

有的时候，白寻音心里不自觉地就会生出疑惑——她真的在林澜生活了十八年吗？为什么现在那里什么东西都不属于她呢？

白鸿盛没了，妈妈去古镇了，外公外婆自然不用说，就连住的地方也没了。现如今她寒暑假和过年过节回家，都不能说是回林澜，而是回古镇了。

她在林澜生活了那么多年，竟然没有留下一丝痕迹吗？

北方冬天的暖气很足，可白寻音手指攥紧被单，竟觉得冷，好像心里有一个无底的黑洞。

白寻音在大四的时候加入了考研的大部队，考的是本校的研究生，没有选择北城、樊城那些高校——即便成绩出来后，她的分数已经达到顶尖高校的录取分数线。

但她已经熟悉了北方的一切，像是进入了“舒适圈”一样。

不过白寻音的“舒适圈”，和常人所理解的“舒适圈”不同。

在这几年的时间里，她已经成为工大学生论坛上赫赫有名的“变态校花”。这个称号不是夸她，而是感慨白寻音在学习上近乎变态地不要命。

如果说大二的时候还好，那么从大三开始，不知道发生了什么，白寻音一下子变成了一台似乎只知道学习的精密仪器，就连相熟的室友见了都无法理解的程度。

她每天早上七点钟起来跑步，所有课程一节不落，没有课就去图书馆自习，闭馆了才回来。

工大的图书馆很有名，里面藏书浩瀚，常去那里的学生都会发现一道亮丽的风景线——白寻音。

她的生活里除了学习、研究，就再没有什么了。

白寻音长相清纯，却不爱笑，也不爱说话，戴着眼镜在图书馆里自习的模样自带“拒人于千里之外”的气场，使得那些蠢蠢欲动的男生都偃旗息鼓了。

大一的时候，还有类似方旭那样“单纯”的男生追白寻音，但等到白寻音研究生时期，就压根没有敢主动追她的男生了。

对此，白寻音浑然不觉。

其实白寻音不是不知道学校里传播的那些坊间谣言，说她变态，说她假装读书用功等，只是她都不在乎。除了行动，没有别的东西能回击那些流言蜚语。

而每个学期期末的绩点公开，白寻音在全校所有专业学生的混战中高居榜首时，那些乱七八糟的抨击自然就烟消云散了。她已经是“学神”级别，击败了全校百分之九十九的学生。

高中的时候，白寻音一门儿心思地学习，铆足了劲儿地想当第一。现在她真的每回都是第一了，却觉得也不过尔尔。

不知不觉间，水乡孕育出来的软玉温香的姑娘，已经变得比北方的冬天还要冷清了。白寻音身上的气质一年比一年凌厉，就像北方凛冽的冷空气一样。

只有真正了解她的人，才知道她只是越来越麻木迟钝了。

长时间教室、图书馆、研究室三点一线，整个人沉浸在没完没了的数字、实验，还有各种理论研究中，她不可避免地变得麻木。实际上，她还是原来那个不善言辞，却温柔好说话的姑娘。

傍晚，白寻音从图书馆出来，去食堂随意地买了一份饭回宿舍，就看到同在工大读研究生的赵娜在化妆。

她长长的睫毛一眨一眨的，听到动静就兴奋地转过头来。

“音音，今天系里组织了聚餐，晚上一起去吧。”赵娜挥舞着化妆刷，兴奋地说，“据说还有别的学校的人，应该会碰到不少小帅哥呢！”

她边说边在化妆镜前扭来扭去，手舞足蹈的——时光荏苒，赵娜早已不是初见时那个素面朝天的少女了，化起妆来尤为熟练。

白寻音垂眸扫了一眼她面前的那些瓶瓶罐罐，只觉得化妆品是她下辈子才会研究的课题。

“算了。”白寻音摇了摇头，微笑着拒绝，“我对帅哥没兴趣。”

赵娜无语，这几年，这句话都快成白寻音的口头禅了。对酒吧没兴趣，对谈恋爱没兴趣，对八卦没兴趣……总之正常人会感兴趣的一切白寻音都没兴趣。

明明应该是个青春洋溢、倾国倾城的大美女，身上却莫名有一股“老干部”的气质。

赵娜眼巴巴地看着她：“拜托，你怎么又没有兴趣？拜托了音音，你能对除了图书馆和实验室以外的场所有哪怕一点点好奇心吗？”

白寻音诚实地说：“食堂。”

赵娜差点直接昏厥在了地上。她撒娇耍赖道：“不行不行！你必须去！我都吹出去了，说我能把我的校花室友带去，呜呜呜，音音你得给我这个面子。”

白寻音来工大快五年了，一直是这个学校的校花。也不知道是新生里没有好看的小姑娘，还是评选系统坏了一直没重新选人……

一低头，看着赵娜眨着长睫毛眼巴巴地盯着自己的可怜模样，白寻音还是心软了。

她迟疑地答应下来：“好吧。”

“哇！”赵娜原地满血复活地跳了起来，搂着白寻音的肩膀，眉飞色舞地小声问她，“音音，你知道咱们学校有多少男生喜欢你吗？”

白寻音：“没研究过。”

“保守估计……”赵娜嘿嘿笑，神秘兮兮地举起五根指头，“这个数。”

白寻音一挑眉：“五个？”

“去你的！”赵娜怒了，“是五百个！”

人可以夸张到什么地步，白寻音算是见识了。

“你放心。”赵娜拍了拍自己的胸脯，大言不惭地说，“姐今天晚上一定给你介绍一个最帅的。”

她看起来像是有备而来的模样。

白寻音无所谓地笑了笑，并没有把这件事放在心上。

大学似乎是一个天然的恋爱圣地，热血青春的年轻人聚在一起，不谈恋爱干什么?

白寻音知道她的这些室友都有男朋友,有的甚至换过好几任,除了她。

她顶着一个“校花”的名头，长着一张让人想入非非的脸，偏偏在感情方面刀枪不入，像是世界上最坚固的盾牌，无人能撼动分毫。

这些年，也有那么几个男生鼓起勇气对她表示过好感，但白寻音和他们的对话从未超过十句。她并非刻意不谈恋爱，只是从未有过那种被吸引的感觉。

好像在感情这方面的开关，早在五年前的那场轰轰烈烈的恋爱后就被关上了，开关上都积了厚厚的一层灰，也无人能触动。

白寻音知道赵娜是担心她，担心她年纪轻轻就变成了“灭绝师太”。

于是她笑着点了点头，答应了下来：“好啊。”她室友想给她介绍男朋友什么的，她一向是无所谓的，只要见了第一面，就知道有没有感觉了。

而赵娜也知道她的“规矩”，在这种情况下还敢给她介绍，肯定是提前说好了，对方也不怕被拒绝。

只是白寻音没想到这次赵娜介绍的人还真有点不同。

两个人携手到了聚餐地点，偌大的大堂里都是人，穿着一身靓丽墨蓝色套装的赵娜和穿着实验室白大褂的白寻音瞬间吸引了不少人的目光。

赵娜却有点尴尬——她之前在宿舍跟白寻音说换一件衣服，可白寻音说懒得换，愣是这么敷衍地过来了。

她连忙对着西侧尽头那边挥了挥手，叫道：“陈智，这里！”

陈智是赵娜的男朋友，也是工大的研究生。

白寻音漫不经心地顺着她的视线望过去，一眼就看到了一道修长清瘦的背影，正站在陈智旁边和他说话，露出的小半张侧脸线条精致利落。

听到赵娜的呼喊，他们两个人一起转身走了过来。

白寻音在那个男生转过来后，本来漫不经心的表情就逐渐变得正经，她甚至有些恍惚地看着他们走过来。这还是第一次，她有一种被吸引的感觉。不知道为什么，她总觉得这个男生似曾相识。

“音音，这就是我要给你介绍的，大二学弟。”赵娜俯身，凑近她的耳朵兴奋地小声嘟囔，“帅死了吧？他叫盛嘉年……”

后来赵娜再说什么，白寻音便有点听不清了。

因为这个名叫盛嘉年的学弟走到她面前，斯文清隽的脸上挂着清淡的笑容对她说“学姐，你好”的时候，白寻音才知道那种似曾相识的感觉从何而来。

这个稚气未脱的男生，不管是身材五官，还是气质举止，都有点像高中时候的喻落吟。一瞬间，尘封的记忆涌入脑海，白寻音小巧的脸不受控制地变得苍白。

怪不得，怪不得。原来她永远只会被喻落吟那样的男生吸引，她虽然恋旧，却无法做到“莞莞类卿”。

看来年少时真的不该遇见太惊艳的人，也不应该有太刻骨铭心的回忆，否则真的会耽误一生。毕竟，白寻音也不是愿意将就的人。

短暂的错愕过后，她看着眼前的盛嘉年，勉强笑了笑，平静地点了点头：“抱歉，我去趟洗手间。”

说完，她转身就飞快地走向拐角处的洗手间。

盛嘉年看着穿着白大褂的女人步伐干脆利落，纤细的背影消失在拐角处，眼中闪过一丝兴味盎然的光。

“娜姐。”他抿了口酒，饶有兴趣地说，“校花果然百闻不如一见，名不虚传。”

虽然他嘴上这么说，但事实上他已经不止一次见到白寻音了。大一入学的时候，他就听闻过这个在学术上赫赫有名的校花，也知道她是常驻图书馆的一号人物。

鬼使神差地，他也爱上了图书馆那个地方。盛嘉年从小到大自信惯了，但不知为何，每每在暗处窥探到白寻音“生人勿近”的娇美面庞，他总是不敢靠近。

白寻音就像一朵高不可攀的雪莲，只可远观。直到他阴差阳错地得知认识的学长陈智的女朋友恰巧是白寻音的室友，这才觉得有了机会，主动向赵娜暗示自己想找女朋友，才有了这次的聚会。

只可惜还没等到正式介绍认识一下，他就捕捉到了白寻音脸上的漠然。

“那个，嘉年，我们先坐吧。”赵娜在旁边看到了白寻音神色变化的全过程，有些担心地轻蹙起秀眉。

她招呼自己男朋友和盛嘉年坐了下来，然后就去洗手间找白寻音。

赵娜刚拐进去，就看到白寻音站在洗手池前，被橙黄色的灯光照着的脸苍白到近乎透明，她正不断地用冰凉的水冲手。

赵娜不由得一愣。她和白寻音做了五年室友，除了大三的时候白寻音请了一段长假后返回学校时明显很消瘦憔悴以外，这是第二次看到她脸上浮现出这个表情——像是在畏惧着什么，又像是对什么东西麻木不仁。

“音……音音。”赵娜有些怯怯地问，“你没事儿吧？”

白寻音摇了摇头，轻声说：“娜姐，没事，我先回去了，谢谢你的好意，但我觉得不太合适。”

看了一眼就觉得不合适？赵娜一愣，劝说的话还未出口，白寻音已经从钱包里拿出两百块钱塞给她，权当今天晚上自己过来占了一个位置的酒钱。随后她笑了笑，毫不犹豫地离开了。

盛嘉年同喻落吟有三分相似的脸和气质，这已经足以让她退避三舍了。

白寻音这才发现自己的修行还是不够，如果足够淡然，她应该可以体面地和盛嘉年打招呼的。而现在，显然不能。

这个发现使白寻音在几天后的图书馆里见到主动上前攀谈的盛嘉年时，莫名变得烦躁起来。

“学姐。”盛嘉年在她对面坐下，手虚拢成拳抵着下巴，一双凤眼眯了起来，有些遗憾地说，“在这里碰到你，好巧。上次我们没说上话你就走了，娜姐说你有事。”

白寻音合上书，轻轻推了一下鼻梁上架着的眼镜：“不巧，我在图书馆看到你至少三次了。”

盛嘉年脸上的笑容一僵。

白寻音开门见山地道：“有话直说吧。”

“学姐，你好飒啊。”盛嘉年一愣之后回过神，便忍不住笑了起来，“我感觉我好喜欢你。”

白寻音摩挲着书页一角的指尖一顿，半晌后，她若无其事地抬起头，茶色的眼睛平静地看着盛嘉年。

“抱歉。”她直白地说，“我不喜欢你。”

“学姐拒绝得也太快了吧。”盛嘉年听了倒也不气馁，二十出头的男生满脸都是跃跃欲试，“我们还没相处过，你怎么就知道不合适呢？不如先做朋友？”

白寻音：“我没时间。”

盛嘉年一挑眉：“为什么没时间？”

“我想继续读书，考博。”白寻音实事求是地回答，“我要学习，找博导，写论文，你觉得我有时间交男朋友吗？”

盛嘉年一时无言以对，呆呆地看着面前明明长相清秀又明艳，身材纤细单薄，骨子里却倔强要强的女人。这个时候盛嘉年才隐隐有些明白为什么家里的七姑八婆总说“女孩子读书太多不好”。以前他觉得这是落后的思想，现在却觉得，读书会让一个女孩变得冷酷又生硬，连谈恋爱的时间都没有了。

他有些颓然地问：“学姐，你是没时间谈恋爱，还是不想跟我谈恋爱？”他有点搞不清楚这两者哪一个更让他沮丧了。

白寻音笑了笑：“有区别吗？”

她说着，收起桌上的书，拿起挂在椅子上的外套穿上：“抱歉，导师找我，先走了。”

三月份的北方不属于春暖花开的时节，冷空气依旧肆虐，一出门，呼出一口气都有一层浅浅的雾气。

白寻音拢了拢身上的羊毛大衣，还是觉得冷。她倒不是糊弄盛嘉年，硕导昨天给她发消息叫她今天上午去办公室找他一趟，她猜想应该就是关于申请博士研究生的事情。

白寻音不太懂人情世故，但想起之前赵娜跟她说的那些见导师要送点东西之类的话，路过水果店的时候，还是挑了一个看上去很上档次的果篮。

她读研究生这两年，导师孙教授帮了她很多，不管是课题研究、论文发表，还是项目开展，都尽心尽力地指导她。孙教授不抽烟不喝酒，更不会收钱，除了水果，她也实在不知道该买什么了。就这么一篮水果，清廉的老教授都有些不愿意收下。

“买什么东西。”身材瘦削的孙教授瞪着白寻音，“跟我还这么生分。”

“老师，您知道我是个有点艮的人。”白寻音笑了笑，“我给您买水果不是冲着您是我的老师，只是把您当成尊敬的长辈。”

她说的话令人动容，孙教授自然也就收下了。

随便说了几句，孙教授就进入了主题。

“你的论文我看过了，没什么问题。不过你应该知道以你的成绩和能力，考试就是走一个形式。”孙教授很是欣慰地笑了笑，一副与有荣焉的样子，“最重要的还是选择老师，你这几年在学习上的用功是出了名的，不少老家伙都争着收你呢。”

白寻音一怔，反应过来这才是孙教授今天把她叫过来的目的。

“教授。”她微微笑了笑，谦虚又腼腆，“您是心里有考量了，打算给我推荐老师吗？”

“不然你以为呢？丫头。”作为老师，没有什么比出类拔萃的学生更让他们骄傲的了。白寻音这两年就是孙教授的骄傲，就是他重点培养的好苗子。

他喝了口茶，从抽屉里拿出一张纸来推给白寻音：“推荐信我都给你写好了，这位教授可是我任教生涯中的好哥们儿，他带出过无数精英。”

白寻音垂眸看向那张纸，微微一愣。孙教授给她推荐的老师竟然是赫赫有名的李乘风教授，每年不知道有多少学生想拜入他门下，孙教授居然能为她拿到一个名额？只是……

“大概是十年前吧，我交换到澜大任教过两年，就是那个时候认识老李的。”孙教授并没注意到白寻音的异样，端着茶杯感慨万千，似乎在回味逝去的时光，“我们都是搞物理的，志趣相投，当时在林澜那两年真是有说不完的话。我给你推荐的这个李教授啊，那是没得说了，专业能力极强，跟你现在的研究方向也很对口，他如果肯收你当学生的话，那简直是天作之合了。”

然而，李教授是林澜的，是澜大的。

白寻音手指捏着白纸的一角，犹豫地开口：“教授，我……”

“不过我难得给他推荐一个学生，老李不会不给我面子，他之前看了你的成绩和简历，那可是相当满意。你知道咱们学校的硕士研究生只用读两年的时间，其他学校基本上都是三年，可他看了你的文章，说非常不错，甚至比那些读了三年的学生的论文还要好。”

孙教授看起来对这事儿相当骄傲的样子，让白寻音堆到舌尖的话一时都说不出来了。

“而且我记得你老家不是林澜的吗，那正好，可以回家读书了。”孙教授看着白寻音，目光里全是赞赏，还隐隐有点不舍，“小白，你真的是个好学生，更难得的是醉心学术，心无旁骛，我希望你能一直在研究这条路上走下去。”

一时间，“我想继续留在本校”“暂时不想回林澜”之类的话，白寻音都说不出口了。

只有傻子才不懂拥有李乘风这样的博导有多么难得，孙教授的推荐于她而言就是天上掉馅饼一样的好事情。人长大了，就应该明白“切实际”地活着多么重要。

白寻音抿了抿唇，感激地道谢：“孙教授，真的谢谢您了。”

“也不用谢我，说到底我就是一个牵线搭桥的，老李的水平和脾气你们做学生的都应该有所耳闻，如果不是你自身本事过硬，我这个老家伙推荐也没用啊。”孙教授笑着摆了摆手，并不邀功，“归根到底，你应该谢谢你自己的努力，回去准备吧。”

白寻音坐着没动，犹豫地问：“教授，我应该不用这么早就过去吧？”

不知道为什么，她对于“澜大”这两个字总是有些抗拒——有些事你以为早就忘记了，可一旦真正触及的时候才会发现，还藏在心里某个角落。

“嗯，当然不用现在就过去，不过要准备考试嘛，早点去比较好，最重要的是，你得通过老李那边的面试。不管是考试还是面试，你都得回林澜啊。”孙教授想了想，保守估计了一下，“你在咱们学校也待了好多年了吧？估计有好多东西要收拾，给你半个月左右的时间准备，抓紧点吧。”

离开了教授办公室，白寻音感觉自己走路都是发飘的。看来“人生处处有意外”这句话是真的。她本来已经准备好在本校读博，然后或留校或进入社会找工作，未来的日子再慢慢打算……唯独没想到回林澜这个可能性，更别说去澜大读博了。

那个学校于她而言就像是伊甸园里的禁果，就和喻落吟一样，她根本没有想过去再次接触，但她现如今偏偏不得不去接触。多么讽刺，兜兜转转，她最终还是要回到澜大，就像命中注定的“归宿”一样。

白寻音微微叹了口气，只觉得思维混乱，不想再多想。

这时，口袋里的手机振动起来，白寻音拿出来一看，屏幕上闪烁着“喻时恬”三个大字，便调整了一下心态接了起来，淡淡地道：“恬恬。”

“姐姐！”喻时恬的声音向来慵懒甜美，撒娇的时候像是裹了一层蜜，“你在干吗呀？”

白寻音：“刚去了趟教授办公室。”

“怎么我每次给你打电话，你都在做与学习有关的事情。”而她的电话打得很频繁，这说明了什么？喻时恬不禁吐槽，“姐姐，你用功到让我自惭形秽。”

“你都毕业了，当然不用像我一样把时间都用在学习上。”白寻音轻声安抚，“最近工作怎么样？”

喻时恬比她低一届，去年就毕业回林澜了。她学的金融专业，据说进了一家投资公司，时不时地就给白寻音打电话抱怨工作多么累多么烦，白寻音都习以为常了。

“唉，还是那个老样子。”喻时恬随口说了一句，这次却没有抱怨一通，而是絮絮叨叨地说，“姐姐，我哥要订婚了，我心里怎么这么难受呢？我该不会是有传说中的恋兄情结吧？”

白寻音知道喻时恬家里有两个哥哥，之前就时常听她念叨，闻言忍不住笑了笑：“你这不叫恋兄情结，客观来讲，是身体内依赖激素引起的不适应，陪伴了你几十年的人忽然变成别人的了，不适应是很正常的，短时间内无法轻易缓解的。”

白寻音这过于“客观科学”的分析让喻时恬目瞪口呆，虽冷静下来，可心里还是难受，便不住地哼哼唧唧。

“好了好了。”白寻音看了眼手表，耐心地哄她，“等我回林澜后见面跟你说吧。”

“嗯……嗯？！”喻时恬后知后觉地跳起来，“你要回林澜？什么时候？”

“半个月后吧。”

“啊啊啊啊，真的假的？”喻时恬大喜，“你有假期啦？”

“不是假期。”白寻音笑了笑，“我要回去读书了。”

五分钟后，白寻音挂了电话，只觉得耳膜被喻时恬吵得生疼。她哭笑不得地揉了揉耳朵，走向图书馆的脚步一转，想了想还是回了宿舍——半个月后她就要回林澜处理跟考试相关的一切事宜，现在还是去收拾收拾东西比较好。

赵娜听说了之后，很是不舍，然后吸着鼻子帮她收拾。

白寻音看着心里也不好受，毕竟赵娜是她在北方这边最熟悉的朋友，两人做了整整五年的室友。

但白寻音向来不太懂得表达情感，只能搂着抽泣的赵娜干巴巴地说：“我会回来看你的。”

赵娜“扑哧”一声，破涕为笑。

“话说林澜我也去过两次，新一线城市，真的不错，比咱们这儿好多了。”赵娜帮着白寻音叠衣服的时候，便有理有据地分析起来，“回林澜各方面都更好，我要是能有李教授当博导，那我肯定立马过去了。”

眼见着两年的硕士研究生生涯马上结束，赵娜也做出了自己的决定——她不打算继续读下去了，硕士毕业后就直接去重点高中当物理老师。这何尝不是一个稳定且安逸的选择呢？白寻音一直觉得，当老师挺好的。

“音音，读博了之后就不仅仅是可以跟项目了。”赵娜看着她，有些跃跃欲试地说，“我听说有的被导师推荐，直接就能进科学院、研究所。你回去真得给李教授送送礼，搞好关系。”

赵娜坚信“送礼”能解决绝大多数的问题，如果解决不了，那说明礼送得还不够。

“行了，我还没回去呢，不想那么多了。”白寻音哭笑不得，无所谓地摇了摇头，“步子迈得太大，我怕会抽筋。”实际上，这次能回澜大成为李教授的学生，已经是一个质的飞跃了。

“唉，不过还是觉得好突然，我看你这么喜欢北方，还以为你会继续留在工大读博呢……”赵娜感慨道，却在看到行李箱里的某个东西时一顿，“咦，这是什么？”

她伸手抽出白寻音箱子底部那件蓝白相间的衣服，抖开一看，才发现是一件校服。

“校服？”赵娜许久没见到这么有年代感的物件了，登时侧头看着白寻音，“这是你们学校的校服吗？高中的还是初中的？”

赵娜问完，才发现白寻音的神色有些不对劲儿。她澄澈的眼睛怔怔地看着那件校服，就像是被勾起了一些尘封已久的记忆一样。

白寻音走过去坐在赵娜旁边，轻声解释：“高中校服。”

“你们高中校服还挺有设计感的，比我们高中的校服好看多了。”赵娜撇了撇嘴，“不过这件衣服怎么这么大啊？难道你高中的时候很胖？不过你就算胖，也是全世界最漂亮的胖子。”

“瞎说。”白寻音看到那件校服后本来有些惆怅的心思都被赵娜搅和没了，水眸含了一丝笑意，幽幽地说，“这是男生校服。”

赵娜一愣：“男生？”

“嗯，我的初恋。”时隔多年，白寻音终于能坦然地提起喻落吟。

相处五年，赵娜还是第一次从白寻音嘴里听到有关“男生”的话题，第一次知道看起来像是不食人间烟火的小仙女也是谈过恋爱的。

一时间，她惊讶得张大了嘴巴。

白寻音屈起细长的腿，下巴抵在膝盖上，侧过头眉眼弯弯地看着赵娜："你这是什么表情？很惊讶吗？"

"当然惊讶了。我总感觉你是喝露水长大的，没有七情六欲，哪里能想到你居然谈过恋爱。"短暂的错愕过后，赵娜的八卦精神复苏，忙不迭地问道，"是什么样的男生啊？我真好奇，什么样的男生能跟你谈恋爱！"

白寻音沉默着想了许久，才认认真真地说："是一个很特别的男生。

"高中的时候他是校草，也是全年级排名第一的学霸……应该就是你们喜欢看的小说里才会存在的人物。

"就是有点坏。"

"这也太浪漫了吧！"赵娜只是听着白寻音的讲述都感觉心里炸开了烟花，兴奋得直捶床，"怪不得这么多年都没有你看得上眼的男生，这不就是典型的年少时遇见太惊艳的人吗？然后呢？"

白寻音微笑不语，品味着赵娜这句"年少时遇见太惊艳的人"，嘴角的笑意颇为戏谑。

半晌后，她平静地道："没有然后了。我们一起上了澜大，我偷偷申请了转学，就分了。"

赵娜怎么也没有想到这么浪漫的一个爱情故事居然会是这么一个现实的结局。

看着白寻音淡然收拾东西的背影，她脑子里闪过两个字：渣女！

整整两年没有回家的白寻音，猛然踏上林澜潮湿的土地，还是觉得无比熟悉——可能这就是对"土生土长"四个字最好的诠释。

下午的飞机，到了林澜已经晚上九点多钟，天空暗黑，星星点点。

停机坪上人不多，白寻音站在原地深呼吸了几口气，周围的人都行色匆匆，唯有她拖着行李箱不急不缓。

白寻音对林澜的温度早有准备，羊毛大衣自然穿不上，单薄的衬衫外面只披着一条奶白色披肩，牛仔裤单薄，脚下踩着一双帆布鞋，两条鱼骨辫松松散散地搭在肩上，就像个刚上大学的学生，清纯得很。不对，她虽然已经二十四岁了，可依旧是个学生。

可能是因为这么多年没离开过校园，白寻音始终习惯简单休闲的衣服，习惯脸上不施脂粉。

在学校的时候更简单，两件白大褂换着穿，整天就待在实验室里。

同宿舍最爱美的俞微曾经无情地抨击她"不会打扮，浪费一张天生的倾国倾城的脸”，白寻音听了却不以为然。她觉得自己在某些方面可能生来就是懒散的，懒得化妆打扮，也懒得与人争锋，所以她不喜欢快节奏的城市和生活，在其他人急促的脚步声中，依旧保持自己惯有的节奏。

然而，响个不停的手机打乱了白寻音不紧不慢的步伐。她拿出来扫了一眼，是阿莫的来电。

“白寻音！”刚一接听，阿莫的大嗓门就险些震破她的耳膜，“你怎么不接我电话？到底到了没有？”

“到了到了。”白寻音连忙回应，生怕迟一些把阿莫气出个好歹来，“刚下飞机。”

“我在第一出口的停车场。”阿莫的声音和缓了一些，“赶紧的。”

闻言，白寻音只好加快了脚步，无奈地道：“不是说不用来接吗？”

“音音，我知道你不愿意麻烦我，可你回来我能不来接？”阿莫理所当然地说，“赶紧过来。”她说完就挂了电话。

白寻音看着熄了屏的手机，无奈地摇了摇头。阿莫上大学的时候不知道抽了什么风，竟然学了法医学这个专业，毕业之后就进了警察局工作，天天和警察、各种各样的尸体打交道，人变得越来越雷厉风行。

白寻音以前就顺着她，现在更是不敢反抗她。她乖乖拉着行李箱跑到了停车场，离老远就看到了阿莫那辆颇为拉风的牧马人——小姑娘连车都跟别的女生买的不一样。

阿莫跳下车，直接奔过来结结实实地给了白寻音一个熊抱，差点把人扑倒。

“呜呜呜呜，我想死你了！”阿莫将脸埋在白寻音的颈窝处，一把鼻涕一把泪地控诉，“白寻音，你也太狠心了，两年都不回来一趟！”

白寻音无奈地拍了拍她的头，像拍娃娃一样哄道：“有什么区别？咱们不是天天都在微信、视频聊天吗？”

听了这么“不解风情”的话，阿莫忍不住瞪她：“那怎么能一样！”

“回来干吗？也没地方住。”白寻音无所谓地笑了笑，平静得像是在说别人的事情，“哪有一个多月的短租，我外公外婆又在古镇搞起了民宿，平时地方都不够，我回来只会给他们添麻烦。”

这些阿莫其实是早就知道的，但每每白寻音把自己比作“麻烦”的时候，她还是会忍不住心疼。

“现在好了，我从家里搬出来自己租房子了！”阿莫一把揽住她的肩膀豪气冲天地说，“宝贝，你就跟我住！以后咱们俩一起过！”

白寻音侧头亲了她一下，没有拒绝阿莫的提议。她在林澜没有房子，只能先跟阿莫住一段时间，过后她会向教授申请进入研究所，这样学校会分配福利房，自然就能搬出来了。

阿莫被这个香吻“临幸”了一下，感觉自己整个人都有点飘飘然了。她兴奋得蹦蹦跶跶：“小仙女亲我了，这是多少追你的大佬男神都享受不到的待遇啊……”

阿莫自然知道白寻音读书期间几乎为零的情史，为此更加扬扬得意了。嘿嘿，谁让所有人最喜欢的音音只喜欢她呢！

“音音，现在你身边还是没个人吗？”等红灯的时候，阿莫不改八卦本质地跟她聊起“感情生活”，“你这种长相，追你的人我估计一个监狱都放不下。”

这是什么奇怪的比喻？阿莫不愧是法医。

白寻音摇了摇头：“没有，你呢？”她不想就这个问题谈论太多，自然而然地转移话题。

“我啊，还真有。”阿莫的“指南针”过了这么多年也没变化，自然而然地被她拨动了，明艳的脸上笑容很甜，“盛闻最近在追我呢！”

这个答案是白寻音完全没想到的，她不由得愣了一下：“盛闻？”

“是啊，他两年前就回林澜了。”阿莫提起盛闻，眼睛里是藏不住的笑意，“只是我们之前一直没联系，最近办一起案子偶然碰到，他就开始追我了。”

“我当然不能随随便便就被他追到啦，我以前吃的苦，一定要全盘还给他！”阿莫紧紧捏着方向盘，咬牙切齿地道。

白寻音眨了眨眼睛，半晌后，一针见血地说：“你还喜欢他。”

“废话……”阿莫一瞬间像是被戳破的气球，强撑着的气儿都散了，“大学的时候我也尝试过谈恋爱，可总感觉不对劲儿，那些男生拉我的手我都觉得恶心。可一看到盛闻……你懂那种荷尔蒙又发作了的冲动感吗？”

她认命地叹了口气：“我感觉我这辈子是栽在他身上了。”

白寻音抿了抿唇，素净的手伸过去覆住阿莫的手背，轻轻地拍了拍，无声地表达“有我在”三个字。她比谁都清楚阿莫的痛苦，阿莫追盛闻那段时间看似大大咧咧，其实一直被后者的不闻不动折磨得很痛苦。

而白寻音了解那种痛苦，所以她尊重阿莫现在的决定。阿莫一定是很喜欢很喜欢盛闻，所以才会忽略曾经遭受的痛苦，毕竟“伤痕”抵不过“治愈”。阿莫之所以会选择和他“重圆”，既往不咎，可不就是栽在他身上了吗？

只是破碎的镜子，真的可以重圆吗？一路上，白寻音都在思考这个问题，像平常研究课题那样一条一条地分析，直到阿莫一句话把她唤回了神——

“音音，这些年……你和喻落吟有联系吗？”

白寻音一怔，摇了摇头：“没有。”

“那……”阿莫想起了微信同学群里流传的某些消息，犹豫地问，“那你想知道……”

“不想。”白寻音打断她，毫不犹豫地说，“阿莫，我不想知道关于喻落吟的任何消息。”

阿莫看着她坚决的表情，嘴巴有些尴尬地开合了一下——是明显的欲言又止，最后还是选择了闭嘴。罢了罢了，她也不了解，都是道听途说，还是别乱说为好。

白寻音恍惚地笑了笑，在阿莫愣怔的神情中推开车门跳下了车，从后备厢里拿出自己的行李。

她们已经到阿莫租住的房子了。

第二天，白寻音就去澜大报到了。她穿着一身简单的牛仔裤、白衬衫，走进这所历史悠久的古朴高校时，和满校园青春洋溢的学生看起来差不多大——甚至显得更小。

不知道自己为什么，她走进这所学校总是有些紧张，可能是因为“心虚”，从校门口到教师楼短短的一段路，她手心里竟然沁出了一层薄薄的汗。

直到进入教师楼，白寻音才轻轻舒了口气。她之前已经约好了面见李乘风教授，一路自然畅通无阻，教师楼负责登记的人员查看了一下她的身份证，就让她去三楼高级教授办公室找人了。

白寻音依言而行，敲了两下门就听到里面传来一声低沉的“进来”。

李乘风是个五十多岁的儒雅教授，收学生的标准很严苛，但对已经看好了的学生态度和蔼，见到白寻音笑了笑，忙让她坐下：“坐吧，你是老孙推荐过来的小白吧？久闻大名。”

“李教授。”白寻音自然是见过李乘风的照片的，但完全没想到大名鼎鼎的李教授居然会这么好说话，听了夸奖当下有些汗颜，忙不迭地说，

“哪里敢当，能见到您真的很荣幸。”

“别这么谦虚，你之前发过来的邮件里面有工作成绩、科研成果，还有在学校里的思想政治表现，我都看过了，非常不错。老孙能给你写推荐信，并且还找了其他两个老家伙帮腔，我相信你的业务能力肯定过硬。”李乘风笑了笑，“今天把其余需要的东西带来了吗？”

他说的是硕士学位证书、最后学历证明之类的资料。

“带来了。”白寻音忙说，把密封好的文件袋双手交给李教授，有些不好意思地笑道，“教授，我就是一个死读书的人，真担待不起您和孙教授的夸奖。”

“嗯，人懂得自谦是好事。”李教授低头看文件，平静地道，“自谦，自信，自负，看起来差别很大，可往往就在一念之间。”

“小白，你进来的第一时间，我就感觉你像一个刚入学的大学生，满身书卷气，不沾铜臭气，挺好，我喜欢你这种天生适合读书的好材料。”

李乘风不愧是全国最优秀的教授之一，说出来的话一针见血，字字珠玑。

白寻音听了，尤为受教。

“我喜欢那种有一身傲骨的自谦学生，你可以领悟的。”

李乘风看完文件合上，收在了抽屉里面——这也代表他收下了白寻音这个学生。

白寻音从进办公室开始就高高悬挂起来的心脏落了下去，暗自长舒了一口气。

“你这种学生，才是真正做科研的料。”李乘风端起茶杯抿了口，对着白寻音挥了挥手，“回去吧，小白，回去好好准备考试。”

白寻音站起身来，冲着李乘风教授深深地鞠了一躬。

博导的事情尘埃落定，接下来就没什么好操心的了，只等着四月份的审核考试过后，她去澜大报到就行。神经紧绷了五年，白寻音难得感觉到了什么叫作放松，就好像一下子无所适从，不知道该干什么了一样。

想了想，她给今天正好休假的阿莫拨去了电话。

后者秒接：“怎么了？”

“没怎么，出来逛街。”

“你是白寻音吗？”阿莫在电话对面大惊，“你居然会有时间逛街？”

白寻音不怎么想和她对话。

“快点快点。”阿莫却已经在催了，“把你的定位发给我。”

半个小时后，两个人在林澜黄金商圈喝上了下午茶。

“怎么突然想起来逛街了？”阿莫热爱一切甜点，仗着不胖体质，一坐下来就开始疯狂消灭桌上的巧克力蛋糕，还试图喂白寻音，“尝尝。”

“太腻了。”白寻音不爱吃甜的，皱眉表示嫌弃，端起眼前的美式咖啡喝了一口，回答阿莫上一个问题，“有一个认识的学妹马上过生日，想给她挑一件礼物。”

之前喻时恬听说她要回林澜，就兴奋地表示自己的生日正好在三月下旬，她回来就能赶上，并且“勒令”白寻音一定要去参加她的生日宴会，不去就不是好姐妹。

白寻音没办法，想想去也没什么，就是得挑上一件像样的礼物，总不好空着手。

“谁啊？是你之前说的在北方认识的那个小姑娘？”

“嗯。”白寻音拢了下耳边的碎发，回忆起喻时恬之前在电话里跟她说的话，“她也是林澜的，好像是家里有钱的娇娇女。”

“有钱啊……那还真不能送得太寒酸。”

阿莫摸着下巴思索了下，便拉着白寻音去逛一楼的奢侈品店，又带她去试香水。

“送香水最好了，女孩必备物又不嫌多。”阿莫将试用装喷了一点在手腕上，凑过去给白寻音闻，“这个呢？好清香。”

“这是我们这季的新品。”一旁的导购小姐适时地插话，言笑晏晏道，“这款香水名叫‘青春’，最适合年轻的小姑娘了。”

于是白寻音稀里糊涂地就把这瓶香水买下来当作给喻时恬的礼物了，其实打心眼里，她觉得用上千块钱买一瓶香水的行为很傻，因为她本人并不属于那种需要这些“必备物”的女孩。

“行了，这样肯定有面子了。”阿莫看着包装豪华的香水盒笑了笑，随口问，“你那个朋友的生日会举办地点在哪儿？”

白寻音想了想：“好像叫什么‘平溪会所’。”

阿莫吓了一跳，回头呆呆地看着白寻音：“那你这朋友是真有钱啊，富二代吧？据说平溪不是达官显贵都进不去，更别说举办生日宴了。”

白寻音也没想到喻时恬的来头会这么大，她依旧无所谓地笑了笑：“没关系，反正我就去送一个礼物。”

“这怎么可能没关系！”阿莫叫起来，又上下扫了一眼她身上的白衬衫、牛仔裤，“你打算就穿这身去？”

白寻音：“不行吗？”

阿莫一本正经地说：“那你连平溪的门都进不去。”

白寻音无语至极，不情不愿地被阿莫拉着去挑衣服。

“你那些衣服真的，不是我说，太素了，你还以为自己是高中生啊？”阿莫边帮她选衣服，边絮絮叨叨地教育她，“现在高中生都不像你这样穿了。我记得你跟我说过你做项目工资挺高的啊，你又没什么花钱的地方，怎么不买几身衣服？这都起球了！”

白寻音默默地扯回自己的衣服一角，嘴硬地说：“反正能穿。”

阿莫翻了个白眼，忍无可忍地往白寻音怀里塞了两条裙子，道：“去试试。”

白寻音被强迫着推进试衣间，看着手里的两条裙子，微微有些恍惚。其实她以前还是爱穿裙子的，只是北方天气寒冷，一年没几个月能穿裙子，加上她一年三百六十五天有三百天都待在实验室，穿着裙子不方便，久而久之，衣柜里就一条裙子都没有了。难得清闲两个月，似乎又可以穿了呢。

白寻音笑了笑，脱下衣服，换上那条墨绿色的吊带裙。

裙子剪裁得恰到好处，是高腰复古的款式，颜色也是比较复古的墨绿色，像是二十世纪九十年代英国名媛穿的那种裹身裙，经过设计师的改版，衬得白寻音本就白皙的皮肤更是像瓷器一样细腻。

细细的肩带点缀着单薄纤瘦的肩，胸前的弧度和纤细的腰形成 S 形曲线，缎面的裹身裙使得洁白的背、傲人的腰臀一览无余。这样的吊带裙，随便搭一个外衬，在林澜三月份的天气里穿着正好。

白寻音有些不适应地走出试衣间时，敏锐地感觉到阿莫和两个售货员的眼睛齐刷刷地亮了。

“小……小姐。”售货员抹了一把差点流出来的口水，结结巴巴地说，“我能给您拍张照吗？”

白寻音：“嗯？”

售货员握拳：“我觉得你比我们海报上的模特穿着还要好看！”

白寻音也不想再试了，直接刷卡买下了身上的这条裙子。

直到和兴高采烈的阿莫离开，白寻音也没想明白喻时恬过生日，她为什么要买衣服。

按理来说，她虽然最近几年没回林澜，可也是土生土长的本地人，却没听说过那个平溪会所，有阿莫说的那么夸张吗？

直到喻时恬生日那天，白寻音按照约定好的时间赶过去，发现地点是在寸土寸金的蒲观才有点惊讶。她以前从白鸿盛的嘴里听说过蒲观，是林澜最繁华的商圈。据说只有流动资产过千万、身家过亿的人才有入驻蒲观的资格。

出租车都无法进入蒲观内区，只能停在路边。白寻音走了一段路才看到平溪会所，通体漆黑色的七层独栋楼，都是大理石玻璃面搭的，即便天色已经有些暗了，一眼望过去依然有种发光的感觉。怪不得阿莫说她穿着衬衫、牛仔裤过来会被撵走，现如今看到平溪会所是这么一个地方，白寻音都不想进去了。

她站在门口犹豫了片刻，拿出手机给喻时恬打了个电话。

五分钟后，穿着一身亮闪闪的粉色鱼尾裙的喻时恬跑了出来，她头上还戴着一顶亮闪闪的细钻皇冠，像一个小公主。

“姐姐，你怎么才来呀，想死你了。”喻时恬穿着鱼尾裙照样健步如飞，两三步冲过来挽住白寻音的手臂，笑得娇憨可人，“快进来，快进来！我第一次见到姐姐你穿裙子耶，也太好看了吧！”

“恬恬，生日快乐！”白寻音把手里的香水盒子递给她，才微笑着客气道，“我觉得我可能不太适应这个环境，你们都是年轻人……”

“你就比我大一岁，装什么老成啊？”喻时恬撇了撇嘴，不大乐意地说，“我们都这么久没见了，一个礼物你就想把我打发了？不行不行，你必须进去陪我切蛋糕！我一会儿还有事儿跟你说呢。”

没办法，白寻音只得跟着她进去了。在喻时恬过生日的时候，她只想让她开心，并不想起争执。

进了这个每块砖似乎都刻着钱的幽静会所包厢内，白寻音才发现里面并没有她想象中的那么嘈杂。大家三三两两地聚在一起说话，见到寿星回来才起哄了两句。

自然也有不少人见到白寻音眼前一亮，忙不迭地让喻时恬介绍一下。

“都滚一边去啊。”喻时恬自然知道白寻音不喜欢这些瞎起哄的人，不客气地哼了一声，“这可是我姐姐，赶紧去喝你们的酒，别打歪主意了。”

众人撇了撇嘴，看着喻时恬极其护犊子，只好悻悻地散了。

这时，一个穿着机车装、左边耳朵戴了五六颗耳钻的男人拿了一瓶拉菲，对着喻时恬一挑眉：“开了？”

“开呗。”喻时恬一挑眉，“反正一会儿我哥过来帮我结账，你们随便喝。”

看来有人撑腰，喻时恬便有恃无恐地大方起来了。白寻音抿唇笑了笑，低声在她耳边说了句：“恬恬，我去那边坐坐，你不用管我。”白寻音知道自己和这里有些格格不入，也不想喻时恬因为太照顾她反而扫了兴。

“嗯嗯嗯。”喻时恬忙着应付周围来来往往的人，轻轻点了点头，“姐姐你去坐着，我一会儿再过去找你玩。”

白寻音点头，随便找了个角落坐了下来。她还是不适应人又多又嘈杂的地方，不适应别人明里暗里的搭讪，只好端着一杯酒时不时地抿一口，把自己的存在感降到最低。幸好喻时恬订的包厢很大，觥筹交错间不会有那么多人注意到她。

白寻音低头间发现自己的鞋带松了，她秀眉轻蹙，弯腰去系——她之前就说过自己不适合穿这样的绑带鞋，可阿莫偏要她穿。

她所在的位置离门很近，低头的时候就感觉耳边掠过一阵风，似乎是有人推门进来，然后喻时恬惊喜的声音在远处响起：“哥！这儿呢！”

看来是等到付账的人了，小姑娘心情大好。白寻音心下戏谑地琢磨着，抬起头来想看看喻时恬时不时就吐槽，实际上却很依赖的哥哥究竟长什么样，结果抬眸的瞬间，她茶色的瞳孔就僵住了。

白寻音是想过回到林澜以后可能会遇到喻落吟，但城市这么大，每条街每条巷转瞬就错过，也有可能永远遇不到。

可她绝对没有想过会在这个时间、地点遇到喻落吟，更没有想到原来他就是喻时恬经常挂在嘴边的哥哥。时隔五年，她还是一眼就被他吸引住了目光。

白寻音看着喻落吟推门进来，还没往里走，就被喻时恬笑嘻嘻地扑了个满怀。

男人身材依旧清瘦修长，五官也没什么变化，漫不经心地扯出一抹笑，递给喻时恬一张卡后，懒洋洋地说：“滚去付账吧。”

白寻音不自觉地紧紧抓住身边的包。她知道自己这个时候应该用包挡住脸，然后趁着无人注意的时候悄悄溜走，就当作没来过，没见到过喻落吟。

可白寻音控制不住自己的眼睛，她依旧看着喻落吟。当年的少年现在变成了颇为深沉内敛的男人，他似乎察觉到了她的目光，稍稍侧头，就看到了坐在角落里的她。

两双瞳孔碰撞到了一起，白寻音不自觉地收缩了一下，但她清清楚楚地看到喻落吟的眼神毫无变化。他看到了她，却好像看到了一个陌生人一样。

这个眼神让白寻音一瞬间从刚刚莫名的昏头里清醒过来，直感觉兜头被浇了一盆带着冰碴的水，通体冰凉。她有些狼狈地垂下眼睛，攥着皮包的手指都泛着白。

白寻音的神色平静到麻木，任由喻时恬和喻落吟的对话传入耳里——

“哥，谢啦，反正你的卡没限额，不介意我刷吧？”

“装什么装，都刷完了。”

“嘿嘿，谁让你没送我生日礼物呢！”

“还有事儿吗？没事儿我……”

“有有有！”喻时恬打断他，然后声音渐渐飘远，“跟我过来一下啦。”

她似乎把喻落吟扯走了。

白寻音不由得重重地松了口气，趁机站起来悄无声息地离开了这个本来还算热闹，现在在她眼里却光怪陆离的地方。既然喻落吟已经忘了她，或者是纯粹地无视她，那她也不会凑上去惹人烦。

只是这条裙子白天穿还好，晚上还是有点冷。微风徐徐吹过长长的墨绿色裙摆，白寻音忍不住抱住双臂，搓了搓手臂御寒。她需要走过一段长长的寂静之路，才能打到车。原来电视剧里说的那些“美丽冻人”，折磨的只是自己。

都说“女为悦己者容”，但喜欢你的人，你穿着校服，他也移不开眼睛；他不喜欢你了，你即便盛装出席，也毫无存在感。

白寻音胡思乱想着，直到背后不断响起的车喇叭声拉回她的思绪，她下意识地回头，就被身后的车前灯闪到眯了眯眼，不自觉地抬手挡住。

半晌后，车灯熄灭，车窗里露出喻落吟面无表情的脸。

白寻音一愣，下意识地停下了脚步。

喻落吟那辆线条流畅的白色宾利很快开到她身边，车窗降下，他目不斜视地看着前方，只留给她一张线条精致利落的侧脸：“上车。”

“谢谢……”白寻音婉言拒绝，“我打车就行了。”

“哦。”喻落吟倒也没勉强，闻言就把车窗关上了，但车轮没动，依旧停在原地。

白寻音只觉得跟他相处的每一秒钟，都处于湖水灭顶般的境地。她抿了抿唇，转身继续走自己的路。

她一动，喻落吟那辆车便又跟了上来，无声无息，阴魂不散。

白寻音轻轻叹了口气，回头透过车窗看着喻落吟，似乎在用眼睛问：你干什么？

然后，她看见喻落吟笑了——不似刚刚给喻时恬卡时漫不经心的笑，而是打心底觉得舒服的笑。

“上来吧。”喻落吟又一次降下车窗，“这儿离主干道还有一段路，我送你过去——看在老朋友的分上。”

他在“老朋友”三个字上加了重音，有些自嘲地扯了扯唇。

白寻音不想跟他没完没了地拉拉扯扯，她知道以喻落吟的脾气，她无视，他就会跟着，她拒绝，他就会缠着，所以她上了车。

她上车后，喻落吟倒是没说什么，沉默着把车开出蒲观的地界后，单手打转方向盘：“你家住哪儿？”

白寻音沉默了片刻，客气地说：“麻烦把我送到附近的地铁站就好。”

喻落吟听着，修长的手指有些玩味地敲着方向盘。原来过了五年，白寻音拒绝人时的态度还是一如既往的干脆，冷漠又强硬。他没有再勉强，拐了个弯把白寻音送到地铁站入口。

眼看着穿着绿裙子的姑娘对他客气地道谢，下车，纤细娉婷的背影渐渐远去，下楼梯消失不见，喻落吟攥着方向盘的手指才不自觉地收紧。她是为谁打扮得这么漂亮？

他知道白寻音不爱穿裙子，不爱化妆，但她今天漂亮得像个妖精，还去那种鱼龙混杂的地方。喻落吟不知道自己盯着白寻音离去的那个地铁口看了多久，黑眸深不见底，直到身后传来汽车催促的喇叭声，他才掉头离开。

遇到喻落吟，白寻音心里不可避免地起了波澜，可强迫自己适应了，也就不过尔尔，谁遇到谁都有可能，不用把自己和对方想得太重要。尤其是这么多年了，两人都应该开启新的生活了。

白寻音想着之前喻时恬说的她哥哥要订婚了，就忍不住笑了笑。她是真的恭喜喻落吟，并且为此感到开心。她开心他没有因为当年她的欺骗而产生阴影，仍旧可以开始新的生活，相信爱情。原来这些年来，只有她一个人过不去那些坎儿。

喻时恬的电话打破了寂静，她那脆嫩的声音急急地问：“姐姐，你怎么走了呀？”

“抱歉，恬恬，我有些事。”白寻音轻声道，“下次请你吃饭好吗？”

“哦，就是好可惜。”喻时恬叹了口气，颇为遗憾地嘟囔，“我还想介绍个人给你认识呢。”

至于是什么人，答案不言而喻。

人这种生物真的很奇怪，好像过了二十三岁就必须有个人陪着一样。这些年，她身边的朋友没少为她操心，明里暗里总想给她介绍对象……可今天，白寻音忽然觉得自己没有拒绝的理由了。

人都应该向前走，她又有什么理由沉浸在过去呢？

“好。”破天荒地，白寻音第一次应下了喻时恬的请求，“你安排时间吧。”她也许该试试看了。

“呀！真的呀！”喻时恬惊喜万分，忙不迭地说，“那就这个周末吧，地点我到时候发给你！”

“好……恬恬，你等一下。”白寻音不自觉地握紧手机，声音带了一丝不易察觉的艰涩，“你说的那个要订婚的哥哥，今天来参加你的生日会了吗？”不知道为什么，也不知道出于什么目的，她愚蠢地想要确认一下。

而电话对面的喻时恬声音清脆，给了她答案：“我哥呀，来了呀，你没见到吗？”

漫长的寂静后，白寻音笑了笑。她早就应该知道的，这才是她和喻落吟之间最好的结局。

许是因为三月份的天气穿裙子还是有点冷，又在夜里走了一段路，半睡半醒间，白寻音只觉得喉咙干得厉害。她轻轻咳嗽了两声，惊动了旁边的阿莫，等到后者的手探上她滚热的额头并发出一声惊呼时，她才反应过来自己发烧了。

于是迷迷糊糊中，她被阿莫喂了两片药，便又昏昏沉沉地睡了过去。

倒是一夜无梦，就是脑子连带着太阳穴都疼得厉害。

早晨起来去上班的阿莫临走的时候还不忘叮嘱白寻音吃药，随后生怕迟到被扣奖金，急急忙忙地走了。

白寻音难得睡到九点多才睁眼，只觉得头痛欲裂。看来退烧药和消炎药不怎么好使了。

她抿了口水润润干裂的嘴唇，撑起绵软的身子下床换衣服——感冒发烧硬挺过去是件浪费时间的事情，吊水速战速决就行。

白寻音又恢复了惯常的打扮——颇为厚实的白毛衣、牛仔裤，简单地洗漱一下，把长发扎成松松垮垮的丸子头就出了门。

打车到了最近的综合医院，白寻音戴着口罩走了进去。

医院里时时刻刻都人满为患，工作日也不例外。她排队挂号，又去诊室外坐着等，折腾了快一个小时才见到医生。

冰凉的液体顺着尖锐的针头输入血管，白寻音坐在医院大厅成排的公共长椅上，纤瘦的脊背靠着椅背，目光空洞地盯着自己手背上鲜明的血管出神。

由于昨天晚上几乎半宿没睡，加上药物的作用，即便身边人来人往，嘈杂声不绝于耳，白寻音也有些受不住地合上了眼睛。

不知道过了多久，感觉肩膀和腰身被人揽着晃动，白寻音才迷迷糊糊地睁开了眼睛，天花板上白花花的灯直晃眼。

她诧异地发现自己竟然是在床上醒过来的，她扫了一圈，这里像是医院里的临时休息室，也有可能是办公室。

十几平方米的房间里只有一床一椅一桌一柜，墙上挂着一件白大褂，干净得一尘不染。

白寻音低头看着自己只有一个针孔的手背，满腹疑惑，她是怎么从公共长椅上到医院办公室里的床上的？

她正百思不得其解时，办公室的门“嘎吱”一声慢慢悠悠地被人推开了，似乎是怕吵醒她，穿着白大褂的男人轻轻走进来，却和坐在床上一脸错愕的姑娘四目相对。

一时之间，画面像是定格了，没人说话。

可能是因为生病，白寻音的脑子发木，她看着穿着一身白大褂的喻落吟推门进来，一瞬间有种时光倒流的错觉，仿佛他们还青春年少，还在高中时的盛夏里。

“醒了？”现在已经是成熟男人了的喻落吟打破了沉默，他看着呆坐在床上的女人，平静地问，“感觉好点了吗？”

“好多了。”白寻音清冷的声音因为发烧有些哑，她回过神，疑惑地问道，“你是这里的医生吗？”

似乎觉得她这个问题很好笑，喻落吟嘴角翘了翘，眼睛一眨不眨地看着她：“你说呢？”

“抱歉，是我犯蠢了。”白寻音抿了抿嘴角，“我怎么会在这里？”

“挂点滴睡着了，你也不怕血管里进空气。”喻落吟轻嗤一声，“老同学一场，帮你一把不过分吧？”

白寻音这才明白，自己稀里糊涂中欠了喻落吟一个人情。她看着已经坐在办公桌前的男人的侧脸，乖巧地道谢：“谢谢……你现在是内科医生吗？”

喻落吟没回答，只是“唰唰”写了一张药单子给她，声音淡淡：“吊水一周，配合一日三餐吃这几种药，有医保记得用。”

白寻音完全没想到有朝一日喻落吟竟然会说出这么体贴的话，她沉默着接了过来，垂眸看着纸上那些凌厉劲瘦的字——铁画银钩，似乎要冲破纸张一样。

她听到头顶响起一道清冽的声音：“什么时候回林澜的？”

原来喻落吟还肯跟她闲聊，白寻音眨了眨眼睛：“一周前。”

喻落吟坐在办公桌前的转椅上，纨绔似的跷起二郎腿，咂摸着“一周前”这三个字。他随后又说：“喻时恬上的也是工大，你们是在学校里认识的？”

白寻音已经撑着无力的四肢下了床，正低头系鞋带，听到这话，默不作声地点了点头。

她有点头疼于今天欠喻落吟的这个“人情”，不知道该怎么还。

两个人共处一室，仿佛空气里都透着“尴尬”二字，白寻音只想整理好就立刻走人。不巧的是，办公室的门又被推开，另一个医生走了进来。

“咦？小喻，你怎么在这儿？”这位医生看着三十多岁，稍显成熟，有些诧异地打量了一下喻落吟和白寻音，颇为戏谑地一挑眉，“你不是神外的吗，跑到我们内科来干什么？”

喻落吟修长的手指转着刚刚写字的笔，他面不改色地说：“抱歉，带个朋友来休息一下。”

白寻音哪怕是个傻子，现在也明白喻落吟是刻意在她面前伪装成内科医生了。

“走。”男人脱下白大褂随手扔在旁边的病床上，对着刚刚进来的医生说了句，“巩哥，帮我看会儿，我先送个朋友回去。”

说着，他也不顾巩医生的抱怨，率先出了门。

“其实不用了。”白寻音跟在他身后，揉了揉太阳穴，“我可以自己回去的。”她不想再欠喻落吟人情了。

“万一你晕倒在路边怎么办？”喻落吟摁下电梯，修长的双手插在兜里，面无表情地揶揄，“毕竟吊个水都能睡着。”

白寻音硬着头皮说：“我不想耽误你的时间。”

“不耽误。”喻落吟看了眼手表，“我是实习生，没那么忙。”

白寻音心下了然——学医是个漫长的过程，五年本科、三年硕士、三年博士，如果再加上规培的话更不知道多久……以喻落吟的年龄，这才是“万里长征”的开头。

刚刚那个医生说，喻落吟是神经外科的，白寻音自然是知道神经外科的工作强度的。

电梯下到一楼后，她心下稍定，拦住了正要踏出去的喻落吟。

“可以回答我一个问题吗？”仗着电梯里就他们两个人，白寻音迎着喻落吟晦暗不明的黑眸认真地问。

喻落吟凝视着她小巧的脸，就回了一个字：“问。”

白寻音：“你怎么会学医？”

她明明记得喻落吟当初报的是天文系，五年前，意气风发的他在校园里闷热的走廊上对她说，他的梦想是探索浩瀚的星空……

为什么现在他却学医了？难不成他后来依旧坚持转了专业？

在白寻音的轻声询问中，喻落吟的黑眸闪烁了一瞬，随后又恢复正常。他无所谓地笑了笑：“白寻音，人是会变的。”梦想也是。

人是会变的。白寻音默念着这句话，无声地笑了笑。

“你说得对。”白寻音率先迈出电梯，趁着男人没有反应过来的时候按下“关门”键，把他锁在里面，只有淡淡的声音传进他耳中，“谢谢，我可以自己走。”

等喻落吟重新摁开电梯门的时候，偌大的医院一楼人来人往，已经找不到白寻音的身影了。

那道清瘦的、纤细的背影，翩蝶一样的蝴蝶骨，细细的腰肢……他从未忘记过。

喻落吟闭了闭眼，觉得自己很可笑。

从昨天晚上见到白寻音后，他的心就一直“突突”地跳着，偏生还要装作若无其事、淡漠疏离的样子。

而白寻音不愧是白寻音，还是一样的狠，不管是五年前还是五年后，她永远走得那么干脆利落，连一丝幻想的余地也不给人留下。

白寻音拿着喻落吟写给她的药单，付了费拿了药，第二天却换了家医院吊水。

她承认自己在躲着喻落吟——什么只要心如止水，就不怕和前任有任何攀扯，都是骗人的。

不想和前任有任何关联与暧昧，最好的办法就是避开一切见面的可能性。喻落吟已经是一个快订婚的人了，他们都要有一些分寸感，自重一些才好。

连着吊了三天水，这场突如其来的感冒发烧好得差不多的时候，已经到了周末，喻时恬催命一样的电话也到了。

电话里，她甜腻的声音含着戏谑，不住地提醒她："姐姐，你可别忘了周末的约会哟。"

小姑娘精心安排的约会，准确来说应该是相亲。

白寻音头疼地揉了揉额角，拒绝的话堆到了舌尖，却又说不出口——当初答应的时候是一时冲动，现如今想拒绝也来不及了。她总不能让喻时恬失望。

"好。"白寻音只好答应了下来，"地址。"

"今晚六点，海峡弯路的'左岸'。"喻时恬迅速报出一个饭店的名字，忍不住笑道，"姐姐你打扮得漂亮一点，我给你介绍的真的是一个大帅哥，不见不散哟。"

白寻音哭笑不得地挂了电话，侧头看了一眼化妆镜中的自己，下意识地揉了揉脸。

因为生病，她这些天清减了不少，脸色苍白，神情疲惫，挂着两颗大大的琉璃眼珠。

她低头观察了一下阿莫的化妆台，上面一大堆的瓶瓶罐罐，她秀眉轻蹙，想了想还是决定给自己化个妆——人生中第一次。

喻时恬是出于好心给她介绍传说中的"大帅哥"，她就算不太感兴趣，也不能顶着这副样子去拆台，尤其是喻时恬还告诉她要打扮得漂亮一些。

可能聪明的人学什么都很快，白寻音上网随便搜索了一个淡妆教程跟着涂涂抹抹，整个妆化下来，倒也像模像样。

化妆品真是神奇的东西，能让她苍白的脸变得生机勃勃。

下午六点，白寻音准时出现在了海峡弯路的左岸餐厅。她身上穿的还是上次参加喻时恬生日聚会时的那条墨绿色裙子，没办法，她没什么别的正式衣服。

左岸是一家玻璃旋转西餐厅，用餐需预订，人均两千起。白寻音走到门口的时候，由守在大门边上的侍者带了进去。

喻时恬订的位子在二楼，跟着侍者上楼，白寻音抬眸就看见了穿着一身鹅黄色洋装的喻时恬。

青春靓丽的姑娘见到她眼前一亮，连忙挥手："姐姐，这里！"

她对面坐着的男人大半个身体都被廊柱挡住，想必就是传说中的"大帅哥"。

白寻音脸上挤出一抹僵硬的笑容，快步走过去打招呼："抱歉，让你们久等了……"

话说到一半，眼睛扫过喻时恬对面的男人时，她卡了壳。

白寻音近乎错愕地看着嘴角带着戏谑笑意的喻落吟，他的黑眸惯常看不出情绪，但神色显然是愉悦的。

他手里正端着咖啡杯，见到白寻音，他点了点头："你好。"就跟不认识她一样。

白寻音脑子里"嗡嗡"作响，她艰难地别过头，佯装若无其事地看着喻时恬。

喻时恬心思简单，丝毫看不出两个人之间的"惊涛骇浪"。

"姐姐，这是我哥。"喻时恬站起身来走到喻落吟旁边，拍了拍他的肩膀，充满自信地说，"够帅吧？一般不够标准的，我真的不会介绍给你，现在肥水不流外人田，你们俩好好聊聊吧！"

怎么回事？喻落吟不是快要订婚了吗？喻时恬怎么还把他作为相亲对象介绍给自己？

白寻音一肚子的问号，奈何喻时恬给两个人当了个短暂的"媒婆"过后就迫不及待地跑了，她也没办法问。

她只能坐在喻落吟对面，有些尴尬地说："好巧。"

"不巧。"喻落吟放下咖啡杯，利落地撬开盘子里的生蚝，平静地说，"我是想见你，才故意诱导那笨蛋组织这场饭局的。"

不愧是喻落吟的作风，不同的是，他现在对于自己的手段承认得更干脆了。

白寻音至此彻底明白自己之前应该是误会了，喻时恬说的要订婚的哥哥应该是她的另一个哥哥，之前也去了她的生日宴会，而自己却只注意到了喻落吟。

她觉得心里平静了不少，起码在面对喻落吟的时候，不会总有种透不过气来的感觉了。她抬眸看着像是饿了一天不停地吃东西的男人："你是怎么诱导恬恬的？"

从以前到现在，喻落吟想做的事情似乎就没有做不到，白寻音真的很想知道他是怎么把周遭的人玩弄于股掌之中的。

"嗯，很简单。"男人抽出一张纸巾擦了擦手指，看着她的黑眸弯了弯，"她喜欢多管闲事，还爱为我操心，我只需要暗示她一下我想找女朋友就行了。"至于喜欢给人牵线搭桥的喻时恬，自然不会放过在他面前表现的机会。

白寻音沉默片刻，又问："那你怎么确定会是我呢？"

"因为我在她面前表现出对你很有兴趣，所以她只会把你介绍给我。"喻落吟刻意在"兴趣"两个字上加了重音，黑眸上下扫了她一眼，嘴角的笑意有些玩味，"我是想见你才来相亲的，你是因为什么理由呢？"

"我想想。"喻落吟修长的十指交叉，眼底闪着冷光，"缺男人了？"

白寻音没说话，半晌后抬起头来看着他，茶色的眼睛里平静无波："喻落吟，我缺不缺男人，你不清楚吗？"

他说这些有什么意思？白寻音向来不喜欢装，宁可撕破脸。

喻落吟神色一僵，嘴角戏谑的笑意一点一点地变浅。

"你既然可以刻意引导恬恬约到我，自然也可以从她那儿打听到我的事情。"白寻音端起桌子上的冰水喝了一口，再说话时呵气如霜，她讥诮地反问，"你不清楚我的事情吗？"

她早该想到喻落吟是什么样的人了，因为她本就十分了解他。

"你说得对。"喻落吟轻舒一口气，直接承认了，"我知道你没有男朋友，但这不妨碍你现在有这个需求。"

真正让他生气的，是白寻音做了"过来赴约"这个决定。

喻落吟有时候也觉得自己不可理喻，明明是他刻意引导着喻时恬帮他约人，给他当媒婆，肆无忌惮地利用着自己那个天真的妹妹……可白寻音如他所愿地来相亲时，他又无比生气。

他打心眼里觉得生气，不舒服，尤其是白寻音还打扮得很漂亮，甚至化了妆。喻落吟知道她从来不化妆，这是不是意味着她很重视这次的相亲？

白寻音看着喻落吟阴晴不定的脸色，手指不自觉地捏紧玻璃杯，她有些无奈地问："喻落吟，你到底想怎么样？"

是啊，他到底想怎么样？就连喻落吟自己都不知道他想要什么样的答案。他只知道自己一看见白寻音，就忍不住想要缠上去。

"白寻音，别瞎相亲。"最终，他轻轻地开了口，把面前的牛排切好推到她面前。

喻落吟的目光毫无情绪，他只是在叙述一件事情，或者，只是在提出一个建议——

“如果你想找男朋友，可以考虑考虑我。”

这是她回到林澜后他们见的第三次面，前两次，喻落吟还冷若冰霜，仿佛不认识她这个人，这次就突兀地提出“交往”的请求。

白寻音连饭都没吃，沉默半晌后就近乎仓皇地拎起包走人了。回去的路上，她清晰地听到自己七上八下的心跳声，扑通扑通的。

也许五年的时间真的能改变一个人，即便打眼看去外貌、气质都没什么变化，但只要近距离地交谈、接触，就能发现端倪。白寻音很明显地发现喻落吟比五年前更强势、深沉，以前就很会耍手段的他现在更是干脆得不加掩饰了。

他直直地盯着她，说出“考虑考虑我”的那一瞬间，白寻音不得不承认，她心里某一处被击中了。

那也许更像是单纯的欣赏，欣赏一个有魅力的男人对她近乎逼迫的表白。

白寻音心里乱得厉害，回去看到已经下班回家在敷面膜的阿莫，就像看到救星一样。

她犹豫了下，还是没忍住把这两天发生的事情同阿莫说了。

阿莫听了她的叙述，眼睛越瞪越大，到最后激动得一把撕了面膜。

“你遇到喻落吟了？喻落吟就是你在工大那个很要好的学妹的哥哥？你回来后你们就在你学妹的生日宴上见过了？他今天还故意设计和你相亲要和你处对象？”

虽然不知道阿莫重复一遍她的话有什么意义，但白寻音还是硬着头皮点了点头：“是这样没错。”

“那我真的有点误会他了，本来以为这人坏得很……”阿莫喃喃地说，“没看出来，喻落吟这么痴情啊。”

痴情？白寻音蹙了蹙眉，总觉得这个词和喻落吟不太匹配。

“五年了，他一直没有女朋友吗？你一回来，他就说要和你谈恋爱？”阿莫皱了皱眉，客观冷静地分析着，“我怎么觉得这么奇怪呢？音音，他有没有可能是要报复你啊？”

白寻音一愣：“报复？”

“是啊，毕竟当年……”阿莫有些尴尬地顿了一下，作为知道所有内情的人，她看着白寻音叹了口气，“你俩分手后，我听陆野他们说喻落吟很是消沉了一阵子。”

五年前，白寻音最后一次见到喻落吟就是她提出分手的那个雨天。她永远记得喻落吟冷厉而晦暗的双眼，好像她把他的光从中抽离了一样。每每想起喻落吟的那个眼神，白寻音心里就会难受。所以她像鸵鸟般避开喻落吟的一切消息，胆怯到自己都有些鄙视自己。

此刻听阿莫说起当年的一切，好像尘封多年的书被掀开一角，虽然陈旧泛黄，却引人入胜。

白寻音不自觉地抬头看阿莫，示意她继续说。

“呃，音音，你知道我大学不是在林澜读的，所以知道得也不是太清楚。”阿莫挠了挠头，“但是我跟陆野、黎渊他们玩得还算不错，后来听他们说过几次。”

“说起这个，我差点忘了告诉你，你猜喻落吟妈妈是谁？顾苑！顾苑啊！就是你特别喜欢的那个教授！”

白寻音目光微动，轻笑了一声，佯装惊讶。

好在阿莫的思绪也没在“顾苑”身上停留太久，她继续说道：“后来不知道怎么的，喻落吟死活不肯继续念大学了，非要退学复读。”

第一次听说喻落吟复读的消息，白寻音心里“咯噔”一声。

“唉，这些你都不知道吧？”阿莫揽着白寻音的肩膀，轻轻揉捏了下以示安慰，“我也是后来才知道的。陆野说喻落吟他们家的人都拗不过他，这家伙愣是退学回去三中复读了，整个一个疯子。”

“后来再次高考，他没报澜大，而是报了医学院。”

“我们觉得他可能是想学医，但澜大也有医学系啊，大不了转系嘛，他还非得考专门的医学院，估计八成是因为这个复读的吧。”

“说起来我真的很佩服喻落吟这种人，做事情真是狠，都不给自己留退路。”

白寻音怔怔地听着，这才知道这些荒唐事。

阿莫不了解喻落吟，他就是这么一个追求完美的人。他看不上澜大的医学系，所以即使复读也要选择最好的。

可她是最好的吗？为什么过了五年，喻落吟还会对她说出那种话呢？

从阿莫的叙述中，白寻音在脑子里勾勒出一个被她抛弃后，依然恣意妄为，不顾一切追求自己的梦想的喻落吟。她有些庆幸喻落吟是这种不会被轻易打倒的人，挫折只会让他迅速成长，闪闪发光。

“音音，我有点担心，喻落吟这个人心思太重了。”阿莫说完后，有些惴惴不安地看着她，“你还喜欢他吗？想跟他在一起吗？”

白寻音沉默片刻，只回答了她后一个问题：“不想了。”她清楚自己是一个什么样的人——天生缺少共情能力，这几年变得越发冷漠，极度没有安全感。

她没法想象自己再次和喻落吟在一起，并且保持一段“安全稳定”的关系。她害怕。当初就是她不要喻落吟的，她害怕如今全身带刺的自己会一不小心再次伤害他。

她不想再伤害他了。

不过幸好，白寻音下定决心后便没有受到喻落吟的打扰。那天的晚餐、提议，都恍如镜花水月一般，他又消失在了她的生命中。

只有喻时恬时不时地打电话过来问她和喻落吟相处得怎么样，白寻音一开始找借口搪塞，后来干脆说：“不合适。”

还好喻时恬是个识趣的姑娘，只遗憾地叹息了两声就不再问了。

白寻音继续平静地学习、备考，直到林澜桃花灿烂的四月份到来时，她又一次进入澜大，成为一名大龄学生。

说是学生，但李乘风教授很看重她，也十分欣赏她过往的课题研究和项目成果。所以在白寻音申请去研究所时，他几乎没有犹豫就批准了。

博士生进入研究所就属于国家的科研人员，是要签工作协议给福利待遇的。林澜是新一线城市，极其注重人才的引进，白寻音签了合约后，学校就给她分配了福利房。

年纪轻轻就成了有房一族，拿到钥匙的时候，白寻音难得有些恍惚。

“哇，这房子不错啊！”阿莫帮着她搬家的时候边参观边感慨，“怪不得老人说读书改变命运呢，宝贝，我可羡慕死你了。”

说是搬家，其实也没什么好搬的，行李就装了两个箱子。新房只是简单装修了一下，什么家具都没有，还得自己去买。

幸好下周才正式去研究所上班，白寻音还有时间去家具城逛逛。

“音音，你看咱们高中班的微信群。”逛家具城的时候，阿莫低头看到手机上的微信群消息，忍不住笑了，她知道白寻音当年退了高中班级群，所以干脆把手机递过去跟她分享八卦，“看，他们正组织同学聚会呢，不知道哪儿来的闲心。”

高中生活是一段很有纪念意义的日子，但当初他们班只是一群相处不到一年的尖子生，甚至很多人都不怎么熟悉，又有什么好聚的？

白寻音随意地扫了一眼，就收回了视线。

阿莫随口问了句："说是想去玉楼春吃饭……你去不去？"

白寻音毫不犹豫地说："不去。"

当年的同学她都不记得几个了，去了干吗？再说，人有避开尴尬的本能，她不想在同学聚会那种本来就尴尬的场景里再尴尬地遇到喻落吟。

白寻音和阿莫在家具城里逛了一下午，订购了不少东西，末了又去逛商场。选日用品的时候，阿莫强拉着白寻音去了化妆品专区，给她挑了一大堆面膜。

"阿莫。"白寻音哭笑不得，"我有护肤品。"

"有护肤品也得敷面膜！面膜就是女人的第二张脸懂不懂？"阿莫瞪着她，一本正经地教育道，"大学霸宝贝，别的我不跟你争，护肤这方面你真得听我的。你都快二十五岁了，女人过了二十五就老得非常快，况且你天天高强度地工作，必须懂得保养，知道吗？"

白寻音愣了片刻，之后默默地买下了一大堆面膜。毕竟爱美之心，人皆有之。

她是从来不在意自己的容貌的，每天都有人夸她，她也不膨胀，但这不代表她愿意变丑。

等傍晚回了新家，一个人窝在沙发上颇感寂寞的时候，白寻音难得敷了张面膜。

计算着十五分钟的时间，白寻音靠在沙发上闭目小憩的时候，旁边的手机响了起来。

她闭着眼睛，想也不想地滑动屏幕，喻时恬清甜的嗓音从手机里传了出来："姐姐，你搬到新家了吗？"

白寻音的指尖精准地摁了免提，被面膜盖住的声音有些闷闷的，她"嗯"了一声。

前几天，喻时恬打电话叫她出去喝下午茶，白寻音就跟她说了搬家的事情，她这电话打得还真是凑巧。

"那我过去看你吧！"喻时恬兴致勃勃地说，"正好我买了锦记的生煎包。"

锦记是一家连锁生煎店，之前她们在北方的时候就常常一起去吃锦记的生煎包。白寻音闻言，立刻感觉晚上没怎么吃饱的肚子有些饿。她毫不犹豫地说了声“好”，然后撕下面膜给喻时恬发了个定位过去。

小姑娘大概就在附近，十五分钟后，白寻音就听到了“咚咚”的敲门声。

已经换上家居服的白寻音走过去开门，门外喻时恬提着几个大盒子，脸上笑眯眯的。

“姐姐，你刚洗完脸啊？皮肤真水嫩。”喻时恬一进门就嘴甜地招呼了一句，明明是第一次来，她却熟门熟路地坐在沙发前的地毯上，盘腿把生煎和鸭血粉丝汤等食物放在茶几上，“姐姐，快来吃。”

白寻音走过去坐在她对面，如水的眉目含着戏谑：“今天这么殷勤，你犯什么错误了？”

“唉！”喻时恬叹了口气，手下不住地摆弄着那些外送盒子，“我这不是特意来跟你赔罪吗？”

“赔罪？”白寻音用塑料勺子舀了口汤喝，被烫了一下，有些含糊地问，“赔什么罪？”

“我后来想了想，其实不应该把我哥介绍给你。”喻时恬不住地叹气，“我知道你俩之所以不合适，肯定是我哥那个狗脾气的问题。”

白寻音拿着勺子的手不自觉地一顿，干巴巴地问：“为什么？”

“说起来还真有些不好意思，我觉得我哥还忘不了他那个前女友，草率把他介绍给你是我的错。”喻时恬皱了皱眉，颇为愤怒地一拍桌，“但是他跟我说他想找女朋友啊！”

白寻音心中不自觉地一紧，声音发涩：“前女友？”

“是啊，除了我哥忘不了前女友，我想不出他跟你处不来的原因——当然，你看不上他也是有可能的。”喻时恬显然对白寻音相当有自信，她无奈地一耸肩，“要不说我哥就是狗脾气呢，既然忘不了前女友，就不应该让我给他介绍呀。”

白寻音勉强地笑了笑，突然觉得本来喷香流汁的生煎有些吃不下去了，就像蘸着的醋，酸得发涩。

喻时恬打量着她的神色，不好意思地说：“对不起啊，姐姐。”

白寻音摇了摇头：“不怪你。”

“对，要怪就怪我哥！”喻时恬握拳，顺水推舟地赖上喻落吟，愤愤地说，“我哥肯定是鬼迷心窍了，这么多年过去了，就是忘不了他那个前女友，我看那个女的八成是个狐狸精！”

“狐狸精？”

“对啊，就是狐狸精啊。”喻时恬一本正经地说，“我哥是什么人啊？典型的腹黑深沉精英男，这么多年就被她吃得死死的。这么多年一个女朋友都没谈过，心里就想着她，那女的威力这么大，不是狐狸精是什么？！”

貌似是“狐狸精”本人的白寻音默默地听着。虽然有些不应该，但她依旧贪婪地从别人的话中拼凑着喻落吟的那些过去。

“我第一次看到我哥对一个人，尤其是对一个女人那么上心，话说我真好奇那个狐狸精长什么模样。”喻时恬下巴抵在膝盖上，歪着脑袋吐槽道，“你都不知道，我哥跟那狐狸精分手后的那段时间整个人就跟疯了似的，搞得家里鸡犬不宁，就连我大伯……”

看见白寻音眼睛一眨不眨地听着，喻时恬才意识到自己说多了，有些不好意思地闭了嘴。

“嘿嘿，我说多了，总之你别跟我计较啦。”喻时恬把生煎喂到白寻音嘴边，坚定地说，“吃一堑长一智，我以后再也不帮我哥介绍对象了！”

而被她疯狂吐槽了一顿的“狐狸精”就坐在对面，面无表情地咬下一口生煎的皮，然后麻木地吞进肚子里。

晚上躺在床上的时候，白寻音觉得胃里像塞了一块石头，有些撑得难受。

她轻蹙眉头揉了揉小腹，脑子里闪过今晚喻时恬说过的那些话，一字一句像是穿耳的魔音——

“我哥就是忘不了他那个狐狸精前女友。”

“他五年都没谈恋爱。”

“啧啧，我可真想看看他那个前女友的庐山真面目。”

如果喻时恬知道那个“狐狸精”就是她，场面得有多尴尬啊。

想到这里，白寻音不禁苦笑了一声，然而笑意未达眼底，因为她想起刚刚喻时恬跟她说的另一件事。

一件和他们的过去有关，尘封已久的事。

那还是当初白寻音觉得最痛苦的时刻，分明是值得欢庆的春节假期，可喻落吟的玩世不恭让她的世界崩塌了。

今天她才知道，那条当初她觉得像是一条华丽的狗链子，绑在她手腕上束缚着她的手链，是喻落吟拜托喻时恬帮忙买的，背后还有一个故事。

“我哥对那女的是真上心，大过年的，他非得让我想办法给他弄来一条限量款手链，说是要哄女朋友。”喻时恬说起关于喻落吟的八卦兴致勃勃的，“整个林澜都没有，我连夜托人给他从樊城调来一条，结果你猜怎么着？那女孩压根不领他的情，我哥那一个月脸都是黑的。”

喻时恬说到此处，忍不住幸灾乐祸地笑了，继续说：“不过他也是活该啦，他就是个浑蛋，后来才跟我说他是因为打赌才跟那个女孩在一起的，人家不理他了，他既后悔又懊恼。”

“可世界上哪有那么多回头草可以吃？虽然我觉得那个女孩是狐狸精，让我哥都对她念念不忘，但也不妨碍我觉得我哥活该。”

喻时恬是一个活得通透的人，她是因为这么多年看着喻落吟“形单影只”，所以在情感上心疼他，才用“狐狸精”这个词来形容当初的那个女孩。但在道义上，她觉得她哥活该——毕竟女孩理解女孩。

时隔多年，白寻音才知道原来当初那段时间不是她一个人在痛苦，原来喻落吟也会像无助的毛头小子一样向别人求助，只为挽回她。

她不禁扪心自问：如果在五年前得知这些事情，也可以预见自己走后他的颓废伤心，她还会做出和当初一样的决定吗？

其实不消一分钟就有了答案，她依然会的，也许她本身就是个冷血动物。她并非不喜欢喻落吟，只是这种喜欢抵不过现实，例如她和喻落吟之间的贫富差距。

当初这些问题横亘在他们之间，喻落吟不在乎，可她能视而不见吗？

现在呢？她有了不错的学历，有了房子，也有了自己的事业，年少时期那种无法宣之于口的自卑还会如影随形吗？

白寻音那个用量子物理理论不眠不休做建模时的脑子都不会像此刻这么混乱。

阿莫发来的信息打断了她的思绪，但信息内容又令她有些上火。

“音音，我刚才在班级群里看到这次同学聚会喻落吟也会去，他之前从没参加过哎，这次是不是因为你呀？嘿嘿嘿。”

最后三个“嘿嘿嘿”，把她八卦的本质暴露无遗。

白寻音眼睫微动，想了想给她回了个省略号过去。

阿莫的消息接二连三地发来——

“要不然我把你拉进群里吧？”

“不说是谁，估计也没人那么没眼力见地问。”

“你可以围观一下当年那群尖子生现在天天聊的都是些什么，哈哈哈！”

白寻音抿唇想了想，回了一个“好”字。

许是没想到她能答应得这么痛快，阿莫“啊啊啊”了几句，瞬间就把她拉进了群，动作异常麻利。

白寻音进群时，还有不少人在说话，说的都是下周同学聚会的相关事宜。

她随意扫了几眼，就设置了“消息免打扰”，然后鬼使神差地点进群成员列表。

一共三十多个人的群里，并没有标注每个人的真实姓名，都是微信昵称，可白寻音一眼就看到了其中的喻落吟。

五年了，他依旧用的是那个白底笑脸的头像，微信昵称也依旧是简洁的一个句号。

他是懒得换，还是根本就不用这个微信号了?

白寻音犹豫了一下，点开那个头像，下面的朋友圈空空如也，不知道是设置了“陌生人不可见”，还是他根本就没发过朋友圈。

她看着那笑脸头像下面的“添加到通讯录”几个字，手指像是着了魔，不由自主地点了下，然后马上就后悔了。

她懊恼地蹙了蹙眉，刚想退出，就诧异地发现屏幕居然直接跳到了和喻落吟的对话框。

她怔怔地看着屏幕好几秒，才反应过来是怎么回事。难不成……喻落吟这么多年来一直留着她的微信？霎时间，白寻音心里有种说不出来的滋味。她按灭手机塞到枕头底下，干脆什么都不去想了。

偶尔，她也想做一个逃避现实的人。

虽然确认了是微信好友，但从那天晚上起，白寻音就感觉自己的微信列表里好像多了一个定时炸弹一样。

以前不怎么看手机的姑娘，现在每每手机“叮咚”一响，她都会下意识地看一眼，看朋友圈也比之前频繁了。

就连李乘风教授都发现了这事，几次过后，他便戏谑地问她：“小白，你是不是谈恋爱了？”

白寻音被李教授这个突兀的问题结结实实地吓了一跳，虽一头雾水，仍忙不迭地否认：“教授……没有啊。”为什么李教授会这么问?

“哈哈，长得这么好看的小姑娘，能没有男朋友？”

“介绍对象”可能是中老年人最热衷的一件事了，李教授当即就说：“要是真没有，我给你介绍一个，咱们院里的好小伙可不少。”

"谢谢教授。"白寻音哭笑不得，柔声拒绝了李教授的好意，"我暂时还没有这个打算。"

"也好。"李教授也不强迫，颇为赞赏地说，"你这个年纪，正是做研究的时候。"

处对象谈恋爱什么的，都可以暂且往后放放。

白寻音一听，这几天无比躁动的心莫名其妙地平静了下来——李教授说得对，顺其自然就好，想太多其实只是自找烦恼。

晚上，白寻音和阿莫约好了一起去吃桂花胡同里的那家老字号云吞。

这家店开了几十年了，虽然老板已经从健康强壮的中年夫妻变成微微佝偻的六旬老人，可云吞的味道从来没变过。

手工擀的皮筋道醇香，咬开肉馅汁水在口腔里四溢，沁着香油流在撒了紫菜和虾米的鲜汤里，轻而易举就能让人连食带汤喝个底朝天。

末了，两个姑娘还一人打包了一份未下锅的云吞，打算明早自己煮了当早餐。

在研究所上班比在实验室做研究要累一些，晚上七点多回到家里，白寻音只觉得紧绷了一天的肩膀有些酸疼。她轻轻地揉了揉，便拿着换洗衣物去洗澡。

等出来时，女人纤细的身子穿着睡裙，浑身泛着水汽，长长的头发被干发帽兜住。

她刚刚接到同事的电话，说今天有一个文件结尾那里有问题，让她再弄一下，她只好趿着拖鞋走到电脑桌前。

她坐在电脑前聚精会神地修改文件时，就听到放在桌子上的手机振动了一下。她以为是同事催促的信息，漫不经心地扫了一眼，却在屏幕上看到了喻落吟的微信名。

女人打字的手指登时一僵。

白寻音不敢置信地眨了眨眼睛，忙拿过手机解锁点进去，然而看到的是他撤回了一条消息。

撤回？白寻音皱了皱眉。

悬在手机屏幕上的手指蜷缩了一下，白寻音犹豫了半晌还是没忍住给喻落吟发去了一条："你刚刚撤回了什么？"

几乎是同一时刻，喻落吟也问她："你怎么把我加上了？"

这该死的默契。

时隔五年再次收到喻落吟的消息，白寻音顷刻间反应过来一件事。

喻落吟应该是经常给她这个微信号发消息，没想到今天居然被接收了，该是发了什么，他才会忙不迭地撤回。

而手机另一端的喻落吟，发现自己例行公事般发出去的消息前面没有那个红色叹号，无疑有种心态崩了的感觉。

他敢时不时地在白寻音这个绝对不会有回应的微信里骚扰她，就是确信她不会把他加回去。她多狠啊，亲手删了他的一切联系方式，又怎么会无声无息地加上他的微信呢？于是他就这么一个人自娱自乐了五年。

没想到他今天发出去的消息被接收了。

盯着白寻音发过来的消息愣怔了片刻，喻落吟本来抿紧的嘴角便忍不住扯出一抹笑来，隐隐有种自己把千年老蚌的壳撬开了一丝缝隙的错觉。

白寻音等了半晌也没等到喻落吟的回话，心不在焉地把文件处理好，关了电脑后才收到他的消息："我想你了。"

简单的四个字，让她的心怦怦狂跳。

白寻音不由自主地思考起一个问题——喻落吟刚刚撤回的是"我想你了"，还是他每次发来的都是这四个字呢？

"喻落吟，你是还喜欢我吗？"

这简单的一句话，十个字，白寻音在对话框里打了又删，删了又打，几乎能想象到喻落吟看着上面"对方正在输入"时的戏谑眼神，可她就是问不出口。

白寻音不是怕喻落吟的回答会让她失望，她反而是怕自己无法回应他的回答。

如果喻落吟说"是"，她该怎么办？

拒绝？不，白寻音虽然纠结，但她知道自己肯定是舍不得拒绝的。

顺水推舟地接受？那也不行……她还没准备好。

五年前他们决裂得那么彻底，其间一次都没有联系过，结果她回到林澜一个月就和好了？这未免太不现实了。

她并不了解现在的喻落吟，喻落吟也不了解她。

所以最终，白寻音只是沉默地回复了他一串省略号。

还好，喻落吟没有继续刚刚暧昧的撩拨，而是问她："同学会，能看到你人吗？"

白寻音眯了眯眼，想到据说他会去的那个传言，鬼使神差地回了一个“能”字。

改变主意就是一瞬间的事情。

玉楼春虽然名字风雅，实际上却是一家比较平价的烧烤店，地方宽敞，能坐下几百个人。

白寻音下班后直接赶过去，才发现原来聚会的不仅仅是他们一班，还有当初其他的几个高三班级，浩浩荡荡的一群人把整个二楼都包了。

她上去的时候，差点迎面撞到一个人。

“白寻音？”迎面下来的男人非但没躲开，反而戏谑地道，“你也来了呀？”

白寻音抬眸，从男人近在咫尺的脸部轮廓中，找到了当初时常跟在喻落吟身后的那个少年的影子——好像是叫黎渊？

她点了点头：“你好。”

“你从北方回到林澜了？”黎渊一副皮笑肉不笑的样子，他居高临下地看着白寻音，“之前听阿莫说你回来了我还不信，舍得离开那破地方了？”

他咄咄逼人的语气让白寻音不自在地抿了抿唇，一时间有些后悔过来了。

喻落吟的朋友不待见自己，白寻音一点也不意外，毕竟在他们眼中，她当初害得喻落吟那么惨。

所以此刻面对黎渊的讽刺，白寻音也没有动怒，她只是客客气气地说了句：“工大不是什么破地方，笑人不如人，学校也一样。”

黎渊忍不住愣了一下，他猛然发现，白寻音看着柔弱，但绝对不是什么可欺的“善类”，不然喻落吟也不会惦记她这么多年，欲罢不能，像个疯子。

他短促地笑了一声，趁着喻落吟那货还没发现，先行弯下腰道歉：“不好意思，我刚才说得有些过分……请上来吧。”他说着微微侧身，还很滑稽地弯腰比画了一个“请”的姿势。

白寻音上了二楼，一眼就在偌大的方厅里扫到了喻落吟的身影，许是因为男人太惹眼，即便他只穿着一身简简单单的休闲装。她看到喻落吟坐在长沙发上，漫不经心地跷着二郎腿垂眸看手机，身边围着一群想与之攀谈的同学。

那个坐在喻落吟旁边端着酒杯要敬他的女人身材曲线玲珑有致，露出的半张侧脸妆容精致，娇俏迷人……盛初苒？

这么多年，她也没怎么变。

白寻音发现盛初苒看着喻落吟的眼睛里依旧带着迷恋，不禁觉得有些好笑。时间是一个可以冲淡一切的好东西，但心动的感觉改变不了，好比盛初苒对喻落吟的单方面迷恋。

黎渊跟在白寻音后面，发现她停下脚步，有些疑惑地顺着她的视线看过去，心中霎时警铃大作。乖乖，白寻音要是误会了，他喻哥不得怄死？

“喻哥！”黎渊立刻大声叫道，一嗓子吸引了半个屋子的人的视线，他故意拍了拍白寻音的肩膀，笑着说，“看，我们的大博士生！”

这都是谁传播的言论？白寻音面无表情地接受着众人的注目礼，转开头避开了喻落吟的目光，随便在角落里找了个位子坐下。

当年在学校，没几个人知道她和喻落吟的事情，她在高中最出名的形象也不过是“哑巴”而已，她早就习惯把自己的存在感降到最低。

然而，这都是白寻音自己的想法。实际上，当初很多同学对她的印象都是安静的学霸，漂亮到不可方物的校花，迫于盛初苒的势力，大家才不得不孤立她。

可现在大家都是成年人了，谁也胁迫不了谁，不少老同学见到白寻音还像当年那么漂亮，便忍不住过去搭话。

喻落吟在不远处看着，眸色沉沉，深不见底。

“喻落吟，好久不见。”看到白寻音的一瞬间，盛初苒的脸色变得极其难看，当初喻落吟和白寻音的事情没几个人知道，而她碰巧是知情人之一。

每个人都忘不了自己的暗恋、单恋、初恋，喻落吟对盛初苒来说就是三位一体的存在，是她求而不得的光。然而，这束光只喜欢白寻音，甚至因为白寻音而报复她。如果没有白寻音就好了。这么多年过去了，这个念头还盘旋在盛初苒的脑海里。

毫无逻辑的怨恨会让一个人的思维变得畸形，盛初苒不怨恨当初对她冷言冷语的喻落吟，而是深深地怨恨着白寻音。她依旧喜欢着喻落吟，不撞南墙不回头。

盛初苒也隐约知道自己的行为有些扭曲，但她控制不住自己。这些年来，她虽然偷偷地关注着喻落吟，却始终不敢出现在他面前，直到今天这个同学聚会，她才敢光明正大地上前和他攀谈。

盛初苒看着喻落吟清隽斯文的面孔，黑曜石一般的凤眼，感觉自己的声音都有些发颤，她明知故问："你……你现在怎么样了？"

喻落吟抿了抿唇，好似根本没听到她的问话一样，倏地站起身来。

随着他的动作，盛初苒手腕一抖，香槟洒出来，滴到她的裙子上。她懊恼地蹙眉，迅速抽出两张纸擦拭着裙角，再抬头时，喻落吟已经离开这方天地，修长的背影走去的方向是……白寻音那里。

盛初苒握着纸巾的手指不自觉地收紧，心里的怨念在那一瞬间几乎达到了顶峰。

白寻音在初二以前还勉强算是活泼的性子，自从家里出事后，她便越来越冷漠了，如今整天泡在研究所的实验室里，自己跟自己玩耍，身上都有些生人勿近的气场了。

所以她不大会应对，也应对不过来一群人围着自己的局面，尤其是她跟这些人并不熟，但他们却好像跟她很熟。眼前这些老同学似乎都幻化成魑魅魍魉，嘴巴张张合合，一个劲地说着，白寻音脸上挂着公式化的笑容，麻木地应对着。

她思绪飘散地想着，阿莫今天怎么下班这么晚，还不过来救她，再这样下去，她估计就要半路走人了……

正想着，喻落吟就过来了。

大家见到他过来，自动自发地让出一条路来。

于是喻落吟双手插兜，径直走过来坐在白寻音旁边，整个人都是放松的状态，嘴角还挂着一丝清浅的笑意。

五年了，第一次离白寻音这么近，鼻尖隐约飘过只属于她身上的香气，喻落吟异常满足，就连身上凌厉的气质都温和了不少。

周围的同学觉得有些莫名其妙，又觉得这场景有种诡异的和谐。只是喻落吟坐在这儿，他们就不好继续赖着和白寻音说话了，三三两两地走开，没人注意到白寻音自喻落吟坐过来后就不自觉绷紧的脊背。

喻落吟放松地靠在沙发上，黑眸盯着白寻音单薄的脊背。

白寻音穿着深灰色的羊毛针织衫，贴身的款式，轻而易举地勾勒出女人纤细的腰肢，还有形状姣好的蝴蝶骨……但他一闭眼，总感觉白寻音身上穿着的还是当年三中的校服。

当年少女扎起来的马尾辫，现在已经柔顺地披散到肩后了，只有耳边的一缕碎发不听话地翘了起来，喻落吟下意识地伸手想帮她弄好，却正巧白寻音转过头来。

那一瞬间，他的手指碰到了女孩殷红软嫩的嘴角。

两个人都是一愣。

两人怔怔地对视着，喻落吟好像忘了把手拿开，而白寻音一时间也忘了避开。

“不好意思，来晚啦！”

幸好这时候阿莫到了，及时打破了两人之间的“僵持”，缱绻的暧昧氛围一扫而空，白寻音忙不迭地转过头，站起来对阿莫招了招手，示意自己在这里。

阿莫是和盛闻一起过来的，怪不得来得这么晚。

俊男美女一起出现在楼梯口的时候，大家就觉得两人异常登对。白寻音发现盛闻那高中时一向含着冰的眼睛，现在看着阿莫时明显多了几丝温度。

阿莫看到她，眼睛一亮，笑着跑了过来：“音音，你还真过来了，我……”

她的声音戛然而止，视线在白寻音和喻落吟之间转了一圈，立刻变得有些尴尬。

反而是喻落吟淡定地点了点头，神色如常地同她打招呼:“好久不见。”

“呃，好久不见。”阿莫随口应着，然后连忙把白寻音扯远了些，小声地碎碎念，“怎么回事啊？他又来缠着你了？”

“没有。”白寻音的耳尖还残留着因为刚刚的意外而产生的红晕，她摇了摇头。

“那就好，别离他太近……”

两个小姑娘的“窃窃私语”，实际上喻落吟听得一清二楚，不过他也不介意，嘴角一直挂着一丝若有似无的笑意。

盛闻坐在阿莫旁边，看着她“教育”白寻音，怕她说得口干舌燥，便默默地递上了一杯水。

阿莫扫了眼，毫不客气地接过来喝了。

白寻音看着两人之间亲昵的小动作，忍不住笑了笑。

“别笑。”阿莫难得有些不好意思，嘀咕道，“他这是故意表现，平时他上班都是秘书伺候他呢。”

“所以盛闻现在来伺候你了呀。”白寻音笑着揶揄了她一句，随后又和盛闻闲聊了两句。

得知盛闻现在在一家投行当经理，周围不少人便凑了过来。

毕竟股市是大多数人都很关心的事情。

就连一直挺高冷的周新随都很好奇，他说自己最近投资的一只股票涨得厉害，问盛闻会不会被高位套牢。

盛闻是个做事认真的人，一开始只随便说了下这只股票的走势，分析着就忍不住犯了职业病，拿出纸笔在茶几上勾画起曲线图来。

阿莫："……"她觉得盛闻真是够了。

而这一举动自然也吸引了一圈围观群众，尤其是上学时候的那几个风云人物，大家聚在一起讨论，嘈杂的烤肉店瞬间变成了办公室。

白寻音离得比较近，盯着盛闻笔下的那张纸津津有味地看着。

"怎么？"喻落吟整天研究的都是大脑皮层，对股市毫无兴趣，看着白寻音饶有兴致的模样，他忍不住低声问，"你想买股票？"

"不是。"白寻音一旦沉浸在研究中，就会全身心地投入，并不会在意周边的人是谁，和喻落吟对话也不觉得尴尬了，她认真地说，"我只是觉得可以根据这些数据，用量子物理给股市建模，这样趋势就一目了然了。"

周围人听到她的话，都是一愣。

"用量子物理给股市建模？"作为学渣的陆野听着都觉得是天方夜谭，忍不住笑了，"真的假的？"

"真的。"白寻音看着盛闻写下的这只股票近一周的数据，秀眉微蹙地认真分析，"物理是一种原理，其中量子力学的量子态里就有'运动方程'这个概念。"

"这是理论概念和观测量之间的对应规则。"

"股市也是如此，也有运动方程的定式，只要根据一段时间内的观测数据来建模，以后分析起来就会简单很多。"

周围大多数同学听不懂，只有少数几个人才能理解白寻音所说的概念——世界上几乎所有东西都可以利用"定式"和"理论"来建模，股市当然也可以。

其实白寻音本不是话多的人，只有在说到自己感兴趣或者是跟自己专业有关的事情时才会忍不住。在谈论起学术问题的时候，她整个人都在闪闪发光。

其实这只是一个小插曲，喻落吟却清晰地了解了白寻音是多么热爱学术，热爱她现在所从事的工作。

“哇，音音，你好厉害啊！”阿莫听了她这一通理论，忍不住夸赞道，“这个什么建模，听起来好牛的样子！”

“就是非常牛。”盛闻赞赏地看着白寻音，开口发出邀请，“这个建模的理论其实很多公司都在使用，只是相关的研究人才很难找到，如果你对股市有兴趣，可以考虑加入我们公司……”说着，他掏出自己的名片递了过去。

周围人见状，忍不住跟着阿莫一起嘻嘻哈哈地起哄。

盛初苒看着白寻音大出风头，不禁攥紧酒杯，脸色苍白。更让她觉得心口冰凉的还是坐在白寻音身后的喻落吟，他仗着白寻音不会回头，一向冷冽的黑眸里泛着能溺死人的温柔。

白寻音到底有什么本事，能让喻落吟这种男生几年如一日地痴迷？就凭她刚刚那不知所云的什么物理理论？呵，假大空罢了。

盛初苒实在是咽不下这口气，她抿了抿唇，不顾旁边朋友的阻拦，挤开人群走了进去。

“白寻音，好多年没见了。”盛初苒强笑着走到白寻音面前，居高临下地看着坐在沙发上正在纸上写写画画的人，“当年我有很多做得不对的地方，现在想想真是傻呢，我特意过来跟你道个歉，你应该不介意吧？”

白寻音抬眸看到盛初苒眼底闪过一丝讽刺，便知道她心里在想什么，有些玩味地翘了翘嘴角。

周围的人看到这一幕，八卦的心蠢蠢欲动，毕竟他们都知道当年盛初苒因为校花评比的事情看白寻音不顺眼。

时隔多年，两个人现在要和解了吗？

白寻音看了盛初苒两秒，只觉得自己高中时的那些记忆又浮现在脑海中，那些没人和她说话，她经常被关在教室里的晦暗时光……本来忘记了的事情，随着某些人的出现，再次翻涌出来。

白寻音眨了眨眼睛，脆生生地道：“介意呀。”

盛初苒一愣，周围的其他人也愣了。

“之……之前是我的错……”盛初苒没想到白寻音会当着这么多人的面给她难堪，登时有些慌了，暗暗咬着牙道，“我是专门过来跟你道歉的。”

白寻音笑了笑：“不是你专门来道歉，我就要原谅你吧？”

她这般不近人情的样子让周围登时响起窃窃私语，不少人当即打圆场——

“白寻音，你就原谅她吧。”

“对啊，盛初苒当初也是不懂事。”

“这么多年了，什么事儿也都该过去了。”

“这么多人呢，给个面子呗。”

而盛初苒也适时地装出一副泫然欲泣的样子。

白寻音无声地叹了口气，再次感慨自己今天不该来——早知道会碰到盛初苒，还会被她这么恶心一通的话。

“行了。”一道冷冽的声音响起，就像一根无形的针扎进每个人的脑子里，让他们尴尬地闭了嘴。

喻落吟不轻不重地把手里的酒杯放在玻璃面的茶几上，清脆的声响让盛初苒身子一颤，不自觉地咬了咬唇。

“人家愿不愿意原谅跟你们有什么关系？”喻落吟轻笑了一声，一直懒洋洋地靠在沙发上的身子坐直，黑色的凤眸漫不经心地扫过起哄的老同学，“作为医生，我告诉你们，小明的爷爷就是因为不爱多管闲事才能活到八十岁。各位吃饭去吧。”

喻落吟高中时是班长，是同学当中毋庸置疑的领导者，也是大家心中的天之骄子。他说出来的话总会莫名让人信服，不管是以前还是现在。

众人看着喻落吟眉目一沉，心中就下意识地一凛，连忙嘻嘻哈哈地走开，去一旁准备烤肉去了。

而一脸怨念的盛初苒也被她朋友拉走了。

刚刚人满为患的角落，顷刻间就只剩下了几个人。

白寻音捏了捏阿莫，示意她先过去，然后才侧过头，看着喻落吟道：“谢谢了。”

喻落吟一抬眉：“谢什么？”

“刚刚……”白寻音抿了抿嘴角，一个梨涡若隐若现，“那群乌合之众。”

如果没有喻落吟这种“权威人物”帮忙，盛初苒怕是还会利用舆论继续烦她。

不愧是文化人，把吃瓜群众形容得这么文艺。

喻落吟忍俊不禁，看着显然是憋着笑的白寻音，他发现五年过去了，小姑娘还是蔫坏蔫坏的。不知不觉间，两个人之间的气氛不再像之前那几次见面时那么紧绷了。

喻落吟稍微靠近她，轻声问："刚刚，出气了吗？"

"嗯。"白寻音笑了笑，诚实地说，"还挺爽的。"

尤其是看到盛初苒当众装无辜却吃瘪的模样——她又不是圣母，不会同情霸凌过自己的人。

玉楼春的店员把二楼的几张桌子拼成一张，上面放了三四个大的烤盘，众人围着桌子，吃得倒也算热闹。酒过三巡，便有上学时就喜欢起哄的同学提议玩游戏了。

"咱们在这儿干吃多没意思啊，玩玩呗。"有人用筷子敲着面前的杯盘，发出刺耳的声响，在一阵嘈杂中尤为明显，"行酒令、骰子、真心话大冒险，任选一个！"

众人听了，跟着一顿瞎起哄，声音大得差点掀翻屋顶。

白寻音默默地咬着烤串，眉头微微一皱。她显然是不大喜欢这么嘈杂的环境。

喻落吟虽然和她隔了两个座位，但能清晰地捕捉到她脸上不虞的神色，便踹了旁边的陆野一脚。

陆野接收到他的信号，只好出来和稀泥，制止这帮疯子："别吵了，就玩真心话大冒险吧！"

"真心话大冒险"在聚会上算是一个经久不衰的娱乐节目，规则简单，又刺激，所有人都能参与其中。

很快就有同学找来一个空啤酒瓶摆在桌子中央，一个接一个轮流转，转的人转到谁那儿就有资格对他提出要求。若是被转到的人真心话和大冒险都不想选，那就得喝酒。

阿莫第一个中招，她愤懑地瞪着对面那个随便转了一下的男生："你这手气真旺啊。"

那个男生十分无辜地眨了眨眼睛："莫姐，不赖我，我这也是随便一转的啊！"

白寻音还是第一次玩这种游戏，见到阿莫被选中，立时有些好奇地拄着下巴聚精会神地看着。

阿莫有些无奈地叹了口气："那就真心话吧。"

"行啊。"男生的坏主意很多，转了转眼珠子就戏谑地问，"莫姐，你得说真话啊，你跟你男朋友到哪一步了？说几垒就行。"

在座的都是二十四五岁的人了，白寻音知道他们不会像高中时那么纯情，但猛然听到这么大尺度的问题，还是忍不住愣了一下。这毕竟是众目睽睽之下啊，白寻音忍不住替阿莫感到愤怒。

在座的其他人可不像白寻音这么保守，大家都觉得没什么大不了的，一个个兴致勃勃地瞧着阿莫，等着她的回答。

阿莫抿了口酒，镇定自若地说了句："姑奶奶很纯，就亲过而已。"

她这个回答登时引来一阵嘘声。现代社会，成年男女，还能有这么纯情的存在？大家都不信。可阿莫都这么回答了，他们也不能追问，只好进行下一轮。

知道这个游戏是怎么玩的之后，白寻音就有些兴致索然了。

她靠在椅子上冷眼旁观着这看似热闹的场景，想找机会走人，不巧的是，酒瓶口转到了她这个方向。

四周莫名寂静了几秒钟，就连不小心转到白寻音的那个女生也挠了挠头，有些不知所措。

白寻音今天给他们的反差感太强烈了，那通让人听着就觉得高深的建模理论，还有和盛初苒针锋相对时的咄咄逼人，不免让人觉得她极不好惹。

而白寻音默默地放下手中的包，有些尴尬地主动开口："那个，我选真心话吧。"

那个女生松了口气，她看着白寻音那张漂亮的脸，想起她又是校花又是学霸，脑海里登时浮现出一个想法。

于是她轻咳了一声，问了一个跟刚刚提问阿莫的男生一模一样的问题。

白寻音不由得一怔，下意识地侧头看向喻落吟的方向，只见他黑眸含着一丝笑意，洁白的牙齿咬着一次性纸杯的杯沿，也在盯着她。

——你和男人最亲密的关系是哪一步？

其实这个问题于白寻音而言很好回答，她长到二十五岁，就喻落吟这么一个男朋友。

两个人之间做过的最亲密的事情也仅限于亲了亲脸颊……可视线触及对面瞪着眼睛等着她回答的盛初苒，白寻音忽然就不想说了。她不想把自己的隐私透露给别人，即便这隐私有点无关紧要。

"不想说。"白寻音伸手要去拿桌子上的酒，"我选择罚酒吧。"

"哎呀，怎么不说了呀？"

“等会儿，罚酒可是要对瓶吹的哟！”

周围人见她不说，笃定了有大八卦，纷纷起哄。

白寻音笑了笑，倔劲儿上来了，她平静地看着那群起哄的人：“正好，我还没试过对瓶吹呢。”其实她根本不怎么会喝酒。

就在她的指尖触碰到启开的啤酒时，一只大手抢走了酒瓶。

白寻音有些意外地转过头，发现喻落吟不知道什么时候站了起来，伸长胳膊拿走本该属于她的那瓶啤酒，面无表情地说：“我帮她喝。”

没人敢有异议，只能眼睁睁地看着喻落吟替白寻音受罚。

“喻哥，”刚刚提问的女生压不住心里的好奇，小声地问，“你怎么帮白寻音喝酒啊？”

“献殷勤。”喻落吟扫了她一眼，面无表情地冷嗤一声，“你连这都看不出来吗？”

白寻音被阿莫拉着坐下来的时候，感觉自己耳根都有些烧得慌。她忍不住看向被人群围在中心的喻落吟，真想问问他到底想干什么。

只是等到聚餐结束，她都没找到机会，因为喻落吟喝醉了。

白寻音没想到喻落吟的酒量居然这么差。他只喝了三瓶啤酒就醉了，一向白皙的脸上泛着浅浅的红晕，眼神都有些迷离。

“呃，呵呵。”黎渊扶着他出来的时候，有些尴尬地说，“喻哥他学医的，平时根本不喝酒，所以……”这算是为喻落吟酒量差找了个合理的借口。

“哎哟喂，累死了。”黎渊把喻落吟塞进车里后，就把车钥匙递给白寻音，“白同学，麻烦你送他一趟吧，地址我发到你手机里。”

他们刚刚已经加上微信了。

白寻音有些迟疑地看着他：“我送？”

“是啊，我们都喝酒了啊。”黎渊理直气壮地道，“阿莫送我们回去，喻哥自然就只能交给你了。”

莫名其妙被委以重任的白寻音蹙了蹙眉，还在犹豫。

而阿莫听了这话也不放心，走过来说：“要不然我送喻落吟，你送他们吧。”她有点怕白寻音和喻落吟单独相处会吃亏。

“拜托，我的姑奶奶，你捣什么乱啊？”黎渊差点被她气死，指了指另一边的几个醉汉，“你不去送自己的男朋友盛闻，来这边凑什么热闹，走走走！”说完，他就强行把阿莫拉走了。

这下子，黎渊想给他们制造单独相处机会的司马昭之心就差写在脸上了。白寻音看着他们远去的背影，有些哭笑不得，但还是上了车。

不管怎么样，喻落吟确实醉了，此时正坐在副驾驶座上安安静静地闭眼小憩。他之前在医院帮过她一次，她没道理连送他回家这样的小事都不愿意。

白寻音上车后，按黎渊刚刚发给她的地址设置了导航，刚要启动车子，就听到身边的人声音嘶哑地喃喃："渴……"

喝了酒的人是会渴的，可这车里没水啊。

白寻音找了一圈无果，侧头看见喻落吟扯着自己的领带，眉头轻蹙很是难受的模样，她犹豫地问："你介意喝我的吗？"

她包里有一瓶随身带着的水，不过她都喝过了。

结果自然是得不到喻落吟的回答，他似乎真的渴极了，舌尖不自觉地舔了一下嘴角。

白寻音想了想，还是拿出自己那瓶其实没喝几口的水，拧开瓶盖凑过去亲自喂给喻落吟。

但她没伺候过人，喂得相当粗暴，约等于灌，喻落吟喝了几口就被呛到了。他皱眉轻咳了几声，让毫无准备的白寻音手一抖，水流溢出，顿时洒了不少在他身上。

白寻音："……"

喻落吟被冰凉的水激得一个激灵，轻蹙眉头睁开眼睛，似乎雾气萦绕的屏障被推开，白寻音那张让他日思夜想的脸近在咫尺。

喻落吟深邃的黑眸更暗了，趁着白寻音慌乱地找纸巾的时候，他伸出大手轻柔又坚定地扣住了她的后脑勺。小姑娘无法起身，只能尴尬地半趴在他身上。

白寻音吓了一跳，这才发现喻落吟不知道什么时候醒了。而他那双向来深邃的黑眸里，此刻像是凝聚着一团烈火……

男人滚烫的指腹摩挲着白寻音细嫩的脸颊，声音暗哑："好久没这么近距离看你了。"

白寻音只觉得被他碰触过的地方起了一层鸡皮疙瘩，头皮几乎炸开了一样，她声音紧绷："喻落吟！"

"嘘，小声点。"喻落吟笑了笑，嘴角挂着一丝笑，犹如要去冒险的孩子一样眼睛亮晶晶的，他在白寻音的耳边低声说，"太大声把人引来，就没法做坏事了。"

做个屁的坏事！白寻音的脸颊、脖颈红成一片，她抿着唇想要挣开喻落吟："你……你再不放开我，我真生气了。"

小姑娘从没吓唬过别人，就连狠话说出来都显得稚嫩又乖巧。

喻落吟眼底的笑意更深，但他没有进一步动作，只是大手暧昧地触碰女孩精致的耳郭，让白寻音的耳垂越来越热。在这暧昧的气氛里，喻落吟口袋里的手机不合时宜地响起，在狭小的空间里犹如炸开了一样突兀。

白寻音忙说："你手机响了！"

男人眼底闪过一丝失望，他若有似无地叹了口气，耍赖道："你帮我接。"

只要能远离喻落吟，让白寻音干什么都行。

她连忙点头，在喻落吟终于大发慈悲地放开她后，她立刻拿出喻落吟的手机接通："喂？"

"喻落吟呢？让他赶紧来医院！"电话是医院打来的，"有急诊，连环车祸！"

男人的声音严肃又急促，在寂静的车厢内回荡着。

白寻音一愣，刚要转达给喻落吟，就看到刚刚还意识不清的人在听到"急诊"的一刹那，立时就清醒了。

"是刘哥吗？"喻落吟从白寻音的手中轻柔地拿过手机，声音清晰，仿佛他根本没喝过酒，"好，我现在就过去。"

挂了电话后，他迅速地搓了一把脸，然后伸长胳膊从车后座的袋子里拿出一件白大褂，边穿边对白寻音说："麻烦送我去一趟医院。"

白寻音："……"什么喝醉啊，果然都是骗人的！

不过事情分轻重缓急，白寻音自然也不会在这个时候和喻落吟计较什么，她一语不发地快速开车到了医院。

白色宾利将将停在大门口，男人便快速地拉开车门跑了下去。平日里没机会也要找机会同她搭讪的男人，现如今急得甚至忘记和她打声招呼，离开的背影都透着焦急。

白寻音凝神看了半晌，才收回视线把车子开到了医院的停车场。

从车上下来，夜间的凉风拂过，吹散了她面上炽热的红晕。白寻音握着硌手的车钥匙，犹豫了一下，还是走回医院急诊楼里。

她只是要把车钥匙还给喻落吟，白寻音在心里为自己的行为找着借口，另一个小人儿却好像在抗议着说："不是的。"

不是的。

无关钥匙，她只是想去看看喻落吟。

她想到刚刚男人听到有急诊时脸上的严肃和焦急，情不自禁地想看看他工作时的模样。

因为她突然意识到，自己从未了解过喻落吟的工作，以及他的生活状态。不过，白寻音并不明白自己为什么会产生想去了解他的强烈欲望。

车祸时常发生，可连环车祸还是让一院的急诊楼乱成了一锅粥。

白寻音鬼使神差地走到了神经外科的急诊科室外，她站在电梯口，凝望着长长的走廊。

她记得高中时的喻落吟就和大多数男生不同，他身上永远是干净清爽的，不像其他男生那样总是一身臭汗，或是沾着星星点点的泥土。也许正是因为这样，她才总是能一眼就注意到他。

而现在的喻落吟披着一件有几道褶皱的白大褂，帮着急救人员一起推着救护车，被可能是他老师的主治医生指导着穿梭在CT室、急救大厅，还时不时要扯着嗓子喊："××家属在没在？××家属请过来签字……"

最后推着病人进手术室之前，他还不忘交代护士把其他伤患的片子送到相应的诊室里。

白寻音不知道自己看了多久，她只知道喻落吟全程没有一秒停下。

她第一次粗略地了解了喻落吟这五年的生活，不，他当实习医生应该是这两年的事情。在医学院学习的时候，他也不会轻松到哪里去。

有句俗话说得好，"劝人学医，天打雷劈"，可见医学生要面临的压力和困难有多大。但白寻音能看出来，喻落吟是充实的。他沉浸在工作中时，眉眼间不再带着那种漫不经心的冷意，他愿意弯下他笔直的身躯，双手沾满了血污也毫不在意……

这对以前的喻落吟来说都是不可能的事情。以前的那个少年，最是矜贵矫情了。

白寻音忍不住轻笑了一声，从听说喻落吟放弃天文系转而学医时就隐隐钝痛的心终于稍稍放松了一些。她看得出来，喻落吟很喜欢也很满足于自己现在的工作。

这起深夜里的连环车祸，是肇事者酒驾导致车子偏离主干道，致使三辆车撞在一起。现场一片混乱。不过好在那四辆车上的人十分有安全意识，都系了安全带，有两个人受了重伤。

其中有一个人颅骨破碎，就分到了喻落吟的老师曾教授头上。喻落吟神经紧绷，以副手的身份全程跟下来。这场手术结束时，已经过去了足足四个小时。幸运的是手术很成功，他们没有白忙活。

“小喻，今天表现得不错。”手术结束后，曾教授笑着夸了喻落吟一句，“这一周你跟我进了两次手术室了吧？一次比一次娴熟啊，有进步。”

“老师，您可别夸我。”喻落吟谦虚地笑了笑，“您夸我，我会自满的，您还是像我刚来医院的时候那样多骂骂我，我才能进步……”

曾教授笑着打断他：“你小子就皮吧！”

喻落吟笑着耸了耸肩，脱下手术服后就去帮老师。

曾教授年纪大了，深夜里几个小时的高强度手术下来也的确累得慌，他看着自己带出来的学生这么贴心，就忍不住感慨：“小喻，我不知道带过多少学生了，你真的是里面天赋最好的那一批。”

“瞧。”喻落吟忍不住笑道，“您又夸我了。”

“别闹，我说正经的。”曾教授严肃地道，“我说的天赋不仅仅是指你的专业水平，更是一种责任心，一种面对病人时‘不抛弃不放弃’的精神。有件事情我一直没跟你说，我之所以收你当学生，就是因为你在刚进医院的时候虽然是个愣头青，但能看得出来是个稳重的小伙子，估计这和你从小受到的教育有关。”

喻落吟不禁微微一愣。

“但这些都不是最重要的。”曾教授话锋一转，又道，“我最终决定收你，是因为后来的那个精神病患者。”

曾经有一位患者来心理科治疗，几个月后被诊断为精神病，在被转送到精神病医院之前，患者跑到天台想跳楼自杀。

当时那事儿闹得挺大的，警车都来了好几辆，警察、医生等能去的人都跑到天台去劝了。

喻落吟眼睫微动，在老教授的叙述中也想起了当时的事情。那个时候，他在天台抽烟，被动地成了“当事人”之一。

那时他刚刚进医院，不少人看不起他复读一年的经历，没人愿意收他做学生，他心里烦乱得很。

戒烟许久的他难得跑去天台抽支烟，结果就碰到了那个精神病患者。当时喻落吟还没有把患者当成上帝的意识，眼看着那个患者爬上了天台，然后一堆人跑来哄她，告诉她未来多美好，前程多远大……

于是，喻落吟就忍不住当了那个“恶人”。

“你想跳下去解脱吗？”喻落吟垂眸看了一眼天台下面，懒洋洋地问那个披头散发的患者，“警察已经在下面铺好气垫了，你跳下去也不会死，反而有可能骨折，被打钢钉固定，苦不堪言。”

患者被他说得一愣。

而周围的人听到喻落吟的话后，也诡异地安静了下来。

所有人都希望喻落吟能好好劝说一下患者。

“你觉得活着不好？很绝望？小姑娘，你看起来也就二十岁，能经历过多少绝望的时刻？”

喻落吟轻笑一声，非但没有劝说，反而说起了大实话。

他并不刻薄，也不煽情，一双漆黑的眸子定定地看着那个患者，却好像透过她在看着另外一个人：“有触底就有反弹，你现在想死，活下来还能更差吗？世界上所有的痛症都会被一双手抹平，这双手有可能是时间，也有可能是医生，还有可能是意外。”

可能是因为活下来也不会更差，也可能是因为跳下去也死不了，最后那个患者放弃了跳楼自杀。

“当时我听了你那番话，就觉得你小子活得挺通透的，是个可塑之才，就把你收了。不然年年都有那么多人想入我门下，我收你干吗？”

“不过你当初成绩那么好，考上了澜大却选择复读，这死活都要当医生的架势一定是有什么原因的。”

曾教授讲完之前发生的事情，末了兴致盎然地看着他，试探地问道：“跟老师说说？”

喻落吟垂眸沉默了片刻，微微笑了下：“老师，是因为我喜欢的人。”

他曾经尝试亲手“治愈”一个人，在不知不觉间爱上了那种感觉。相比浩瀚星海，这种感觉更让人欲罢不能。

喻落吟轻轻揉着酸疼的肩膀，推开办公室门的时候，愣了一下。

静谧的夜灯下，一道纤细的身影趴在他的办公桌上，让这个一向充斥着消毒水味的地方都温馨了许多。

喻落吟放轻脚步走过去，半蹲在白寻音面前，看着她那张小巧精致的脸。

他正想着她怎么会在这儿等自己的时候，白寻音那长如蝶翼的睫毛颤了颤，她慢慢睁开的茶色眼睛里蒙着一层薄薄的雾气。

两人无声地对视半晌，好像时间被按下了暂停键一样。

看着她无辜懵懂的眼睛，喻落吟轻笑一声，主动打破了沉默：“你怎么在这儿？”

白寻音揉了揉眼睛，懒洋洋地直起身子看着他：“等你啊。”

喻落吟愣了一下，眼里掠过一丝笑意：“等我？”

“嗯。”白寻音张开小手，手心里躺着喻落吟再熟悉不过的那把车钥匙，硌得她白皙的掌心出现一道发红的印子，刚睡醒的她声音有些含糊，“送你回家。”

傻瓜，喻落吟心头莫名有些酸涩，哭笑不得：“把车钥匙放在这儿不就行了。”

刚刚那场手术做了四个小时，怪不得白寻音都等睡着了。

“你虽然没醉，但喝酒后就不能开车。”白寻音一板一眼地解释着自己留下的理由，“所以还是我送你回去吧。”

谁让这是她答应了黎渊的事情呢。

喻落吟定定地看了她半晌，随后笑着说了声“好”。

第七章

他是我的人间妄想

日子就这么不咸不淡地过了下去，神经外科的急诊室每天都忙得不可开交，白寻音也投入研究所的工作中，两个人的交流仅限于手机微信，一周也说不了几句话。

大家都是习惯了独立生活的成年人，更何况分开了五年，一时间都不太清楚该怎么接触对方。

阿莫还问过白寻音：“现在你和喻落吟到底是什么关系？有进展吗？

白寻音沉默了片刻，很保守地回答：“没关系，走一步看一步吧。”

这就是她和喻落吟目前的状态。

很快就到了林澜最燥热的六月份，芒种那天，一群在实验室里不眠不休忙了差不多大半个月的人，手里的实践论文终于大功告成，出版后不仅引起了学术界的讨论，其理论性甚至得到了李乘风教授的认可。

整个团队不但获得了几天假期和不菲的奖金，还有幸能得到科学院的领导亲自慰问、嘉奖。

作为这个科研项目头号功臣之一的白寻音，在下班前被主任叫出实验室叮嘱了几句：“小白啊，明天来上班记得别穿得这么休闲，打扮得稍微正式一点。”

正式？白寻音一愣，疑惑地看着主任。

“这个，明天上头有领导要来慰问。”主任颇有福气的圆脸上一双眼睛笑眯眯的，“你们团队得跟领导合照。”

这下子，白寻音知道她为什么要打扮得正式一点了。

虽然她大部分衣服是休闲款式的，但当初为了应付各种面试，衣柜里还是有一套职业性的西装短裙的。

第二天，看惯了白寻音在实验室里只穿毛衣和白大褂的同事们见了她，都有些惊讶。

纤细的女生穿着最普通不过的短款西装，纤腰不盈一握，铅笔裙下面的两条小腿踩着黑色高跟鞋，白得像是淋了一层牛奶。

实验室的人都知道他们的“小白”漂亮，而她猛然换了个风格，还是漂亮得令人移不开眼睛。

白寻音到底是自小被看惯了的，虽然刚进来的时候面对齐刷刷的目光别扭了一下，但很快就镇定自若地该干吗干吗去了。

“小白，你到底是年纪小，水灵灵的。”中午去食堂吃饭的时候，科室主任燕姐看到白寻音眼前一亮，不住地赞叹道，“你就该多打扮打扮嘛，你看咱们科室里那些人，眼睛都离不开你了哟。”

白寻音有些尴尬地一笑：“燕姐，您过誉了。”

“小白，有男朋友吗？”燕姐眼睛亮晶晶的，跃跃欲试地问，“没有的话，姐给你介绍一个？”

白寻音哭笑不得，摇了摇头：“不用了，谢谢燕姐。”

燕姐一愣：“你有男朋友了？”

“没有，但是……”

“没有那姐就给你介绍一个呗。”燕姐是科室人事部门的，认识的人数不胜数，她眼睛弯了起来，“你过完年也二十五岁了吧？姐手里可多精品了，肥水不流外人田啊。”

白寻音忙摇头：“燕姐，真不……”

她话还没说完，一个穿着西装的同事边打领带边跑过来招呼她：“小白，主任叫你过去呢。”

看这同事的模样，想也是上头的领导过来了。

白寻音只好闭了嘴，礼貌地对燕姐笑了笑便起身离开，走出去一段距离还隐约听到燕姐说：“小白可是我们科室最好的苗子，比那些女明星都漂亮的哟，我一定要给她介绍一个条件最好的小伙子……”

她登时大感头疼，现在一天闲暇的时间用来吃饭睡觉都不够，她哪来的时间谈恋爱啊？

她就这么边胡思乱想着边跟同事一起走到主任办公室，里面已经人满为患了，门外甚至来了几家新闻媒体，举着照相机，显然是想记录下这重要的一刻。

现在的科研早已不像以前那样纯粹了，有什么新的论文、实验、研究，这些媒体总是头一个到。

白寻音被主任拉着进了办公室，脸上刚刚挤出一抹有些生硬的笑，在触及办公室里一个熟悉的身影时就僵住了。

那穿着一身宝蓝色西装，长发一丝不苟地盘起来，颈上手上戴着同色系珠宝的高雅女人赫然是顾苑。

几年不见，顾苑丝毫不见老，气场更强了，只见她微笑着站在那里客气地和来来往往的人握手。

原来，上头来慰问的领导是顾苑。

不过也不意外。顾苑毕竟是白寻音崇拜过的教授，这几年白寻音虽然没有刻意地去关注她的讲座、论文，却也听说了她在业内的地位越来越高，现在几乎已经是院长级别了。

似乎是察觉到了落在她身上的视线，顾苑微微转头，就看到了白寻音。

白寻音清晰地捕捉到了女人眼睛里闪过的一丝了然。

顾苑知道她在研究所吗？白寻音虽然心下疑惑，但依旧像个礼貌的后辈一样微微点头打招呼，嘴角勾出一抹温婉的笑。

白寻音本来以为以她和顾苑的关系就应该是这样客气地打个招呼，然后互相无视，谁知顾苑径直朝着她走过来。

在白寻音面前站定后，顾苑笑了笑："好久不见。"

周围登时有很多双眼睛敏锐地望了过来——毕竟顾苑是院长级别的人物，一举一动都是焦点。

白寻音硬着头皮回以微笑："顾院长。"

"之前看到署名有你的时候，我就觉得很惊讶。"顾苑看着她，眼里的赞赏不似作假，"没想到你竟然还在物理这个领域，还干得很好。"

白寻音有些不好意思地抿了下嘴角："谢谢顾院长的夸奖。"

"嗯，一会儿结束后一起喝杯茶吧。"顾苑说着，伸手递了张自己的名片给她。

随后她留下一脸错愕的白寻音，利落地转身离开，又继续应付着来打招呼的各路人马。

十分钟后，研究所的人员站在顾苑旁边，齐齐盯着镜头，留下了一张人均学历博士以上的大合照。

合照的时候，白寻音对着镜头有些局促，也不知道自己照出来的效果如何，因为她全身都有些僵硬——她本来只想找个角落按照惯例入个镜就算了，结果不知怎的，顾苑竟把她拉到了自己旁边。

她迫使白寻音站在了中间位置，两个人一起端着那个硕大的证书相框。

被一群大佬围着，白寻音的手心都出了汗。她像是患上了镜头恐惧症，还好拍照时间短。

科学院派来的几个人没有多待，拍完照应付完媒体就离开了。主任见人走了，连忙把白寻音叫过来，有些兴奋地低声问她："小白，你认识顾院长啊？”

白寻音摇了摇头：“不熟。”

主任：“那就是认识了。”

“顾院长……的孩子以前跟我是一个高中的。”白寻音知道主任没那么好应付，只好说了实话，“以前她去我们学校演讲过，见过一面。”

主任听了心下了然，不免有些失望。

他知道像白寻音这样的优秀学生，可能以前被顾苑接见过，只是关系也就到此为止了，更深层次的关系是没有的。

他叹了口气：“去工作吧。”

白寻音“嗯”了一声，默默地把刚刚顾苑塞给自己的名片收了起来。

时隔多年，她没有必要去和喻落吟的母亲喝茶了。

白寻音不知道的是，那张大合照在周末的时候被上了《科技日报》。

《科学日报》受众有限，一般只有搞科研的人才会看，但让大家都没想到的是，这期报纸一发出去，竟然莫名其妙地火了。

其实只因白寻音和顾苑同框的画面太过于养眼。一个年轻清丽，气质清新，一个姿态卓越，华而不凡，两个人站在一起的画面简直犹如一幅画报，美不胜收。这样两个有颜值有实力的人无疑是沧海遗珠般的存在。

周末，顾苑难得不用加班，在顾宅吃早餐的时候接到了一堆莫名其妙的电话。

她皱了皱眉，听着电话里那些“院长您上热搜了”的“胡言乱语”，发现自己压根听不明白，于是很不愉快地挂了电话。

顾苑只感觉自己喝早茶的兴致都被这些电话破坏了。而她对面一周回家一次的喻落吟听到动静放下报纸，饶有兴致地看着板着脸的她。

“妈。”他敲了敲报纸中间镶嵌着的那张大合照，颇为戏谑地道，“您还挺上镜的。”

顾苑这才看到那张合照，一时间，她心里掠过喻落吟和白寻音的种种过往，登时喉头一哽。

“这……”顾苑打量着喻落吟的神色，瞧他没什么异样，才斟酌着说，“我旁边的女孩，以前我在澜大见过，好像是你同学。”

“嗯。”喻落吟面色平静，语出惊人，“我喜欢她来着。”

顾苑不知道自己该做出什么表情来应对喻落吟突如其来的坦诚，而他接下来的话更令她无措。

喻落吟看着她，有些幽怨地道：“但她不喜欢我，喜欢你。”

他竟跟她这么一个半老徐娘争风吃醋？他吃错药了吧！

然而，喻落吟脸上嫉妒的表情是认真的。他吃完早餐后抽出纸巾擦了擦嘴角，然后对着顾苑一脸认真地宣布：“我以后给您找个这样的儿媳妇，您没意见吧？”

顾苑回神，笑了笑：“没意见。”

这些年里，她和喻落吟之间的关系变了不少。在喻落吟无论如何都要放弃澜大复读考医学院的时候，她和喻远才意识到这些年他们忙于工作，忽视了自己唯一的儿子。

他们不知道喻落吟喜欢什么，曾经的梦想是什么，后来的决定又是什么。也正因为如此，他们根本无法干涉喻落吟的成长和他的所有决定。

现如今喻落吟愿意一周回家一次，和他们“和平共处”，已经是顾苑求之不得的事情了。作为一个教授，她在职场上雷厉风行，大杀四方。但作为一个母亲，她对于儿子的要求只有这么多。

喻落吟明确地对她和喻远说过，他前半辈子被他们当作机器一样培养，腻烦至极，后半辈子只想追求自己的梦想。

为了避免亲子关系彻底破裂，顾苑和喻远只好屈服。他们试着去了解喻落吟的想法，试着去了解医学的魅力，甚至试着去了解儿子的感情生活。

顾苑知道，喻落吟心里有过一个女孩。因为那个女孩，他大一的时候才会颓废成那样。而她就是始作俑者，因为她曾经找过白寻音。

这个秘密，顾苑怕是永远也不敢让喻落吟知道了。只是她没想到这么多年过去，喻落吟心里还是只有白寻音。

一时之间，顾苑心里五味杂陈，她叹了口气，放下手里的杯子，早茶也感觉喝不下去了。

想到自己那张递出去回应的名片，她有些狼狈地笑了笑。她没有想到自己会变成一个如此优柔寡断的母亲。

五年前，她丝毫不顾及强行斩断这场青涩恋情后儿子会受到什么伤害。而现在，她竟然怕了喻落吟的冷眼相对，可能……到底是老了吧，虽然眼角的皱纹还没长出多少，但是心已经疲惫了。

顾苑有些头疼地揉了揉太阳穴，再次想到了白寻音。漂亮、柔弱，是她对于医院里衣服带血的白寻音的第一印象。而在五年前白寻音说她同意和喻落吟分开后，顾苑对她的印象就变成了聪明、识时务、不卑不亢。

而现在……顾苑心下琢磨着，拨出一个电话："孙副，你帮我查一下上次那个研究所的团队成员，嗯，要每个人的详细信息……"

既然白寻音不主动联系她，那就换她主动好了。

整个研究所的人都没有料到科学院的顾苑会突然到访。

顾苑出现的时候，一群人正围着一个建模研究着，还是门口接待的人员先行发现，急忙进来通报。

顾苑只说是来随便看看，低调行事，和主任在实验室里转了一圈，却没看到白寻音的影子。

女人皱了皱眉，心下有些疑惑，却不方便直接开口问，于是在主任的热情邀请之下半推半就地去了研究所的食堂。

一进食堂大门，她就看到了白寻音。

白寻音安静地坐在桌前吃饭，餐盘里是简单的一荤两素，她心无旁骛地吃着，并不关注周围来来往往的人。

顾苑脚步一顿，想了想，同旁边的主任耳语两句，而后就打发其余的人先去吃饭，她独自冲着白寻音那桌走了过去。

高跟鞋的清脆声响越来越近，白寻音方才微微抬眸，看到顾苑，她茶色的瞳孔里闪过一丝诧异。

更让她没想到的是，顾苑竟在她对面坐了下来。

白寻音微微点头打招呼："顾院长。"

"白工。"顾苑笑了笑，并没和其他人一样管白寻音叫小白——她也知道自己和白寻音的关系没那么熟。研究所、科学院的人都用"某工"来称呼彼此，她也就这么叫了："上次我给了你我的名片，说有时间一起喝杯茶，今天下班后你有时间吗？"

白寻音有些讶异地眨了眨眼睛，没想到自己没联系顾苑，她竟然主动找来了。她想了想，觉得自己和顾苑之间的所有交集其实就围绕着一个人，于是直截了当地说："顾院长，我现在和喻落吟没什么关系。"

如果顾苑还是为了喻落吟的事情想要"敲打"她，那白寻音觉得在食堂就足以把话说清楚。

顾苑一愣，本来准备好的一肚子话都被白寻音冷冷的一句话噎得堵在了喉咙里。

半晌，她才有些勉强地笑了笑："我知道，我是……"

"小白！"恰好此时有同事在食堂门口叫白寻音，"过来一下。"

"顾院长，您慢用。"白寻音趁机站了起来，对着她点了点头，"我先回去工作了。"

顾苑只能眼睁睁地看着她离开。

白寻音走到门口的时候，正好碰上刚进来的两个中年女人。

顾苑听到其中一个女人问白寻音："小白，这么快就吃完了？"

白寻音："嗯，燕姐，我先回去了。"

待白寻音走后，那个叫"燕姐"的中年女人便对身边的人道："小白是我们科室最能干的女孩了，比男孩都拼，工作起来连续两周加班都不打折扣的。"

"现在女孩子家这么热爱科研工作的少了，你们科室可真是捡到宝了哟。"

"可不是，主任可看重小白了。"

"我看那小姑娘长得漂亮，有对象了吗？"

"没呢，我最近给她找了一个，想着明天正好是星期六，可以约着见一见……"

听到这句，顾苑精致的眉目才一凛。这位燕姐的言下之意，是要让白寻音去相亲吗？

想到这个可能性，顾苑忍不住转头看了眼身后眉开眼笑的女子，秀眉微蹙。

身处学术界，顾苑清楚地知道像白寻音这样的女生"杀伤力"有多大，明里暗里估计不知道有多少男生惦记着她，难不成喻落吟不知道？他就没什么动作？

思及此，顾苑也没心思吃这顿午饭了，拿出手机给喻落吟发了个"今晚回趟家"的信息，便起身离开了。

可实际上，相亲这事儿完全是燕姐剃头挑子一头热。白寻音在知道自己被介绍了一个相亲对象，且在周末要见面的时候，脑子也是蒙的。

"不是……燕姐。"白寻音看着兴致盎然的燕姐，艰难地道，"我什么时候说要相亲啦？"

"上次在食堂呀。"燕姐笑着，理直气壮地说，"我说要给你介绍一个精英，你不是没拒绝吗？”

她想起来了，那次是她还没来得及拒绝就被人叫去照相了，可是她也没答应啊！

白寻音简直有苦说不出。

“哎哟，小白，你就见见，那是我大姑姐家的儿子，剑桥毕业的海归，就比你大两岁，年纪轻轻就事业有成，长得还帅，姐能坑你吗？”燕姐估计是抱着“肥水不流外人田”的心思，劝道，“大不了你见了不满意，不继续接触就是了嘛，就当交个朋友？总是待在一个圈子里也不好的呀。”

白寻音抿了抿唇，一时之间难以拒绝。她本就不擅长拒绝热心肠的人，尤其是燕姐这种真心实意为她着想的，虽然她是真的不想去相亲。

她只好答应下来：“那好吧。”大不了就当和陌生人拼桌吃个饭，她请客好了，总归不会占别人便宜。

白寻音如是想着，看着燕姐喜不自胜的模样有些哭笑不得，随口说了句“我回去上班了”，就回了实验室。

她并没有把相亲这件事放在心上。

忙碌了一下午，等晚上回到家里的时候，她甚至都忘了这件事——如果不是喻落吟发消息过来。

手机在床上振动了一下，白寻音摘下眼镜揉了揉眼睛，一看是几天未曾联系过自己的男人，此刻发来的消息也简明扼要：“周末有空吗？”

白寻音下意识地回了句：“有事吗？”

喻落吟此刻应该不忙，秒回消息：“陆野想做东请老同学吃个饭，他要订婚了。”

陆野？白寻音愣了一下，是高中时那个又痞又皮的陆野吗？她记得上次在同学聚会上看到了陆野来着，没听说他有女朋友啊，怎么突然就要订婚了？

白寻音的指尖在屏幕上方悬了片刻，一个“好”字正要发出去，她才猛然想起下午的时候燕姐和自己说的话。她只好又删掉，重新编辑了一条：“抱歉，这个周末我有事。”

喻落吟的消息接二连三地发来——

“不能来吗？”

“这可是陆野的告别单身派对。”

“给个面子。”

白寻音有些无奈，并非她不近人情，而是她和陆野也没熟悉到这种程度。

“帮我跟陆野说声不好意思。”白寻音还是坚定地拒绝了，“我已经先跟别人约好周末吃饭了，不能失约。”

电话那头的男人盯着“不能失约”四个字，狭长的眼底闪过一丝带着阴鸷的黯然。他捏着手机的修长手指不自觉地收紧了。

“喂，怎么样了啊？”莫名其妙“被订婚”的陆野忍不住推了喻落吟一把，好奇地问道，“白寻音同意周末出来了吗？”

这问题无疑是扎心的，喻落吟抿了抿唇，有些挫败：“没有。”

陆野性子直，大实话脱口而出：“那看来人家相亲的意愿已经很强烈了啊。”

“不是。”喻落吟坚决不肯承认，转过头看着陆野，面无表情地说，“是你的面子不够大。”

陆野觉得自己倒了八辈子霉才有这么个朋友。他都牺牲自己的“清白”，被人拿去当借口了，结果还被借机侮辱一番……喻落吟还是人吗？

喻落吟立刻就用实际行动表明了他的确“不是人”。他把手机扔在桌上，一伸懒腰下逐客令：“你走吧，我要睡觉了。”

“去你的。”陆野忍不住骂人了，“这才晚上九点钟，你就睡觉？”

喻落吟几时这么早睡过？

“不早睡不行，明天得早点起。”喻落吟微微笑了下，“要去蹲点搞跟踪呢。”

反正怎么能破坏白寻音的相亲就怎么来。

有些人骨子里的东西是不会变的，就像喻落吟。他终究是那种占有欲极强，认定的东西怎么都不会让别人抢了去的人。哪怕手段偏激一些，喻落吟也想让白寻音眼里只有他。

男人黑眸暗沉，在黑暗中慢条斯理地碾碎了一支烟。

第二天一早，难得休假的喻落吟没有犯懒，早早起来就去白寻音家的小区门口蹲点——他不光知道她的单位，还知道她的住处。追人，怎么能打无准备之仗？

喻落吟心里已经琢磨好了所有流程，他要跟着白寻音摸到那个“约会”的地点，然后大摇大摆地坐下看看那个精英是什么样，总不会有他好吧？

他要表明自己追求者的身份，让对方知难而退。小姑娘那么好，很难有男人看了不心动。

喻落吟在蹲点了近一个小时过后，才等到那道纤细到有些瘦削的身影。

一路尾随着白寻音来到了楚罗路的一家花园餐厅，喻落吟看着她走了进去，他在门口站了半晌，才晃了过去。

他无意间一扫，本来决定要实施的计划，猝不及防地夭折在了摇篮里。

看着白寻音对面那张既陌生又有些熟悉的脸，喻落吟垂在身侧的手不自觉地握紧。

他自然不会忘了这张脸——穆安平，白寻音的那个竹马。

他知道穆安平高考后就去了英国留学，却不知道他是什么时候回来的。

花园餐厅内，许久不见的白寻音和穆安平面面相觑，都有些惊讶。每次相亲都碰到熟人的概率有多大？有何感想？

别人不知道，但于白寻音而言是百分百的概率，感觉十分滑稽。她一共被阴差阳错安排了两次相亲，结果相亲对象一个是前男友，一个是老熟人。

“音……音音？”穆安平估计也是被家长强行安排着跟人见面的，见到白寻音，他眼里闪过一丝错愕，随后有些激动地站了起来，“好久不见了，你什么时候回林澜的？”

“的确，好久不见。”事已至此，白寻音只好坐了下来，笑着和穆安平叙了叙旧，“刚回来，你呢？”

当初高中毕业后穆安平来找过她，说自己要出国了，不过她没有见他。

“我半年前回来的。”穆安平比之多年前成熟了不少，脸上的青涩褪去了很多，黑发向后梳着，更显五官俊朗，他看着白寻音那双茶色的柔润眼眸，瞬间感觉回到了少年时期——无数闪回的记忆里，都有白寻音这双漂亮的眼睛。

穆安平有些动容，眼神带着留恋，看着白寻音喃喃道：“音音，你还是……这么漂亮。”

白寻音似乎是没想到穆安平会说出这么直白的话，她微微愣了一下后，只好配合地翘了翘嘴角，说：“谢谢。”

“音音，你现在是在研究所工作？”穆安平迟疑地问，“是给我介绍的中间人说的……”

"嗯，是的。"白寻音点了点头，漫不经心地用钢制的叉子叉着盘子里的沙拉吃，"是我老师介绍的工作。"

她早上起来还没吃饭，怪饿的。

穆安平眼睛一眨不眨地盯着对面的白寻音，看她垂眸吃东西，脸颊一鼓一鼓的，他脸上的神色不自觉地柔和下来，笑意止都止不住。他是被强迫过来跟人相亲的，也没抱着"能成"的心理，基本上就是过来应付了事的。

介绍人口中对女方的赞美，什么"澜大博士""研究所工作的""长得特别漂亮"等，穆安平全没放在心上。可他没想到相亲的对象居然会是白寻音。

"音音，我们好多年没见了。"盯着面孔依旧稚嫩，和高中时并没有什么区别的女人，穆安平嘴角扬起一丝有些苦涩的笑意，感慨道，"算一算，我们都认识快二十年了吧。"

二十年。

白寻音拿着叉子的手一顿，抬起的眸子里掠过一丝复杂的情绪。的确，他们认识二十年了，在初中毕业之前关系好到没有任何隐私，可是……这又怎么样呢？

她淡淡地"嗯"了一声。

"我高中毕业后去了英国，在那里时常梦到林澜，梦到……你。"穆安平苦笑了一声，"我梦到我们还是十岁出头的年纪，你、我、阿莫，我们三个人无论去哪里都是一起……"

"穆安平。"白寻音已经吃饱了，她放下叉子，澄澈的双眸定定地看着追忆往昔的男人，几乎将后者看得无所遁形，"你想说什么？"她喜欢直来直去，讨厌打感情牌。

穆安平喉咙一哽，有些讶异地看着眼前面无表情的女孩，这才后知后觉地发现，比之高中重遇那阵子，白寻音似乎又变了一些。之前那个冷漠中依旧带着一丝柔情的小姑娘，现在变得更加坚不可摧。不过也是，这么多年过去了，谁能一成不变呢。

"我想说……我是单身，你也是。"穆安平笑了笑，在香薰烛光的映衬下，眼神温柔似水，他定定地看着白寻音，"命运让我们再次相遇，不如相处试试？"

他始终忘不了当初那个跟在他后面，叫他"安平哥哥"的小女孩，每每午夜梦回，他的心就像被一双无形的手攥紧。穆安平知道他犯过错，可他愿意为自己的错误埋单，然后把当初的那个小女孩找回来。

一顿饭吃得并不是很开心，在听到穆安平类似表白的话后，白寻音心里跟塞了块石头一样，不断地下沉。

毫无疑问，她当然是很干脆地拒绝了穆安平的提议。

对于他，她从来没有过一丝半点爱慕之心，又怎么可能答应跟他相处呢。

只是白寻音没想到，穆安平居然会想跟她试试，还说什么这么多年没谈恋爱，是因为喜欢的人其实是她，真是可笑。

回去的路上，白寻音面色冰冷，嘴角却忍不住弯起一个讥诮的弧度。现在的男生是不是都很喜欢打着“喜欢”的名义来伤害女生？认为只要说几句甜言蜜语，软语相求，就会被原谅？

喻落吟是这样，穆安平也是这样。不同的是，她和穆安平之间的纠葛要更深一些。

就如他所说的，他们认识二十年了。从咿呀学语时起，白寻音的人生里就有穆安平这号人物。

穆安平的父亲穆世安是白鸿盛的生意伙伴，同时也是他无话不谈、志趣相投的好友。两家住过一个院子，交往非常密切。在这种氛围的影响下，白寻音和穆安平的关系自然也很好。

在十五岁之前，她一直把穆安平当作没有血缘的哥哥，两人青梅竹马，无话不说。但没有血缘就是没有血缘，大难面前夫妻都是各自飞的同林鸟，更何况是朋友呢？

在白家破产的那一阵子，每天都有人来敲门，打砸抢掠的声音不绝于耳，让人又烦躁又害怕。白寻音记得从那个时候开始，穆安平就和她疏远了。

只是她被上门要债的人搞得草木皆兵，敏感又脆弱，没有察觉到穆安平的冷漠，依旧寻求着他的庇护。

白寻音记得那天她一个人待在家里，天擦黑的时候，追债人忽然上门，把她家那扇厚实的大门砸得砰砰响，污言秽语不断地钻进她耳朵里、脑子里。

她握着笔杆的手指不住地颤抖，半晌后她扔掉笔从窗子爬了出去。那扇门很快就会被砸开，白寻音很害怕，不敢一个人待在家里。

十五岁的姑娘身材纤细单薄，只穿着一双拖鞋就跑了出来，她尽可能压低身子悄无声息地跑到隔壁穆安平家里，按响了门铃。

很快她就听到了穆安平的声音："谁啊？"

那时候，男生清朗的声音犹如普照的圣光，白寻音哽咽着轻声道："安平哥，是我。"

穆安平有些错愕："音音？"

"你能让我进去一下吗？"不知道是因为冷还是因为恐惧，她清冷的声音都在颤抖，"那些人又来敲门了，我很怕……"

白鸿盛和季慧颖不知道什么时候才能回家，她真的不敢一个人在家待着。

可是相处了十年，一向交好的"安平哥哥"，此刻像变了一个人。

"抱……抱歉。"穆安平的声音有些艰涩，"音音，我妈说了，我若帮你的话，那些人就会找我们家的麻烦，敲我们家的门了。"

一瞬间，白寻音心脏紧缩，狠狠地抽疼了一下。

"安平哥，不会的。"瘦弱的小姑娘那个时候还不懂人心，依旧哀求着，"他们不知道我藏在你家。"

可无论她怎么敲，穆安平都没有开门。

那也是白寻音最后一次在她青梅竹马的小哥哥面前展现出柔软的一面。后来，穆安平家里因为跟白家合作密切，还完了自己的那部分欠款后依旧怕惹事上身，干脆举家搬到隔壁省了。再后来，就是高三的时候，他们见面的那次了，然后就是现在。

其实当年穆安平也只比她大了一两岁，十六七岁的少年在强势的父母面前又能做什么呢？

可白寻音永远忘不了当时的那种无助感。轻易相信和依赖一个人，就很容易被人狠狠地伤透心，容易失望。

所以白寻音在升入高中后，对于男生几乎都有一种发自内心的恐惧，这不能说全是拜穆安平所赐，却也和他有一些关系。

一路走回家，脑海中走马灯似的闪过不少以前的片段，最后想到喻落吟，白寻音微微叹了口气。先是穆安平，再是喻落吟，可真是够让人头疼的。

流年不利，她进了楼里，发现电梯还坏了。

一楼大厅内站了不少等着坐电梯的人，或义愤填膺，或愁眉苦脸——没办法，现如今大多数人都住在高楼里，没有电梯基本等同于没了半条命。

不过还好，她家所在的楼层不算高。

白寻音看着乌烟瘴气的一楼，眉头轻蹙，干脆选择走安全通道。

磨磨蹭蹭、慢条斯理地爬了十三层楼，到了自家那层安全通道跟前的时候，白寻音发现了一位不速之客。

喻落吟坐在安全通道的最高一层台阶上，身边扔了两个烟头，炎炎夏日，安全通道里的温度却很低，男人不知道是不是待久了的缘故，一身萧索，眉目清冷。

直到听到一阵由远及近的脚步声，他才抬眸，居高临下地看着白寻音，看着女人染上了一层绯色的象牙白皮肤，看着她有些意外的眼神。他挑了挑眉，眼底露出一抹讥诮之色。

在自家门口看到喻落吟，白寻音的确是意外的，一是因为今天陆野举办告别单身派对，二是因为他竟然知道她家住在哪儿。

女人秀眉微蹙："你是过来找我的吗？"

"不然呢？"喻落吟站起来，慢悠悠地走向她，他好像在说玩笑话，可眼睛里面没有笑意，"难道我来你们家楼道里面遛弯吗？"

看着喻落吟居高临下一步一步地靠近，白寻音莫名觉得不安，不自觉地向后退，直到瘦削的背靠到冰冷的墙面。

喻落吟已经走了过来，黑压压的影子罩住了白寻音娇小的身体，男人微微俯身，在她耳边轻声笑了笑："觉不觉得这个场景很熟悉？"

白寻音一怔。

"像不像……"喻落吟的大手不知道什么时候扣住了她的下巴，修长的手指轻轻摩挲，冰凉的触感让白寻音觉得头皮发麻，下颌骨那里不自觉地起了一层细小的鸡皮疙瘩，然后她听到男人喃喃地问，"像不像我们以前常常约会的安全通道？"

兜兜转转，他还是念旧，疯子一样。喻落吟也不知道自己怎么变得这么没出息。

但是从看到白寻音和她的竹马约会的那一刻起，嫉妒就没了顶，他脑子里的某根弦像是断了。

"为什么要去相亲？"男人冰冷的指腹摩挲了下白寻音柔软的耳垂，他笑了笑，"我说要追你，你以为我是在说着玩儿的吗？"

白寻音觉得喻落吟有些奇怪。

他把她堵在安全通道里，带着些温热的薄荷味气息萦绕着她，然后俯身在她耳边说一些疯话……这样缱绻的气氛让白寻音很是别扭，忍无可忍地推开他。

“你们男人都这么自大吗？”白寻音冷冷地盯着喻落吟，“你想追我，跟我有什么关系？”

之前她其实还真的有一点心软来着，但今天见过穆安平想到以前的事情，再加上喻落吟突如其来的举动……白寻音本来松动的心仿佛加了层保护膜，反而坚不可摧了。

而喻落吟敏锐地捕捉到了白寻音不悦的情绪和“你们男人”四个字。看来她那个竹马惹她生气了？本来颓丧的心原地满血复活，喻落吟眼底闪过一丝亮光，微微低头看着女人澄澈的眼睛：“你不满意你的相亲对象？”

白寻音皱眉，看了他一眼：“跟你没关系，喻落吟，你最好不要打听我的私事。”虽然不知道她去相亲的消息是怎么传到喻落吟的耳朵里的……不过想也知道，这祸害还是改不了喜欢调查别人的臭毛病。

思及此，白寻音忍不住严肃地看着他：“喻落吟，你不要调查我的事情。”她最烦他这样。

喻落吟没解释他根本没调查，这事儿是顾苑告诉他的，他只是品了品白寻音的话，再看看女人冷若冰霜的脸，忍不住笑了声。

真好奇那个穆安平说了什么话，能让白寻音这只一向装作柔和的小刺猬露出锋芒。

所以即便察觉到了白寻音浑身上下每个细胞都写着“不愿意”三个大字，想要挣脱开他的桎梏时，喻落吟还是把她困在撑着墙的长臂之间。

“我很开心。”男人忍不住笑了，黑眸“和善”地弯着，“你不满意我就满意了。”

白寻音觉得他简直就是个疯子。

“说说。”喻落吟温柔地问她，“你和那个男人聊什么了？”

白寻音认真地问他：“你有病吧？”

“我只是想知道，他跟你说什么了把你弄得这么生气。”喻落吟眨了眨眼睛，十分无辜又委屈地说，“他自大吗？讨厌吗？我想知道，以后避免让你生气呀。”

如果说“撩人”也有奖项，那喻落吟无疑是个影帝。

总之，白寻音听到这话，刚刚冷硬起来的心尖像是被一根无形的羽毛抚了一下。

“自大，讨厌。”白寻音看着他，有些怔怔地嘀咕道，“分不清你们两个哪个更讨厌。”

明明是骂人的话，喻落吟听了却忍不住笑了——他莫名从这句话里品出几丝宠溺来。

“你说这里像我们以前学校的安全通道？”白寻音环视了一圈，摇了摇头，“可我觉得不像。”

除了眼前的喻落吟和安全通道，无一处和之前教学楼里的“秘密场所”相像。

“喻落吟。”白寻音仰头看着他，“你真的喜欢我吗？”

这句话问出后，清冷的楼梯间寂静了半晌。

喻落吟只觉得滑稽，他没想到时至今日白寻音居然还会问他这种问题。是她真的没长心，还是他太轻佻，没有给她足够的诚意和安全感？他到底该怎么做，才能让白寻音相信他？相信他是真的喜欢她，想要她。

他沉默了片刻，直视着她茶色的眼睛：“是，我喜欢。”

白寻音睫毛颤了颤，又问：“你是喜欢我，还是喜欢过去的感觉？或者说是……遗憾过去没有得到我的感觉？”

喻落吟：“我喜欢你这个人。”

可她为什么不信呢？白寻音有些痛苦地闭了闭眼，半晌后睁开，像是最终下定了什么决心一样向前走了一步，伸出一双纤细洁白的软臂搂住喻落吟的脖颈。

在后者错愕的瞬间，女人轻轻踮起脚，把香气馥郁的嘴唇贴了过去，却只堪堪碰到了喻落吟的嘴角。

男人躲开了。

“白寻音，你什么意思？”喻落吟看着主动献吻却面无表情的女人，下颌线绷得死紧，眼睛里难得有种焦躁的情绪，就像是到了某种临界点，“你想干什么？”

“你不是想要我吗？”白寻音笑了下，贝齿轻咬了一下红润的嘴角，不以为然道，“你不想要这个吗？”

“你以为我想要的是你的身体？”喻落吟感觉太阳穴一突一突的，心脏仿佛被嵌入一把机关枪，让他五脏六腑结结实实地被火药烧了一次，几乎气到七窍生烟。

他用力地掐住女孩的下巴，眼底晦暗不明：“我在你眼里就是这样的人？”

如果他的目的只是为了得到白寻音，那他早就可以做到。

五年前，五年后，他何时觊觎过她的肉体？

不愧是白寻音，简简单单一句话、一个动作就能把喻落吟气得说不出话来，隐藏在心里的“怪兽”几乎张牙舞爪地撕咬出来，禁不住想露出最恶劣的一面，想吓坏她，想撕碎她，欺负这个没心肝的女人。

白寻音虽然没心肝，但能看到喻落吟暴戾的眼底下隐藏的伤心情绪。

女人闭了闭眼，竭力忽视这一抹情绪，一向清冷的声音有些哑：“可我只能给你这些。”

喻落吟不知道，她也是个有病的人。她好像得了情感缺失症，喜怒哀乐都比别人慢了半拍，甚至想要的东西，都不知道自己是不是真的想要。

像她这么一个人，也许就适合孤独终老。如果她真的和喻落吟在一起了，他也会后悔的。

喻落吟不知道这些。他只是听着白寻音冷漠的话，看着她闭起来的双眼，眼底闪过一丝深深的挫败，他甚至有点恨她。

“为什么？嗯？为什么？”喻落吟不肯放过她，男人从少年到青年一直是咄咄逼人的，他不依不饶地问，“宁可跟我睡，也不肯喜欢我？为什么？”

高中的时候他就发现了，对于其他人在乎的、重视的东西，白寻音毫不在意。例如贞操、肉体，她都不觉得很重要，但她把自己保护得很好……为什么此时此刻又对他说出这种话？

难不成白寻音真的觉得他图这个，为了摆脱他，她宁可做出牺牲吗？不过也许白寻音不会把这视作一种牺牲，而只会把这看成一种选择。

听着喻落吟一句句的质问，白寻音睁开了眼睛，神色近乎麻木：“因为谈感情比谈性麻烦。”

她说完，却不敢去看喻落吟近在咫尺的眼睛，她只感觉自己的下巴被捏得生疼。

随后，男人冷冽的吻落在了她的嘴角。

“还你的，让你刚刚强吻我。”喻落吟放开了她，苦笑了一声，“白寻音，我们好聚好散。”

他觊觎白寻音，渴望得到她，不管是心还是肉体，他都想要。可喻落吟不会做死缠烂打的伪君子。如果在她左右会让她这么难受，甚至不惜说出今天的这些话来摆脱他，那他也许是该放开她了。

这么多年过去，喻落吟也学会了如何真正地对一个人好。他当初选择学医，就是想在一个又一个治愈痛症的过程中，找到心灵解脱的感觉。不光是别人的，还有自己的，所有的偏激、固执、求而不得……早晚都能拥有自由之路。

楼梯间陷入死寂，一时间没人说话。就像故事终于到了结局，却没人舍得主动抽身了。

直到一阵刺耳的铃声打破了这份僵持，两人犹如从幻境中惊醒，喻落吟收回自己落在白寻音苍白的脸上的视线，接起电话："喂……"

"小喻，你快点回来！"电话那边传来一道焦急的男声，"你的 317 号刚刚突发脑出血，被送进手术室了！"

喻落吟脑子里"嗡"的一声，修长的手指几乎拿不住手机。半晌后，男人才镇定下来："好，我现在就过去。"

他挂了电话，抬眸看向白寻音。

"能最后麻烦你送我去一趟医院吗？"他把车钥匙递向白寻音，微微苦笑了一下，"你也看到了，我……我手有点抖。"

白寻音垂眸，从他手里拿过车钥匙，细嫩的指尖划过他的掌心。刚刚的电话内容她也听到了，317 是什么病人，能让喻落吟惊慌失措，甚至手抖得开不了车？

两个人沉默着，一前一后飞快地下楼，走出逼仄的楼梯间。

其实心里轰然倒塌的不止是喻落吟一个人。刚刚听到他说"好聚好散"的一刹那，不知道为什么，白寻音心里并没有自己所想象的痛快解脱，反而是说不清道不明的空虚，就好像半只脚踏进了无尽的深渊。

白寻音觉得自己可能真的病了。如果喻落吟能像穆安平一样，一举一动单纯地让她觉得厌烦就好了。明明都是伤害过她的人，明明都是讨厌、自大又令人恐惧的男人，偏偏他对喻落吟抱有期望。

就像每一个跳河自杀的人，即便做好了溺水身亡的准备，在窒息的一瞬间，也还是期望有人能拉自己一把。

"317 是我进医院后接收的第一个病人。"

在去医院的路上，许是因为车内空间太过逼仄寂静，又许是因为一腔苦楚无处宣泄，喻落吟忍不住喃喃开口，把刚刚白寻音好奇的事情讲给她听。

"他本名叫陈寒，是个小孩，进医院的时候才七岁，结果一待就是一年多。后来我们都习惯医院有这么一号人物了，开玩笑的时候，都说他是‘包年VIP客户’，大家怕把他的名字叫混，干脆就叫他‘317’，也就是他的房间号。”

“317是先天性脑血管畸形，这病没法治。但他父母有些来头，不甘心就这么放弃，前前后后找了好多家医院，没人肯接收，都怕添麻烦。我当时初生牛犊不怕虎，就喜欢捅娄子惹麻烦，偷偷地就把病人收到我老师名下了……呵，为这事儿，老头差点气死，说要把我开了，让我滚回学校。”

喻落吟说到这儿的时候短促地笑了声，修长的手指撑着头，像是在自嘲，又像是对那个时候“无知者无畏”的自己的怀念。

“我当然不服气，说医院就是治病救人的，神外就是给脑子开刀的，如果看病人的病不好治就不收还开设这个科室干吗……”

能有胆子这么跟自己老师说话的基本都是“魔鬼”，白寻音忍不住侧头看了他一眼，忽然就想起高中时喻落吟对班主任于深也是这么“放肆”，她忍不住笑了笑。

“可后来，老头又夸我，说其实挺欣赏我这种敢说实话的，但医院要评级也不敢轻易惹麻烦，317不是一般人家的小孩，治好了那是对人家有恩，治不好……那孩子的病其实注定治不好。”

那就像一种绝症，不幸摊上的人其实只能等死。

喻落吟垂眸，有些落寞：“317是个挺好的小孩，很乖，七八岁的孩子狗都嫌，可317知道自己跟普通孩子不一样，他一个小不点，就知道数着时间过日子，即便只能躺在医院里，也珍惜每一天的时间。”

随着喻落吟的叙述，一个单薄纤细，脸色苍白到透明，满面都是病色却很乖巧的小男孩浮现在白寻音眼前。

她的心脏抽疼了一下。

“先天性脑血管畸形，在国内甚至全世界都没有根治的办法，开刀失败率是百分之九十五，没办法手术。”喻落吟捏了捏太阳穴，隐在暗处的长眉有些焦躁地皱起，“我们能做的就是想办法用药物延长他的寿命，本来之前研究出来一个方案，如果成功的话，几年内他不用待在医院里，结果……”

喻落吟喉咙哽住，声音发沉：“结果317脑出血了。”

脑血管畸形，每天都有可能发生各种各样的意外。你永远不知道魔鬼一样的意外会在什么时候从天而降。

在车上的一路没有接到医院的电话，这个时候没有消息反而是好消息。

到了医院门口，喻落吟下了车，修长的双腿踏上台阶之时顿了一下，他转身看了眼白寻音。

本该像上次一样头也不回地跑远的男人这次反应过来，垂眸对着白寻音伸出手：“钥匙给我吧。”

他上次是想方设法追姑娘，自然不会要钥匙，想着能有借口再接近她一次也是好的，而这次……

两个人都沉默不语，静寂的气氛有些诡异。

半晌后，白寻音把钥匙还给喻落吟，细嫩的指尖划过男人的掌心。

后者忍着想攥住那指尖的冲动，一语不发地抿唇转过身。

这可能是最后一次了。喻落吟心想，心里像个无底洞似的空落落的。

出乎意料的是，他跑到电梯前焦灼等待的时候，白寻音也跟上来了。

喻落吟有些意外地转过头：“你……”

“刚刚听你说完，我也想去看看317。”白寻音茶色的眸子平静如水，定定地看着他，“可以吗？”

喻落吟当然不会说不可以。

两个人一起上了十七楼，手术室外有医生正陪着317的家属，见到喻落吟连忙迎了上来。

“喻哥，下午就按照常规给317吊水……”今天值班的医生是实习生，此情此景都要把他吓哭了，声音哽咽着瑟瑟发抖，“结果孩子下地走，不小心摔了一跤，就……就……”

喻落吟心中“咯噔”一声，了解了前因后果后，心里就有数了。

常年忍受病痛的孩子，身体的免疫力和古稀之年的老人差不了太多，摔跤是致命的。他知道这次317大概是凶多吉少了。

一瞬间，凉意爬上了他的脊椎骨。这时，一双软嫩的手抓住了他冰冷的指尖，轻轻摇了摇。

喻落吟被这小动作拉回了神志，犹如蒙了一层雾的黑眸里带着无措，他迷茫地看向旁边的白寻音。

这是五年后白寻音第一次主动拉他的手，小拇指勾着他的，轻轻拉了拉，简单的动作并不能称得上是“亲近”。

“别慌。”女人的声音一向清冷，可此刻落在喻落吟的耳朵里，恍惚带着一丝柔软的坚定，“结果出来之前，一切都是未知的。”

在学术界，自己吓自己乃大忌，在医院应该也一样。

“谢谢。”喻落吟没想到白寻音这个时候还愿意陪在他身边安慰他，他声音很轻地道谢，勉强笑了笑。他忽然觉得自己得振作起来。他不愿意在喜欢的女孩面前示弱。

男人用冰凉的手搓了把脸，再抬眸时，眼神已然变得坚定。

“小柳。”喻落吟问眼前的实习医生，“还用我进手术室吗？”

“喻哥，现在应该是不用了。”小柳有些惶恐，忙据实回答，“科里最权威的教授已经进了手术室，还有主任，三个人一起给 317 做手术，没准……没准……”

接下来的话他不敢说，但人人都期盼着能有奇迹发生。

喻落吟的视线落在不远处坐在一起的一对男女身上，都是四十岁左右的中年人，两人穿着体面，而脸色却一片苍白，眼神空洞，像是抽干了灵魂的躯壳。

可见人的精神气和支撑若是没了，外表再光鲜亮丽也没用。

他们是陈寒的父母，赫赫有名的企业家。

手术持续了整整七个小时，太阳从高挂空中到沉入黑暗，手术室里才传来动静。

几个穿着白大褂的医生和护士从里面走出来，喻落吟望过去，视线落在最前面的曾教授身上。

跟着曾教授一年多，喻落吟已经可以通过他完成手术后的表情推断病人的状况了。

他看着曾教授的神色，上面似乎写着“节哀顺变”四个字。

喻落吟心中“咯噔”一声，酸酸涩涩的感觉登时涌入鼻腔、眼眶——五官之间是相通的，要疼一起疼。

每个医生都会对自己收治的第一个病患有特殊的情感，更不用说陈寒那么特殊，那么小……这一年多，喻落吟几乎天天都去看他。

现在，陈寒说没就没了。

就连喻落吟都有些承受不住，更不用说陈寒的父母了。

他们已经围了上去，一迭声地问着，在听到医生那句“我们已经尽力了”后，女人的号哭响彻整个十七楼。

喻落吟手下不自觉地用力，攥紧旁边女人的手。白寻音抿了抿唇，看着他犹如覆了一层寒霜的脸，一语不发。

整整七个小时，他一直抓着她的手。

他们不吃、不喝，甚至没有去洗手间。

虽然没有跟那个代号317的小孩相处过，但白寻音能理解此刻喻落吟的心情，能感受到他内心巨大的悲伤，因为他身上散发出来的气息，让她觉得喘不上气来。

一直以来，喻落吟都是一个很少将负面情绪带给其他人的人，至少很少带给她。白寻音知道，这男人是死要面子的。可现如今，他有点控制不住自己的情绪了，修长的大手攥得她手指生疼，让她忍不住蹙了蹙眉，稍稍用力挣开了。

女人柔软的手指脱离那冰冷的桎梏时，喻落吟猛地回神，垂眸看着空落落的掌心，有些自嘲地笑了笑。他竟然也会变得如此狼狈。

短短一天的时间，无论在感情上还是在事业上，他都有种什么都没了的感觉。心像是被撕开了一个巨大的口子，他竟不知何去何从了。

都说病患依赖医生，但医生又何尝不依赖这些病患呢？患者指望着医生能治好自己，而医生期望的是治病救人后的成就感、欣慰感，甚至肯定自己、认识自己的价值感……一瞬间，喻落吟觉得自己什么都没了。

想得到的白寻音，想挽留的317，他都失去了。

他并非天之骄子，冷冰冰的现实告诉他，他是一个失败者，是一个让人失望的人。而悲伤的是，他还习惯了若无其事。

喻落吟伸手揉了把脸，身子僵硬地站了起来。他收敛起所有的负面情绪和悲观心绪，强作镇定地对白寻音说："走吧，我送你回家。"

以后没什么机会再死皮赖脸地纠缠她了，喻落吟想在最后的时刻保持自己的风度，即便他现在脆弱得一碰即碎。

他背过身去的一刹那，一双柔软的手臂环住了他的腰。

"喻落吟。"在男人怔在原地的瞬间，白寻音冷静的声音响起，"冷静点，没人会对你失望，别钻牛角尖。"

电影《蜘蛛侠》里有一句台词：能力越大，责任越大。

这句话并不只适用于无所不能的超级英雄身上，而是体现在生活里的每一刻、每一个细节上。

小时候，家长会把学习差的孩子和学习好的孩子进行比较，把"别人家的孩子"挂在口头，殊不知"别人家的孩子"为了这句话，背后不知道付出了比贪玩的孩子多了多少倍的努力。

上学后，老师会选出最优秀的学生当班长，让他管着一班级的人，可他却要先严苛地要求自己。更不用说步入社会后，强者总会脱颖而出……学校只会让能力强的老师上公开课，老师只会让能力强的学生上台讲话，公司只会让业绩好的员工拿奖金，这些都是一个道理。

能力强的人，受到的赞誉无数，收获的羡慕无数，可身上承受的压力也是巨大的。

他们就像活在别人嘴里的道德标杆、精神偶像，久而久之，自己都不允许自己出错，一旦犯错，很可能全面崩塌。

喻落吟就是这样的一个人。他从小到大都比同龄人优秀，被父母用最严格的要求管教着，他注定被人追捧，注定打从出生起就是“别人家的孩子”，注定是被架在高处的“能力者”。他不得不接受这一切，也觉得自己就是这么一个人。

喻落吟觉得自己担得起一切赞美，可是诋毁呢？

其实他是活在另一个“象牙塔”里的人，一旦对心里的信念崩塌后，反而更容易钻牛角尖。

白寻音了解喻落吟。

手臂环着的腰身僵硬，两个人像是被点了穴，一前一后地定在了电梯前。

不知道过了多久，白寻音才缓缓地挪到喻落吟面前，茶色的眼睛抬起，直视着男人晦暗不明的黑眸。

“我饿了。”女孩眨了眨眼睛，轻巧地转移了话题，“我们去吃馄饨吧，喻落吟。”

喻落吟看了她一会儿，声音有些喑哑地“嗯”了一声：“好啊。”

现在，他俩仿佛回到了过去，回到了他们“和好”的那阵子，虽然披着一层虚假原谅的外皮，却也是真的甜。

白寻音喜欢吃馄饨，在晚自习结束后常常让他带着去，久而久之，馄饨也成了喻落吟最爱的面食。只有喜欢，才能潜移默化地改变一个男人的习惯。

虽然只有短短的两个月，但喻落吟仍旧觉得那是最美好的时光。比起他骗她，他更喜欢她骗他，被骗一辈子才好。

喻落吟不自觉地把车开到以前他们常去的一家馄饨铺子。这是林澜的老字号，门脸小，味道好，深夜也门庭若市。

两个人等了一会儿才排到两个角落里的位子，老板娘过来点餐的时候竟然认出了他们。

“小伙子小姑娘，你们都长这么大了呀？”橙黄色的灯光下，面目柔和的中年女人眼角镶嵌着细细的皱纹，看着他们很惊讶地说，“我记得你们以前好像是三中的学生？总穿着三中的校服来我们家吃馄饨。”

“是……”白寻音有些意外，她诧异地看着老板娘，“您还记得我们？”

都过去五年了，谁能想到一家常来的小店里的老板娘还会记得他们，就连喻落吟都有些讶然。

“记得呀，你们两个长得好看呀，太俊了。”老板娘笑眯眯的，很是直白地说，“我当时就想着你们两个要是总来我店里吃，我店面不用装修就蓬荜生辉了。嘿嘿，过了这么多年，你们两个还在一起呀？真好，真好。”

窄桌两头的人闻言，悄悄对视一眼，都有些不知道该如何接话，好像说实话会打破这梦幻的氛围。

世界上本来就悲惨的事情比较多，不如留一些虚假的美好给陌生人，也算是做好事了。

于是白寻音笑了笑，没有答话。

老板娘便喜滋滋地去给两个人做馄饨去了。她记性好，甚至记得这两个俊俏的年轻人喜欢吃什么口味的。

喻落吟按照以前的习惯，搓了一双一次性筷子，保证上面没有细小的倒刺后才递给白寻音，顺便用消毒纸巾擦了勺子。

白寻音指尖抵着下巴，若有所思地看着他的动作。

很快，两碗馄饨上桌，隔着热气腾腾的一层雾气，白寻音看到喻落吟眼眶周围似乎有些红，不知道是被热气熏得，还是……

白寻音只是想了想，便很讨人厌地嘟囔了一句：“喻落吟，你是要哭鼻子吗？”

喻落吟修长的手指点着桌子，微微别过头，掩饰性地道：“我想抽支烟。”

“不行。”白寻音皱眉，无情地拒绝了他的请求，“你说过在我面前不抽烟的。”

这是他们“第一次交往”的时候，他为了哄她说的。当时他浑蛋到什么甜言蜜语都说一箩筐，反正不要钱，许了一大堆不知道能不能做到的承诺。

怪不得白寻音恨他，讨厌他，不原谅他。

喻落吟看着女孩白净小巧的脸，微微苦笑了下：“你还记得呀？”

白寻音咬了口馄饨，舌尖被汤汁烫了一下，忍不住蹙起秀眉“嘶”了一声，含含糊糊地道：“记得的。”

“难得。”喻落吟笑了笑，大拇指和食指有些难耐地摩挲着，“难得你还记得我那么浑蛋的时期说过的话。”

白寻音瞄了他一眼：“原来你也不是那么不要脸。”

这怎么还带突然骂人的?

澄澈的眼睛看着有些错愕的男人，姑娘说得一本正经：“你还知道自己以前是个浑蛋啊。”

呵，喻落吟无奈，有些疲惫地弯起眼睛勉强对她笑了笑。虽然他不愿意承认，但她说的是真的。

“所以，你现在还能比以前更浑蛋吗？”白寻音隔着薄薄的雾气盯着他，轻声道，“以前的浑蛋意气风发，喻落吟，你现在颓废给谁看？”

喻落吟一怔。

“在北方的时候，有很多男生跟我表白，我偶尔会想起你。”这是白寻音第一次在喻落吟面前提起她的事情，提起在北方的事情，喻落吟纵使不明所以，却也耐心地听着——他想要了解她的过去。

他听到白寻音幽幽地说：“喻落吟，我很恨你，但我又会不自觉地把他们跟你比，我是不是很贱？”

喻落吟的喉咙像是被堵住了一样，什么都说不出来，只能看着白寻音。

虽然她说着这些话，面上却很平静，照旧吃着馄饨，叙述着自己过去纠结的心境：“我恨你，也恨我自己为什么只会被你这样的男生吸引，你改变了我的择偶观，却又不能负责。喻落吟，你就是一个不折不扣的浑蛋。”

喻落吟不由得笑了笑，算是默认了白寻音的话。他就是一个浑蛋、败类，她骂得一点都没错。

“可是我这次回来，又遇到你……”白寻音顿了顿，话锋一转，“却觉得你没那么浑蛋了。”

喻落吟不自觉地问了句：“什么？”

“可能是因为你的职业，因为你对病患的责任感，你就不可能喝醉酒进手术室，同学聚会那天晚上你根本没喝醉。”白寻音笑了笑，“说起来很可笑，这次比起你故意装醉骗我，我更在意的反而是你因为自身的职业，自律到不贪杯。”

喻落吟：“音……”

“让我说完。”白寻音打断他，茶色的眼睛盯着他，眼里有一丝复杂的情绪，“喻落吟，这让我觉得你比五年前成熟多了，也认真负责多了，所以我看着你也顺眼多了。”

似乎意识到白寻音要说什么，喻落吟的心脏犹如被一双无形的手攥紧，他愣愣地看着白寻音，紧张到喘息都有些艰难。

“我还是那句话，现在的你要比五年前强多了。”白寻音收回视线，装作若无其事地继续吃东西，“一时的意外和失败都不算什么，那个时候的你无知无畏，却一身朝气，别告诉我你现在进步了，胆子反而小了。”

慢慢地琢磨出来她的言下之意后，喻落吟放在膝上的手指不自觉地蜷缩了下。

他看着低头吃馄饨的女人，她的耳垂被热气熏得粉粉的，然后他若有所思地笑了笑——不就是想安慰他一下吗，犯得着拐弯抹角的吗？可他的嘴角忍不住疯狂上扬，因为他总算知道，白寻音还惦记着他。不管怎么样，她还在乎他。

“音音。”喻落吟忍不住叫了那个熟悉的称呼，清冽的声音微微有些哑，“谢谢你。”谢谢她能“不计前嫌”地安慰他。

“就像你说的，人会变，五年足以让一个人脱胎换骨，所以……”喻落吟盯着她，咬了下舌尖，把一些“越界”的话吞下肚，换成了别的，“所以如果可以，我想再为五年前我犯的错认真跟你道个歉。”

“不用了。”白寻音咽下最后一口汤，抬眼认真地看着他，“我原谅你了。”

这回，她是真的放下了。

喻落吟一愣，舌头竟然磕绊了一下：“真……真的？”

他有所顾虑，因为之前小姑娘也说过原谅，最后却是五年的不复相见。

“真的。”白寻音笑了笑，她看着喻落吟故作淡定的面皮下几乎藏不住的喜不自胜，隐约间似乎看到了五年前那个意气风发的少年。

斯文、败类、清隽，让人又爱又恨……可始终是这么多年唯一能让她心动的男孩。

四周吵吵嚷嚷，尽是人间真实的烟火气。白寻音忽然觉得，她不想跟自己较劲了。

“喻落吟。”她顿了下，轻声道，“我们在一起吧。”

她还喜欢他，很喜欢他，所以她不想为难自己了。这么说不是为了喻落吟，而是为了她自己。

少年纵然可恶，却始终是她魂牵梦萦的“梦想”。

白寻音渴望他，想拥有他。

之所以选在今天，选在这个时候说出来，是因为陈寒的离世让她恍然大悟——我们永远不知道“意外”和“明天”哪个来得更快。所以在能抓住的时候，能拥有的时候，白寻音想对自己好一点。

猝不及防间听到了自己日思夜想的话，喻落吟脑子“嗡”了一声，一时间竟然不知道该如何回应，只呆呆地看着对面的白寻音。

而白寻音一张白净秀气的脸不知道是因为馄饨的热气，还是因为刚刚那番略显主动的话而染上红晕，连耳根都有些绯红。

看着喻落吟这副呆呆的痴样儿，白寻音嘴角微抿，声音带着些娇嗔：“傻啦？”

“感觉像是在做梦。”喻落吟的声音犹如笼着一层薄雾，隐隐带着笑意，“你是在跟我表白吗？”

白寻音咬着豆奶吸管的牙齿顿了一下，喉咙微动把嘴里的豆奶咽下去，才抬眸面无表情地看着喻落吟：“你不愿意就算了……”

“愿意，当然愿意。”喻落吟忙不迭地接过话茬，眼角眉梢的笑意逐渐扩大。

他觉得自己就像一个失足跌落悬崖陷入绝境的狼狈侠客，万念俱灰地等死时，却猝不及防地得到了朝思暮想的武功秘籍。

喻落吟此刻方知，为什么身边的那些浑小子那么爱看武侠小说了。

昔日龌龊不足夸，今朝放荡思无涯。

“音音，不管你是出于什么念头、心理跟我说的这句话……”喻落吟沉默片刻后再开口时，望着她的漆黑双眸深不见底，“我都当真了。”

白寻音轻轻地“嗯”了一声。

“跟我在一起不要有任何心理负担，也不要想着‘暂时’这两个字……”喻落吟握住她的手腕，微微一用力，就将她拽了起来，拉到自己这一侧坐下。

幸亏此时馄饨店里人少了些，没人注意到他们的动作。白寻音感觉到男人有力的大手揽住了她的腰，久违的触感让她柔软的身子不由自主地变得僵硬，耳边是喻落吟低低的声音：“这次暂停键在你手里，我悉听尊便。”

就像白寻音了解喻落吟一样，喻落吟也了解她，了解她的所思所想。

白寻音柔顺地被他揽着，靠在他怀里，半晌后方才问：“喻落吟，我们现在算是在一起了，可你不让我想着‘暂时’这两个字，也不让我想着我们有可能会结束的一天……你是想永远跟我在一起吗？”

傻话，喻落吟默默腹诽，揉了揉白寻音柔软的耳垂：“我当然想的是永远。”

他们现在这个岁数，还能像学生时代那样恣意妄为吗？喻落吟知道他现在说出来白寻音八成也不会信，但他的人生计划里，从来没有过和除了她以外的女人共度一生的想法。

白寻音声音有些轻，平静地问：“万一我有病呢？”

喻落吟眯了眯眼：“什么病？”

白寻音看着自己柔润白皙的指尖，一板一眼地回答：“强迫症、焦虑、疑神疑鬼。”

白寻音前阵子睡不好觉，心浮气躁的，去医院检查时，医生也说她具有这些症状。以后喻落吟可能就会发现，她没有他想象的那么好了。

“不怕。”男人把她揽得更紧了，声音清冽，淡定从容，不知是无所谓，还是内心足够强大。

喻落吟哄孩子似的对她嘀咕：“我是最好的医生。”

白寻音闭了闭眼，从未有一刻像现在这样安心——她从未想过，可以在喻落吟这里得到这种感觉。经过今天的事情，她的确相信喻落吟是最好的医生，他能治好她。

话都说清楚了，两人在这家虽然狭窄却很温馨的馄饨店里抱在一起，莫名有种尘埃落定的感觉。

喻落吟微微垂眸就能瞧见怀里女孩瓷白细腻的脸、长长的睫毛，心里不由自主地飘起四个大字：我想亲她。

可惜，还不是时候。

这世上也只有柳下惠才能坐怀不乱。喻落吟颇为戏谑地想着，心中一片柔软，修长的手拍了拍白寻音单薄的肩：“商量个事儿？”

“嗯？”此刻气氛温馨，白寻音都有些犯困了，声音软糯，“什么？”

“官宣一下怎么样？”喻落吟拿出手机调出相机功能，两人依偎着的模样霎时出现在镜头里，白寻音看到他眼里闪过一丝狡黠，“宣布我好不容易追到人了，有对象了……这样就不会再有人给我介绍别的姑娘，让我去相亲了。”最后一句，明显是在嘲讽白寻音之前的相亲行为。

后者沉默，算是应了他的请求。被喻落吟搂着自拍的时候，她扯出一抹比较生硬的笑容，然后又忍不住抬头去看他，却被喻落吟低头在唇上啄了一下，伴随着照相机的“咔嚓”声。白寻音愣了一下，回过神便有些恼。用这种照片官宣……简直有辱斯文！

“别气。”见白寻音瞪着他，喻落吟便知她心中所想，他轻笑了一声晃晃手机，“我还拍了别的。”他偷亲女孩的香艳照片，自然不便给外人看。

白寻音眼睁睁地看着喻落吟发朋友圈。他打开相册的时候，那大片空白上的几张照片却让她觉得有些眼熟，可惜还未等她瞧仔细，他就点了最下面那张新的合照，退出相册，简洁地编辑了配文：女朋友。

下面则是两人的合照。

照片上光线昏黄柔和，两个人的脸挨得很近，白寻音的眸子里有一丝茫然，而男人笑得很开心。

喻落吟心满意足地把这条“官宣”发了出去，而后靠在座位上长舒了一口气，嘴角含笑。

白寻音看着看着，忽然就觉得自己也该“官宣”一下，就像喻落吟说的，省得单位里的那些叔叔阿姨为自己操心，给介绍对象了。

只是她的“官宣”，比之喻落吟发的照片要显得低调一些。

白寻音只发了一张两个人牵手的照片，构图简单，内容明了，温柔又缱绻，附文：男朋友。

只是再简单，也能引起轩然大波。很快，两个人的手机就齐刷刷地“闹腾”起来。

白寻音正想点开来看，指尖还未碰到手机屏幕，她的手机就被喻落吟抢走了。

后者握着她的手机晃了晃，笑吟吟道：“别看，不想你因为其他人分心。”

明明是他要“官宣”惹的事，现在还这么理直气壮，真是毫不掩饰的霸道。

白寻音心下觉得有些好笑，却也只是顺从地“嗯”了一声。

不看就不看吧，手机里估计都是朋友惊诧的问话，晚一会儿再看也没什么。

两个人安安静静地坐到深夜，馄饨店从门庭若市到无人问津。

喻落吟心中把这地儿当成他们的“定情场所”，走的时候颇为不舍。他看着任由自己牵手揉捏的白寻音，知道在恋爱的时候，她一向是乖的。

女孩雪白的脸沐浴着月光，像是淋了一层牛奶，白皙柔润，眼角眉梢都带着刚刚在店里沾染上的烟火气，乖得不得了。喻落吟不禁有点感慨。白寻音就是这么一个性子，不喜欢你的时候，看似安静温柔，好说话，实际上高雅又疏离，鲜少有人能走进她的心，相处久了不免显得有些冷漠。只有他知道，冷冷的女孩谈起恋爱来有多乖，乖巧得让人恨不得捧到手心里。

又想疼爱又想欺负。

于是把白寻音送到她家楼下时，喻落吟又忍不住想欺负人。他懒洋洋地笑了笑："亲一个再走吧。"

白寻音垂眸看了眼手表，有些犹豫："快半夜了……"

话未说完，她就看到喻落吟可怜巴巴地看着她。

"我觉得今天像是在做梦。"喻落吟一双漆黑的凤眸眨了眨，开始撒娇卖惨，"你给我点真实感。"还能有什么比亲密接触更有真实感的？

白寻音向来抵抗不了喻落吟的这个招数，哪怕知道他是故意的，但总想着现在他是自己的男朋友，疼他一点也是应该的。

五年前，五年后，她都是这么想的。

于是白寻音上前一步，抬手搂住男人的颈项将他向下拉，柔软的唇像是蠢蠢欲动的小兽，在男人下唇上咬了一口。

这是一个真正的吻。

之前在澜大交往的那几个月，他们循规蹈矩，从未逾矩，最多也不过是亲一亲脸颊，而今天在楼梯间那个蜻蜓点水般的吻也只亲到嘴角，且当时两人心思复杂，怎么也算不上吻。

现如今这个温柔夜色之下的吻，才是两人真正的初吻。

白寻音想着一吻便罢，谁知喻落吟很快反客为主，男人的一只手揽住了她的细腰，另一只手钳制住了她的下巴，稍稍用力，她闭合的齿关就不禁微微松动，只能任人长驱直入。

他似乎很喜欢捏她的下巴，喜欢这种掌控的感觉……被亲得迷迷糊糊的时候，白寻音有些不着边际地想。

喻落吟的吻和他的人一样，强势激烈，偏执逼人。

喘息声有些沉，白寻音眼睛都被亲亮了，迎着男人的一双黑眸，无声地对视着。一瞬间，她感觉自己就像被豺狼盯上的羊羔，会被喻落吟拆吃入腹。

可最终，喻落吟只是揉了揉她的头，喑哑的声音带着明显克制："上楼吧。”

再一起待下去，他怕自己会吓到她——即便白寻音大胆得很，眼里全无惧意，只有兴致。

见喻落吟这般主动愿意做正人君子，白寻音但笑不语，盈盈的双眼瞧了他一下，便转身上了楼。

其实成年人的欲望很容易被勾起，她在喻落吟面前再怎么装作若无其事，心其实也控制不住地怦怦跳。回到家，靠着门，白寻音才重重地喘了两声，冰凉的小手捂住自己滚烫的脸。裤子口袋里的手机还在不依不饶地振动着，刚刚响了一路她都没理。

白寻音心想大概是阿莫才会这么执着，于是也不管心绪还没平静，连忙接了起来。

结果一个“喂”字尚未出口，电话对面就传来阿莫高八度的尖叫：“啊——你怎么才接电话？你老实交代，你那个朋友圈是什么意思！”

早就知道阿莫是为了什么才打电话，白寻音干脆把手机拿远了些，等到对方号完才笑了笑，闲适地回答：“字面意思，我找了个男朋友。”

“我当然能看懂，但问题是没有一点预兆啊！”阿莫感觉这事儿诡异极了，忍不住追问，“谁啊谁啊，他是谁？”

“还能有谁？”白寻音平静地说出其实阿莫早就料到的答案，“喻落吟。你没看他朋友圈吗？”

足足寂静了三秒，阿莫才好像咽下一口老血一样开口：“我怎么会有他微信，不是，你怎么这么快就被他搞定了？”虽然总感觉这两个人兜兜转转会走到一起，因为喻落吟那家伙向来城府深，对于她们家音音又势在必得，但是……白寻音才回来林澜多久啊，阿莫还是觉得太快了。

她忍不住深入打听：“到底怎么回事儿，他干了什么让你重新答应他了？”

“你怎么知道是他搞定的我？”白寻音笑了笑，“说不定是我搞定的他。”

“什么？”阿莫惊到有些迟疑了，“你搞定的？你怎么搞定的？”

“是我主动说在一起试试看的呀。”白寻音白嫩的指尖触了触刚刚被吮疼的唇，眯了眯眼睛，“很意外吗？”

“不意外吗？”阿莫微微叹了口气，“我以为你……表白这种事，怎么能女孩子干呀，喻落吟也真是的。”

白寻音笑了笑，没有和阿莫解释他们两个人之间发生的事情——假如她不主动，喻落吟怕是没勇气再主动一次了……而她有点等不及了。

阿莫在电话那边问："你怎么突然就搞定喻落吟了，发生了什么事？"

白寻音沉默片刻，没头没尾地说了句："阿莫，男人想和你在一起，又不想和你亲密接触的可能性有多大？"

阿莫虽然不知道白寻音为什么突然问这个问题，但仍毫不犹豫地说："可能性为零。喻落吟这么忽悠你了？别信，男人普遍是用下半身思考的动物！"

白寻音不回答，只笑，又反问："那喜欢你的男人，在你提出当床伴保持肉体关系时拒绝你的可能性有多大？"

"哈哈，那更不可能了。"阿莫只觉得白寻音太天真，忍不住笑道，"这个可能性几乎是负数。音音，你到底想说什么啊？咱们刚才不是在说喻落吟吗？"

"就是在说喻落吟啊。"白寻音躺在沙发上，仰头看着天花板，只觉得一天折腾下来浑身酸痛，挨着沙发的一瞬间就有些困，她喃喃地道，"他就是那个负数。"

她都已经说可以跟他睡了，却没想到这男人历经多年，终于修炼成了"正人君子"。

有的时候，拒绝往往比接受更容易让女人心动。起码在这次喻落吟的厉声拒绝后，白寻音觉得自己可以相信他了。不轻易谈性的男人，至少是珍惜你的。

闲来无事，白寻音索性在电话里把自己和穆安平相亲的事情也说了。她省去了穆安平求原谅之类的细节，只说了重点。

这一连串的"暴击"让对面的阿莫完全愣住了，足足沉默了半分钟，她才干巴巴地说："所以你是一天之内拒绝了穆安平，又跟喻落吟在一起了？"不愧是白寻音啊。

白寻音觉得她这个总结有些滑稽，不过确实如此，她笑了笑："是。"

"穆安平知道了非得气死不可，可惜他没有你微信看不到朋友圈，哈哈哈！"其实阿莫并不知道当年白寻音和穆安平之间具体发生了什么事儿，不过她觉得也没必要知道，反正她都是向着白寻音的，就是蛮不讲理的护短。

白寻音讨厌穆安平，阿莫也就跟着讨厌。

白寻音对此心知肚明，心里某处柔软无比，不自觉地就忍不住撒娇："阿莫，你真好。"

“哎哟，你可别跟我撒娇了，留着给喻落吟吧。”白寻音清冷的声音一旦软糯下来，总会让人“筋骨酥软”，阿莫不由得打趣，想了想又问，“不过我很好奇，从某种程度上说穆安平和喻落吟不相上下，你怎么就答应后者了呢？”认识二十年，她太了解白寻音了，看着随和，其实比谁都倔。

白寻音沉默半晌，声音轻柔地说了一句：“可能是因为……我喜欢他吧。”毕竟，人类的本质是双标，对待喜欢的人和不喜欢的人，一向严苛的准则就也不自觉地变成两个标准了。

挂了电话后，白寻音拆下头绳直起身子坐到了书桌前。她犹豫了下，从书桌上的架子上抽出了一个薄薄的笔记本。

这是一个她不怎么用来写日记的日记本。比起日记本，它更像一个宣泄情绪的东西。只有在情绪比较激动，或者遇到什么大的变故时，白寻音才会拿出这个笔记本记下自己的心境，更像是独白。

她在空白的页面第一行写下“317”三个数字——

今天喻落吟跟我说了一些他工作上的事情。

317那个孩子让我意识到了“意外”这两个字往往在绝处逢生后更让人绝望。

那孩子患有先天性脑血管畸形，他和父母在得知了可能有新的治疗方案后，心情当是无比雀跃的，谁又能料到住院一年多会遇到突如其来的意外呢？

“意外”这两个字太可怕了，我承认我开始害怕了。

所以我想和喻落吟在一起了。

白寻音一字一句地写着，偶尔秀眉轻轻蹙一下，继而又下笔，毫不留情地做着深刻的自我剖析——

这件事情让我意识到了喻落吟的责任心，上午在楼梯间的时候，又意识到了他不是只想得到我的肉体。

说到性，不免有些俗了，可这恰恰是最真实的所在，无论多么光明的人，想必都有无法宣之于口的欲望。

难的是，在欲望诱惑降临的时候坚定地拒绝。

大抵是我从来没忘记过喻落吟，五年前的一幕幕，回林澜后在宴会上、在医院里、在同学聚会上遇到他的情景，都令自己念念不忘。

既然如此，又何必固执己见呢，人生数十载，真正能快活几天？

我知道喻落吟的家境、父母、朋友都与我的大不相同，但还是忍不住遵循内心最真实的想法。

可能有点不负责任，但人的一生也该有几次恣意妄为吧？

……

一字一句，时而矛盾，时而深入她的内心。

只有在日记本里，白寻音才能毫无保留地记录下自己的所思所想，以及不便与人说的隐秘心事。

她放下钢笔的时候，已经快到凌晨一点了。笔直的脊背有些疲乏，她忍不住伸了一个软绵绵的懒腰，毛衣向上蹿，露出一小截莹白细腻的腰身。

她无意间垂眸，就看到那白皙的皮肤上两道鲜明的痕迹。许是在楼下被喻落吟揽着腰亲的时候留下的指痕，过了这么久还有印子，可见那家伙有多用力。

白寻音不自觉地咬着下唇笑了声，起身拿着衣服去洗漱。等到终于躺在床上她才得空看了一眼手机，顷刻间就觉得那几十条未读信息让人有些头疼。

其中大半自然是喻落吟发来的，男人觉得像在做梦，仍旧不安着，即使待在一起好几个小时，才分开就想找她温存。只是白寻音忙着没看见，此刻粗略扫了一眼，大多是喻落吟寻不见人后的撒娇耍赖。

她笑了笑，随意地敷衍了两句。其他人的消息她却是敷衍都懒得敷衍的，干脆就没看，只在燕姐发消息问“小白你有男朋友了？是姐今天给你介绍的小穆吗？”时，回了一句“不是”。

另外，还有一条喻时恬的。

小姑娘是唯一一个同时拥有喻落吟和她两个人的微信的，自然看到了他们两个一前一后发的“官宣”朋友圈。接下来的事，就不用多说了。

喻时恬受到的惊吓并不比阿莫少，消息接二连三地发过来，甚至打了两个电话，可惜刚刚白寻音把手机调成静音了，全都没听见。

“姐姐，你和我哥怎么回事啊？在一起了？”

“我去，你有点牛啊，居然能把我哥这祸害收了！”

“不过我记得上次你还说不合适来着，这段时间发生了啥？求八卦求八卦！”

“姐姐，你去哪儿了，怎么不理我？我要听八卦，呜呜呜！”

白寻音觉得这事儿在微信上三言两语也解释不清楚，干脆拨了一个电话过去。

喻时恬秒接，张口先尖叫了两声，才忙不迭地问：“姐姐，到底怎么回事啊你们？！”

白寻音的手指无意识地绞着自己的发梢：“你没问你哥吗？”

“他不接我电话！”喻时恬似乎很委屈，“我怎么说也是你们俩的媒人、红娘、月老，你们不能这么对我……”

白寻音绷不住笑了笑，而后“嗯”了一声承认了：“谢谢你这个‘月老’了。”

喻时恬在那边心急如焚：“你承认了，不对，你们都官宣了，到底怎么回事，快告诉我啊！”

白寻音四两拨千斤地随便说了两句：“就是相亲过后觉得印象挺好的，偶然又见了两次，就……”

她说的不全是真话，可也不是假话。

喻时恬当初安排饭局就是抱着撮合两人的想法，现在两人真在一起了，她却有点不适应。

她觉得白寻音气质清冷高雅，学术上的成绩就更不用说了，自家哥哥虽然腹黑了点，但各方面条件也没得说，两个人在外貌上也是极为匹配的，但喻时恬总觉得两个人的进展有点太快了。

“你和我哥就是两棵铁树，都不怎么喜欢谈恋爱……”喻时恬喃喃地道，“难道凑在一起，负负得正了？”

难不成事业狂吸引事业狂？

白寻音觉得她这些稀奇古怪的想法挺有意思，并不打岔。

“其实姐姐，你和我哥郎才女貌，在一起真的挺配的，只是有一件事情，我还是放心不下。”喻时恬这么说着，忍不住叹了口气，“姐姐，你明天有时间抽空和我见一面吗？”

白寻音眯了眯眼，有些困惑，但还是说：“明天中午我不去食堂了，一起出去吃？”

“好呀好呀。”喻时恬欢天喜地地应了下来，“明天见。”

挂了电话后安静了好一会儿，白寻音才蓦然反应过来刚刚喻时恬为什么欲言又止。她不由得笑了笑，心里的困惑一扫而空，很快进入香甜的梦乡。

等到第二天中午见面的时候，喻时恬娇美的脸蛋上虽然挂着笑，却难掩忧心忡忡。

她点好了菜，等白寻音到了，她喝了两口茶就忍不住叹气："姐姐，你很喜欢我哥哥吗？"

白寻音知道她在想什么，点了点头，微笑道："喜欢呀。"

"这……姐姐，你忘了我上次跟你说，我哥有个前女友了吗？"喻时恬昨天猛然看到心仪已久的姐姐成了嫂子，一时间挺兴奋，可回过味儿来，就越发觉得不对劲。她是知道喻落吟对他那个前女友的感情有多深的，两人分手五年了他都没有谈恋爱，现在他这么快就接受了认识不久的白寻音，不就是见色起意吗?

喻时恬可不想害了白寻音，登时有点后悔把她介绍给喻落吟了。

眼见着白寻音端起茶杯抿了口，淡淡地说"知道呀"，却不以为然，喻时恬不禁有些着急了。

"姐姐呀，我哥心里有白月光，而且是初恋加上白月光，可是很难办的！"喻时恬忍不住握拳，严肃地道，"姐姐，其实我哥那人人模狗样的，要不然你再考虑一下吧。"

白寻音："不用考虑了，我……"

"唉，我哥肯定是用他那张脸忽悠了你。"喻时恬性子急，直接打断了白寻音，又忍不住扼腕叹息，"姐姐，你可千万别被我哥占便宜了，之前他对他那个前女友深情得跟什么似的，我介绍你们认识本来是想着让你们慢慢相处，但这么快就成了，我觉得他是图你的美貌！"

"恬恬。"白寻音忍不住攥住义愤填膺的小姑娘的手，一本正经地道，"我就是你哥的那个前女友。"

喻落吟第二天去医院上班时，收到了不少"恭喜"。他人缘好，整个科室的人差不多都有他的微信，自然都看到了那条官宣。

从昨晚到现在，他的手机一直响个不停，大多数是他和陆野、周新随他们那个四人群里的信息，平日里没什么人说话，这两天倒是十分热闹。

喻落吟不堪其扰，干脆屏蔽了群消息。今天到了医院，来自领导和同事的问候却避免不了。之前还想给他介绍对象的护士长见到喻落吟，握着他的手十分遗憾地长吁短叹："小喻啊，姐还想把自家闺女介绍给你呢，不都说肥水不流外人田吗，你这怎么就谈上恋爱了，之前没听说啊？"

这种热情可不能瞎应对，即便喻落吟能言会道，此刻也只是尴尬地笑了笑。

还好护士长并不执着，感叹完了下一句就是："不过你对象是真好看，多大的姑娘？"

喻落吟嘴角的笑意便忍不住多了几分真情实感，他很含蓄地炫耀了一下："她比我小一岁，我们是同学。"

"同学？"护士长诧异地问，"大学同学？小姑娘也是学医的吗？"

"不是，高中同学。"

"高中？那可有些年头了。"护士长眼中闪过几丝戏谑的光，语气热切，"这么多年都在一起吗？"

沉默半晌，喻落吟轻轻地"嗯"了一声。这么多年，白寻音一直在他心里，姑且也算在一起吧。

今天不是他值班，也难得没有急诊不用加班，喻落吟下班后毫不犹豫地就去接女朋友了。然而，他等在科研所外面的时候，看到白寻音同一个男人走了出来。

那男人二十七八岁的年纪，伴在白寻音旁边，笑得一脸灿烂。

喻落吟眯了眯眼，毫不犹豫地下车，"砰"的一声甩上门，瞬间吸引了不少科研所里下班党的注意力，当然也包括白寻音的。

喻落吟清晰地看到，女人茶色的眼睛里闪过一丝诧异。

他几步走了过去，皮笑肉不笑地道："下班了？"

白寻音还未回话，她旁边的男人就是一怔，开口问："小白，这是？"

小白？这个称呼让喻落吟心头蹿起一股无名火，他但笑不语，只抬起长臂揽住白寻音单薄的肩。一个动作，一切尽在不言中。

白寻音有些尴尬地看着眼前男人失落的眼神，轻咳了声："李工，这是我男朋友。"

"男朋友？"被称作李工的男人喃喃地问，"你谈恋爱了啊？"

"嗯。"白寻音点了点头，无视男人脸上的失望，无情地说，"李工，麻烦你把今天那个实验的收尾报告总结发到我邮箱里，谢谢。"

喻落吟一听，便忍不住有些想笑。

原来小姑娘是因为工作才跟着这位同事一起出来的，只是她想着的是工作，恐怕这个男人却是醉翁之意不在酒吧。

"音音。"上了车，喻落吟看着李工远去的背影，笑着问，"他是不是在追你？"

"别瞎揣测李工。"白寻音心里想着李工之前在单位里的种种举动，觉得大概是，嘴上却否认，“没有。”

“我看他挺喜欢你的。”喻落吟戏谑地说，但他还不至于吃醋，修长的手指敲打着方向盘，话题一转，问了个别的问题，“你们单位的人都互相用‘工’来称呼？”

“嗯，因为大家都是工程师。”白寻音一顿，又补充，“不过我刚到单位，年纪小，没几个人这么称呼我。”

所以大家都叫她小白，白寻音怀疑喻落吟要因为这个找麻烦，干脆先解释了。

然而，喻落吟根本没提这个问题，嘴角挂着一丝浅浅的笑意，半晌后才意味深长地说：“那你们单位有姓‘老’的怎么办？”

老？白寻音眉头微蹙，把这个姓和“工”联系在一起才反应过来喻落吟的意思。

老工，老公……白寻音耳根热了一下，她盯着喻落吟笑意盎然的侧脸，斩钉截铁地道：“我们单位没有姓老的。”

看来想哄骗她说出“老公”这两个字还真是不容易。喻落吟一次尝试失败也不气馁，反而噙着笑耍赖：“就算有，你也不能叫。”

简直莫名其妙，白寻音有些窘迫地转过头，嘴角却忍不住翘了翘。她转移话题：“你怎么过来接我了？”

“今天下班早，当然要来接女朋友了。”喻落吟长眉微挑，理所当然地说，他单手握着方向盘打转了方向，修长的手指敲了敲，“约会去？”

白寻音眨了眨眼：“去哪儿？”

“不知道。”喻落吟故意说，“我没约过，没经验。”

可是，她也没经验啊。她长这么大，唯一一次算得上约会的经历还是和喻落吟一起看电影那次呢。

白寻音想了想，问他：“你怎么没约过？”

喻落吟就等着她这句话，急忙表衷心：“当然是因为没找到值得约的……”

“以前跟我约过的会不算吗？”白寻音打断了他，似笑非笑地调侃，“还是我不值得？”

喻落吟被反将了一军。

比起白寻音的伶牙俐齿，喻落吟更在意的是她居然会主动提起五年前的事情。这是不是说明，她已经彻底放下了？

喻落吟忍不住笑了笑：“当然算，要不然我们故地重游一次？”

白寻音一愣：“去哪儿？”

“你老家古镇的那棵大树那里。”喻落吟对那个地方可是念念不忘，这么多年也去过好几次。

只是身边没有那个人，他也就无心欣赏大自然的神奇之处了。

好不容易等到白寻音回来了，喻落吟立刻就想带着人再去：“去看星星。”

“你疯了吧。”白寻音失笑，无情地打消他这个疯狂的念头，“开车到古镇要五个多小时，明天还得上班呢。”

喻落吟也心知这次估计无法成行，忍不住叹了一口气：“那周末去？”

“再说吧……”白寻音敷衍着，心思百转千回，半晌后打定了主意，她才抿了抿唇问喻落吟，“你还是喜欢天文，是吗？”要不然，他怎么会朝思暮想地回去看星星？

“是啊，喜欢。”喻落吟一怔，倒也不瞒她。

白寻音眉头微蹙，问出了始终想不通的问题：“那你为什么要复读，还选择了医学系？”

“对我的事打听得蛮清楚的呀。”喻落吟开心了，干脆把车停在路边，侧头笑盈盈地看着白寻音，“想问什么，都问了吧。”

白寻音看着他，轻声说：“我就想问这一个问题。”

“其实也没有太复杂的心路历程。”喻落吟想了想，诚实地说，“无非就是我在澜大一年，觉得自己没那么喜欢天文了，而对医学更感兴趣。”

白寻音怔了怔，忍不住摇头失笑：“你倒也真决绝。”就因为一个想法，退了重点大学重新复读再考的人怕是全国也没几个，真是恣意妄为到了极点。

“你还想回那里看星星，我以为你还喜欢着天文。”

“我的确想回去，之前也回去过两次，但这几年没去过了。”喻落吟一顿，黑眸深深地看着白寻音，“我想找的不是星星，而是一起看星星的人。”

他迫切地想把那丢失的五年时光都找回来。只是他独自前往，找到的只有孤独和落寞，便觉得很无趣。

“其实我知道你疼我。”喻落吟笑了笑，黑眸里带着狡黠和戏谑，渐渐凑近白寻音把她抱住，“我知道是因为我跟你说过我喜欢天文，你才会带我去看星星的。”

要不然古镇那么大，白寻音为何偏偏带他去了那里？正因为白寻音除了乖巧，还心思敏感、处处体贴，所以即便分手时她说了那么一番伤人的话，他也坚决认为自己不是单相思，硬是把人等回来了。

白寻音沉默，微微垂眸，并没有否认喻落吟的话。实际上，古镇半山腰的那棵古树的确是她知道的看星星最好的一个去处，她当初想的的确是即便决裂，也得把这地方告诉喻落吟。

只是她没想到，喻落吟竟然明白她的心意。

在喻落吟嘀咕着“我知道你疼我”的时候，白寻音心头微微有些酸涩。她并不觉得自己是在心疼喻落吟，她一直在伤害他才对呀……白寻音忍不住伸出手，指尖轻轻抚着他高挺的眉骨，随后男人就擒住了她“作乱”的手，顺着指尖吻了过来。

柔软的下唇被咬住，白寻音微微眯起眼，看着喻落吟近在咫尺的高挺鼻梁、长长的睫毛，双唇不自觉地张开。

车内渐渐升腾起一片旖旎春色，安静、撩人，直到刺耳的手机铃声打破了这暧昧的氛围。

“电……电话……”白寻音被亲得有些喘不上气来，白嫩的耳根微红，忍不住含糊地提醒，“快接。”

喻落吟眉头微蹙，只觉得这电话恼人极了。也不知道是谁这么不识趣，这个时候打来，他干脆看也不看，不耐烦地直接接通，下一刻喻时恬的声音就在寂静的车厢里响起——

“哥，你也太浑蛋了吧！你怎么不跟我说你那狐狸精前女友就是我音音姐，你以前居然对我音音姐做出那么过分的事情！”

两人胶着的唇不由得一僵。片刻后，喻落吟忍不住低声骂了句，捡起手机，干脆地挂断。

他显然“欲求不满”，此刻恼火极了。白寻音看着，忍不住捂唇笑了笑。

喻落吟哭笑不得，对着白寻音摇了摇手机，有些无奈：“怎么回事？”

喻时恬那小妮子能知道这些，肯定是眼前这女人的功劳了。

白寻音也不瞒着，如实说：“恬恬中午的时候来找我了。”

喻落吟挑了下眉：“那丫头都说什么了？”

“她说你有个白月光前女友，还叫我小心。”白寻音顿了一下，似笑非笑地瞧了眼喻落吟，意味深长地说，“小心你对我见色起意。”

古镇当然是去不成了，两个人没什么约会的经验，最后还是选择了最为平平无奇的逛商场。

白寻音对逛街兴致索然，反而喻落吟一个大男人对此似乎十分热衷。车子随便开到了附近一个广场的地下停车场里，喻落吟拉着白寻音在商场里四处游走。

“我等这一天很久了。”喻落吟看着她，一本正经地道，“快，给我一个机会。”

白寻音无语：“什么机会？”她怎么感觉喻落吟有点神神道道的。

“当然是给女朋友花钱的机会。”喻落吟颇为兴奋地拿出一张卡，双手奉上。

可见无论什么样的男人，收获了爱情之后都不免会变得有些幼稚。

白寻音哭笑不得，刚要开口拒绝，就被迫不及待的喻落吟拉到了旁边的一家店，他十分大方地说：“试试衣服？”

两人说话的时候，已经有售货员迎了上来。见那位女士不太愿意进来的模样，售货员便不自觉地打量了一下两人的着装——在奢侈品店上班的人，这几乎成了他们的职业病。

白寻音和喻落吟的职业决定了他们不会穿得太光鲜亮丽，每天套件白大褂接触各种气体、液体，忙得跟狗一样。今天，两个人的着装就十分朴素。

售货员的眼神变了变，似乎已经认准了这两个“土包子”纠结着“不敢”进来，就是因为怕买不起店里的东西。

“先生，女士。”售货员脸上依旧挂着得体的笑容，一笑露出八颗闪亮的小白牙，隐晦地提醒道，“我们这里是高奢成衣店。”

长这么大，喻落吟还是第一次在买东西时被人隐隐鄙视了。他不禁被气笑了。

“喻落吟。”白寻音自然也听出了那售货员的言外之意，生怕他生气，忙挽着他的手臂低声道，“咱们走吧。”

“不。”喻落吟反握住她的手，本来只是兴之所至的临时起意，现在反而更坚持了，“买衣服。”

十分钟后，白寻音被迫换上了一条珍珠白的裹身连衣裙，削肩及膝款式，缎面布料，裹缠着她纤细的身体。

这条裙子前面看来端庄优雅，背后却是镂空的，只有几根细细的白色缎带穿插勾勒着姣好的蝴蝶骨，雪白单薄的背更显诱人。

只是白寻音是个没什么浪漫细胞的理工女，总觉得设计师的灵感来源大概是绑带泳衣吧。

刚刚对穿着毛衣、牛仔裤的白寻音不屑一顾的售货员，见状立刻正色了起来。

“女士，您穿这条裙子真是太好看了，十分衬您的身材和气质……”

售货员迎着白寻音，口若悬河，滔滔不绝，一抬头，就见穿着牛仔裤、黑衬衫的男人抬手揽住女人纤细的肩，微笑了下：“嗯，很好看。”

然后，他漫不经心地把卡推到前台结账。

售货员忍不住大为惊讶。这条裙子是高奢品牌的春夏新款，明码标价的六位数，结果这男人眉头都不皱一下……难不成是真人不露相?

白寻音蹙了蹙眉头，抬头问喻落吟：“非得买吗？”其实她根本没机会穿这么贵的裙子，喻落吟完全就是乱花钱。

“买吧。”喻落吟轻笑一声，又用屡试不爽的撒娇绝技，“要不然我不安心，怎么想给你花钱这么难呢？”

第一次听说不花钱不安心的，那些围观的售货员都呆住了。

在场除了白寻音以外的女人不免都有些嫉妒又羡慕，售货员强忍着心里的酸涩，笑眯眯地过去开单子。

一条裙子十几万，虽说顺着喻落吟的意思买了，但白寻音还是觉得有些不值。

“你说，买这干什么？”两个人手挽着手离开了那家富丽堂皇的高奢店面，白寻音忍不住小声嘀咕，感慨现在飞涨的物价，“快赶上我小半年的工资了。”

“那你工资还挺高的。”喻落吟忍不住笑了笑，“比我高多了。”实习医生一向是操着卖金子的心，拿着卖白菜的钱。

可惜白寻音看了眼他手中拎着的袋子，无法对他产生丝毫同情心。这货就算每个月一分钱工资都没有，也能活得逍遥自在。

喻落吟心下了然，笑问：“你是不是觉得我在啃老？”

白寻音没说话，但从她不以为然的表情来看，她十有八九就是这么想的。

“冤枉啊。”喻落吟的黑眸里写满了委屈，可怜巴巴地看着她，“这是我自己赚的。”他才不会用他老爹的钱给白寻音买裙子呢。

“你赚的……”白寻音沉默片刻，很客观地说，“医学生没这么富有吧？”

“靠着工资都能饿死。”喻落吟忍俊不禁。

他揽着白寻音的肩膀进了旁边一家餐厅，吃饭的时候才对她说：“我们家不是做投资的嘛，再加上周新随毕业后是干这个的，这几年我也就跟着投了不少，赚的是股市的钱。”

股市、基金，白寻音忽然想起阿莫家的盛闻也是干这行的。

其实同学聚会之后，盛闻还试图挖过白寻音，由阿莫引荐着见过一次面，主要聊的就是聚会上没聊完的那个股市建模的问题。

盛闻想让她利用物理原理，帮忙建造一个便于观察股市行情的信息模型，价格好商量，可惜，她对此并不感兴趣。

如果喻落吟家里也是干这个的话……白寻音明亮的双眼闪烁了下，若有所思。

两个人吃的是西餐，醒着的红酒味道不算好，喻落吟喝了小半杯便不再动，可也算喝酒了。

所以自然由白寻音开车，她想着先送喻落吟回家，自己再打个车回去，谁知喻落吟死活不干，非要让她先开到她家。

“让女朋友送我回家，然后让你再打车回去？”喻落吟说着都觉得好笑，很是不屑地哼了哼，“那我成什么了？不行。”

“没事。”白寻音很体贴地说，“我不介意。”

但是喻落吟不说他家地址，她也没办法，只能朝着自己家开。

“你说你喝那半杯干什么？”女人秀眉微蹙，“开不了车，到时候还得打车回去。”

“我是故意的。”喻落吟笑了，凑过来轻轻地亲了下她白嫩的耳垂，含含糊糊地嘀咕，“这样明天早上我就能来你们家楼下开车了。”

这样，他还能顺道送白寻音去上班什么的。

白寻音被他猝不及防的一个轻飘飘的吻弄得鸡皮疙瘩都起来了，脸上浮起两抹红晕，她抿了抿唇，加大了油门，一鼓作气地把车子开到她家楼下停住，而后板着脸，解开安全带，压着副驾驶座上的喻落吟亲了过去。

喻落吟愣了一下，随后品味着女人落在他唇上的力道，忍不住闷声笑了起来。看来小姑娘真是被他撩生气了。

他十分配合地放松了身子，仰着头靠在副驾驶椅背上，任由白寻音对他“胡作非为”。

喻落吟甚至想着她越过分越好。只可惜这样的美事有时效，不一会儿，白寻音的唇就离开了。

“音音。”喻落吟扣住白寻音纤细的腰，因为趴在他身上的动作，她的腰凹出了一个十分美丽的弧度，光是看着就让他心猿意马。

他用手暧昧地摩挲了一下，制止了白寻音想要起身的动作。

他的黑眸一眨不眨地盯着白寻音晦暗不明的眼睛，指尖在她红润的唇上轻轻点了点，压低的声音很容易让人浮想联翩：“我……帮你把东西拎上去？”

这话说得很隐晦，但言外之意两个人都明白。

白寻音抿了抿唇，眸色有些复杂地盯着被她压在身下的男人，纠结了半晌，还是“嗯”了一声。

电梯间里正好没人，进去摁下楼层，短暂的沉默之后，两个人就像心有灵犀一样又亲在了一起。似乎五年的分别后，日思夜想的亲密成了真，就会让人有一种得了皮肤饥渴症的错觉，怎么亲都亲不够似的。

原来这就是喜欢才会带来的刺激感，怪不得那么多人会沉迷于亲吻。

但身处其境，品味到其滋味的销魂过后，堕落又算得上什么呢？开心才是最重要的。

喻落吟买了不少东西，统统用一只手提着，现如今挂到了手腕处，两只手空出来抵着电梯的墙面。他把亲起来软糯如水的女人困在用自己手臂筑成的牢笼里，低头狠狠地“欺负”她。

而白寻音不甘示弱，更凶地“欺负”回去。

虽然唇上隐隐作痛，但喻落吟心里的欣喜几乎要溢出来——他发现，凶狠的白寻音更让人喜欢了。这女人从性格到长相，怎么这么对他的胃口？真是活该栽她手里。

“纠缠”的至高境界，就是让人食髓知味。两人身上都有点热，踉跄着出了电梯，白寻音一只手被喻落吟抓着，另一只空着的手勉强向后伸按了下密码门。

幸好这栋楼都是一梯一户的户型，要不然被人撞见他们这副不舍得分开的模样可要闹笑话了。

伴随着“咔嗒”一声开门的声响，喻落吟气息一沉，大手揽着女人的腰，干脆把她半提起带进了屋，急不可耐地将她抵在玄关处的墙面上……

然而，本该黑漆漆的屋子里竟然灯火通明。意识到这一点的两个人对视一眼，很快理智回笼，迅速分开。

白寻音暗道不好，着急忙慌地推开喻落吟望向客厅，就看到一个女人坐在沙发上。

“音……音音？”不小心看到这香艳一幕的季慧颖登时感觉自己的脑子生锈了，呆呆地看着脸色绯红、唇瓣红润的白寻音，然后，视线慢慢地移到旁边气息有些喘的喻落吟身上。

两个人谁都没想到季慧颖会突然出现，错愕之余，又有种恨不得找个地缝钻进去的感觉。

喻落吟勉强保持着斯文风度，装作若无其事地打招呼：“阿姨好。”

俗语说“丑媳妇迟早要见公婆”，那丑女婿当然也要见老丈人丈母娘了。只是喻落吟没想到这一天会来得这么快，这么猝不及防。

在季慧颖一双眼睛上下扫着他的时候，喻落吟面上镇定，实际上笔直的脊背已经出了薄薄的一层冷汗。

并不是怕季慧颖，而是……喻落吟觉得假如有一天，他突然看到自己捧在手心里养大的闺女和别的男人亲作一团，估计会怒不可遏。所以此刻季慧颖对着白寻音冷冷地说了句“进去洗把脸”，对他没一个好脸色，喻落吟一点也不介意，当然他也不敢介意。

两个人坐在偌大的客厅里，气氛不免有些尴尬。

“阿姨。”喻落吟想了想，还是上赶着献殷勤，“我给您倒杯茶？”

“不用。”季慧颖想到自己刚刚看到的那一幕就觉得脸上臊得慌，登时不想再多看眼前这男人一眼，生硬地拒绝掉了。不过即便不想，她的目光还是忍不住在喻落吟身上打转。

实在是因为这个男人无论是长相还是气质都太出挑了，按理说跟音音很相配，要不是刚刚看到了那一幕，季慧颖觉得自己肯定会对他以礼相待的。她心下这般琢磨着，不小心就撞上了喻落吟的笑眼。

季慧颖一愣。离得近了，她才发现这男生看着有点眼熟，就好像在哪儿见过。

她轻蹙眉头回忆了半晌，才隐隐约约地想起，他就是几年前出现在医院的少年。他送白寻音到医院，后来又跟着回了她们家。

“你……”季慧颖有些意外又有些惊喜，看着喻落吟的眼神柔和了不少，“你是音音在澜大时候的同学？”

喻落吟愣了一下，随后嘴角漾开一丝笑意，足以迷倒各种年龄段、各种类型的人，只要性别为女。

他受宠若惊地道：“阿姨，您还记得我啊。”

“当然记得。”见他承认，季慧颖愉悦地微笑了下，“你不是曾经送音音去过医院吗，我记得……你叫落吟是吧？”

喻落吟曾经在澜大的新生大会上作为学生代表发过言，家长们对好学生的印象总会会更深刻一些。

喻落吟谦虚地笑了笑，适时地表现出一些“惭愧”来：“阿姨，谢谢您还记得我，刚刚……还请您别生气啊。”

季慧颖不由得有些尴尬，忙摆了摆手，又忍不住问：“落吟，你和我们家音音……你们在谈恋爱？”

虽然这句问话有点像废话，但季慧颖还是忍不住问了。上次跟白寻音通电话时，她还操心过这方面的事情，可白寻音当初分明说自己近期不想谈恋爱来着。

季慧颖心下疑惑，就听到眼前的喻落吟矜持地“嗯”了一声。

她心里顿时有谱了。

“那个，落吟。”季慧颖笑着站起来，拿了条毛巾要去洗手间，随口找了个借口支开他，“你先去音音房间待一会儿，阿姨去洗手间看看她怎么还没出来。”

实际上，她心里多少有点怀疑自家闺女和眼前这个男孩该干的事儿都干了，毕竟刚刚那一幕太有冲击力了。

其实季慧颖对于喻落吟不能说是不满意，但有些事情她必须好好叮嘱一下白寻音。

喻落吟心里明白季慧颖是有话想和白寻音说，不便让他听见，又不好开口让他走人，因此，他笑了笑，顺从地进了白寻音的房间。

他本来想着直接告辞，但又觉得能参观一下白寻音的卧室也不错。

白寻音简单地洗了把脸出来后，就看到季慧颖独自坐在客厅里。她有些诧异地眨了眨带着水汽的眼睛：“喻落吟呢？”

“我让他去你房间了。”

“去我房间？”白寻音觉得不妥，皱了皱眉便朝着卧室走去，“干吗去……”

“等等，你先别叫他出来。”季慧颖连忙把人拉住，板着脸低声问，“我有几句话要跟你说。”

白寻音无奈，只好任由母亲把自己拽到了沙发上。

“我问你，他是不是你的那个高中同学？”

白寻音一愣，没想到季慧颖已经把喻落吟认出来了，便点了点头。

“你个死丫头，你们什么时候在一起的啊？上次问你，你还说不想交男朋友呢。”季慧颖忍不住伸手弹了下白寻音的额头，“怎么也不告诉我一声。”

“刚交往。”还不到那种能大肆宣扬的地步，白寻音笑了笑，侧头看她，“妈，你怎么突然过来了？”

季慧颖睨了她一眼：“哪里突然啦，我之前不是说要过来看看你这房子，陪你待两天吗？”

白寻音有些无语。这些话她妈妈是说过没错，但都是一个多月之前说的了。

“音音，你跟我说实话，你……”季慧颖瞧了眼白寻音卧室的门，压低声音问她，“你和这个，落吟，你们俩……那个了没有？”

作为长辈，这种话显然是有点难以启齿的，她吞吞吐吐地说完，耳根都有些红了。

白寻音倒是坦荡，她懒洋洋地倚着沙发背，双腿交叠放在跟前的软凳上，摇摇头：“没有。”本来是想的，不过现在看来短时间内怕是不能如愿了。

“那就好。”季慧颖知晓自家孩子从不说谎，闻言松了口气，不禁笑了起来，“还没那个就好，女孩子家，还是要自爱一些的。”

“妈，现在都什么年代了。”白寻音笑了笑，不以为然，“你怎么还这么封建呢？”

“别拿年代说事儿，这是洁身自好的问题。”季慧颖皱眉，坚持己见，“况且你也说了，你们还没谈多久恋爱。”

白寻音反驳：“但我们认识很久了呀。”

“不行，没谈半年以上绝对不能发生性行为。”季慧颖严肃地道，“音音，这事儿你必须听我的。”

“行行行。”白寻音有些无奈，“都听你的行了吧。”

她只想赶紧结束这个话题。说完，她便站了起来，对着季慧颖说了句：“我先把他送走。”

进自己房间当然无须敲门，她直接推开门走了进去，一眼就看到了在窗边站着的喻落吟。

男人似乎在沉思，听到动静才转过身来。

喻落吟若有所思地说：“你房间很素。”

几乎不像是女人的房间。像喻时恬的房间，就有可爱的公主床、粉嫩的化妆台，以及各种柜子、摇椅，还有数不清的娃娃……白寻音的卧室里只有一桌一椅、一床一柜，墙面洁白，窗前挂着一副窗帘，十分简洁素净。

喻落吟进来都觉得无处可坐，只好站着，若不是被那没关严的柜子里隐约露出的东西吸引了注意力，他还以为自己身处医院的手术室呢。不，白寻音的房间比医院的手术室还要干净、简洁。

白寻音扫了眼桌面，见没被动过才松了口气。

她进去把喻落吟拉了出来："走，我送你下楼。"

喻落吟乖巧地被拉到门口，走之前不忘跟季慧颖道别："阿姨，我走了，下次再见。"

季慧颖微笑着目送他离开。

两个人进了电梯，心境和刚刚上来的时候天差地别——这才过了不到一个小时。

"以那样的方式出现在你妈妈面前，"喻落吟忍不住叹了口气，"可真够丢人的。"

白寻音忍不住笑道："谁让你要上来的。"

"幸灾乐祸是吧？"喻落吟眯了眯眼，伸长了手臂把人捞进怀里，作势要低头亲她。

"不要。"正巧电梯到了一楼，白寻音忙推开他，忍着笑撵人，"我得马上上去了。"

要是真被他亲到，又得纠缠个没完没了。

喻落吟有些遗憾地叹了一口气，低头捏了下白寻音水嫩的脸："行吧，你先上去。"

男人漆黑的眼底闪过一丝晦暗不明的情绪，快得她根本捕捉不到。

白寻音："那我走了。"

"音音。"等女人转过身，喻落吟却忍不住张口叫住她。

白寻音有些疑惑地回头："嗯？"

"如果……"喻落吟舌尖堆了不少想说的话，却在女人澄澈的双眸中说不出口。他感觉自己心里已经狼狈得无所遁形了。

喻落吟最终还是什么都没说，抿唇笑了下："没事，明天见。"

目送着白寻音纤细轻盈的背影进了电梯，喻落吟嘴角的笑意才一点一点地暗淡下来。他恢复了一身冷漠，清隽的眉头蹙了蹙，又忍不住笑了声——自嘲的笑。

喻落吟看都没看一眼自己那辆停在路边的车，反而神思游离地走到路边拦了一辆出租车，上车后他随口报了个酒吧的名字，有些疲惫地揉了揉眉心，然后拿出手机找人出来喝酒。

可偏偏再烦，作为医生他也不能肆意地喝酒，随时都要把“克制”这两个字印在脑子里。

黎渊他们到了酒吧时，就看到喻落吟坐在卡座里一杯接一杯地喝着……苏打水。

喻落吟神色阴鸷，眼里像是凝着一团火。黎渊不敢调侃他，凑过去谨慎地问：“喻哥，您这是借水解千愁吗？”

陆野和周新随都忍不住笑了声，坐在一边。

喻落吟没回答，目光有些空洞地盯着眼前剔透的杯子。

半晌，他才没头没尾地问了句：“我高中的时候，到底有多浑蛋？”

几个人都是一愣。

“我今天去音音家里，看到三中的校服了。”喻落吟轻笑了声，笑容带着讽刺，“而且是我的校服。”

女人没关严的衣柜里隐约露出了校服的一角，他凑过去，一眼便认出来那是自己高三时丢失的那件校服。没想到白寻音竟然将它一直保留到了今天。经历过他的欺骗，两人的决裂，分开的五年，直到今天她居然还保留着。反应过来那校服是自己的那一刻，喻落吟蓦然间有种万箭穿心的感觉，憋闷得几乎喘不上气来。

或许白寻音比他想象的要喜欢他。喻落吟一时之间不知道该不该为此感到开心，内心却又很酸涩。其实之前在白寻音家楼下，他面对她想问却没问出口的话很简单——假如我向你求婚，你会答应我吗？

喻落吟不知道该怎么补偿她，迫切地想把人娶回家。只是最终，他也没敢用半开玩笑的方式说出这句真心话，因为他知道她一定会拒绝。

在场的三人听到喻落吟的话都是一愣。陆野、黎渊、周新随都是那段年少时光的见证人，自然也知道喻落吟和白寻音之间发生了什么事。

从他们的角度看来，即便恭喜喻落吟的夙愿达成，却也都不免觉得白寻音有些狠心绝情。就算喻落吟当年是因为赌约这件事去接近白寻音的，但他对她的感情是真的。

更何况，该受的惩罚他也受过了，还帮着白寻音恢复了声音，结果那姑娘假装和喻落吟和好后又把人狠狠地甩掉，这算怎么回事儿？喻落吟是个没受过什么挫折的天之骄子，那次栽的跟头太大了，他们三人可是看着他艰难地走出来的。

他们都觉得白寻音这姑娘心狠，无奈喻落吟喜欢，喜欢到鬼迷心窍，让人恨铁不成钢。

几人无论如何都没有想到，白寻音这么个狠心的主儿居然会留着喻落吟当年的校服——这个事实几乎超出了他们固有的认知。他们和喻落吟想的都一样，觉得他们即便复合了，白寻音其实也没那么喜欢喻落吟。但是那件校服……

"或许我们误会她了。"周新随推了下鼻梁上架着的眼镜，声音低沉，"那你这么多年也不算白等。"也算是"念念不忘，必有回响"吧。

"是，本来我还觉得白寻音那姑娘挺绝情的，而且现在的她一看就不好惹……"黎渊想到上次在同学聚会上被白寻音呛的经历，不自觉地打了个冷战，"其实我觉得找女朋友还是要找那种又甜又会撒娇的，奈何喻哥就是喜欢她啊。不过喻哥，这么一看白寻音也挺喜欢你的，这么多年一直留着你的校服。"

喻落吟皱了皱眉，有点后悔叫他们三个过来了。他们关心的点，和他想表达的重点根本不一样。

他虽然很庆幸白寻音心里有他，甚至一直有他，可现在他心里铺天盖地压下来的分明是内疚。可惜他们三个是不会明白的。

喻落吟无奈地笑了笑，不再多言。他想起大一时，自己和白寻音关系最为脆弱的那段时间，他还以为是小姑娘闹脾气，所以死皮赖脸地往她跟前凑，那时候的他可真够烦人的。而白寻音告诉他一部电影的名字：他其实没那么喜欢你。

这是白寻音所有的冷言冷语中，令喻落吟记忆最深刻的一句。当初浑身是刺的少女为了离他远点，什么话狠说什么，直接全盘否认了他们之间裹着一层虚假的感情。她告诉他，她不喜欢他，没有他想象的那么喜欢他。

当时喻落吟虽然强撑着自信满满的皮囊，但内心其实也不是不耿耿于怀的，更别说后来还发生了那些事情。

即便现在白寻音回来了，和他在一起了，喻落吟仍旧不安心。直到看到那件校服，他心里又酸又涩还很内疚的同时，也感觉吃了颗定心丸。

就像黎渊他们说的那样，"她其实很喜欢你"，他不用妄自菲薄，不用继续猜疑。复杂的情绪里慢慢滋生出一丝可耻的甜来。

自从进入医院当实习医生后，喻落吟便鲜少有失眠的时候了——每天忙得像个陀螺，哪有时间失眠，补眠都不够。但今晚他却辗转反侧，一夜未眠。

天刚蒙蒙亮，喻落吟就像个神经病一样去了白寻音家楼下，窝进了自己覆上一层薄霜的车里。

林澜湿度大，早上雾气朦胧，有点湿冷，中午时又热得要命。喻落吟修长白皙的手指被冻得有些泛红，他透过车窗看了看外面的“美景”，拿出手机给白寻音发信息。

“你见过凌晨四点的林澜吗？”

“我在你家楼下见到了，很美。”

凌晨四点，白寻音自然不会回复，毕竟不是所有人都像他这么疯，这么躁动。没错，喻落吟此刻的确是躁动不安的，就像想要破土而出的小草，蠢蠢欲动，坐立难安。

直到六点出头，他才等到了白寻音的信息。

白寻音或许是刚睡醒，发来了两秒语音消息，声音显得有些哑，清冷得撩动人心：“你这么早在我家楼下干吗？”

喻落吟秒回：“就想约你吃个早餐。”

十五分钟后，他看到白寻音纤细的身影跑出了楼栋大门，一眼望向他的车。

喻落吟从车窗探出头，对她笑了笑：“过来。”

女孩身着灰色真丝衬衫、白色裤子，简洁到极致的风格，但今天这件衬衫领子开得有点大，白皙的锁骨、脖颈一览无余。

白寻音上车的时候，带来一阵清新的香味，喻落吟微微垂眸就能看到一片春光，不禁有些吃味。

他状似不经意地嘀咕：“这领子好像有点大了。”

“嗯？”白寻音正在系安全带，没太听清，侧头反问，“你说什么？”

她没问喻落吟为什么会这么早过来，也没问他想吃什么，只是在他提出要求后，乖巧地满足了他。

喻落吟顿时有种豁然开朗的感觉，他笑着说没什么，然后俯身，在白寻音愣怔的瞬间，帮她稍稍提了提领子。

相当简单的一个动作，却缱绻又暧昧，他微凉的指尖划过她的锁骨，让女人温热的皮肤起了一小片鸡皮疙瘩。

白寻音后知后觉地反应过来他是吃醋了。

“我们在单位跟你们一样，都穿白大褂。”白寻音嘴角含笑，有些无奈地看了喻落吟一眼，“里面穿什么都一样，看不出来。”况且她的打扮才不过分呢。

这个时间离上班还早，喻落吟就想跟她单独待一会儿，索性随便开到了一家早餐店买了点吃的，拿到车上吃。

白寻音虽然觉得这个举动有些多此一举，但也没有出言反对。

吃到一半的时候，喻落吟抬眸看着白寻音漂亮的脸蛋，琢磨了半晌才若有所思地说：“晚上我去你家拜访一下吧。”

白寻音拿着勺子的手一顿，抬眼看他，表情未变：“你昨晚不是去过了？”

“别提了。”喻落吟摆了摆手，眉宇之间是显而易见的郁闷，“昨天以那样的方式跟阿姨见面，怪尴尬的。我想正式拜访一下。”

白寻音一怔，嘴角微抿。

本来气氛还算温馨的车厢内因为她的沉默陷入了诡异的寂静，半晌后，她轻柔的声音响起：“你就是因为这个晚上才不睡觉的吗？”

喻落吟高高悬起的心脏落了下来，似乎在胸腔里发出了一声沉闷的响动，刚刚白寻音沉默的时候，他是真的害怕她会拒绝。

男人忍不住笑了，欢天喜地地点了点头：“是啊。”

白寻音完全不觉得睡不着觉这事儿有什么好开心的。她有些无奈，喝下最后两口粥后，点了点头：“那你晚上过来吧。”

其实在她的计划中，和喻落吟见父母这一步现在进行未免有点太早，关于未来会怎么样，她并没有概念。但是，刚刚喻落吟那副仿佛她拒绝了就会哭的样子，让她没办法拒绝。算了，左右季慧颖都已经和他见过了，再见一次也没什么。

白寻音趁着男人下车去扔垃圾的时候盯着他的背影看了几秒，无声地笑了笑。

下午喻落吟难得下班早，过来接白寻音一起回去。中途路过一家珠宝店，他心头一动，打转方向盘故意去门前绕了一圈，然后在白寻音不明所以的眼神中故作轻松地问：“要不要买一枚戒指？”

白寻音一怔，心漏跳了两拍。她咬着唇没说话。

“我是说……”喻落吟见她不回应，握着方向盘的手指紧了紧，而后若无其事地说道，“先买一枚戴着玩。”

白寻音回神，笑了笑。她把颊边的几缕黑色碎发挽到耳后，声音淡淡的，听不出来情绪：“再说吧。”

喻落吟知道自己可能是太着急了。

一路上，车里的气氛都有些诡异。等到了白寻音家楼下，喻落吟让她先上楼，自己有些东西要拿。

白寻音有些心神不宁，什么也没问就点了点头上楼了。

寂静的电梯间里，她又不由自主地想到喻落吟刚刚说的戒指。虽然喻落吟嘴上说着买一枚戴着玩玩，可白寻音哪能听不出来他的言下之意。

只是太快了。

她觉得自己根本没准备好，现在有点被喻落吟推着走的感觉。见家长是个意外，可是戒指……她暂时没有要接受的意思。

那个家伙又要开始装可怜耍赖了，白寻音无奈地叹了口气，在电梯门打开的时候踏了出去。

她在门口等了五分钟才等到喻落吟上来。

男人踏出电梯，手里拎着大包小包，一副恨不得把半个商场的东西都搬到她家的架势。

白寻音看着喻落吟两只手里提着的购物袋，震惊了：“你买这么多东西干什么？”

“见未来……见你妈妈，总不能空着手吧。”本来想说“未来丈母娘”的喻落吟想想觉得还是得低调，便半路改了口，“买点东西是应该的。”

买东西倒是没错，只是喻落吟实在买得太多了一些！白寻音哭笑不得地挡在门口，直摇头：“不行，你拿下去一些吧。”

“都拿上来了，哪有拿下去的道理。”喻落吟委屈地眨了眨眼，“再说这些都是给阿姨买的，你无权处置。”

白寻音皱眉，还是觉得不妥，干脆不说话，也不让他进门。

喻落吟一挑眉，觉得白寻音这不吭声闹脾气的模样倒是可爱得紧，忍不住手贱地去挠她的痒。

两个二十四五岁的人干的事情比十七八岁的时候还要幼稚。

白寻音忍不住笑出声，被喻落吟按在怀里欺负，一地的购物袋也没人管。半晌后，两人厮闹的动静终于惊动了屋内的季慧颖。

这次在未来丈母娘开门之前，喻落吟敏锐地觉察到了，急忙放开白寻音，规矩地站好。

结果季慧颖被门外的一堆东西震惊了。

“落吟……”她有些尴尬地笑了笑，“你来就来了，买这么多东西干什么？”

中午的时候，白寻音就告诉她晚上喻落吟会过来，让她早做准备。

“阿姨，这是我第一次正式登门拜访。”喻落吟微微颔首，谦虚有礼，“自然是要买些东西的。”

他不知道别的情侣第一次见父母是个什么光景，也没有经验。于他而言，白寻音就是他认准了的姑娘，要共度一生的人。

于情于理，喻落吟都觉得自己应该表达出足够的重视，对她父母，对她。无论这些东西她们是否用得着，他都得把自己的态度摆出来。

季慧颖对这里面的行行道道自然也是门清，看着喻落吟的眼神里不由得多了几分欣赏，她笑着侧开身让两人进去。

对于今天的这次见面，季慧颖当然也是重视的，在白寻音尚未回来的时候，就准备好了八个菜。

不成文的俗礼中有“第一次见女婿要备八个菜”这么一说，季慧颖此举，显然是以礼相待了。

喻落吟心下安定了几分。

“尝尝我妈做的菜，她手艺很好。”白寻音洗完手之后迫不及待地夹了块排骨吃，品尝到想念许久的美味，她餍足地眯起了眼睛，“以前阿莫最喜欢来我们家蹭饭了。”她说着，夹了块排骨放到喻落吟的碗里。

“是啊，说起来我也很久没见阿莫了，等哪天让她到家里来，我要见见她。”季慧颖闻言不禁笑了笑，夹了个鸡翅给喻落吟，柔声道，“落吟，多吃点。”

喻落吟看着米饭上堆砌着的颜色鲜艳的菜，微微怔了一下。

半晌后，他敛起眼底的情绪，一边微笑地吃着，一边说：“谢谢阿姨，很好吃。”

别说季慧颖的手艺是真的很好，就算没有那么好，只要是家常菜，对喻落吟来说也具有不一般的意义。

从小到大，他什么美食没吃过，各国各地的珍馐佳肴都品尝过，偏偏没有吃过亲人做的家常菜。

顾苑不会做饭，喻远更不用说了。喻落吟是吃保姆做的饭长大的，虽然味道不错，但细细品来总有种食之无味的感觉，久而久之，他就宁可出去吃了。

但其实喻落吟打心眼儿里是想知道“妈妈做的菜”是什么味道的，是不是真的如传说中的那般带着烟火气的温馨。没想到他竟然会在白寻音家尝到了“妈妈做的菜”。

白寻音家的房子比起他们家那个独栋别墅并不大，餐桌上摆满了鲜艳繁复的菜，耳边是季慧颖细碎的叮嘱。

这是一种平淡、琐碎的生活，不会有什么惊喜，也不会有什么大风大浪。喻落吟确定这就是他想要的生活，求而不得，最难将息。

“阿姨。”喻落吟对季慧颖笑了笑，带着一丝稚气，“谢谢您。”她做的菜是真的很好吃。

从白寻音家里告辞后，喻落吟开车路过时代广场时，还是忍不住去了之前路过的那家珠宝店。在售货员热情洋溢的介绍中，喻落吟锐利的眸子很快扫过柜台下一排排令人目眩的戒指，最后停留在左下方的一枚戒指上。

“这个。”喻落吟指了指那枚戒指，淡淡地道，“拿出来看看。”

“哎呀，先生您可真有眼光呢。”难得见到男士一个人来珠宝店，还是这种比明星还耀眼的男人，售货员感觉自己的心脏都有些控制不住地乱跳——只可惜，喻落吟挑的是女戒。看来是给女朋友挑戒指。

“这是今年的新品，款式简洁大方，中间用一排细钻点缀，比镶嵌一颗大钻显得精致很多。”售货员兴致勃勃地介绍着，“这款我们还有男款呢，是经典的情侣戒。”

情侣戒？喻落吟眉头微动，当即拿出卡推过去：“买一对。”

售货员惊喜得不能自已，喻落吟报出了白寻音中指的尺寸，那是之前在走廊里握着女人纤细柔软的手时偷偷量的。

至于无名指，他暂时不用去考虑，反正她也不会接受。

“先生，您是买来向您女朋友求婚的吗？”开好了两枚戒指的单子，售货员包着戒指的时候笑道，“其实这对戒指平常戴好一些，如果是求婚的话，我建议您买一枚钻石比较大的。”毕竟没有女人能抵抗得了钻石的诱惑。

喻落吟仔细一想，觉得对白寻音来说，钻石可能还比不上电石，电石还能用来做实验呢。

他被自己的想法逗笑了，清隽的眉眼含着笑意，舒朗的模样犹如霁月清风，售货员不自觉地发起花痴来。她感觉今天不菲的业绩都没有欣赏帅哥来得痛快。

付完账，喻落吟对着售货员微微颔首，然后就离开了，仿佛没看见一屋子人惊艳爱慕的目光。

他心里只想着一件事，怎么找个机会，把这戒指套在白寻音的手指上。

周末喻落吟加班，白寻音难得休息时不用被他缠着，就应了季慧颖的要求，把阿莫叫到家里吃饭。由于阿莫工作的特殊性，长辈一般十分忌讳这些，她来了之后，季慧颖让她洗了好几遍手。

“阿姨的洁癖越来越严重了。”直到快把手洗脱皮了阿莫才过来跟白寻音玩，委委屈屈地道，“不洗手都不让人抱抱。”

“你天天跟尸体打交道，”白寻音淡淡地说，“她当然觉得不安全。”

“你还说我呢，你不也整天在实验室和那些有毒气体打交道吗，”入行一年多，阿莫完全适应了，她不以为然地耸了耸肩，“还说我。”

白寻音：“所以我妈一视同仁，我每天也得洗好几遍手。”

阿莫十分无语，眼神一扫就看到喻落吟送的那一大堆东西，在看到最上面那个檀香木盒子里的珍珠项链时，忍不住“啧啧”起来：“这珍珠项链是卓鼎轩的吧，喻落吟果然有钱。”

白寻音没说话，垂眸看着面前的纸，微微有些走神。

“他买这么多东西，应该算是正式见家长了？你俩速度蛮快的。”阿莫打量了一圈，好奇地问，“阿姨对他的印象怎么样？”

白寻音沉默半晌，才慢吞吞地说：“挺好的。”

实际上，季慧颖对喻落吟非常满意。这几天，喻落吟时不时地就过来，美其名曰想在季慧颖回古镇之前多陪她几天，把季慧颖哄得眉开眼笑，心里已经把他当未来女婿看待了。

也幸亏喻落吟在医院工作比较忙，若是不忙，他简直恨不得一日三餐都过来吃。

只是越这样，白寻音心下就越觉得焦躁。可能就像阿莫说的那样，他们发展得太快了，刚刚在一起就碰巧赶上季慧颖过来，还偏偏……偏偏她心思敏锐，能感觉到这几天喻落吟有些躁动。

比如他那天无意中提起买戒指。实际上他到底是有意还是无意，她还是能看得出来的。说实在话，白寻音有点怕更进一步。在感情上，她一向不是个有勇气的人，只觉得现在这样的相处挺好的。

奈何在长辈的眼里，女生二十四岁就不年轻了，需要考虑婚姻大事了，季慧颖对于她和喻落吟这段感情很看好，自然就会谆谆嘱咐她要多关心喻落吟一些。

“落吟今天值夜班吧？”吃饭的时候，季慧颖一面给阿莫夹菜，一面不忘叮嘱白寻音，“一会儿我用餐盒装点饭菜，你给他送过去吧。”

白寻音握着勺子的手一顿，声音波澜不惊：“他们单位有工作餐。”

“工作餐怎么能跟家里做的饭菜相比啊。”季慧颖忍不住笑了，“再说了，落吟不是喜欢吃我做的菜吗？”

“对对对。”阿莫在一旁唯恐天下不乱地拍马屁，“阿姨做的菜最好吃！”

白寻音忍不住睨了这个傻子一眼。拒绝的话堆在舌尖，理由也有很多，比如她要开视频会议，要写论文等，季慧颖总不会强迫她的，但脑子里莫名浮现出喻落吟窝在医院办公室里啃黄瓜的画面，以及他之前在车里说的那句“我知道你疼我”，白寻音就说不出拒绝的话了。

最终，白寻音答应了下来，正好送饭可以蹭阿莫的车。

白寻音脱下家居服，又换上了万年不变的T恤、牛仔裤，头发随意地扎成丸子，小脸白净水嫩。宽松的卡其色短袖掩盖了窈窕曼妙的身材，只让人觉得她像是一个高中生。

阿莫见她这副打扮，忍不住摇头叹了口气。

“本来我也是个娃娃脸。”她一本正经地说，“但现在我感觉跟你走在一起，会有人说我年纪大。白寻音，你别装嫩行不行。”

白寻音直接无视她的话，穿上了万年不变的白色帆布鞋：“我都是这些衣服。”

直到下了楼，阿莫还在絮絮叨叨地说她应该打扮得成熟一些。

白寻音笑了笑，不以为然——比起那些成熟美丽但束缚着身体的衣服，她更喜欢宽松舒适的款式。

晚上八点多钟的医院里没什么人，比起白天的熙熙攘攘显得极为冷清，空气中弥漫着消毒水的味道。

白寻音的帆布鞋踩在地砖上，几乎是寂静无声的，她转了几个弯，熟门熟路地去了喻落吟的办公室，毕竟之前也来过两次。

虽然一个办公室里往往只留一个值班医生，但白寻音在进去之前还是敲了敲门。

可清脆的敲门声成了背景音，没人回应。难不成喻落吟不在？

白寻音微微蹙眉，试探着拧了一下门把手，门没锁，里面空荡荡的没人影，她一眼就看到了桌子上放着喻落吟的手机，还有未吃完的半盒饭，估摸着他刚刚应该是吃到一半就急忙出去了。

她转身关上门，走过去看了看饭盒里的菜色。

嗯，一荤两素，还算健康，但就如季慧颖所说，工作餐没办法和家里的菜相提并论。他还真是个小可怜呢。

白寻音把饭盒放到桌上，顺便动手把那朴素的盒饭收拾掉，正收拾着的时候，喻落吟放在桌面上的手机屏幕亮了一下。

她无意间扫了一眼，目光却是一顿，眯了眯眼。

刚刚的闪动倒没什么，是无用的广告消息推送，只是……只是喻落吟这手机的屏保看着很是熟悉。

白寻音拿起来仔细瞧了瞧。

她纤细的手指滑动删除了刚刚推送的垃圾信息，整个屏保出现在眼前。

入眼是一棵参天古树，拍摄的角度是仰拍，浮动的微光穿过树叶，洒在正坐在大树树枝上的少女身上。

少女穿着一条碎花裙子，鹅黄色的裙子衬托得她皮肤奶白，裙摆到腿弯处，两条白皙笔直的小腿晃荡着。由下至上拍的角度正好捕捉到她仰头微笑的瞬间。

整张照片的构图精巧、画面唯美，阳光、古树给人一种生机勃勃的感觉，坐在树上的少女只占了照片一隅，且只露了一角侧脸，其实看不分明长什么模样。

但白寻音总不会认不出这女孩是自己。五年前的自己，还是蛮爱穿裙子的。

在古镇，外婆给她做了很多旗袍、碎花裙子，布料柔软、舒适，她曾穿着它们走过古镇的大街小巷。她也曾穿着这些裙子带喻落吟去爬山爬树看星星。

现在回忆起来，她依稀记得自己的确是在喻落吟错愕的目光中爬上了树，而那家伙在下面给她拍了一张照片。

没想到喻落吟会用这张照片当手机屏保，照片最下方还写着一句话，字迹凌厉潇洒——

“记忆是相会的一种形式，忘记是自由的一种形式。”

这是纪伯伦的诗，下面那句“回应”才颇有喻落吟的风格：“可我该死的就是忘不了。”

白寻音忍不住笑了笑，笑中带着几分苦涩。她明白喻落吟的意图，既然忘不了，就干脆当作手机屏保，天天看着。

每看一遍，他就痛彻心扉一回。她喜欢这种被炽热的爱意包围的感觉，却又唯恐被灼伤。喻落吟还真的是她的冤家呀。

喻落吟正吃着饭的时候被十八床护士的急救铃叫过去了，一时着急，把手机都忘在了办公室。

好在十八床的病人没什么大问题，他用了差不多二十分钟便处理完了，回到办公室时，却意外地发现了“田螺姑娘”。

白寻音不知道什么时候过来的，正坐在办公室简易的看诊床上，深蓝色的牛仔裤包裹着细细的两条腿，笔直的腿一晃一晃的，宽松的大号T恤衬得她整个人小小的，听到动静，一张未施脂粉的巴掌脸看过来。

那双茶色的眼睛让喻落吟觉得自己仿佛回到了十八岁，看到了高中时期的她。

还真是……岁月催人老啊。

尚未毕业就生出这番感慨的喻落吟不禁有点想笑话自己，他走到白寻音面前，捏了捏她的下巴，轻笑道：“什么时候过来的？”

“刚刚。”白寻音眨了眨眼睛，模样分外乖巧，“给你送饭。”

“看到你就饱了。”喻落吟十分餍足地低头，有些干燥冰冷的嘴唇轻轻地亲了她两下，“秀色可餐。”

白寻音推了他一下。

“说真的，你别老穿得像个小女生。”喻落吟吐槽了一句后就坐到办公桌前的转椅上，又把人扯到腿上抱着，声音闷闷的，“显得我好像老牛吃嫩草。”

白寻音忍不住笑了下，眼波流转，狡黠又灵动：“你看着本来就比我老呀。”

说者无心听者有意，一向对自己的相貌十分自信的喻落吟愣了一下，随后竟然拿出手机用屏幕当镜子照了照，声音颇为沧桑：“我这两年老熬夜，是不是不英俊潇洒了？”

“喻落吟。”白寻音哭笑不得，把他的脸转回来，“你一个男的，这么注重外貌干吗？”

“不能不注重。”喻落吟却很严肃，检查了自己并没有白头发和皱纹过后才放下手机，一本正经道，“还得靠这张脸勾引你呢。”

真是，厚脸皮。白寻音被他逗乐了：“谁被你勾引了。”

“还说。”喻落吟笑了下，长臂揽着女孩纤细的腰，拿着筷子夹了块西蓝花吃，含糊地道，“能追到你，脸的功劳至少占了百分之五十。”剩下百分之五十当然就是靠蓄意勾引。

不过他说的倒也是大实话。白寻音第一次见到喻落吟就会注意到他，真的要归功于他那出挑的长相。

于是她点点头，大方地承认了：“行吧，能不能好好吃饭了？”他总捏她的腰，这饭还怎么吃？

“那你承认了？”喻落吟不怎么饿，只想和她“玩”，“你也对我见色起意？”

白寻音耸了耸肩：“那又怎么样？”

“那你得给我的美貌一些‘报酬’。”喻落吟不要脸地说，黑眸里闪过一丝狡黠。

白寻音一怔，还未说话，就感觉手指一凉。

她抬起来一看，中指上一枚素净的戒指闪闪亮亮的，跟纤细白皙的手指相得益彰，就好像天造地设一样。

她下意识地问：“你怎么知道我手指的尺寸？”

白寻音的第一句话不是“不要”，就已经让喻落吟大大地松了口气。

他头靠在女人的肩上，声音慵懒，却好像小孩偷吃了糖果一样得意：“偷偷量的。”

拒绝的话其实就在嘴边，但看着喻落吟希冀的神色，白寻音还是说不出口。她只能无奈地叹了口气：“买这个干什么？”她之前明明说过，近期不想要戒指的。

“别有负担，这就是一个证明你不是单身了的玩意儿。”喻落吟亲了亲她的头发，低沉的声音带着蛊惑，还有一丝丝不满的委屈，“谁让我两次去接你下班，都能看到你的爱慕者呢？”

第一次是那个什么李工，第二次是穆安平。这种事情再来几次，喻落吟觉得自己气也气死了。

他这醋吃得真让白寻音有点消受不了。她眼睛转了转，忍不住反驳：“你身边也有莺莺燕燕啊。”

喻落吟皱眉，佯装无辜：“哪有？”

“例如，盛初苒。”白寻音淡淡地道，“她可是很痴情呢。”

喻落吟笑了笑，语气里是满满的无所谓：“你不说，我都忘了这个人了，不过……宝贝，你也会吃醋啊？”这倒是让他挺开心的。

白寻音没说话，转了转精致的圆环，倒也没拿下来，只是想了想，说：

“要我戴着也行，只是……让我看看你的手机。”

这句话令人猝不及防，也不符合她的性子，白寻音说完之后就敏锐地在喻落吟脸上捕捉到了一丝错愕。

她心下了然，不免有点想笑。

“看手机？”喻落吟目光飘了一下，修长的手指不自觉地摆弄着自己的手机，顾左右而言他，“怎么？想查岗啊？”

“不行吗？”

喻落吟眼神闪烁：“不是不行，就是查岗这种事儿一般都得是老婆……”

白寻音干脆地站起身来，就要走人。

喻落吟简直拿她没办法，无奈地举手“投降”，把手机解开锁递过去：“你看吧，不许嘲笑我用你的照片当屏保！”

早就笑过了。白寻音不动声色地坐在男人的腿上，随手点开了他的微信——其实她对喻落吟的隐私没兴趣，就想看看他还有没有私藏关于她的照片。

点进微信里的个人界面，白寻音诧异地发现喻落吟的朋友圈“别有洞天”，很多仅自己可见的“朋友圈”并不显示，放眼望去一条条都是白茫茫的雪景。

而喻落吟标注的内容也很简单，都是似是而非的日期。

白寻音看着，有些诧异：“这都是你拍的吗？”

喻落吟轻轻地“嗯”了一声，脊背不自觉地有些僵硬。他又有些庆幸，庆幸他没留下太多的痕迹。

“林澜冬天是不下雪的。”白寻音喃喃地道，“你这是在哪儿拍的？”一瞬间，一个大胆的猜测涌入脑海。

“小傻子。”喻落吟轻笑了一声，拨开她柔顺的发丝在她后颈上亲了下，声音淡淡的，“你有两年冬天没回来，不知道林澜的雪下得有多大。”她不知道的事情还多着呢。

白寻音微微一怔，转头看着他：“你怎么知道我有两年没回家？”

喻落吟一愣，下意识地说：“我猜的。”只是这话他自己都不信。

眼看着女人眯了眯眼，喻落吟轻咳一声，把她从膝盖上抱了下来搂着腰，闷闷地说：“我承认，我向陆野他们打听过。”

白寻音疑惑地一皱眉。

“陆野他们……”喻落吟的眼睛转了转，“和宁书莫有联系。”

喻落吟亡羊补牢一样编造着谎言，只盼着白寻音信以为真就好了。

实际上，分开的五年里他根本没向别人打听白寻音的消息。在越熟悉的人面前，喻落吟就越习惯装出无坚不摧、玩世不恭的样子，什么都藏在心里。他想知道白寻音的消息，只会自己去看她，才不会假手于人。

这个解释倒也能说得通，只是白寻音总觉得哪里不对劲儿，喻落吟那些朋友圈里仅自己可见的雪景，仿佛越看越眼熟。

只是被喻落吟的气息缠绕着，她不自觉有些分神。

“音音。”喻落吟从背后环着她的腰，身上清冽的薄荷香混着有些喑哑的声音，在她耳边逗弄似的问，“阿姨什么时候回去？”他还等着“吃肉”呢。

白寻音自然知道他在想什么——等季慧颖一走，再继续他们那天晚上没做完的事情呗。

她小脸上没有表情，耳根却悄悄地红了，她回手推了喻落吟一把，骂道：“流氓。”

“好，我是流氓。”喻落吟忍不住笑出声，声音愉悦而轻快，说得更直白一点就是臭不要脸，他十分坦荡，“谁让我饿得厉害呢？”

白寻音觉得自己没办法和他待下去了，毕竟自己的脸皮还没那么“无坚不摧”。

她走之前留下一句话：“下周六。”那是季慧颖回古镇的日子。

喻落吟一愣，回过神后忍不住笑了，嘴角戏谑的笑意里含着深深的欲望。

白寻音走出医院大楼，夜晚徐徐的风拂面吹散耳根的燥热，才又想起来刚刚的那些雪景。

此刻神思清明，她忽然想到刚刚那种熟悉感从何而来了。喻落吟拍下的那些雪景和北方的雪景很像，一到冬天滴水成冰，化了的雪在干枯的树枝上凝结成一颗又一颗冰珠，晶莹剔透，在阳光下闪闪发光。

那种浑然天成的美景只有在拥有漫长冬天的城市才能看到，而林澜只会下细碎的雪。林澜拥有的，是数不清的雨和雾。

喻落吟刚刚是在撒谎。所以那壮美的雪景是他去北方拍的吗？他如果去北方，除了她所在的城市，工大著名的雪树园，他还能去哪儿呢？

一时间，白寻音感觉心里下了一场雪，让她忍不住发颤，却又隐隐有些兴奋。她深呼吸一口气，手指在手机上停留了半晌，不知道该去哪里，该跟谁打听那五年里的喻落吟。

她只想问问喻落吟有没有偷偷去过北方。毕竟他从来没有出现在她面前过，一个影子都未曾被她捕捉到。

那一瞬间，白寻音觉得自己对喻落吟的了解太少了，怪不得他那么没有安全感。

季慧颖回古镇那天，是白寻音和阿莫两个人开车把她送去车站的，到检票口的时候，白寻音才把身上背着的包递给她："等中秋节放假我就回去看你，还有外公外婆。"

"好。"季慧颖笑了笑，想了想还是忍不住问，"音音，落吟那边……要是有时间，别忘了跟他提一下见父母的事情。"

做父母的，总是爱操心孩子的终身大事。

白寻音笑了笑，只好乖巧地回答："好。"

等送走了季慧颖，阿莫的手机就响个不停，她一面骂着一面不得不回去加班，走的时候都快委屈得哭了。

白寻音揉了揉她的头，而后径自打车去了澜大。她现在挂着澜大博士生的名头在研究所上班，隔一段时间得回校跟李乘风教授交流研究项目的各种成绩。

这些成绩到头来会归到她的档案里，如果她还想继续向上升，这些都是必不可少的。

而李乘风教授显然对她的成绩很满意，查看的过程中不住地点头，时不时地问她一些尖锐的问题，这让白寻音比工作时还要紧张。

——她的教授能成为全国排名前几的教授，绝非浪得虚名。

"小白，你这个论点非常好，就是笔锋太柔和了，不够犀利。"李乘风在阅读了白寻音最近一篇论文后笑了笑，一针见血地问，"你最近是不是有心事？"

白寻音完全没想到李乘风教授居然还懂心理学，愣神过后，在他似乎可以洞察一切的眼神里点了点头。

"我就猜是这样，你们年轻人啊心思多变，有的时候我们这些老家伙看着也觉得挺有趣的。"李乘风微笑着卷起她的论文放到抽屉里，眼中不乏赞赏之色，"不过心思不同，看问题的角度也就不同，写出来的东西更多样化，也是件好事。"

白寻音轻轻地舒了口气，微笑道："谢谢教授。"

跟李乘风教授告辞后正巧到了饭点，白寻音干脆去了澜大的食堂。

说来也惭愧，她现在好歹算是澜大的学生，但还一次都没去过澜大的食堂呢。

只是白寻音没想到，她就偶然去了这么一次，还能遇到老熟人。

澜大的食堂可能是菜做得好吃，人还蛮多的，白寻音不由得想起以前每天中午都人头攒动的工大食堂。由于味道好、分量大、价格便宜，工大的食堂一到饭点就人满为患，很少有学生去路边的小摊吃。

白寻音更是去得少，每次被赵娜她们拽出去，一看到路边摊那油腻腻的厨具她都感觉自己饱了。其实长到这么大，她吃食堂的饭反而是最多的。

白寻音默默地排队，正不着边际地想着，肩膀就被人轻轻拍了一下。

她有些诧异地回头，就看到一张写着惊喜和意外的脸。

女生声音清脆，又惊又喜："白寻音，真的是你啊！"

看着女生长长的头发下露出的半张脸，白寻音愣了几秒才想起来她是谁，一时间也有些意外："刘语芙？"

"是啊。"刘语芙高中时架着的沉重黑框眼镜早已经被美瞳取代，一双美眸顾盼生辉，性子也比当初活泼了许多，"你没怎么变，隔老远我就认出来了。"

白寻音笑了笑："好久不见。"

"真的好久了，都五年了。"两个人一起打了饭坐在角落里，刘语芙看着她脖子上挂着的学生证，有些惊讶，"我记得你当初也考的澜大，后来转学了，现在又回来了吗？"

白寻音咬了口鸡腿，慢慢地咽下去后才回答："在澜大读博士。"

"厉害啊，我硕士还没读完，你都读博士了。"刘语芙佩服地叹息了一声，"哪个教授？"

"李乘风教授。"

这回，刘语芙连"厉害"两个字都说不出口了，目瞪口呆地看着白寻音。

毕竟李乘风教授在学术界的大名，如雷贯耳。多少学生的梦想就是入他门下。

刘语芙喃喃道："真厉害，你学的物理啊？"

"嗯。"白寻音应了声，"你呢？"

"数学。"她笑了笑，有些无奈地扶额，"我可能还是不够聪明，越学就越感觉这不是人学的东西……但没办法，谁让这是我最擅长的呢。"

刘语芙高中三年一直是数学课代表，单一科目成绩永远排在全年级前五。

白寻音记得高一高二那两年，她们是前后桌，几乎每天早自习刘语芙都会找她借卷子和练习册对答案。思及往事，她眉目更柔和了一些。

“是啊，你数学很好。”

“其实你学得更好。”刘语芙笑了笑，“白寻音，你是天生吃这碗饭的，我是连滚带爬跟着跑的。”

“不用这么说自己。”白寻音摇了摇头，“真正没天赋的人学不了数学。”

刘语芙就是太没自信，容易妄自菲薄。

看着眼前女生垂眸吃东西的模样，仿佛还是当年那个安安静静、不卑不亢的少女，刘语芙怔了一下，她抿了抿唇，有些内疚地开口：“白寻音，我……”

白寻音轻轻“嗯”了一声。

“当年的事情，其实我一直觉得有点抱歉。”刘语芙笑了声，有些自嘲，“当初盛初苒欺负你，我们都是一个班的，看在眼里却没勇气去制止……对不起。”

白寻音没想到刘语芙竟然为了当年的事情道歉，她不由得怔了一下。

“没关系。”半晌，白寻音无所谓地笑了笑，“不怪你，人人都不想自找麻烦，可以理解，其实当年我觉得你是班级里最好的学生。”

白寻音记得当初盛初苒在值日这件事上为难她，是刘语芙出面帮她解围的。纵然那善意少之又少，但对当时的她来说已经弥足珍贵了。曾经对她释放过善意的人，白寻音永远会记得。

“其实盛初苒就是嫉妒你长得好看，还有喻落吟喜欢你。”刘语芙有些激动，“后来喻落吟不是退学复读了嘛，盛初苒还来找过他呢。”

白寻音心下一动，适时地流露出一些好奇：“嗯？”

刘语芙眯了眯眼，努力回忆着：“我记得她来过几次，后来喻落吟就退学复读了。”

白寻音沉默，盯着桌面不知道在想什么。片刻后，她抬起头来看着刘语芙：“你能……告诉我喻落吟当时具体遇到了什么事吗？”

她现在有些迫切地想要了解喻落吟的过去，从谁的嘴里都好，哪怕只是一些蛛丝马迹。

她如此凝重的语气让刘语芙愣了一下，后者有些不明所以。

“不好意思，有些唐突了。”白寻音笑了笑，顿了一下才说，“我们现在又在一起了。”

刘语芙：“啊？”

白寻音澄澈的茶眸仿佛汪着水，她无比真诚地说：“所以我想知道，拜托了。”

刘语芙抿了抿唇，有些惭愧地说：“呃，不是我不帮你，实在是喻落吟当时报的是天文系，我是数学系的，我们八竿子打不着啊。”

“没关系。”白寻音也不逼迫她，淡淡地笑了笑，“能想起来什么固然好，想不起来就算了。”

“等会儿，我想想啊……”

刘语芙秀眉微蹙，使劲儿在脑海里搜索了一下，结果还真让她想起来以前偶然见到的一件事。

“刚开学的时候，我记得我课不多，有空闲时间就去兼职做家教。”刘语芙回忆着，慢慢地道，“有一天我下了公交车，在一个路口被一只狗吓到了——我从小就怕狗，所以那次记得特别清楚。我就朝着反方向走，然后碰巧看到了喻落吟。”

“他没看到我，我也是无意间瞄到了一眼，他好像……”刘语芙说到此处，停下看了白寻音一眼，不确定地说，“他好像进了一家心理诊疗室。”

心理诊疗室？白寻音心中“咯噔”了一下，不由得问了一句：“你确定吗？”

“我的记忆力很好，一般不会记错。”

喻落吟为什么会去看心理医生？白寻音放在膝盖上的手指无意识地攥紧，半晌后她才问：“你还记得那家心理诊疗室的位置吗？”

“因为那个公交站在做家教的地方附近，所以我记得很清楚。”刘语芙记忆回笼，毫不犹豫地说，“宝泉路，我记得那家心理诊疗室叫‘从安’。”

宝泉路。白寻音默默地记下来，轻声道：“谢谢。”

在知道了喻落吟曾经接受过心理治疗后，她忽然感觉无比疲倦。勉强打起精神和刘语芙加上微信告别后，白寻音晃荡到了路边坐上回家的公交车。车上人少，她坐在窗边，额头抵着微凉的窗面，思绪万千。

白寻音忽然很想掉头去医院，看看喻落吟正在干什么。可这念头刚冒出来就被她强行按回去了，喻落吟可能正在忙，她去了，会打扰他。

她一身落寞地回家，垂眸正要按下指纹开门的时候，忽地听到安全通道的门开合的“咣当”声。

她有些错愕地侧头，就看到喻落吟大踏步地走过来。

本该在医院加班的人突然出现，白寻音一时猝不及防，手都僵住了。

他似乎有些急不可耐，把白寻音拉进怀里就低头亲下去，声音喑哑含糊：“音音，周六了。”

林澜下雨了，淅淅沥沥的，后半夜雨势逐渐转大，和着电闪雷鸣拍打在窗子上的声音格外清晰。

半睡半醒的起伏间，白寻音感觉眼前出现了一个清瘦挺拔的模糊身影，穿着蓝白色的校服——那是十八岁的喻落吟，青春年少，英气逼人，却带着满身的哀伤。

她似乎看到他咬着烟，漆黑的眉目微沉，脚步踌躇地走进了一家仿佛可以吞噬人心的心理诊疗室，他彷徨又无助，只能去找医生。

白寻音下意识地想要阻止，想发出声音，可出口只有一声低吟。她看着眼前的男人，和记忆里的那张脸逐渐重叠……

白寻音大抵是真的太累了，一直没有醒来的迹象，眼皮耷拉着，睡得香甜。

喻落吟换上了新的床单，才把四肢又轻又软的女孩搂在怀里抱着。他四下揉揉捏捏，直闹得她秀气的眉头轻轻蹙起，不悦地嘟起唇来打开他的手，他才狡黠地笑了。

喻落吟本能地去摸烟，只是温香软玉在怀，登时没了这个心思，烟对他来说不是必需品，此刻怀里的姑娘却是。

他知道白寻音很讨厌烟味，以前他偶尔会抽烟，白寻音总是淡淡地蹙起眉头，后来他就不怎么抽了。这些年来，他其实一直断断续续地在戒，可有时心头躁郁，总是不免破戒。现如今，他心下澄明，毫无愁绪，或许真的能彻底把烟戒了。

第二天是周末，两个人睡到了日上三竿。

白寻音醒来的时候感觉小腹酸胀，身上像是压了一块石头，沉得要命。她不悦地睁开惺忪的眼，就看到喻落吟近在咫尺的脸。

阳光下，他长长的睫毛在白皙的眼睑上投下一道浅浅的阴影，他的发色和眉目如墨，安静睡觉的模样就像个王子。

白寻音眉目微动，按捺住触碰他高挺鼻梁的冲动，轻轻拿开男人放在自己腰间的手，准备下床。结果她刚刚侧身要爬下去，就被人抓住了。

白寻音一怔，回头看着眼睛都未睁开的喻落吟，只见他薄唇轻启，溢出一丝轻笑：“干吗去？”

他是什么时候醒的，还是刚刚在装睡？

毕竟昨晚……白寻音有些不好意思地咬了咬唇，实话实说：“我饿了。”

“成。”喻落吟套上衣服，翻身下地，“我去做饭喂饱你。”

白寻音忽视他在某两个字上刻意加的重音，脑袋一歪，有些诧异地看着男人：“你会做饭？”

“嗯。”喻落吟笑了笑，“会呀。”

白寻音从来没想过拿手术刀的男人也会拿菜刀，不过喻落吟做起饭来还真是像模像样。

白寻音随便套了件宽大的短袖，走过去倚在厨房的门边看喻落吟做菜，神情有些意外。

冰箱里的菜都是季慧颖之前买的，她发现喻落吟切菜十分细致，就像做手术一样，追求精准，一丝不苟……只是一看就是新手。

白寻音忍不住有些想笑，走近了些，垂眸就发现男人白皙的拇指关节那里有一个小小的红点，像是被烫的水泡破了之后留下的疤痕。

她沉默半晌，轻声问道：“怎么突然学着做饭了？”

因为她喜欢吃家常菜呀。喻落吟笑了笑，声音淡淡：“外面的东西不卫生，你不是不喜欢吃吗？”

他和白寻音总要有一个学会做饭，如果她十指不沾阳春水，那就他来好了。

喻落吟微微侧头，笃定地说：“以后我会好好学做饭的。”

白寻音没说话，只是走过去从身后抱住男人精瘦的腰身，两条洁白的手臂跟莲藕似的。

她小脸贴着喻落吟宽阔的背，莫名有种岁月静好的感觉。好像在这小小一隅，她找到了自己一直以来所缺失的安全感，宁静而满足。有些庆幸，过了这么些年，兜兜转转，他们还能在这儿拥抱着。

“喻落吟。”白寻音忍不住小声地问，“你之前去过北方吗？”

这是她昨天就好奇，并想找人了解的事情，但此时此刻，她不想找别人了解关于喻落吟的过去了，直接问他就好。问完，她敏锐地发现男人的脊背一僵。

“小不点，真聪明。”喻落吟忍不住笑了笑，沉声道，“是不是看了雪景的照片，就猜到了？”

白寻音声音闷闷的：“你是去找我了吗？”

“不是找。”喻落吟转过身，把人搂在怀里，还沾着水珠的手揉了揉她脑袋，“是偷看。”其实……他就是想她了，按捺不住。

复读那一年还勉强能克制住，但到了第二年的冬天，他对她的思念就如野草般疯长，就是想见她。

“其实我每年也就去一次，赶在元旦放假的时候，北方的雪景很美。”喻落吟低低的声音入耳，气息舒缓平稳，像是揭开了一段故事一样引人入胜，“住一天，偷偷看你一会儿就回来。”

他大一那年去工大，碰巧见到了白寻音。

林澜的人很少能见到雪，那天北方正好下雪，他清楚地看到女孩脸上流露出来的惊讶、欣喜。在三中的时候很少见到她笑，那样纯粹明媚的笑让喻落吟记忆深刻，放心的同时更加不敢靠近了。喻落吟怕自己过去，会让白寻音不开心。

不过他只要看到她就满足了，就像充电一样，看一眼，就能挺过接下来的一年，然后逐渐成为习惯。

“怪不得你知道我没有男朋友，我一回来你就缠着我。”白寻音鼻尖微红，声音瓮瓮的，“原来你一直偷看我。”

“嗯，我的小姑娘很乖。”喻落吟笑了笑，“所以我也很乖的。”一直乖乖地，等着她回来。

晚餐是喻落吟亲手烹饪的西红柿鸡蛋面，看着像模像样，堪称色香味俱全。

其实白寻音不大爱吃面食，她喜欢吃米饭，可现如今饿得狠了，吃起来也就香甜了。咬着面条的时候，她不自觉地想起喻落吟第一次做饭失败后的懊恼，便有些想笑。看来厨艺是真的可以锻炼出来的。如果一个男人真的爱你，他会为了你好好学做饭，宠着你，让你一直十指不沾阳春水，而自己独揽烟火气。

对很多人来说，谈恋爱和男女朋友是必需品，但对白寻音来说从来不是。和喻落吟在一起后，她才逐渐明白“必需品”是什么意思。

喻落吟工作忙，一周七天能有差不多五天时间都会加班，偏生白寻音也不轻松，两个人虽然谈着恋爱，但交流基本都靠微信。不过，吃上“肉”之后就不一样了。

白寻音家的大门录入了喻落吟的指纹，自此他不管多忙，下班多晚，不过来吃一顿“肉”就觉得不安生。

来的次数多了，带的东西也就多了，睡衣，牙膏牙刷，日常穿的几件衣服，笔记本电脑……逐渐有种“同居”的感觉。

喻落吟的厨艺越发长进了，白寻音被伺候得很舒服，比起以前早上吃面包晚上吃食堂的生活来说，简直堪称有了质的飞跃，所以她对于喻落吟的“无孔不入”也就睁一只眼闭一只眼了。也许两个人的日子，真的比一个人要好过一些。

趁着周末喻落吟要加班，白寻音拒绝了阿莫出去逛街的邀请，独自坐车去了宝泉路，去了那家刘语芙提过的心理诊疗室。

“从安心理诊疗室”的门面装潢得很独特，在宝泉路很容易找到，白寻音推门进去的时候，前台只有一个穿着白大褂的小姑娘。

“你好。”小姑娘笑盈盈地问，“女士，您有预约吗？”

“有。”白寻音从不打无准备的仗，她知晓心理诊疗室普遍要提前预约时间，所以在和刘语芙见面的那一天，她就预约了这家诊所的头号医师陆莹的号。

她报上了自己的名字：“白寻音。”

“稍等，我帮您查一下。”

小姑娘说着，调出电脑上的表格查了一下，然后就带着白寻音去了最里面的一间诊疗室。

推开色彩柔和的米色木门，白寻音看到一个四十岁上下的女士坐在宽大的桌子后方，蓬松的波浪卷随意地绑起，鼻梁上架着一副金丝边眼镜，身上的气质严谨而知性。一眼望去，就感觉她是一个豁达的女性。

“您好。”陆莹看到白寻音的瞬间，镜片后面的双眼里闪过一丝疑惑，随后站起来点了点头，“请坐。”

她莫名感觉这姑娘有些眼熟。

“您好。”白寻音走过去坐下，线条柔美的唇瓣微微抿了抿，却只说了这一句。

她看起来并没有要直接吐露心声的意思，陆莹心下了然，却也不催。

“来这里找我的人一般是遇到了靠自己的能力无法解决的事情，或者说，心理障碍。”陆莹十指交叉，海洋一般的眼睛带着笑意，审视着白寻音，“你看起来是一个冷静知性的姑娘，嗯，穿着打扮比较随意，应该是万事不强求的性子，你有什么难以对外人开口的心理问题？”

本来只是想来打听一下喻落吟有没有来过的白寻音一怔，在陆莹的注视下，竟然不自觉地生出了一股想要倾诉的欲望。她不由得咬了咬唇。

“别紧张。”陆莹微笑道，“姑娘，你随便说说最近觉得困扰的事情就好。”

而她的工作是分析引导，并不是只坐着聆听患者内心的疑难杂症。

“医生，我很喜欢我的男朋友。”半晌，白寻音终于开了口，似乎只是试探着说，“也很享受和他在一起的过程，就是……不自觉地会有些怕。”

陆莹心下微动，循循善诱：“怕什么呢？是怕他这个人，还是怕他给你带来的美好感觉有一天会消失？”

白寻音抿了抿唇，诚实地说：“可能是后者。”

“这倒也不奇怪，有不少患者是这样的。”陆莹笑了，推了下眼镜，“姑娘，有个成语可以解释你目前的状态，那就是杞人忧天。”

白寻音怔怔地看着她。

“与其去担心还没有发生的事情，不如抓住已经拥有的，并好好享受当下。”陆莹幽幽地说，“你不是很满意现在的状态吗？”

白寻音眉头微蹙，若有所思。

“说起来可能有些俗，但是……”陆莹顿了一下，半开玩笑道，“像你这样的姑娘，应该不用担心男朋友对你的爱会消失。”

白寻音摇了摇头：“不是的。”

陆莹一愣：“什么？”

“不是怕他对我的爱会消失，相反，我怕我回应不了他炙热的爱意。”白寻音微微笑了一下，笑容里有些苦涩，“像是火山里的岩浆，我怕那种随时会喷发的感觉，感觉自己回应不了，但我也很爱他。”

白寻音从未对喻落吟说过“爱”这个字，此刻她却很自然地在眼前这个陌生的女人面前说了出来。像是没有方向的人终于找到一个可以栖身的角落，她尽情地诉说着：“有时候我会忍不住想，像我这样不敢打开心扉的人，配得上他的毫无保留吗？可我知道他只要我。”

陆莹万万没想到在这暖洋洋的午后，会遇到这么一个清丽的姑娘诉说着这么一个浪漫的爱情故事。

“姑娘。”陆莹忍不住笑了，“你这是典型的缺失安全感的症状，可你的状态看起来很健康，也许你男朋友在里面起到的作用很大。”

“是的，我之前做过心理体检，医生说我有强迫症、焦虑症……”

白寻音笑了笑，“他说过会治愈我。”喻落吟说过他是最好的医生。

陆莹闻言，忍不住“啧啧”感慨：“你们的感情可真让人羡慕。”

她没有用“真好”这种普通的形容词，而是说了“让人羡慕”。这恰恰是一个外人从白寻音叙述的角度看出来喻落吟的一腔深情。

“是，所以我也想治愈他。”白寻音笑了笑，这才道出自己来这里的目的，“医生，实际上我这次过来是因为我男朋友……他以前也来过这里。”

陆莹一愣：“什么？”

“我想知道他为什么来看心理医生。”白寻音叹了口气，“您能帮我吗？”

实际上，医生是绝对不能泄露患者的隐私的，但陆莹还是忍不住问了句：“你男朋友叫什么？”

白寻音乖巧地回答：“喻落吟。”

什么？陆莹一惊之下，差点跳了起来——她鲜少有情绪起伏很大的时候，但无奈喻落吟和她实在太熟悉了。

这一刻，陆莹终于想起来自己为什么会觉得白寻音眼熟了。

前段时间，喻落吟朋友圈里的那张“官宣”照片上的女孩，不正是眼前的这个女孩子吗？

白寻音看着陆莹错愕的模样，心下了然，不动声色地问：“陆医生记得他的名字？”

“我……记得。”陆莹犹豫了一下，默默地把早就准备好的那句“我们不能透露病人隐私”的说辞咽进肚子里，反而问，“小喻最近的状态不好吗？他已经将近两年没来过这里了。”而不来心理诊疗室，反而是好事情。喻落吟不来，就说明他的心理状态是健康的。

“不，最近没有。”白寻音摇了摇头，“我听说他以前来过您这儿，方便告诉我当时的他怎么了吗？”

听到喻落吟的心理状态很健康，陆莹才松了口气。

“其实也没什么。”她转着笔，无奈地笑了笑，“五年前，小喻是钻了牛角尖，在感情上受到了一些伤害，又觉得自己的选择不被周围人理解，所以没事的时候就会来我这里坐坐，算是发泄一下情绪。但我评估过他当时的状态，很不错，起码要比他小时候好得多。”

白寻音一愣，下意识地问：“小时候？”

“嗯，小喻第一次来我这儿的时候也就十三岁。”陆莹回忆着刚刚上初中的喻落吟稚嫩清冷的模样，说，“都是十几年前的事情了。”

十三岁……白寻音皱了皱眉：“他十三岁就来看心理医生了吗？”

“不是只有大人才会有心理上的困扰。”陆莹忍不住笑了笑，“小孩的世界往往有更多不为人知的困扰，起码对小喻来说是这样的。他早熟，当时的心理状态要比五年前差很多。”

白寻音放在膝盖上的手指不自觉地收紧，强忍着一肚子疑惑，静静地听着陆莹说。

“按理说，我不应该跟你透露他曾经的问诊内容，但是你是他的女朋友，也是他认定了要共度一生的人……”陆莹顿了一下，视线忽而变得锐利起来，“你是当初的那个女孩吗？”

白寻音一愣：“什么？”

“我知道小喻谈过一个女朋友，他很爱她，五年前他来问诊也是因为那个女孩。”陆莹的眼睛里并无谴责，她温和地问，“是你吗？”

白寻音从她的叙述中回过神，坦荡地点了点头。

“我就知道是你，小喻是个长情的人。”陆莹忍不住笑了，有种猜中谜底的感觉，很是感慨，“他第一次来我这里，就是因为一个从小陪他到大的机器人坏掉了。”

“一个早熟的十三岁男生因为机器人坏掉来看心理医生，听起来是不是有点奇怪？但喻落吟就是这样的一个人，看起来老成内敛，实际上因为原生家庭的问题，念旧又长情。”

“我记得他说那个机器人是他收到的第一份生日礼物，纵然做工粗糙，他依然很喜欢。”

“之后即使有再多的机器人，他也不喜欢了。”他对机器人都是这样，更何况真人呢？

怪不得陆莹说她不意外白寻音是五年前的那个女孩，因为喻落吟这样的男生不会将就，只会钟情于一个人。

“小喻的不安感来自他的原生家庭，来自他父母对他的期望带来的压力和亲子关系的冰冷。”

“你既然居高临下地要求我，又为什么不施舍我一点亲情呢？为什么班级里其他孩子和他们父母的关系都比我们亲近呢？”陆莹叹了口气，从旁观者的角度叙述着当初小小少年的不安和敏感。

“小孩都渴望父母的爱，越得不到越想要，小喻不怕按照他们严苛的要求成长，就是偶尔很想要父母的关爱。”

“可在他家那种家庭中，这样普通的亲情恰恰是最稀缺的。”

白寻音想到顾苑，想到那次在医院面对膝盖骨裂住院的儿子，她也只是匆匆看了一眼就走，不禁眯了眯眼，一股愤懑袭上心头。

“十三岁的少年并不理解那些。”

“但是小喻聪明，哄骗这种心理治疗方法对他是没有效果的，例如那些好好学习达到父母要求，他们就会爱你了这样的屁话。”陆莹冷嗤一声，不以为然，“所以我只好换了一个角度，我告诉他，父母条条框框的要求是让你变得强大的密码，就像解开一道复杂的难题一样，等到你足够强大的时候，父母就会开始奢求你的爱了。”而事实也的确如此。

陆莹年纪轻轻就能开设自己的心理诊疗室，能力可见一斑。她会对症治疗，知道什么样的治疗方法该针对什么样的人。对于喻落吟这种一身傲骨的少年，同情、可怜、劝说都没用，只有刺激他才有用。

而陆莹说的也的确没错，越优秀才能越吸引顾苑和喻远的注意力——喻落吟逐渐变得强大，一开始其实只是为了报复他们。只是后来，他越来越不喜形于色，少年老成。

“他在我这里接受了三年的治疗，后来升入高中，就不来了。”陆莹絮絮地讲述完，又突然想起来一个插曲，“不过大一的时候，他倒是来过一次，但不是为自己而来，而是……”

陆莹说到此处，想起喻落吟当年询问创伤后应激障碍时的焦灼，登时明白过来。

该是什么样的人，能让喻落吟这样的男孩来为她咨询?

“白小姐，冒昧地问一下，”陆莹试探地问，“您以前可以说话吗？或者，有过 PTSD 症状吗？”

白寻音有些错愕：“有……喻落吟跟您说的吗？”

“不，没有。”陆莹摇了摇头，手里转着笔，“是他来咨询过。他问我，该怎么治愈一个因为惊吓过度而不能开口说话的女孩，仔细想想，那个女孩应该是你吧。”

一切的疑点在此刻合成了一个密实的圆。白寻音终于知道为什么五年前的喻落吟会用那个方法刺激她，原来他不仅仅是看了书，还来咨询过。

“那傻小子性格中有恶劣的一面，要不然我猜你也舍不得离开他五年。”陆莹看着白寻音的神色心下了然，她笑了笑，“不过他是真的爱你，矢志不渝。”

“小姑娘，别怕爱他这件事，大胆一些。”

“他这辈子最渴望的，应该就是纯粹又热烈的感情了。”

“如果你们两个有一天准备结婚，一定要请我喝杯喜酒。”

此刻，喻落吟那些成谜的过去，肆意潇洒背后的阴暗角落，似乎都一点一点被揭开了。白寻音从未想过，她会隔了十几年去心疼当初那个十三岁的少年。

没错，过去的喻落吟的确是个浑蛋，但一个浑蛋成长为一个愿意去治愈别人痛症的人，这中间他经历了多少挣扎，需要多大的勇气？

半晌后，白寻音深深地吐出一口气，郁结的心绪散开，她笑了起来。

“陆医生，我们会给您发请柬的。”

难得不用受老师“剥削”的喻落吟准时下了班，顺便买了一条鱼回家。他最近学着做菜，可能聪明的人学什么都快，原来十指不沾阳春水的少爷学起做菜来，不管是切菜还是炒菜，都像模像样的。

有天晚上他试着做了清蒸鲈鱼，没想到白寻音挺爱吃，食量甚少的她多吃了几筷子。

当时他不动声色，其实已经默默记下来了——原来她爱吃鲈鱼。于是下了班，他就像个家庭煮夫一样去菜市场挑了条新鲜的鲈鱼。

等回了家，他反而轻手轻脚了起来。

周末的时候白寻音不上班，偶尔会午睡补眠，但今天没有。

喻落吟一进门就看到穿着单薄睡衣的女人蜷在沙发上，似乎在看电视，但目光有些空洞，听到声响抬起头来，眼睛明媚而清澈。

“眼角怎么有点红？”喻落吟走过去，俯身用指腹轻拭了下她柔嫩的眼角，清冽的声音带着戏谑，“昨晚被我欺负的？”

又要流氓。

白寻音看着他，不甘示弱：“谁欺负谁？”

她也没少在他身上留下咬痕，比猫还凶。

“行。”喻落吟绷不住笑了声，眼神宠溺，“你欺负我。”

他晃了晃手里的袋子：“今晚吃鱼？”

“嗯。”白寻音点了点头，“什么都行。”

喻落吟发现今天的白寻音乖得过分。他登时开心了，修长的手捏住她的下巴，亲了亲，然后心满意足地放开她，走去厨房收拾鱼了。

只是白寻音有些不满足。她看着喻落吟修长的背影眯了眯眼，下一刻站起身来走了过去。她站在男人身后搂住他精瘦的腰，难得撒娇，黏人得很。

这对喻落吟来说不亚于太阳从西边升起一般稀罕，他轻握住女孩柔软的手：“怎么了？”今天白寻音热情得不太正常。

“没怎么。”女孩一口否认，然后挪到喻落吟身前，清冷的声音严丝合缝地镶嵌进去某种勾人的意思，“想吃点别的。”

两人胡闹了个够，等吃上清蒸鲈鱼时已经很晚了。两个人都不是在吃饭时爱说话的人，桌上安静，只有碗筷碰撞的声音，却莫名和谐又温馨。

可能是因为餐桌上那盏灯光静谧的小夜灯，给人影和菜色都打上了一层滤镜。

做饭的人不刷碗这个规则在这儿是不适用的，因为喻落吟一个人可以承担所有家务，自然包括做饭洗碗。

之前白寻音从未思考过家务这个烦琐的问题，直到今天，才反思了一下自己是不是有点过于懒惰了，是不是也该分担一些。毕竟日子是两个人一起过的，不是一个人的独角戏。

于是白寻音走进厨房帮着喻落吟擦盘子，把上面的水渍都擦干净，就像他平时做的那样。

“哟，今儿出息了。”喻落吟瞧见，忍不住笑，“你不是最讨厌碰这些碗筷吗？”

白寻音没说话，只是默默地干活。

喻落吟却忍不住撩闲，还在逗她：“今天怎么这么乖？”喻落吟觉得自己可能一身贱骨，竟然感觉有点受宠若惊。

白寻音抬眸睨了他一眼，微微不满：“你废话怎么这么多？”他还是害羞的时候比较乖。

厨房顶灯仿佛在白寻音穿着的奶白色睡裙上勾勒出一层淡淡的金边，女人披散着长发，露出一小截笔直细长的小腿，拿着盘子的模样就像一幅油画。这样的她让人欲罢不能，想把她娶回家。

喻落吟的喉结滚动了一下，然后他强行移开了自己越来越灼热的视线，继续刷碗。可顿了顿，他还是觉得有些不甘，状似无意地说：“下周我叔家的哥订婚……”

白寻音没听清他说了什么，疑惑地道：“嗯？”

“音音。”喻落吟深吸一口气，似乎下定了决心一样转头看着她，“我叔家的哥哥下周订婚，你能陪我一起出席吗？”

这是一个很正式的邀请，是一个请求白寻音走进他家庭的邀请，意义非同一般，所以他很重视，才觉得难以启齿。

喻落吟不确定白寻音是否愿意，而且……他害怕到几乎不敢确认。

他说完就继续转头收拾，含糊地说："要是没时间就算了。"

喻落吟不想让她为难。

令他没想到的是，白寻音并不为难。她听了之后只是平静地"哦"了一声，而后点了点头："没事，有时间。"

这是答应他的意思？喻落吟愣愣地看着白寻音。

"看什么？"他难得犯傻，白寻音忍着笑把擦好的盘子塞到他手里，"放上去吧。"

其实应该对他好点的，现在就这么一点点的好，他就觉得受宠若惊了。白寻音顿时有种"喻落吟好可爱"的错觉。

第二天是周日，喻落吟照例得去医院加班，白寻音一觉睡到日上三竿，才打电话给难得不加班的阿莫，约她出来逛街。

既然决定去参加喻落吟哥哥的订婚宴，那东西就不能不买。该有的礼数要周全，白寻音虽然没有经验，可该懂的道理都懂。

约完阿莫后，她想起这些天联系频繁的刘语芙总要和自己约饭，干脆择日不如撞日，把她也叫上了。她不知道该给订婚的人送什么礼物，正好可以咨询一下。

刘语芙和阿莫也是高中同学，都是老熟人，三个人见了面发现彼此穿的都是轻便舒适的休闲装，一时间仿佛回到了高中时期。

"我去，我发现你们学霸都抗老。"阿莫见到刘语芙之后，就忍不住嗷嗷叫，"难不成书里面有什么驻颜的秘密？老实交代。"

"宁书莫。"刘语芙忍不住笑，"你怎么还是那么人来疯？"

"谁人来疯了……"

一路几乎都是叽叽喳喳的拌嘴声，只要有阿莫在，基本上就告别安静了。

路过家具城的时候，刘语芙拉住白寻音，道："进去看看。"

"嗯？"白寻音这种没有浪漫细胞的人，对于家具的认知还停留在"大件儿"上面，闻言有些疑惑，"送家具？"

"什么家具，大玩意儿能在订婚宴上送出手吗？"刘语芙忍俊不禁，扶额叹息，"现在很流行的新婚礼物是杯子，一套高脚杯那种，家具城或许有。”

“哦哦，对，我也听说过，但是家具城就算了。”阿莫想起在网上看到的那些文章，指了指商场里面的高奢店，“我记得这家有一套特别出名的新婚杯子。”

刘语芙也看到了那家店：“对，我听说的也是这家的。”

而不管杯子还是什么奢侈品牌，白寻音都一头雾水，她只是觉得那套极贵的杯子怪好看的。稍微感慨了一下，她就拿出卡准备买一套。

“咦？”阿莫眼尖地发现了不对劲，纳闷道，“你换卡了？”

“没。”白寻音输入密码，头也不抬地说，“喻落吟的。”

阿莫激动地抓住她的胳膊：“他都把工资卡交给你了？”进展神速啊！

刘语芙闻言，也一脸八卦地看着白寻音。

“哪有，他工资卡里的钱还没我多。”白寻音摇了摇头，“这是他的储蓄卡。”

卡里的钱好像是他炒股挣来的，他非要“孝敬”给她。

“喻神果然疼女朋友。”刘语芙不禁沉浸在对喻落吟人设的幻想中，“他是不是还像高中的时候那么帅？不，喻神肯定更帅了吧？”

“帅什么，你个花痴。”阿莫嘲笑了她一下，又侧头问白寻音，“你今天怎么想起来刷喻落吟的卡了？”她知道白寻音一向不喜欢花别人的钱，哪怕那个人和她亲密无间。

“没办法，他求着我刷的。”白寻音无奈地说，“说我刷他的卡让他有安全感。”没办法，她说好要宠喻落吟那个男妖精的，当然要给足他安全感了。

而第一次听说男朋友要靠女朋友刷卡来获得安全感的阿莫和刘语芙都愣住了。她们细细品了一下，都有种被秀到了的感觉。

三个人买完了礼物，干脆去一家新开的网红餐厅吃饭。排队的时候，阿莫把盛闻也叫来了。

她笑了笑，理直气壮地道：“让他来埋单的。”

她虽然这么说，可白寻音和刘语芙都知道放假的日子对经常加班的人来说是多么珍贵，无非就是想和彼此多待一会儿罢了。

两个人了然地笑了笑，都很理解。

大家都是同学，相处起来比较随意，多一个男生也不尴尬。况且盛闻在用餐的时候一直很安静，除了专注地给阿莫剥各种海鲜的壳，就只偶尔在白寻音和刘语芙讨论论文选题的时候恰当地给出一点建议。

白寻音想起上次他们一起讨论的股市建模问题，心头微微一动。

“盛闻，你们单位那个建模，”她抿了口柠檬水，试探地问，“还是待开发项目吗？”

“当然。”盛闻点了点头，“就是一直没找到合适的研究团队。”

白寻音不语，指尖轻点着桌面。

“怎么？”盛闻见她似乎在犹豫，忙问，“你有这个意向吗？”

这年头，高端的科研人员十分稀缺，盛闻所在的投行在林澜也是数一数二的存在，经理早就私底下跟他说过，如果可以挖到一开始提出这个项目的物理人才，公司愿意给出堪比高层年薪的价格。毕竟只有重金开发才有源源不断的收益。

“不，没有。”白寻音摇了摇头，仍旧毫不犹豫地拒绝了。她很喜欢研究所的工作氛围，并不打算为了金钱跳槽，从而投身于金融行业。只不过，偶尔的合作是可以考虑一下的。

白寻音抬头看向盛闻：“你了解封阳集团的情况吗？”

“封阳？我们是合作关系。”盛闻一愣，眯了眯眼，“那不是喻落吟他们家的公司吗？”

“是的，我想了解封阳近一年来的投资情况。”白寻音笑了笑，“你能帮我吗？作为回报，我会给你做一个建模。”

用某个公司一年的“情报”换取一个求之不得的股市建模，拒绝的人多半是傻子。

虽然不知道白寻音具体要做什么，但盛闻毫不犹豫地答应了下来：“没问题。”

他们两个的对话让阿莫和刘语芙听得一脸迷茫，不过总归是听明白了两人达成了什么“协议”。

订婚宴是在周六上午举行，可能考虑到自家人要早点过去，周五晚上喻落吟难得节制了一些，于是白寻音难得地睡了个好觉。

去参加订婚宴就等于第一次比较正式地去见喻落吟的家人，不管是穿着还是打扮都不能太随意了。白寻音干脆换上了喻落吟送她的那条价值六位数的珍珠白裙子，回忆着上次化妆的流程，给自己画了一个淡妆。

及腰的长发倒是不用怎么弄，简单地披着就很好看了。

喻落吟对此没有异议，白寻音披着头发，正好能遮住这条裙子背后大胆的绑带设计。光从前面看，确实端庄大方，雍容贵气，就是白寻音穿不惯高跟鞋……

眼见着裙角和鞋跟绊了一下，白寻音微微踉跄了一下，忙扶着旁边的柜子站稳，喻落吟见了，忍不住笑了起来："宝贝，你也有搞不定的东西啊？"

白寻音抿了抿唇："穿一会儿就适应了。"高跟鞋，归根到底不就是讲究平衡感吗？

女人脾气倔，喻落吟笑着摇了摇头任由她去，只是在换好了衣服出门时，伸出长臂结结实实地揽住了她的腰。

迎着白寻音诧异的眼神，喻落吟淡淡地说："有我扶着，不怕摔。"要摔也往他身上摔。

他开车到达订婚宴的举办地露天酒庄时差不多十点钟，老远就看到宾客陆陆续续地进去。

下车之前，喻落吟修长的手指抓了下方向盘，想了想，还是抿唇说："音音。"

察觉他的声音有异，白寻音解安全带的手一顿，侧头道："嗯？"

"你还记得我妈吗？"喻落吟眼底晦暗不明，他斟酌着道，"是你之前提过的物理……"

"记得。"白寻音打断他，微微笑道，"顾教授，我很喜欢她的论文来着。"

"我记得她之前去过你们研究所，你们的大合照还登报了。"喻落吟笑了下，声音却有些沉，"那时候我跟她提起过你。"

提起过我？白寻音有些诧异地眨了眨眼："怎么提的？"

"就实话实说啊。"喻落吟弯起眼睛，戏谑道，"说我喜欢你，未来也会给她找个你这样的儿媳妇。"

啧，流氓。

"谁答应嫁给你啦。"白寻音忍俊不禁，不动声色地问，"所以你家顾院长是怎么说的？"

一阵诡异的沉默。

"她什么也没说。"顾苑虽然没反对，可想到她向来高高在上的姿态，喻落吟喉结微微滚动了下，干脆"六亲不认"地说，"反正一会儿她要是对你没好脸色的话，你就来找我。"他带白寻音过来，就要护着她，不能让她受欺负，谁想给她脸色看都不行。

对白寻音来说，有喻落吟这句话就够了。

“谁会欺负我啊。”她笑了笑，开门下车，“别担心了。”

直到此刻，喻落吟仍然不知道他母亲和白寻音之间发生过的事情，如果可以，她希望他永远不要知道。

白寻音既然今天决定来，就做好了解开那个“心结”的准备。毕竟她已经决定和喻落吟好好在一起，那面对他父母尤其是顾苑，也是迟早的事情。

两个人手挽着手走到酒庄门口时，订婚的两个年轻人正在门口迎客，边上还站着两家的家长，人员齐整，派头十足。

走近了，喻落吟一只手揽着白寻音瘦削的肩，另一只手懒洋洋地扬起来拍了拍新郎官的肩膀：“大哥，恭喜了。”

订婚的是他叔叔家的儿子喻时钦，他的堂哥，也是喻时恬的亲哥。

喻时钦见到喻落吟，开心地想要抱他：“你小子，怎么才来！”

“别别别，非礼勿抱。”喻落吟嘴角噙着笑，急忙把他推开，“大哥，没看见我搂着人吗？”

喻时钦猛然看到家族里许久未见的大忙人过于惊喜，此刻才注意到喻落吟旁边的白寻音。

女人一身珍珠白的缎面长裙，象牙白的皮肤细腻温润，瘦削的肩被喻落吟揽着，两人的关系不言而喻。

更让喻时钦惊讶的还是白寻音本人，气质温婉清冷，五官无一不精致清丽，穿着颜色最素的裙子，画着最淡的妆容，可气场丝毫不输周围来来往往的浓妆艳抹的女人，甚至更盛。

喻时钦连忙打招呼：“你好。”

白寻音淡淡地笑了笑，不疏离也不亲近，跟着喻落吟叫了一声：“大哥。”

一个称呼，该表明的态度都表明了——她是喻落吟认真对待的姑娘。

喻时钦更客气了一些，侧身笑道：“快，请进。”

只是他们想进，也得经受住周围人的层层考验才行。女方那边倒也罢了，喻落吟的叔叔喻樊见到他带了个女孩过来，就忍不住好奇地问东问西。

喻落吟笑吟吟的，倒也很有耐心地跟他解释这是自己的女朋友。其实他跟他这个叔叔的关系比跟他爸喻远都要和谐，因为从小叔叔婶婶比他爸妈陪他的时间更多一些，这也是他和喻时钦、喻时恬关系很好的原因。

“落吟，小音长得真漂亮。”婶婶听过介绍，见到白寻音端庄大方的模样就很喜欢，脸上挂着柔和的笑意，拉着她不住地问喻落吟，“这是第一次带到家里来吗？给你爸妈看到没有？他们一定开心死了。”

喻落吟嘴角的笑意微微一僵，片刻后，又恢复自然。

“还没。”他把白寻音从婶婶手里抢过来，嘴角笑意淡淡，“这就带过去让他们看看。”

喻樊和妻子在门口迎客，里面自然是喻远和顾苑帮着招待的。只是他们两位本身的光芒比订婚宴的主角都要耀眼，出现后几乎就被人里三层外三层地围着，人人都想着上去攀关系。这就是喻远和顾苑的日常，也是他的日常。

就算现如今他们的关系比起之前稍稍缓和了一些，但在公众场合，他似乎永远没有靠近自己父母的机会。喻落吟站在人群之外，平静地冷眼旁观着。从少年成长为青年，他早就已经习以为常了。

白寻音敏锐地觉察到喻落吟周身又恢复了那种拒人于千里之外的“真空隔膜”，父母对他的影响真的很大。她不由得微微垂眸，牵住了他修长的手。

没关系，有她在。她会一直陪着他的。

喻家在林澜是名门望族。

喻远生意做得很大，妻子顾苑又是在科研上有所成就的科学家，因此十分受人敬仰。喻樊虽没那么多的光环加持，但到底也是名声在外的人物。

重点是，不管是喻樊还是喻时钦，背后都是喻家。有了“喻家”这两个字，这场订婚宴注定是贵胄名流挤破脑袋都想参加的一场盛宴。

喻时钦的未婚妻是林澜纺织行业中的云梦集团的千金，在外人看来两人门当户对，属于强强联手，是天作之合。对于这种联姻似的婚姻，喻落吟却嗤之以鼻。

“有时候我真搞不明白，要挣多少钱才算多？”眼见着不远处自家大哥和未婚妻貌合神离地招待客人，脸上还得维持着礼貌的微笑，喻落吟就忍不住小声同白寻音说，“我们家是穷得吃不起饭了吗？还得联姻出卖自己。”

“越有钱的人就想越有钱。”白寻音淡淡地说，“这是人之常情。”俗话说，人心不足蛇吞象。

喻落吟但笑不语，其实他身处这种环境里，这样的事情早就见多了，只是无论见过多少，不认同就是不认同。

他觉得喻时钦之所以会接受家族的安排，只是因为他没尝过“爱情”和“欲罢不能”的滋味。要是换成他，即使给他一座金山银山，他也不会同意的。

喻时恬之前十分郁闷可能也是因为不满于家族安排的联姻，今天小姑娘干脆没有出席，倒也是天真任性。

直到一对订婚的新人进场了，喻远和顾苑两个大忙人才得到了片刻的休息，后知后觉地注意到喻落吟早就来了。

他们看到不远处的桌边，喻落吟漫不经心地把玩着玻璃杯，旁边坐着一个黑发及腰、漂亮温婉的姑娘。

顾苑自然知道那姑娘是白寻音。她眉目一顿，附在旁边的喻远耳边说了两句话。

后者一怔，神色复杂地瞧了眼不远处的白寻音，半晌后抿了抿唇，和顾苑一起走了过去。

喻落吟正垂眸盯着桌上的玻璃杯，突然感觉头上打下一道浅浅的暗影。

“什么时候过来的？”喻远对着白寻音点了点头，话却是对着喻落吟说的，“怎么不跟我们打个招呼？”

“我倒是想。”喻落吟戏谑地笑了笑，“只是想跟你们打招呼的人太多了，我挤不进去。”

“喻先生，顾院长。”白寻音不想喻落吟跟父母之间这么尴尬，索性主动开口打招呼，她没有故作亲近地叫“叔叔”“阿姨”，而是很客气地称呼，“你们好。”

见到白寻音，顾苑虽然心中忐忑，但仍不动声色地微笑道：“你好，我们之前在研究所见过，白工年轻有为啊。”

白寻音谦虚地笑了笑，只说：“是见过的。”

喻远心中不由得“咯噔”一声。

“你们之前见过？”顾苑从未将自己和白寻音之间的纠葛告诉他人，就连喻远也不知道，他是第一次见到白寻音，觉得眼前这女孩大气知性，颇为温和地问，“什么时候？”

“不是都说了吗？”顾苑心下有些焦灼，强笑道，“在研究所。”

喻远便也不再问这个问题，而是坐了下来，细细地瞧了白寻音几眼：

“你就是落吟之前在朋友圈里发过的那个女生吧？你们认识多久了？”

他身居高位惯了，即便刻意温和，也不免给人一种高高在上的感觉。但白寻音并不介意，也不畏惧喻远身上强大的气场。

她不卑不亢，回答道：“是的，我们认识很长时间了。”

“爸，妈。”喻落吟趁着刚刚的空当，修长的手指迅速利落地给白寻音剥了一只螃蟹放在桌上的小碟里推过去，抬起头来淡淡地说，“这是我女朋友，今天带她来见见你们，所以不要用对待客户或者下属的态度对待她。”

“喻落吟。”喻远脸上挂不住，声音不禁沉了沉，“你怎么说话呢？”

“爸，您不知道吗？”喻落吟放在桌下的手捏了捏白寻音的，示意她没事，声音反而放柔了，“我一向这么说话。”

气氛紧绷到似乎一触即发。不过好在此刻新人上台讲话，总算能暂且缓解一点点。

白寻音想到刚刚喻落吟说的“商业联姻”，下意识地抬头看向台上。她仔细观察，方才发现喻时钦和他旁边那位美丽的女士的确“不太熟”。

两个人之间是否亲近主要还是看眼神交流、肢体语言。不管是哪一个，他们都从无温柔缱绻，有的只是假意寒暄一般的“爱意”，为了利益保持着彬彬有礼。

台上的两个人看着可真让人难受，怪不得喻落吟这么讨厌联姻。可转念一想，对有些人来说，爱情并不是那么重要，能够维系一段感情的还有利益。可能现在的喻时钦，正是喻远和顾苑希望喻落吟长成的模样——奈何他是个混世魔王，偏生喜欢自由疯长。

盛宴落幕时，趁着喻落吟被喻时钦拉过去说话的空当，顾苑找上了白寻音。

“白工。”眼前这个她曾经无比崇拜，以后也注定有着千丝万缕联系的女人，是少数几个这么称呼她的人之一，顾苑妆容精致的脸上勉强扯出一抹笑，“可以谈谈吗？”

这正是白寻音来此的目的，她自然不会拒绝。

两个人一前一后走到落地窗边，四下无人，倒是个说事的好地方。

顾苑深吸一口气，率先开口：“白工……”

“顾院长。”白寻音笑了笑，“您叫我小白就好了。”

顾苑的一声“白工”，说实话，她现在还有点受不起。

“好，小白。”于是顾苑也叫起了这个对小辈的称呼，她面对着玻璃窗，忽而短促地笑了一声，“你瞧，现在的场景和五年前是不是有点像？”

同样无人的走廊，偌大的窗边，可现如今两人的心境和那个时候大不相同了。五年前的顾苑高傲、专制，对待白寻音就像对待掌中的蝼蚁一样。可现在不一样了，眼前的女孩让她感到不安，因为白寻音只要在喻落吟面前把五年前的事情和盘托出，她就会陷入极其被动的境地。

如今的顾苑已经胆怯于让喻落吟知道，当年致使他们分开的“罪魁祸首”就是自己。真是时也，命也。顾苑有些自嘲地笑了笑。

“不，不一样。”白寻音笑了笑，微微侧头看着顾苑，“五年前在我面前的顾院长自信，有规划，现在的你却像惊弓之鸟。”

她的话并不客气，顾苑的瞳孔不自觉地一缩。

“顾院长，我一直很喜欢您，认识您其实比认识喻落吟还要早。”白寻音眯了眯眼睛，回忆起自己自高一开始就在网上寻找顾苑的讲座的经历，“我很敬佩您的学术造诣、理念，在年幼不懂事的时候，甚至想成为您这样的教授。”

年幼不懂事的时候。

顾苑仔细品味着这句话，不由得苦笑：“现在你知道我是一个自私自利的人，对我的崇拜也就荡然无存了吧？”

“不，您还是我崇拜的教授，无论是讲座还是论文，我的老师也说过您是他非常欣赏的科研人员。”白寻音摇了摇头，否认了顾苑刚刚的话，在后者愣怔的眼神中话锋一转，“但恕我直言，顾院长，您对于喻落吟的态度，是我不能接受的。”

顾苑眉头一蹙，不明所以地看着白寻音，眼睛里有着显而易见的疑惑。

“顾院长，您从来不知道您儿子想要什么，从来只会把您和喻先生的期望强加在喻落吟的身上。我冒昧地问一句，您究竟是纯粹把他当作您的儿子，还是一个值得炫耀的作品，就像您的每一篇论文一样？”

顾苑的手心不自觉地出了一层薄薄的汗：“你……你说什么？”

“顾院长，您那么聪明，不会不知道我在说什么。”白寻音笑了笑，目光却十分锐利，“您知道喻落吟十三岁的时候去看心理医生，一看就是三年吗？您知道他努力成长为你们期望中的样子是想报复你们，但归根究底还是想引起你们的注意，让你们……爱他吗？”

一向喜怒不形于色的顾苑脸色极为难看，像张白纸一样煞白，因为她发现，白寻音说的这些，她都不知道。

这么多年，她到底在干什么？居然连唯一的儿子都忽视得这么彻底，却还自私地要求他按照她的规划成长，甚至最后越来越控制不住喻落吟的时候，还会埋怨他。

“也许您的事业、喻先生的事业，都比喻落吟重要。”白寻音从她身上移开视线，落到窗外郁郁葱葱的大树上，从陆莹的心理诊疗室出来就一直郁结在心里的浊气总算吐了出来，她淡淡地说，“但我会心疼他。”

“所以顾院长，我永远不会告诉他当初我们在医院见过面的事情。”白寻音看着顾苑，不知道是给她吃了一颗定心丸，还是讽刺她——

“我希望喻落吟开心，只希望他开心，而现在他和您的关系缓和了一些，我不会从中作梗。”

“但我会和他在一起，一直在一起。”

“至于五年前我们之间的那场谈话，就当作被时光掩埋的秘密吧。”

水过无痕，永远也不会有人知道。而她，只要在今天帮着喻落吟“泄愤”就可以了。

气氛安静得接近窒息，半晌后，顾苑才慢慢地抬起头，看向白寻音的眼神疲惫而狼狈。她仿佛一下子老了好几岁，往日支撑着她的精气神好似被抽干了。

顾苑看着她，轻轻地道：“谢谢你。”

“不用。”白寻音垂眸看了眼手表，心想一会儿喻落吟就得找她了，于是起身告辞，离开之前只说了一句，“我是为了喻落吟。”

白寻音沿着长廊走到大厅去找喻落吟，却在经过某个暗门的时候，毫无防备地被一只结实修长的大手拉住了手臂。她还没反应过来，就被拉进了暗处，眼前猝然一片黑，随即被身后的“登徒子”捂住了嘴。

还来不及慌张，白寻音就嗅到了熟悉的清冽薄荷味。一瞬间，她紧绷的心放松了下来，安心地靠在身后人的身上，反倒不说话了。

“啧。”喻落吟的声音低低的，似乎带着遗憾，“你怎么都不害怕？”

白寻音眨了眨眼睛，说话的时候软嫩的唇划过他的手心：“我知道是你。”

喻落吟没问她是怎么知道的，也没像往日那样故作戏谑地调侃，他只是从后面抱着她细细软软的腰肢，下巴放在她的肩膀上。

呼吸声萦绕在耳，白寻音敏锐地感觉到他的呼吸有些沉。他似乎……有心事。

白寻音秀眉微蹙，试探地问：“不开心？”

“开心，也不开心。”喻落吟低低地叹了口气，犹豫着道，“宝贝，我很高兴你为我出头，但五年前……我妈到底跟你说了什么？”

白寻音微微一怔，原来刚刚她和顾苑的对话，都被喻落吟听到了。怪不得他会这么反常，像个小孩子一样抱着她——虽然他平日里也爱撒娇要赖。

虽然答应了顾苑不会把那些事情告诉喻落吟，但现如今他已经知道了，就是另外一种情况了。

“其实真的没什么的。”白寻音低低地叹了口气，“就是当初你在医院的那个晚上，你母亲来看你，正巧碰到我。”

碰到衣服上沾着血，狼狈不堪，且害得她儿子进医院的“罪魁祸首”。喻落吟想象着白寻音当时可能遇到的尴尬处境，闭了闭眼。

“顾院长知道咱们的事情，但没有说什么过分的话，就是希望我离开你。”白寻音长长的睫毛微垂，在黑暗里两个人都看不清彼此的表情，只有呼吸交错，“其实我理解她的想法，她对你一向要求严苛，当然忍受不了这件事，而且我还把你害得那么惨。”

喻落吟搂着女人纤腰的手不自觉地收紧。

“可是顾院长没有说什么。”白寻音安抚性地拍了拍他，像哄小孩一样，“喻落吟，是我的错，是我主动和她说我会离开你，你别生气行吗？”

“不，我不生气。”刚刚他在找白寻音的时候看到她和顾苑上了二楼，便鬼使神差地跟了上去，躲在暗处听到的那些话，足以击溃他的心理防线。他心疼白寻音都来不及，又怎么可能生气。

“不，我是说你别生你妈妈的气。”白寻音的声音轻而坚定，“我没骗你，她真的没说什么，我刚刚和她谈话有些生气也不是因为五年前的事情，是因为……因为……”

她有些难以启齿，喻落吟淡淡地接过了她的话茬：“是因为我去看心理医生那件事，对吗？”

白寻音咬了咬唇，沉默不语，算是默认了。

“傻姑娘。”喻落吟轻轻地笑了下，把人搂在怀里，“你怎么知道我找过心理医生？”

白寻音不想瞒着他，于是一五一十地把去澜大遇到刘语芙，而后刘语芙在大一的时候又碰巧看到他去心理诊疗室的事情都说了。

喻落吟听着，脑子里只有“世界上没有不透风的墙”这句话，就像他的事情瞒不过白寻音，会被刘语芙巧妙地拨开云雾，又像白寻音瞒不过他，她和顾苑的对话会被他无意间听见。

冥冥之中，一切似乎都是注定的，注定他们两个不可以有任何事情瞒着对方，坦诚以待才是最好的相处方式。

“你对我的事情知道得那么清楚，该说的陆姐应该都跟你说了。”喻落吟低低地叹了口气，“我是不是一个很可怜的小孩？”

他说着，就撒娇般地抱着白寻音把她举高高，想要“亲亲安慰”。

白寻音已经习惯了他撒娇的样子，但偶尔还是会觉得忍俊不禁。

她忍着笑，捂住他的唇不让亲，一本正经地问：“那你还生你妈妈的气吗？”

喻落吟身子一僵。

“我不会要求你做个圣人。”白寻音从他身上跳下来，额头抵着男人的胸口，一字一句传入他心扉，“但五年前的那场谈话顾院长并没有什么错，这件事情关系到我，所以我要解释清楚，至于别的……我不会拦着你生气的。”

喻落吟僵硬的身子渐渐软了下来，黑暗中的双眼里满是不能轻易被人窥探到的无措。其实他也是会慌张失措的。

“找时间和顾院长谈谈吧，别什么事儿都藏在心里。”白寻音说着，踮起脚来主动轻吻了一下他的下巴，“乖乖的。”

如果喻落吟能把在她面前撒娇装可怜的本事用在顾苑、喻远身上，也许他们之间的关系就不会像现在这么僵硬了。

黑暗中，喻落吟沉默地抱着她，半晌后，他微微点了下头。

不知道他是把白寻音的话听进了耳朵，还是终于想跟自己妥协了。

某天下班后的傍晚，喻落吟开车回了喻家的豪门大院。

他是不怎么回来的，除却固定的日子，基本上很少来，虽然表面上他和顾苑、喻远和解了，实际上却渐行渐远。

如今喻落吟仔细一看，才发现他的“家”里现在是这么冷清。保姆虽然在这座宅子里待了很多年，算是半个家人，可终究不是真正的家人。

男人蹙了蹙眉，微微抿唇走了进去。

他知道大门密码，不用按门铃，脚步放轻进了门，宅子里没有开灯，一片昏暗，客厅里影影绰绰地坐着一个人。

坐着的人是喻远，他听到门口有人走进来的动静，抬起头，便见到喻落吟那张英俊的脸，眼里顿时闪过一丝诧异。

“落吟？你回来了。”男人下意识地看了手机，“今天是十八号吗？”

以往，喻落吟只在每个月十八号或者假期才会回来一次，要不然就是逢年过节了。

"不是十八号，"喻落吟双手插兜，故作轻松地耸了耸肩，"就不能回来吗？"

"说什么话，这是你家……"喻远站起来，眼底的疲惫被他很好地藏起，"你想什么时候回来就什么时候回来。"

喻落吟沉默片刻后问："我妈呢，她在家吗？"

提到顾苑，喻远明显一愣，继而叹了口气。

"在家。"男人抬头看向楼上，有些头疼地揉了揉太阳穴，"你妈最近生病了，心情不好，你……你去看看她吧。"

原来喻远在家是因为顾苑生病了，这样就解释得通了。

喻落吟眉目一凛，飞速地上了楼，来到顾苑房门外，他敲了敲门，听到里面传来一声低哑的"进来"，才推门走了进去。

顾苑倚在床头，明明喻时钦的订婚宴过去才不到一周，她整个人仿佛瘦了一圈，脸色十分苍白，眉宇间却没有什么病气，郁郁寡欢估计是因为心病。

见到喻落吟，她明显一愣，一向沉冷的声音低低的："今天怎么想起来回来了？"

"不行吗？"喻落吟走过去，给她倒了杯水，声音淡淡的，"生病了怎么不打电话给我？忘了我是医生了？"

顾苑捏着玻璃杯的细长手指紧了紧，没说话。

实际上她没生病，就是突然感到特别累，特别疲倦，只想在床上躺着，好好地休息一阵，偏偏在别人看来就是病了。难道是因为她平日里太强势，看起来永远不会累吗？

顾苑以前很是享受这样的评价，可她活到现在这个岁数，突然觉得迷茫了。

一直以来自己的控制欲，喻落吟的心理问题……顾苑觉得自己有点无颜面对喻落吟，哪怕他是她的儿子。都说孩子和父母之间没有隔夜仇，可喻落吟和他们之间的隔阂早就不是隔着夜了，是漫长的岁月，顾苑光想想都觉得无法弥补。

"妈，我这次来是想听你跟我说一句实话。"喻落吟坐在窗边的椅子上，微微垂眸看着自己修长的手指，缓缓按压着，像是一遍一遍给自己做着心理建设一样——他要和自己和解，要心平气和。

他抬起头来，看着微愣的顾苑："那天你和音音的对话我都听到了。"

顾苑的瞳孔猛地一缩，手指不自觉地抓紧了身下的床单。说起来很可笑，她居然会在自己儿子面前感到紧张。

"我问过音音，她说当初你没有说过分的话，是真的吗？"喻落吟定定地看着顾苑，"答案对我来说很重要，我希望你能跟我说实话。"无论是什么样的结果，他都能接受。

顾苑闭了闭眼，脑子里闪过五年前的场景，半晌后，声音有些嘶哑地开了口——

"你当时的状况很不对劲，我猜到可能是因为外界的影响，便让身边的心腹查了一下。"

"那天晚上得知你进了医院，我从实验室赶到医院，你已经进了病房，外面站着那个小姑娘……就是白寻音。"

"只一眼，我就猜到她是调查资料里那个不能开口说话的女孩，虽然她当时已经恢复声音了。"

"出于女人的直觉，我怀疑你们在谈恋爱，觉得那是另一种形式的'玩物丧志'，再加上当时你着了魔似的要转专业……我不想你因为男女之情，而毁了大好的前途。"

说到此处，顾苑顿了一下，有些自嘲地笑了笑："可我没想到，一个小姑娘比我看得还透。"

喻落吟疑惑地眯了眯眼。

"其实当初我就应该想到，白寻音不是普通的姑娘，她比我们纯粹多了，也有远见多了……"顾苑喃喃道，"当时我让她离开你，我以为她会哭，会求我，毕竟我们家是什么样的情况，基本上林澜人都知道。"

攀上了喻落吟这根高枝，难道她不想从中获取些什么吗？

喻落吟听着，心中已然有了预感，但他依旧问："然后呢？"

"她什么都没说，答应了。"顾苑苦笑了一下，笑容中有一丝对自己的谴责，叹息声若有似无，"我不如她。"

白寻音说得对，她确实没有考虑过喻落吟的心情。当白寻音信守诺言，决绝地和喻落吟分手并远走北方时，顾苑才明白自己的儿子为什么会痴迷于她。

至此，喻落吟才拼凑出了这件事的全过程，他有些发怔，但可以清晰地感知到手心是麻的，血是热的。

隔着十几公里的距离，喻落吟已经想拥抱白寻音了。

“落吟，给我们一个补偿的机会吧。”顾苑看着喻落吟的眼睛像是绝境中乍逢花开般亮了一下，她定了定神，认真地说，“我和你爸的确专制，不负责任，我们都承认，而且曾经试图让你和你哥一样为了家族联姻，但那些都已经过去了。”

“我们没资格管你，也不会强迫你做你不愿意做的事情了。”

“其实我很喜欢白寻音，什么时候……能正式见个面？”

喻落吟听了并不意外，任何人喜欢白寻音他都不会意外的。

他的小姑娘好得要命，生来就应该集万千宠爱于一身，命运却偏偏跟她开了个玩笑，让她的人生无比坎坷，不过日后他会加倍疼她。

“我会跟她说的。”喻落吟一刻也不想等，只想赶紧回去找白寻音，他猛地站起来，离开之前，高瘦的背影顿了一下。

“其实我最近在学做菜。”喻落吟微微侧头，对着床上的顾苑说了句，“明天我会做好给你送来，走了。”

从顾苑口中听到五年前在医院里发生的事情，他的思绪就被扯回五年前那个惊心动魄的午夜。那一晚，他们仿佛被摧毁了，又仿佛得到了救赎。

喻落吟承认他恨过瞒着他转学的白寻音，恨过年少无能不能改变世界的自己。但恨到底比不过爱，他到底是爱她的，所以在那堪称煎熬的几个月后，这种恨就变得麻木了，像是心尖儿上一道不痛不痒的疤，但比不过对白寻音的执念和痴迷。

那个时候他觉得自己可能是疯了，他不明白自己为什么非她不可。直到他飞到北方，在大雪纷飞的校园里又见到她，所有的不明了就都明了了。喜欢和执迷是不需要理由的，他只要她，仅此而已。但那道不疼不痒的疤终究还在，直到今天才彻底被顾苑磨平了。

喻落吟现在就想飞奔回家，把小姑娘抱起来亲吻。他就像个毛头小子，比十八岁那年还要急躁。

当回到家看到白寻音坐在飘窗上看书的一刹那，他又平静了下来——犹如微风拂过，一只无形的手温柔地抹平了他心中的躁郁。白寻音可能就是有这种本领。

她穿着灰白色的家居服，吹干的长发披在脑后，周身萦绕着一股淡淡的沐浴露的清香。时隔多年住在一起，喻落吟才终于知道她用的是什么牌子的沐浴露。

但那味道用在自己身上，就没有了那种魂牵梦萦的感觉。喻落吟明白他痴迷的不是味道，而是人。

女孩沐浴在阳光里，皮肤白得近乎透明，一身的书卷气柔和而安宁。这让喻落吟刚刚迫不及待地跑回来的过程中产生的污秽想法消失无踪。

其实像这样安静地看她一会儿就好了。

白寻音听到门口传来的动静，放下书转头看过来的时候，眼神澄澈，纯粹又鲜活。

喻落吟忽然就想到了泰戈尔《飞鸟集》中的一句话——

“你微微地笑着，不同我说什么话。而我觉得，为了这个，我已等待得很久了。”

林澜八月的天是最多雨的，有时甚至会从早到晚缠绵不断，但打在身上却是柔和的。

周六一早，天刚蒙蒙亮，白寻音就把喻落吟从被窝里拉了起来。

喻落吟打了个哈欠，迷迷糊糊地问：“怎么起这么早？”

白寻音今天穿得很正式，不同于平日里的休闲风格，她今日套上了不怎么穿的西装，铅笔裙下面的两条腿细细长长的，脚上踩着黑色低跟鞋。

她平日里是绝对不会这样打扮的，喻落吟不禁坐直了身子。

白寻音正在对着镜子扎马尾辫，巴掌脸上皮肤清透，茶色的双眸淡淡的：“带你去个地方。”

那是她从未带人去过的地方，此刻却觉得可以带喻落吟去了。

从小生活在林澜的人都习惯了阴雨绵绵的天气，基本不打伞。

喻落吟一路乖乖的，什么都没问，任由白寻音开车，直到开出了市中心，一路向南，开到了郊区一带。

他意识到了什么，眉目微动。他看着白寻音精致的侧脸，女孩抿了抿唇，专注地开着车，直到把车开到南部湾墓地外的停车场。细密温和的毛毛雨似乎都带上了凉意。

喻落吟心头跳了起来，张了张口，欲言又止，还没等他问出口，白寻音就解开安全带下了车。

和所有墓园的布局一样，去到墓碑前需要走一段陡峭的台阶。白寻音默不作声，平静地往上走，步伐很稳。

细雨不停，很快就在她身上覆了一层薄薄的霜雾，女孩长长的睫毛上沾了几颗晶莹的水珠，将坠未坠。

喻落吟一颗七窍玲珑心，当然明白白寻音要带他去哪儿，他沉默地跟着，只在进入墓地之前浅浅地叹了一口气："我该买束花的。"

第一次来见未来的老丈人，怎么好空着手？怎么也该买一束花。

"不用。"白寻音微微笑了笑，摇摇头，"我爸见到我带人来就好了。"

虽然他们都是唯物主义者，但在最亲近的人的墓碑前，往往都有一种不切实际的想法，就好像他们说的话，亲人在另一个世界可以听到一样。

墓碑上，照片中的白鸿盛很年轻，是他二十七八岁时的模样。女孩肖父，白寻音和白鸿盛的五官有几分神似，而最绝的还是眉目间的神韵，虽然温柔却疏离，让喻落吟一下子就觉得亲切极了。

之前在病房他看到的白鸿盛是闭着双眼，骨瘦如柴地躺在病床上的活死人模样。这还是第一次，喻落吟见到年轻时候的他，英俊清隽，仅从照片也能看出来他沉稳迷人的气质。

"我爸爸很帅吧？"

墓碑上积了薄薄的一层灰，虽被雨水冲刷了几番，却痕迹斑驳。

白寻音淡淡地问了一句，便半跪下来用随身带着的白色绢布擦拭着白鸿盛的墓碑。

似乎天公也怜惜她，一直缠绵的雨竟然逐渐转小，最后露出一丝温暖的日光。

女孩白皙柔嫩的膝盖半跪在漆黑的土地上，很快沾上污渍，她却不管不顾。

白寻音似乎在和喻落吟说话，又好像在和自己说话："从小到大，我一直觉得我爸爸是世界上最帅气高大的人。我从小跟着外公外婆在古镇生活，可爸爸不舍得，在事业起步最忙的时候，坚决把我接回来自己带……我从来没想到他会那么早离开我。"

可能是因为雨后的阳光太明媚刺眼，女孩茶色的眼睛里有着淡淡的水光。

其实，她很想爸爸。

喻落吟还是第一次听到白寻音主动提起她家里的事情，他又惊喜又心疼，垂在身侧的手不自觉地攥成了拳。

"可世事就是这么无常，人生随时都会有意外发生。"

白寻音嘴角的笑容有些落寞，她其实唯一遗憾的是白鸿盛走的时候她尚未长大，从未主动替他做过什么。

"一直都是你心疼我。"白寻音看着墓碑上的照片，喃喃地道，"我知道你不放心我一个人，想找人替你照顾我，所以我把他带来给你看了。”

喻落吟闻言，呼吸一滞，慢慢地屈膝跪在了白寻音身边。此时说什么都是多余，他只要在心中默默地叫一声“爸”就好了。

您放心，我一定会对音音好的，会无微不至地照顾她，就像当初您所做的那样。

从山顶墓地下去的时候，白寻音是被喻落吟背下去的。

他用纸巾帮白寻音把膝盖上沾着的湿润泥土擦干净，这才发现那处都红了。

喻落吟这下子可心疼了，他怎么都不让她自己下台阶，干脆把人背了起来。

白寻音反抗不成，见周围无人，索性就享受起男人宽阔的背，趴在他肩头垂眸看着台阶边的茵茵绿草，以及周围来来往往的蚂蚁，自得其乐。

“回家多吃点饭。”喻落吟双手抬了她一下，有些不满，“太轻了。”

白寻音微笑不语，纤细的手臂揽着他的肩。

其实刚刚趁着喻落吟走开的时候，她还和白鸿盛说了句悄悄话：“老爸，他是我曾经的人间妄想。”现在的相濡以沫。

只是这话不能说给喻落吟听，不然他又该得意了。

喻家每月十五日都有一场家族聚餐，是老爷子要求的。老爷子的意思是，甭管生意做得多大，位置爬得多高，也不能忘了家里人。不管是做给外人看还是怎么样，因着这每月一次的聚餐，喻家人之间的关系，比之其他钩心斗角的名门望族的确是要好一些的。当然，也可能是因为从上到下从老辈到小辈，每个人都非常有出息吧。

八月十五日这天，喻落吟把白寻音带回去了。比起大哥喻时钦时不时地就会带着名媛小姐回去，喻落吟作为喻家的另一个男丁从来没有带女孩回家过，所以一进门，就引起了大家的高度重视。连早就已经退位的喻老爷子喻千枭听说喻落吟今天会带着姑娘回来，都难得露了面。

他挽着喻老夫人坐在主位，花白的头发梳得一丝不苟，岁月在他脸上留下了不少皱纹，却无法磨损那双鹰隼一般的眸子。喻千枭一生中见过的人数不胜数，经历过的大风大浪比如今这些小辈吃的饭还多。

什么人是什么德行，老爷子眼睛一扫就能看出个七七八八。大多数人对上他犀利的眼神，不自觉地就会汗毛倒竖，可喻千枭发现喻落吟带来的女人不卑不亢。

因为要出席喻家的家宴，白寻音打扮得很得体，一身烟粉色的复古削肩礼服，衬得她端庄优雅。

她穿得正式一些的时候，基本上都是同喻落吟出入各种场合。虽然她不大习惯，却也并不局促。

白寻音对上喻千枭的视线，也只是轻轻点了点头，平静地打了个招呼，就好像她只是一个普通的客人一样。面对无数人想要讨好的老人，她不紧张也不谄媚。

喻千枭眼底掠过一丝淡淡的欣赏，面上却依旧不动声色。

他在，喻家饭桌上一向安静，没人敢说话。

喻时恬的席位在末端，隔着不少人有些担忧地瞧了瞧白寻音，趁着没人注意，在桌下悄悄给白寻音发信息。

白寻音的手机就放在手边，屏幕亮起，弹出一条消息："姐姐自求多福，爷爷超可怕的。"

呵，果然是小孩子。白寻音忍不住笑了笑，不以为然。她只是以喻落吟女朋友的身份来拜访他家里人，仅此而已，自然就没什么好紧张的。

一顿颇为沉闷的午餐快结束的时候，喻落吟才悠悠地开了口："爷爷，您今天怎么想起来过来了？"喻家的小辈里，也只有他敢在老爷子胡须上拔毛，因为从小皮惯了。

"你说呢？"喻千枭也终于开了口，随着他说话，周围紧绷的气氛稍稍松弛了一些，他用手绢擦了擦嘴角，睨了喻落吟一眼，"你小子第一次给我带孙媳妇回来，我能不来看看？"

喻千枭不开口则已，一开口惊人，"孙媳妇"这样的词直接说出来，在座的人都微微吃了一惊。

他这话一来表明了自己对喻落吟的重视，二来是对白寻音的肯定。

"爷爷，您可真会往我脸上贴金。"喻落吟忍不住笑了，放在桌下的大手漫不经心地把玩着白寻音纤细的手指，"我还没求婚呢。"

事实上，他还没敢求婚呢。谁知道这老头就这么没羞没臊地说了出来。

"哦？"喻千枭锐利的视线投向白寻音，看着女孩清丽绝伦的脸，他尽可能温和地道，"姑娘是对我这没用的孙子不满意？"

白寻音握着酒杯的手指一顿，而后她放下酒杯，抬起头来不躲不闪地迎着喻千枭的视线。

"我暂时还不想结婚的理由有很多，年纪尚轻，想专注于工作，想再了解对方一些……”白寻音笑了笑，话锋一转，“但唯独没有对喻落吟不满意，我喜欢这‘没用’的医生，老爷子您何必这样轻视他呢。”

她语气温软客气，却不动声色地反击了一通，显然是不满于喻千枭刚刚说喻落吟没用。

喻落吟在旁听着，十分受用地笑了起来——在别人眼里他简直像个吃软饭的！

喻千枭恨铁不成钢地睨了他一眼。他已经看出自己的孙子被眼前这个厉害的姑娘拿捏得死死的，却也不禁感慨现在的年轻人真是厉害啊。他可以让很多人怕他，却掌控不了根本不怕他的人。

一顿饭的时间，喻千枭就清楚地知道了白寻音是一个什么样的人，进而有点欣赏喻落吟找女朋友的眼光了。

“姐姐，我刚刚偷听到爷爷和我大伯还有我爸三个人在说话呢。”饭后，喻千枭把两个儿子叫到书房，趁着喻落吟不在，顾苑又和妯娌去泡茶的空当，喻时恬连忙凑到白寻音耳边说悄悄话，眼里的笑意藏都藏不住，“我听到爷爷夸你了。姐姐，你真厉害，我爷爷很少夸人的。”

说着，喻时恬不知道想起了什么，撇了撇嘴。

小姑娘青春洋溢的脸上满是娇憨。

白寻音静静地听完，只是微笑着侧了侧头，并没有那么欢悦。

“恬恬，等你遇到一个喜欢的人你就会知道……”白寻音顿了一下，幽幽地说，“你看中的只是他而已，很多人说爱情不只是两个人的事情，但我不这么认为。”

所以她不在乎喻落吟家里人对她的看法，她只在乎他一个人，会为了他披荆斩棘。

在喻时恬似懂非懂的眼神中，顾苑走了过来，对着白寻音笑了笑。

“寻音。”虽然这算是一次正式的见家长，但顾苑还是很客气，“落吟的爷爷想和你聊几句，方便吗？”

她既然来了，还有什么不方便的？

白寻音悄悄地拍了一下喻时恬的手，从容地站起来，点了点头：“好的。”

说完，白寻音就随着顾苑上了楼，去了喻千枭的书房。

她刚刚是示意喻时恬告诉喻落吟一声，省得那个家伙找不到自己着急。顾苑显然想得更周到一些，上楼的时候就低声对白寻音说：“落吟去帮老爷子取酒了。”

看来老爷子是故意支开喻落吟，要单独“审问”她。白寻音倒也不害怕，嘴角还噙着笑意。

等到了喻千枭的书房，才发现偌大的房间里不止老爷子一个人，老夫人、喻远、喻樊等人都在，一副三堂会审的架势。

“寻音来了，快坐。”虽然是一家人，但喻樊的气质要比喻千枭和喻远温和许多，就像喻时钦和喻落吟的性格也截然不同一样。

他看到白寻音进来，生怕一个女孩面对这么多陌生的长辈会紧张，忙打圆场：“就随便说几句话。”

“谢谢叔叔。”白寻音客气地道了谢，在就近的位子坐下，一副淡定从容的模样，“各位叫我来，是有什么话想问吗？”

一阵诡异的沉默。

半晌后，喻千枭率先开了口，言辞之中颇为客气：“其实也没什么，主要是因为你是落吟带回来的第一个女孩，我理所应当地认为你们应该到了谈婚论嫁的地步，所以想对你了解更多一些。”

白寻音侧头想了想，痛快地道：“我父亲去世了，母亲和外公外婆生活在一个古镇上，他们身体很健康。我现在在澜大读博，在研究所工作。这些事情顾院长都知道，还有什么需要我告知的吗？”

想必她的资料在她和喻落吟走后就会被人送到喻千枭的书桌上，索性该说的自己都先说了。她家世清白，并没有什么需要隐瞒的地方。

“其实我今天来，给叔叔带了份礼物。”一片沉寂中，白寻音转向喻远，在后者微微有些错愕的神色里，从随身的包中拿出一个精巧的U盘，“喻落吟同我说过他家里是做投资的，其实这和我从事的行业八竿子打不着，不过有些事情还是可以帮忙的。”

白寻音起身走到喻远面前，把U盘递过去：“这里面是我根据封阳集团近一年在股市大盘上的资金流向建的一个模型，能直接显示出后期走向。这算是给您的见面礼吧。”

这也是为什么她和阿莫、刘语芙出去逛街那天，吃饭时她会问盛闻关于封阳的问题。

白寻音知道喻家人都不是易与之辈，只是她已经决定和喻落吟在一起，那自然就要找到和他家里人的相处之道。只有比他们更强，才会被尊重，乖巧听话是没什么用的。白寻音要的不是无视，而是重视。

所以她才会想出“股市建模”这个见面礼，这个模型可以给喻家的公司带来大量收益，她自然也会因此被另眼相待。

白寻音知道顾苑在学术方面比自己更厉害，但顾苑和她研究的领域不同，所以这个模型只有她能做出来。

而在做这个模型的过程中，她还借用了盛闻的团队，自然也会回报他。

这段时间她和盛闻联系得比较频繁，偶尔喻落吟见到了就会吃味。

“你和那小子到底有什么可说的。”建模的事情，白寻音没有告诉任何人，喻落吟当然也不知道，某天晚上还缠着她捣乱，“白寻音，我吃醋了。”

她只好放下手机，轻抚“狗头”：“那怎么办？”

“还要我教你怎么怜香惜玉啊？”喻落吟极其不要脸，点了点自己的下唇，理所当然地道，“亲一个就好了。”

可亲一个的后果往往不眠不休。白寻音回忆起做这个模型的过程，不由得笑了笑，眼角眉梢都柔和了几分。

而在座的不光是喻远、喻樊，就连老爷子喻千枭闻言都有些惊讶，一时间不知道该说什么。

实际上，他们并不是要“质问”或者“审问”白寻音，而是想要询问一下她和喻落吟对未来的打算，只是身居高位久了，总给人一种高高在上的感觉，没想到却被外柔内刚的小姑娘将了一军。

这个 U 盘足以表明她的态度。至于她和喻落吟之间的事情，他们还需要问吗？

“这……”喻远看着手心里的 U 盘，竟难得有些手足无措，“这怎么好意思？”

他手心里的东西是投行和金融从业者梦寐以求的，但谁能想到居然来自一个小姑娘？

“喻先生，我说过这是送给您和您家里人的礼物。”白寻音淡淡地笑了笑，“您是喻落吟的父亲，不必不好意思接受，应该的。”

说完，她转头看向喻千枭：“您还有什么要问的吗？”

还能有什么要问的？

三分钟后，白寻音起身离开书房，一打开门，就看到倚在走廊墙上微微笑着的喻落吟——他根本没去取酒，此刻正眼带戏谑地瞧着她。

白寻音被突然出现的他吓了一跳，慢了半拍才关上身后书房的门。

她走过去低声问：“你不是去取酒了吗？”

“取什么酒？看我妈想把我支开，我就知道有事儿。”喻落吟微微俯身，嘴唇轻轻碰了一下白寻音的，“本来着急过来救你，但是……”

但是隔着门，他已经听出来他的小姑娘独自一个人就可以应付那些老家伙，还能让他们哑口无言。

“宝贝。”喻落吟忍不住笑出了声，声音慵懒缱绻，“你怎么这么厉害啊？”

他总算知道前段时间白寻音总和盛闻联系是在干什么了。

“你对我太好了。”喻落吟声音低低的，像是故意压着声音说情话，“我无以为报，只能把我自己送给你。”

白寻音不禁有点想笑。

“好啊。”她收敛起嘴角的笑意，一本正经地点了点头，“回去做饭给我吃吧。”

喻家的饭难吃死了，一桌盛宴还不如喻落吟这个厨师做的家常菜。

如果说想要一种回报，白寻音觉得她大概会选择喻落吟给自己当一辈子的厨师吧。

——平凡而朴实的愿望，但这才叫生活。

可能人习惯了烟火气之后，就很难再回到名为“孤独”的冰冷巢穴。那样的生活白寻音过了五年，现如今她很庆幸把她拉出来的人是喻落吟。

海明威说过，除非你是斗牛士，否则没有谁的生活只进不退。如果两个人携手共进退，无论如何都要比一个人好很多。

八月下旬，三中举办了建校五十周年校庆。

三中是老学校了，五十周年更不是什么平淡的数字，而是几乎承载了半个世纪历史的里程碑印记。曾经的高中班主任于深在群里招呼了一下，那届三中的学生基本上能去的都去了。白寻音和喻落吟自然也要给母校一个面子。

校庆那天碰巧是周末，一大早，阿莫就打电话催白寻音赶紧到学校，大家一起聚一聚。

后者还睡眼惺忪地窝在床上。

“咦，音音，你怎么不说话？”阿莫喋喋不休地问，“你还在睡觉吗？喂喂喂？”

“没有。”白寻音连忙回应，为了保护自己的耳膜，她把手机拿远了一些，认命地道，“刚刚起来，我马上收拾。”

打发了阿莫，她疲倦地挂了电话靠在床头。她近来有些犯懒，不是因为堕落了，而是某人太生猛了，她都有些想和喻落吟分居了。

这人完全不知节制为何物。

她正愤愤地想着，始作俑者就从洗手间出来，墨黑的头发湿漉漉的，额前细碎的发下一双眼睛晦暗不明，望向坐在床上的白寻音。

后者愣了一下，随后就用被子把自己严严实实地包裹起来。

白寻音严肃地说："离我远点。"

男人心中掠过"可爱死了"四个字，他但笑不语，走到自己带来的行李箱前——他搬来白寻音家有一段时间了，奈何小姑娘的衣柜不够大，所以他大多数衣服还是放在行李箱里。至于为什么不去换一个大点的衣柜……

白寻音是懒得换，而喻落吟是想着等求婚成功后，就带着女孩换个大一点的房子。

他微微俯身，清瘦的腰身形成一道优美的弧线，而后在白寻音暗自欣赏的视线里拿出一件蓝白色的衣服。

白寻音的视线从他身上转移到衣服上，看清了后就是一怔。喻落吟手中拿着的衣服不是别的，正是他高中时的校服。

他是在哪儿找到的？想到自己衣柜里的那件"收藏品"，白寻音顿时觉得十分尴尬。

"熟悉吗？"喻落吟低沉的声音里含着几分戏谑，他凑近白寻音亲了亲她，"我们穿着校服去参加校庆吧。"没有比这更具时代意义的衣服了，穿着还能装嫩。

白寻音有些不好意思地迎着他的视线，硬着头皮问："你……是不是从我的衣柜里面偷的？"她早该想到的，一起住了这么久，喻落吟也该发现她柜子里那件属于他的校服了。

"笨蛋。"喻落吟忍不住笑了，把手里的校服拿到她眼前，"你仔细看看，这是男式的还是女式的？"

白寻音定睛一看，才发现这件校服并不是她私藏的那件喻落吟的，而是她自己当年穿的校服，袖口还有她缝过的痕迹。

她诧异地眨了眨眼睛，长睫毛扇子似的。她喃喃地问："你从哪儿找到的？"

也没多难，他就是连夜回了趟古镇，问季慧颖要的而已。

喻落吟不答，只是笑了笑："感觉我也得收藏一件你的校服才行。"

白寻音没说话，只是沉默地用细瘦的手臂揽住男人的脖颈，乖巧轻柔地在他脸上轻轻亲了一下。她不太会撒娇，只是像只猫一样乖巧。

可喻落吟已经十分满足了。

吃完早餐后，两个人换上了熟悉的校服，看着镜子里一大一小两个身影，仿佛重回十七八岁的青葱少年。

——不过到底还是有了些岁月的痕迹。那并不是在脸上体现出来的，而是他们即便穿着高中校服，也能看出来的气质上的沉淀。

白寻音倒还好一些，她工作的环境比较简单，气质相对单纯，头发扎成马尾辫，混进高中生里一点不违和，就是漂亮得过分了一些。

而喻落吟就不一样了，男人依旧清隽斯文，英气逼人，只是白寻音知道他高中时是真正的恣意，现在沉淀收敛了许多。

“啧。”喻落吟看着镜子里的自己，下巴搭在白寻音的肩头感慨，“猛然有种自己老黄瓜刷绿漆的感觉。”

真是，装嫩。

阿莫又发信息过来催，两个人便不再耽搁，开车去了三中。

但半路上，喻落吟手机上专属于医院的热线就不依不饶地响了起来。

喻落吟蹙了蹙眉，直接连了车载蓝牙，电话里着急的男声响彻车厢：“落吟，快过来，东桥那边出了车祸，送来好几个受重伤的人！”

他听后面色一凝，当即找了个可以停车位置把车停下。

“宝贝，你先开车去学校。”喻落吟下车后绕到副驾驶窗边亲了白寻音一下，急急地道，“我打个车去医院，嗯，要是结束得早再赶过来。”他多少有些无奈，不过没办法，这就是医生这个职业的职责。

白寻音目送着喻落吟离开才收回视线下车绕到驾驶座，而后把车开去了三中。

不得不说，喻落吟这辆车还是很拉风的。白寻音在澜大门口停车的时候，就引来了不少学生和“曾经的学生”的注意，还有几个穿着校服的男生在不远处偷看，叽叽喳喳地讨论着这辆车。

白寻音笑了笑，锁上车后随着人流进了学校。

九月份，恰好七年整没有踏足三中，偏偏她脑子里把学校的每一处都记得清清楚楚。

白寻音每走一步，就有种回到过去的错觉。当她走到这些年翻修了一遍，气势更加恢宏的教学楼前，就见到了阿莫、盛闻、周新随、陆野、黎洲、刘语芙等人，这一切就像一幅幅呈现在眼前的旧时光画像。

“哇哇哇，音音，你从哪儿找来的校服啊？”阿莫见到她就眼前一亮，围着她咋呼，“你这样显得太嫩了吧，简直可以混在学生队伍里，早知道我也穿校服过来了。”

盛闻搭着她的肩膀，十分黏人。

“嫂子。”黎渊他们现在都已经不客气地这么称呼她，见到白寻音单独过来，有些纳闷，“喻哥呢？”

白寻音已经习惯了这个的称呼，闻言笑了笑：“医院有急诊。”

大家心下了然，但又不免觉得可惜。

“学校五十年校庆哎，据说晚上会放烟花。”陆野仰头看天，“领导这回下了血本儿了，喻哥一会儿还能过来吗？”

白寻音：“他说忙完了就赶过来。”

他们还穿着情侣服呢，也不知道医院的人看到喻落吟穿着校服，会是什么表情。

几个人去看了当年的班主任，去难吃的食堂吃了顿回味无穷的午餐。

时间一转眼就到了下午时分。

“喂。”黎渊不知道从哪儿弄了把钥匙，对着他们挤眉弄眼，兴奋地嘀咕，“要不要去当年的教室看看？高三一班，尖子班呢。”

除却他本人和陆野以外的几个人一愣，对视一眼，都有些蠢蠢欲动——因为除了他们两个，在座的各位当年都是尖子班的。

“这行吗？”刘语芙心思缜密，有些担忧地问，“可以随便进教室？”

黎渊耸了耸肩，无所谓地道：“反正学生都不在，还没正式开学呢。”

盛闻问他：“你从哪儿弄来的钥匙？”

“嘿嘿，这你们就别管了。”黎渊很是得意，“哥哥自有办法。”

听到他自称哥哥，其他人都有点想吐。

“行吧。”最后还是周新随拍板，“那去吧。”

其实他们也不是想干什么，无非就是去看看，更加彻底地“忆当年”一下罢了。

随着教室那扇熟悉的木门“嘎吱”一声被打开，几个人走进去，宽阔的教室莫名有了种拥挤感。

白寻音走到自己当年坐过的角落位置，发现桌子、凳子都已经变了。当年的木头凳子、桌子换成了高科技的混合木凳、木桌，使用起来更舒适。怕是她和喻落吟现在当前后桌，后者就没办法悄悄地踢她凳子发出悠悠荡荡的声音了。

她沉浸在回忆里，没注意到校服口袋里的手机在不停地振动。

已经忙完赶到学校的喻落吟一个人也没找到，又联系不上白寻音，纳闷地看了看手机，只好转而给周新随发了条信息问人都在哪儿。

还好周新随比较靠谱，很快回了消息："你老婆在原来的教室，我和阿野他们在篮球场。"

也许男生天生就有发达的运动细胞，无论什么时候都喜欢打篮球，正所谓归来仍是少年。

可这种激烈的运动，喻落吟打从懂事起就不大喜欢。虽然不喜欢，但不等于不擅长，他仅有的几次打篮球，其中一次还是为了吸引白寻音的注意力呢。

喻落吟漫不经心地笑了笑，随意地把手机收起来走向教学楼。

这么多年过去了，教学楼外墙翻新了一次，但楼梯始终是那颇具特色的镂空铁台阶，踩上去的时候还会发出"咯吱咯吱"的声音。

走到二楼和三楼之间的拐角处，就能看到下面的篮球场，黎渊他们几个已经远不如十七八岁时那般灵活了，几个"老黄瓜"抱着一个篮球在那儿比画。

喻落吟垂眸，看着操场上那几个浑小子笨拙的动作，心里觉得好笑，还未收回视线，耳边就传来一阵轻轻的脚步声，像是有人下楼梯。

一瞬间，时光仿佛交错重叠。

白寻音离开教室下楼，在拐角处的长廊上就看到了倚在栏杆上的"少年"。

喻落吟似乎还是那个她第一次见到时，穿着校服倚着栏杆看向楼下，笑得放肆又张扬的少年。

见到他的第一眼，她就被他清隽俊美的侧脸牢牢地吸引了视线。自此以后，她总会不自觉地关注他。

现在细细想来，大抵就是因为"喜欢"两个字吧。

一见钟情的喜欢。

喻落吟侧头看到白寻音下来了，额前碎发下的慵懒双眼弯了弯："下来。"

这是他现在和她说的话。

而多年前，喻落吟在发现少女"偷听"后问的却是：你叫什么？

那个时候的白寻音是个小哑巴，沉默又自卑，面对喻落吟的问话不敢回应，只能低着头走开。

而现在……

白寻音踩着洒在台阶上的阳光走到喻落吟面前，轻轻勾了勾他的手指。

穿着校服的“少女”对着“少年”歪了下头，笑容明媚：“喻落吟，回家了。”

此后我走向你的每一步，都是走向阳光的路。

番外 妹妹

喻落吟之前哄喻白起的时候，说以后给他添一个妹妹，没承想这句无心之言被小不点记住了。

自那以后，喻白起三句话不离妹妹，经常问喻落吟：“爸爸，妹妹什么时候来？”

去宁书莫家串门看到可爱的小姑娘，他回来后说：“爸爸，阿芜妹妹好可爱，我也想要。”

从幼儿园回来后，他继续磨叽：“爸爸，赵三毛整天跟我说他的妹妹，你到底给不给我妹妹了？”

他顿了一下，然后小大人似的质问喻落吟：“爸爸，你是不是在撒谎？”

……

喻落吟不堪其扰，落荒而逃。

等白寻音晚上下班回家后，男人就忍不住委委屈屈地抱怨。

“老婆。”喻落吟半靠在沙发上，看着在门口换鞋的女人，声音低沉，装可怜，“抱抱。”

白寻音秀眉微蹙，走过去伸手探了探他的额头，淡淡道：“也没发烧啊。”

喻落吟没理会她的嘲讽，顺势拉住女人的手把她扯进怀里。白寻音身上穿着的风衣还没脱，但有些硬的布料也遮不住她那曼妙的身体曲线。

男人的手指顺着空隙溜进去握住她的腰，而后轻轻捏了一把：“瘦了。”

白寻音下意识地看了一眼喻白起的房间，反应过来今天小不点去了奶奶家里才松了口气。她干脆趴在喻落吟身上，声音闷闷地道：“最近有一个项目，忙起来都没时间吃饭。”

喻落吟闻言停下暗戳戳作乱的手，二话不说就起身去厨房给白寻音做好吃的。

按理说，他也很忙，医生忙起来更加连轴转。婚后的这些年，他们已经习惯了在各自的工作岗位上忙碌，平时都是让保姆来做家务。

但只要有假期或者正常下班，喻落吟就会给白寻音做饭。

他做饭也没多好吃，偏偏特别自信，说白寻音最喜欢。

白寻音笑了笑，倒也从不反驳，他喜欢说就说去。

换上家居服从卧室里出来，白寻音看着正在厨房里忙碌的喻落吟，走过去问："你之前要跟我说什么？"

她记得他有话要说，只是话说了一半就过来做饭了。

喻落吟低头炒菜，轻笑了一声："也没什么，就是你儿子今天又问我要妹妹了。"

白寻音觉得十分无语。

"说真的。"喻落吟翻炒了几下锅里的虾仁，最后收汁关火，利落地盛出来后，才侧身看着女人，长眉轻轻一挑，"生一个女儿也不是不行。"

"你和我都这么忙，"白寻音理都没理他，直接端着菜就往外走，"还要二胎，是想死啊。"

喻落吟端着另外两盘菜跟过去，很是无辜："可你儿子不依不饶的，烦死我了。"

"那还不是因为你瞎许诺？"白寻音抬头看了他一眼，嘴角的笑意若隐若现，"想办法自己生吧。"

男人愣了一下，两秒钟之后才反应过来她是在调侃他。

要……要命，这样的她真够可爱的。

要论说情话，喻落吟还没怕过谁，他咬着芹菜，懒洋洋地笑了笑："行啊，今晚你主控。"他简直求之不得。

女人懒得和他沟通，干脆翻了个白眼。

这已经是喻落吟第七次和白寻音提起二胎的问题了，毫无疑问，又被拒绝得彻彻底底。

不过他也并不灰心或者失望，因为白寻音说的是实话，他们两个忙起来都是三四天不着家的人，喻白起的童年生活他们就参与得不多，甚至可以说是不合格的家长，又有什么资格要二胎呢？

这无疑是对孩子不负责任，所以白寻音不同意很正常。

喻白起一直吵着要妹妹，大抵也是因为他们太忙，小家伙一个人太孤单了。

第二天送喻白起上学的时候，喻落吟想了想，在到达学校停下车后，第一次用比较严肃的态度和小家伙说："小子，以后别在妈妈面前说妹妹了。"

喻白起愣了一下，而后白皙的小脸蛋上浮现出大写的"不乐意"三个字。

"傻样。"喻落吟笑了，大手揉了揉喻白起毛茸茸的头发，难得像个慈父一样，"以后我尽量每周都陪你出去玩，好不好？"

其实小孩子极度渴求陪伴的时候不一定会直接表达出来。喻白起想要妹妹，就是想要有人陪着他。

果然，小家伙一听态度就稍微转变了一些，他吸了吸鼻子，奶声奶气地问："妈妈呢？"

"妈妈比爸爸还忙，她要挣钱养活咱们。"喻落吟垂眸，耐心地道，"所以她没时间陪你，你也要理解她，懂吗？咱们用她赚的钱买石榴糕吃就行了。"

石榴糕是喻白起最喜欢的甜点，但白寻音管得很严，一向不允许他吃太多甜品，他一周只能吃一块。

现在一听有甜品吃，喻白起黑黝黝的眼睛都亮了，立刻用力地点了点头。

"乖。"喻落吟满意地捏了一把他肉嘟嘟的脸，"那以后不许提妹妹了哟。"

其实喻白起也稍稍懂事了，听老父亲说了这么多，大概也知道妈妈听到他想要个妹妹会不开心，于是点了点头："嗯嗯。"

解决了这个问题，喻落吟神清气爽地去上班了。

有的时候，你求着的时候求不来的东西，在无意间可能就悄悄降临了。

例如宝宝这件事。

那是一个平平无奇的日子，白寻音早上醒来后觉得很恶心，她跑到厕所干呕了好几下，却什么都没吐出来。

"怎么了？"喻落吟迷迷糊糊地跟过来，长眉微蹙，"吃坏肚子了？"

不对啊，他们吃的都是家常菜，既新鲜又健康。

白寻音漱了口，正慢慢拍着胸口顺气，闻言摇了摇头："不像。"

她对自己的身体还是有数的，无缘无故不可能这样。白寻音想了一会儿，拿出手机给领导发信息请假，然后轻声对喻落吟说："我们去一趟医院吧。"

两个小时后，有了一点心理准备的白寻音和喻落吟对着彩超结果面面相觑。

“孩子？刘主任，您没搞错吧？”喻落吟听到刘医生恭喜他们有二胎的时候，哭笑不得，直接说道，“我们措施很严啊。”

白寻音一下子就红了脸，抿着唇悄悄扯了扯喻落吟的袖子。

“你懂什么叫百密一疏？”刘医生当主任都快十年了，什么样的人都接触过，早就达到了听到任何话都能做到面不改色的地步。

他瞧着喻落吟，推了推眼镜，道：“更何况，你小子知道我的水平，我什么时候看错过？就是怀孕了，好好庆祝一下吧。”

啊这……刘主任的诊断倒是从来没有错过，就是……白寻音会想庆祝吗？

喻落吟若有所思地看着女人，眼看着她客客气气地和刘主任道了谢，拉着他离开了医院。

“没想到小白想要的妹妹这么快就来了。”开车回家的路上，喻落吟还是有些忐忑，没想到白寻音率先开了口，她盯着自己尚且平坦的小腹笑了笑，“他知道了会很开心吧？”

喻落吟总算松了口气。

“会啊。”他忍不住笑了，“小家伙想妹妹想疯了。”

既来之则安之，白寻音向来是个随缘的人，没有对这个突如其来的小生命产生任何的排斥和担忧，而是问：“什么时候给她起个名字？”

“别操心。”喻落吟扬了扬嘴角，“我都想好了。”

“跟你姓，就叫白予卿。”

他有预感，这一胎一定是个女儿。